文艺学与文学新论

卢　奎　李　欣◎主编

GMSKWK

光明社科文库 GUANG MING SHE KE WEN KU

光明日报出版社

图书在版编目（CIP）数据

文艺学与文学新论 / 卢奎，李欣主编. -- 北京：光明日报出版社，2019.5

ISBN 978-7-5194-5312-1

Ⅰ.①文… Ⅱ.①卢… ②李… Ⅲ.①文艺学—文集 Ⅳ.①I0-53

中国版本图书馆 CIP 数据核字（2019）第 081912 号

文艺学与文学新论

WENYIXUE YU WENXUE XINLUN

主　　编：卢　奎　李　欣

责任编辑：陆希宇　　　　责任校对：赵鸣鸣

封面设计：中联学林　　　　责任印制：曹　净

出版发行：光明日报出版社

地　　址：北京市西城区永安路 106 号，100050

电　　话：010-67078251（咨询），63131930（邮购）

传　　真：010-67078227，67078255

网　　址：http：//book. gmw. cn

E - mail：luxiyu@ gmw. cn

法律顾问：北京德恒律师事务所龚柳方律师

印　　刷：三河市华东印刷有限公司

装　　订：三河市华东印刷有限公司

本书如有破损、缺页、装订错误，请与本社联系调换，电话：010-67019571

开　　本：170mm×240mm

字　　数：315 千字　　　　印　　张：17

版　　次：2019 年 5 月第 1 版　　　　印　　次：2019 年 5 月第 1 次印刷

书　　号：ISBN 978-7-5194-5312-1

定　　价：65.00 元

目 录
CONTENTS

素心清谣：清贫自守与消费社会

——读陶渊明札记

鲁枢元*

摘　要：一种健康的、淳朴的生活方式正在逐步被堕落的消费主义文化所取代，并对地球生态造成严重的破坏。消费文化与个人幸福之间的关系其实是微乎其微的，因为幸福生活的必要条件是和谐的社会关系、适当的劳作和自主的闲暇，并不绝对地依赖富有。要解救消费主义引发的整个人类文明的悲剧，务必保持批判的"反话语"，给消费社会举荐一个高尚、纯洁的灵魂，中国的伟大诗人陶渊明堪称楷模。他曾经在贫苦生活中获取精神的最高愉悦，在最低"消费"的前提下，为人类文化做出巨大贡献。陶渊明的清贫操守更接近道家精神。"清"有益于精神生态的陶冶，"贫"则有助于自然生态的养护。陶渊明的诗歌应视为"生态文学"的楷模。

关键词：消费文化　陶渊明　清贫自守　生态批评

陶渊明的一生没有大富大贵过，早年为了家人的生计，"投耒去学仕"，曾经到官府谋过几次差事，由于不堪官场规矩的约束，就又毅然躬耕田园了。

庄子曰："鹪鹩巢于深林，不过一枝；鼹鼠饮河，不过满腹。"（《庄子·逍遥游》）返乡归田后的陶渊明，始终恪守道家信条，只愿过一种自食其力、心有

---

* 作者简介：鲁枢元，中国文艺理论学会副会长、中国作家协会理论批评委员会历届委员、联合国教科文组织"人与生物圈"计划中国委员会委员，博士生导师，历任郑州大学、海南大学、苏州大学文学院教授，现为黄河科技学院特聘教授、生态文化研究中心主任，长期从事文艺学跨学科研究，在文学心理学、文学言语学、生态文艺学及生态文化诸领域有开拓性贡献。主要著述：《创作心理研究》《文艺心理阐释》《超越语言》《生态文艺学》《生态批评的空间》《陶渊明的幽灵》《精神守望》《隐匿的城堡》等，其中《陶渊明的幽灵》一书荣获第六届鲁迅文学奖（2014）。

余闲、温饱无虞、宁静平和的俭朴日子，“弊庐何必广，取足蔽床席”“耕织称其用，过此奚所须”“园蔬有余滋，旧谷犹储今。营己良有极，过足非所钦”。尽管如此，在遇到天灾人祸时，基本的温饱仍然难以保障，一家人往往陷于饥寒交迫之中，“环堵萧然，不蔽风日。短褐穿结，箪瓢屡空”“夏日常抱饥，寒夜无被眠”“弊襟不掩肘，藜羹常乏斟”“倾壶绝余沥，窥灶不见烟”“弱年逢家乏，老至更长饥。菽麦实所羡，孰敢慕甘肥。惄如亚九饭，当暑厌寒衣。岁月将欲暮，如何辛苦悲”。有时甚至不得不乞讨，“饥来驱我去，不知竟何之。行行至斯里，叩门拙言辞”，求亲告友的尴尬浮于纸上。以今天的生活标准看，陶渊明晚年这种忍饥挨饿、朝不保夕的日子已远在“贫困线”之下了。

尽管如此，他仍不改初衷，“宁固穷以济意，不委曲而累己。既轩冕之非荣，岂缊袍之为耻？诚谬会以取拙，且欣然而归止。拥孤襟以毕岁，谢良价于朝市”。对于《论语》中颂扬的“固穷”精神，陶渊明始终念兹在兹，“斯滥岂彼志，固穷夙所愿”“竟抱固穷节，饥寒饱所更”“谁云固穷难，邈哉此前修”“不赖固穷节，百世当谁传”。陶渊明身罹贫苦困厄，仍能心安理得，并通过亲近自然，通过与乡曲邻里的融洽相处，甚至通过躬耕劳作，在物质生活贫困的条件下营造出一种诗意化高品位生活。从陶渊明诗文集中我们可以发现，生活尽管贫苦，却不乏优美清雅的讴歌，“今日天气佳，清吹与鸣弹”“清歌散新声，绿酒开芳颜”“日暮天无云，春风扇微和。佳人美清夜，达曙酣且歌”“清谣结心曲，人乖运见疏。拥怀累代下，言尽意不舒”“荣叟老带索，欣然方弹琴。原生纳决履，清歌畅商音”。诗中讲述的荣叟与原生，即春秋时代的荣启期、原子思，都是乱世中的隐居之士，是陶渊明引为知音的“素心人”。他们不视贫苦作病患，只视作“无财”而已；认为真正的病患在于“学道而不行”。“古之得道者，穷亦乐，通亦乐。所乐非穷通也，道德于此，则穷通为寒暑风雨之序矣。”（《庄子·让王》）对于这些得道的素心人来说，苦日子是完全可以唱着过的，这就叫作“安贫乐道”。

“先师有遗训，忧道不忧贫。瞻望邈难逮，转欲志长勤。”这里援引的是《论语·卫灵公》中的孔子话。孔子曰：“君子谋道不谋食。耕也，馁在其中矣；学也，禄在其中矣。君子忧道不忧贫。”在孔子看来，道与禄本来是可以双得的，但不能以禄害道，应卫道第一，为了守道不惜择贫。在“忧道不忧贫”的方面，道家与儒家是交叉汇流的。但是，孔子之道与老庄之道毕竟存有差异。孔子倾心于“王道”，不无功利之心，总期待着当政者的赏识与录用；老庄寄情于“天道”，旨在“弗有”“弗恃”“弗居”，一切随顺自然。故孔子一生周游列国，不得不与权贵豪门苦苦周旋；庄子则终生厮守园林，种漆树，打草鞋，清净度日。

晚年的老子甚至辞去图书馆的馆长一职，独自骑青牛消失于茫茫天地间。陶渊明的《咏贫士十首》之三中就曾批评身为卫国之相的子贡：“赐也徒能辩，乃不见吾心。”他的心思更多地寄予黔娄、壤父、长沮、桀溺、荷蓧丈人等隐逸者的身上。

儒家能够做到的只是穷困之际“不忧贫”，不以困厄失去操守；道家却主张只有主动放弃、不持不有、散放恬淡、甘守贫穷才能得道。“贫”与“穷”反而成了道家“得道”的前提。“无不忘也，无不有也，澹然无极而众美从之。此天地之道，圣人之德也。”“夫恬淡寂漠虚无无为，此天地之本而道德之质也。”（《庄子·刻意》）庄子认为，“平为福，有余为害者，物莫不然，而财其甚者也。”（《庄子·盗跖》）富贵之于人反而害多于利，富人更与天道无缘。道家的“贫”，是放弃，是舍得，是尽量减少对于外物的“占有”；道家的“清”，是胸襟的坦荡真率，是怀抱的澄明洁净。陶渊明诗曰：“不觉知有我，安知物为贵”“若不委穷达，素抱深可惜”，其中的“深惜素抱”与“不以物贵”，该可看作“清贫”的释义。

古汉语词典中的“清贫”，几乎总是一个褒义词，不仅用于形容物质生活的匮乏，更经常彰显文人学士的品格与操守。“清”者，洁净、明晰、单纯、虚静也，固然为褒义；“贫”，乃空缺、匮乏、亏欠、稀少、不足，在老庄哲学的原典中也绝非贬义。“保此道者不欲盈，夫唯不盈，故能蔽而新成”“大成若缺，大盈若冲”“无欲而民自朴”。老庄哲学中尚虚、尚无、尚静、尚俭、尚朴、忌得、忌盈、忌奢的精神无不与“清贫”二字通。陶渊明清贫自守的节操是他自觉的选择，是老庄哲学中少私寡欲、见素抱朴精神的体现。对于“清贫”的自守，也是对于“素朴”之道的坚守。素者，不染之丝也；朴者，不雕之木也，皆为“自然而然”者。道法自然，因此在道家“见素抱朴”即得“道”。不染不雕即物之本色与初心，素朴于是又具备了原初、本真之义。老子曰：“常德不离，复归于婴儿”“常德乃足，复归于朴”，返朴归真便成了道家修成正果的至高境界。从这一意义上来说，陶渊明的“返乡归田”就是“返朴归真”。而清贫于此不再是困顿难捱，反而成为回归本真、回归自然的不可缺少的“元素”。金岳霖先生推重的“素朴人生观”，讲的也是该回归型的、单纯的、尚未完全分化的生存观念，几近于“孩子气”，这与老子讲的“复归于婴儿”，也是一致的。

人类社会并没有遵照老子等人的意愿退回到那个“婴儿”状态，而是日渐发展、强大，成为一个无所不能、无所不包的巨人。遗憾的是，这个强大的巨人距离自己扎根其中的本源、本性越来越远了。陶渊明生活时代的社会就已经

"真风告逝，大伪斯兴"，他所指的不外乎是"闾阎懈廉退之节，市朝驱易进之心"，即社会上已松懈了廉洁谦让的品节，官场上勃起投机钻营的心态。看看当下的现实，如今官场、市场中人们的贪欲及污行不知比那时又"壮大"了几多倍。

现代人无不视贫困为洪水猛兽，避之唯恐不远，于是竞相争富。富者富可敌国，穷则穷到无以生存，于是社会各阶层、世界各国家之间的矛盾冲突日益激烈。世事纷争，清静、清洁、清平的日子不再有；人欲横流，贪污腐恶随社会富裕的程度日益攀升。如果说陶渊明时代就已经"真风告逝"，如今更是远"逝"。内心的自然与真诚还有多少姑且不论，人们对自己的身体甚至也已完全失去诚意。近年来，各种媒体极力宣扬的"人造美女"成了现代社会一道炫目的风景，据称改造这样一个美女要实施高密集的外科手术：隆鼻、隆胸、割眼、吸脂、截皮、拉皮、锉骨、延骨，其酷烈程度无异于旧时刑罚中顶级的"凌迟"。尽管"千刀万剐"，无数的青年男女仍趋之若鹜。当年，庄子对于人们给马上了笼头、给牛穿了鼻绳就已经大为伤感，以为破坏了牛马的本性与天真，如果庄子再世，遇上这样一位暴殄天物的"人造美女"，不知将做何感想！

由此观之，陶渊明的清贫操守无疑是更接近道家精神的。"清"有益于精神生态的陶冶，"贫"则有助于自然生态的养护。如果判定1600年前的中国古代诗人陶渊明同时也是一位"生态文学家"的楷模，当不为过。

王先霈教授曾著文指出："在中国古代卓越的诗人中间，陶渊明的生态思想和他的行为实践，最富有启迪意义。""他看重的是个人精神的自由，是不以心为形役，不让精神需求服从于物质需求，看重的是人在与自然的和谐相处中得到宁静、恬适。"就其人生价值的取向而言，"他尊奉的'道'并不是孔孟之道，而是自然之道……孔子所忧的'道'离他太远，他是'乐道忘其贫'，他所欣乐的是田野上春景体现的自然之道。"文中还指出："把他的思想归结为知足常乐不很准确，甚至很不准确。这不是量'足'或'过'的问题，而是人要不要有精神追求的问题，是生活哲学的方向问题，是个人精神境界以至于社会精神生态的高下、雅俗、清浊的问题。"王教授还认同美国当代生态批评家艾伦·杜宁的观点，认为：陶渊明的生态思想应是人类文化中弥足珍贵的"古老教诲"[1]。

令人痛心的是，这一"古老的教诲"，在诗人陶渊明自己的国度被彻底遗弃了，近年来更是以最快的速度被遗忘。

近年来中国社会最大的变化之一，表现在消费观念上，是引人瞩目的"奢侈消费"，说出来几乎就是一个难以置信的天方夜谭。

在全球深陷经济衰退之际，世界奢侈品协会的最新报告称，中国内地去年的奢侈品市场消费总额已经达到107亿美元，占全球份额的1/4，已经超过美国，预计中国将在2012年超过日本，成为全球第一大奢侈品消费国。消费的内容从名包、名表、名车、名牌服装、古巴雪茄、瑞士烟斗，到游艇、别墅、海湾度假酒店、高尔夫俱乐部、贵族学校、绅士名媛培训班等。奢侈消费的趋势，是消费者的年龄越来越年轻；提升速度越来越快，消费规模正由一线城市波及二线、三线城市，消费的欲望大大超过消费的能力。

《环球时报》海外记者近日著文称，有关中国奢侈消费的报告正“扎堆”涌现。“亚洲国际豪华旅游博览”与“胡润百富”共同发布报告称，2010年中国旅游者的购物消费首次成为全球第一，占全球跨国消费的17%。英国《卫报》引述某研究机构的预测称，到2020年，中国的名牌时装购买能力预计将占世界的44%。美国全球厨卫设备公司瞄准中国消费者口味，推出天价高智能超感坐便器及边洗澡边打电子游戏的浴缸、浴盆。英国“市场观察”网站称，中国内地消费者已经成为世界奢侈品销售增长的主要驱动力。德国财经网称，德国经济直接获益于中国人的奢侈品热情。2010年，中国的消费者平均在德国采购金额为454欧元，而欧洲最富有的瑞士人仅有127欧元。同时还有文章披露，中国人均GDP只相当于发达国家的1/10。2008年中国人均GDP仅为世界平均值的三分之一，排在世界第106名，略高于刚果、伊拉克[2]！

中国古汉语词典中并没有“消费”一词。人类作为自然界的生物，在生物圈内总是要消耗一定的物质和能量以维持生命的延续，如果把古人“生计日用”的开支也叫作“消费”，那么在此意义上建立的古代生产与消费的关系乃属天经地义。

进入现代社会以后，“消费”（consumption）的性质发生了根本的变化。牵制人们日常生活行为的不再是自然生态的戒律，更不是精神上的道德感召，而是资本运营的价值规律。资本市场借助高科技的力量，全力刺激人们的消费欲望，以获取高额回报。消费纯粹成了为资本开发市场、赚取利润的工具。人们不是为了需要而消费，而是为了消费而消费；不是为了消费而生产，而是为了生产而消费；整个社会成了一架制造消费欲、消费品的机器。现代中国缺少资本主义的传统，也欠缺资本主义的免疫基因，中国当代消费者就更容易被市场俘获、被固定在这台机器上，完全丧失了自我。

法国著名思想家波德里亚（Jean Baudrillard，1929—2007）一生与消费主义抗争，人称“消费文化解码专家”。他深刻地揭示了西方现代“大型技术统治组织”如何通过消费建立起资本对社会的严密控制规律。其中，该组织挥霍钱财的程度，成了一个人事业成功、一个国家国力强大的标志，可见消费主义已经成为资本主义经济学中最邪恶的逻辑。现代社会变成了“消费社会”（consumer society），消费异化为无益的“消耗”与“浪费”；铺天盖地的广告，在日夜不停地为现代消费演奏胜利的凯歌。现代文明已经变成“垃圾箱文明”，现代社会秩序、生产秩序已沦落到“厚颜无耻”的地步。消费社会成为现代人的一个“白色的神话”，一个除了自身之外再没有其他神话的社会，一个近于猥琐却又恶魔般掌控着人类的社会，它“正在摧毁人类的基础”“时时威胁着我们中的每一位”[3]24。

波德里亚是否在故作惊人之语呢?

只要考察处于消费社会中的自然的生态状况与人类的道德精神状况，就不难看出波德里亚批判的现实性与急迫性。

据世界自然基金会发布的公告，1961 年至 2003 年之间，地球上的生态足迹①增长了 3 倍多；到 2050 年，地球人类将消耗掉相当于 2 个地球的自然资源，地球已经被人类的消费行为大大透支了。在当代社会以 8% 的速度发展国民经济的同时，自然界的淡水生态系统却以 8 倍于以往的速度减少；当人们获得了五花八门的享乐方式时，作为生命基本需要的空气与水源却成为“卡脖子”的致命问题。何况为了争夺石油，中东地区已经成为国家之间血火交织的战场！据有人统计，中国国民经济增长率的 75% 是依靠自然资源与环境的超额投入为代价的。中国环境与发展国际合作委员会 2010 年会公布的《中国生态足迹报告》称，2007 年中国的生态足迹增加速度远高于生物承载力的增长速度，生态足迹已是生物承载力的 2 倍，生态赤字还在逐年扩大[4]。如此“寅吃卯粮”，对于我们这个家底并不丰厚的人口超级大国家来说，后发的劣势与潜伏的危机无益是最险恶的。至于伴随消费主义的风行，在精神领域引发的病变，于当下中国，似乎已经不必多加举证。各级党政部门的贪腐行为在逐年攀升，达到令人发指的程度，严重的贪腐之风已成为国家安全的最大威胁。“上梁不正下梁歪”，神州大地上横行肆虐的“毒奶粉”“瘦肉精”“地沟油”“吊白块”“苏丹红”“黑哨”“假球”“假烟”“假酒”“假文凭”“假刊物”“假疫苗”“医疗陷阱”“旅游陷阱”等见怪不怪的种种劣迹，更可以印证温家宝同志曾发出的感叹：“国民

① “生态足迹”也称“生态占用”，20 世纪 90 年代初由生态学教授里斯（William E. Rees）提出，通过测定人类为了维持自身生存而利用自然的量来评估人类对生态系统的影响。如同一只负载着人类的巨脚，在地球上留下的脚印越大，对生态的破坏就越严重。该指标的提出可以在全球尺度上比较人类对自然资源的消费状况。

的道德状况已经到了何等严重的地步!”

自然生态的恶化，精神生态的沦丧，已经让经济飞升的意义大打折扣。至于个人的日常生活领域，英国伯明翰学派文化研究的代表人物理查·霍加特（Richard Hoggart）曾指出：“一种健康的、淳朴的生活方式正在逐步被堕落的消费主义文化所取代。”[5]19 那位美国生态批评家艾伦·杜宁（AlanDurning）更是得出这样的研究结果：“消费与个人幸福之间的关系是微乎其微的”，“生活在90年代的人们比生活在上一个世纪之交的他们的祖父们平均富裕四倍半，但是他们并没有比祖父们幸福四倍半。”[6]22 他还引用牛津大学心理学家的判断：幸福生活的真正条件“是那些被三个源泉覆盖了的东西——社会关系、工作和闲暇。并且在这些领域中，一种满足的实现并不绝对或相对地依赖富有”[6]22。

对照这些当代西方学者批判消费主义社会的话语，我们不能不再度回望我们的古代诗人陶渊明。“幸福生活”的“源泉”，原本在陶渊明的诗界里，以《移居·之二》一诗为代表：

春秋多佳日，登高赋新诗。
过门更相呼，有酒斟酌之。
农务各自归，闲暇辄相思。
相思则披衣，言笑无厌时。
此理将不胜，无为忽去兹。
衣食当须纪，力耕不吾欺。

公元408年，陶渊明在柴桑郊外的故居遭受火灾，后来移居到更为偏僻的南村。这里虽然偏远，却有与他声气相投的诸多“素心人”。陶渊明在这首诗中既写到邻里间亲密无间的和谐融洽，又写到生活中必不可少的农务，更写到春秋佳日、登高赋诗的闲暇时光。杜宁书中罗列的幸福生活三要素，该诗全都具备了（在陶渊明这里还应多出一点，即亲近自然）。这样的生活是清贫的，也是健康、淳朴的，因而也是幸福的。“清贫”“寒素”一类的字眼，在古代汉语中从来就不是唯一的经济学的概念，它总是散发着浓郁的道德芬芳，闪烁着晶莹的精神光芒。

最初的启蒙主义者大约也未曾料想，理性主义的极致竟把人完全变成“经纪人”，进而变成“货币人”。波德里亚在他的《消费社会》一书的结语中发出强烈呼吁，要人们面对“消费社会之弊端及其无法避免的整个文明悲剧”，务必保持批判的“反话语”，“重要的是要给消费社会额外附加一个灵魂以把握它”[3]230。那么，这里我们就推荐一个东方的、古老的、诗界的“灵魂”——陶渊明，他曾经在贫苦生活中获取精神上的最高愉悦；在最低“消费”的前提下，为人类文化做出最大贡献。

参考文献：

[1] 王先霈．陶渊明的人文生态观 [J]. 文艺研究，2002（5）.

[2] 李珍．中国奢侈品消费“称王”令西方兴奋 [N]. 环球时报，2011-06-17.

[3] 波德里亚．消费社会 [M]. 南京：南京大学出版社，2000.

[4] 章轲．中国生态足迹报告：生态赤字正逐年扩大 [EB/OL]. 东方网，2010-11-10.

[5] 莫少群.20世纪西方消费社会理论研究 [M]. 北京：社会科学文献出版社，2006.

[6] 艾伦·杜宁．多少算够 [M]. 长春：吉林人民出版社，1987.

（此文发表于《中州大学学报》2012年第3期）

陶渊明的海外“自然盟友”？

鲁枢元

摘　要：从人类文化思想史的角度看，陶渊明更贴近欧洲浪漫主义本初的精神实质，在同属于“自然浪漫主义”这一基础之上，陶渊明与西方世界的许多作家、诗人、学者便具备了比较研究的可能。综观陶渊明在世界各地的“盟友”大致有伊壁鸠鲁、卢梭、爱默生、梭罗、惠特曼、华兹华斯、高更、荣格等。“结盟”的目的，是为了改变已经漏洞太多的现代人的价值观念，改善现代人难以为续的生存方式；为了人类与大自然的和谐相处，为了人类社会在地球上的健全发展。

关键词：陶渊明　自然盟友　生态批评　中西文化交流

一

截至目前，中国伟大诗人陶渊明在世界上的影响，主要还局限于亚洲的汉文化圈，如日本与韩国。

首先是日本。最初，日本民族通过昭明太子萧统（501—531）所编的《文选》认识了陶渊明，其时距离陶渊明辞世并不很远。据日本近代学者考证，公元8世纪时，陶渊明诗文集即由遣隋、遣唐之留学生与留学僧带回日本。孝廉天皇天平胜宇三年（751年），著名诗集《怀风藻》中便收录有陶诗《桃花源记并诗》与《归去来兮辞》。至日本平安朝与江户朝时期，陶渊明的生平及作品更是成为许多日本诗人创作的素材，甚至连嵯峨天皇也借用陶诗中的典故写出《玩菊》这样的诗篇：“秋去秋来人复故，人物蹉跎皆变衰，如何仙菊笑东篱，看花纵赏机事外。”陶渊明诗歌中的自然主义精神在日本更是深得人心，明治维新之后，著名文学评论家宫崎湖处子在其《归省》一书中，便将陶诗归之于

“回到大自然中去”之田园文学作品类，并表达了一往情深的敬意[1]20。世纪以来，日本汉学家对陶渊明的研究蔚然成风，参与的学者之广，发表、出版的著述之多，甚至不亚于中国国内，此已难详述[2]。

其次是朝、韩。至迟在北宋之后，陶渊明的诗文已经为古代朝、韩学者耳熟能详，流传下来的历代诗话多有记载。如高丽朝著名诗人、哲学家白云居士李奎报（1169—1241），早年曾与陶渊明有着相似的人生遭际，博览群书、胸怀壮志，却因性情耿直而仕途坎坷，终因受人排挤遭贬谪流放，一度隐居天麻山专心从事撰著；李奎报一生性喜诗、酒、琴，模仿陶渊明的“五柳先生”自称“三嗜先生”；朝鲜仁祖朝的诗人李汝固（1584—1674）对于陶诗的推重，远在其他诗人之上：“五言古诗，无出汉魏名家。然其近于性情者，《古诗十九首》外……渊明诗性情最正。”（《学诗準的》）稍后的诗 人李子新 1681—1763）在其《星湖僿说》一书中，主要从古代自然哲学的层面解读陶诗，认定陶渊明是一位遵循天地自然大化流行的大人、圣人：“大人者，与天地合其德，与四时和其序，惟一片方寸与元气流通，生发收敛，无所往而非天也。陶渊明四时词，盖得此意也。”[3]

二

在西方国家，陶渊明却鲜有知音，其在学界的流布与影响远不如老子、庄子。在西方当代文学界，陶渊明的影响甚至还不如唐代那个疯疯癫癫的诗僧寒山和尚。

陶渊明在西方接受史中列于首位的，当属法国。早在 18 与 19 世纪之交，法文刊物《中国丛刊》就曾发表过陶渊明的译诗，并配发介绍文字。

20 世纪 20 年代，留学欧洲的中国年轻诗人梁宗岱，把陶渊明的 19 首诗和几篇散文译成法文寄给名震寰宇的大文豪罗曼·罗兰（Romain Rolland，1866—1944），罗曼·罗兰在给梁宗岱的回信中，有感于中法两个民族文化心理上的相通，兴奋地写下这样一段话：

> 你翻译的陶潜诗使我神往。不独由于你的稀有的法文知识，并且由于这些歌的单纯动人的美。它们的声调对于一个法国人是这么熟悉！从我们古代的地上升上来的气味是同样的[4]288。

与此同时，法国象征派诗人保尔·瓦雷里（PaulValery，1871—1945），也对陶渊明的诗歌表现出极大热情，并为梁宗岱的《法译陶诗选》撰写了序言。瓦雷里对陶渊明的评述也无一例外地扣准了“自然”：“试看陶潜如何观察‘自然’，他将自己融进去，参与进去……有时像情人，有时像多少带点微笑的智者。”[5]20他甚至将陶渊明视为“中国的拉封丹和维吉尔”[5]21。

另一位对中国古代诗人陶渊明表示敬意并引为同道的，也是一位法国人，即当代法国著名诗人、作家、美术家亨利·米修（Henri Michaux，1899—1984），他近乎痴迷地崇尚中国古代文化，尤其对禅宗与老庄的道家哲学情有独钟。他性情和平，与世无争，深居简出、超然物外，过着恬静淡泊的生活。他与人极少交往，唯独与一些寓居欧洲的华裔文化人如程抱一、赵无极结下友谊。他曾经读过梁宗岱的《法译陶诗选》，并在20世纪30年代游历中国。陶渊明的自然主义精神深深地映印在他的心目中，滋养了他的创作生涯。他曾经对前来造访的中国学者罗大纲表示他十分推崇中国古代诗人陶渊明：“中国古代诗人品格这样清高，是别国诗人中很少见的。”[6]

陶渊明被介绍到英国，应归功于英国皇家学会会员戴维斯（一译德庇士，Davis，Sir John France，1795—1890）的努力。这位英国早期著名汉学家对于中国古典文学怀有浓厚的兴趣，他曾出版一部研究陶渊明的专著：《陶渊明——他的作品及其意味》，书中“采用心理美学和接受美学对陶渊明及其诗作进行分析评判，给人一种耳目一新的结论”[7]。进入20世纪之后，英国、澳大利亚以及中国国内都出版了一些陶渊明诗文的英文译本，甚至还开展了对于这些译本的比较研究，但对于推动这位伟大诗人走向世界而言，整体工作仍然显得十分不足。

美国的陶渊明研究虽然起步较晚，但陶渊明作为一位历史人物，却被色彩浓重地写进某些教科书中。如麦基的《世界社会的历史》就将其描绘成一位“不一般的中国农民”[8]293，一位喝酒、吟诗、将理想寄托于世外桃源、陶醉于简单田园生活的诗人。一位叫马克·艾尔文的美国汉学家在不久前出版的一部关于中国历史的书中，则又把诗人陶渊明归于“环保主义者”[8]294行列了。

在西方世界，直接记载中国伟大诗人陶渊明的文献并不很多。陶渊明在西方知识界，远不及中国知识界对于西方诗人的了解与崇敬。且不说荷马、但丁、歌德；甚至也不及济慈、雪莱、普希金、叶赛宁、华兹华斯、柯勒律治、荷尔德林。这种东西方文化交流中的不平衡原因虽然很复杂，但随着生态时代的迫近，整个人类面对的问题越来越集中到“人与自然”的关系中来，世界上不同民族之间的文化整合，也已经拉开新的序幕。在这样的情势下，深挖东西方文化之间的共同潜质、深化中国与西方世界之间精神文化的沟通，不但是必要的，也是可能的。

三

中国学术界对于陶渊明的精神核心的阐释并无太多的分歧，那就是“自然”与“自由”。“自然”使他的生存得以返璞归真，“自由”使他的精神能够舒适自在。

梁启超认为，陶渊明的人生观“可以拿两个字来概括他：‘自然’”，“他并不是因为隐逸高尚有什么好处才如此做，只是顺着自己本性的‘自然’”，“‘自然’是他理想的天国，凡有丝毫矫揉造作，都认作自然之敌，绝对排除。他做人很下艰苦功夫，目的不外保全他的‘自然’。”[9]25-26 “爱自然的结果，当然爱自由”，这导致陶渊明一生都在为了追求精神生活的独立而拒绝外界的诱迫，从而进入一种自然、自在、自由的精神境界。

胡适在其《白话文学史》中以不容置疑的口气判定：“陶潜是自然主义的哲学的绝好代表者。他一生只行得‘自然’两个字。”[10]94

陈寅恪在仔细地剖析了陶渊明的《形影神》《归去来兮辞》《五柳先生传》等诗文后指出，陶渊明开创了一种新的自然说，“新自然主义之要旨在委运任化。夫运化亦自然也，既遂顺自然，与自然混同，则认为己身亦自然之一部”[11]225 “惟求融合精神于运化之中，即与大自然为一体。”[11]229

文学史家刘大杰则明确指出陶渊明是一位“自然浪漫主义诗人”，“陶渊明是魏晋思想的净化者，他的哲学文艺亦即他的人生观，都是浪漫的自然主义”[12]140。

在同属“自然浪漫主义”这一基础上，陶渊明与西方世界的许多作家、诗人、学者便具备了比较研究的可能。与胡适同时代的留法博士张竞生早在20世纪30年代讲到陶渊明时就已经指出：“他就是自然的代表。他的作品便是自然的影子与声籁。如他的诗，如他的《归去来兮辞》，如他的《桃花源记》，都是代宇宙说话，都是作者个人与自然同化的作品。所以陶潜诗文，就是一个向自然上而得到直感的最好证据。若要将西方浪漫派来比拼，可以说是东西互相辉映。”[13]352-353

稍后，朱光潜也曾经倡议，要“以法国自然主义哲学家卢梭所称羡的‘自然状况’解释陶渊明的《桃花源记》”，“以克罗齐的心理美学思想评述陶诗”[14]224。

如何对待自然，曾是欧洲“原教旨”浪漫主义者的核心问题。而陶渊明正是在对待自然的精神倾向上，充分展现了他的浪漫主义情怀，并与一千多年后的欧洲学人们遥相呼应。这不能不说是世界精神文化版图上一个颇为玄妙的现象。

重新从人类文化思想史的角度探寻陶渊明，我们将会发现这位中国古代伟大诗人或许更贴近欧洲浪漫主义本初的精神实质。如果承认古往今来的地球人类在面对“人与自然”这一“元问题”上总有着某些共同的诉求，则我们或许可以在西方世界为中国古代诗人陶渊明寻找到更多意气相投的“盟友”，在心灵深处共同以“自然”为旨归的“盟友”。

四

古希腊时代，雅典的伊壁鸠鲁（Epicurus，前341—前270年）亦出身卑微，在雅典城邦是一个外省人，父亲是一位乡村语文教师，母亲是走街串巷的推销员，家庭生活清苦而艰辛。他大约也是一位“好读书不求甚解”的懒散之人，同时代的大学问家总是嘲笑他的文章缺少引经据典，不合学术规范，类属于野狐禅。然而，这位伊壁鸠鲁连同他的学说竟具有超顽强的生命力，超越了同时代的几乎所有人，在辉煌灿烂的希腊哲学中独占一条自然主义的路线。古希腊哲学通常有两大路线，一条是理性主义路线，一条自然主义路线；前者的代表是柏拉图，后者便是伊壁鸠鲁。伊壁鸠鲁学派代表希腊自然主义哲学的伦理精神的最完善状态。

国内学界通常把伊壁鸠鲁说成是一位享受主义者，其实他追求的享乐主要是一种精神上的享乐，这种心境上的平静和谐，当一致与陶渊明。伊壁鸠鲁哲学的核心也是顺从自然，“我们决不能抵抗自然，而应当服从她。当我们满足必要的欲望和不会引起伤害的身体欲望的时候，当我们坚决地拒绝有害的欲望的时候，我们就是在满足自然。”[15]45

伊壁鸠鲁也主张简朴、清贫的田园生活，“如果我们用自然所确立的生活目的来衡量，那么贫穷就是巨富了”[15]46，“奢侈的财富对于男人和女人毫无意义，就像水对于已经倒满水的杯子毫无意义一样”[15]54。所谓“贤人”，就是把自己调整到满足于简单生活所需的人，“贤人应当喜爱田园生活”[15]52，“宁静无扰的灵魂既不扰乱自己也不扰乱别人”[15]50。伊壁鸠鲁似乎也是一个善饮的人，因为他说过贤人“他们即使喝醉之后也不会发酒疯”。

伊壁鸠鲁又是一个参透生死的人，他说，大家都是“一个终有一死的凡人”[15]45，“我们只活一次，我们不能再次降生；从永恒的角度讲，我们必将不再存在。”“当我们到达终点时，我们应当保持宁静，心怀愉快。”[15]48临终前他也曾写下类似自祭文之类的文字：“今天是我幸福的一天，同时也是我生命的最后一天……但是我用回忆和你一起讨论时所感到的心灵快乐来抗衡这一切。”[15]37

从伊壁鸠鲁残留书简的片言只语中，我们不难听到来自东方古国的陶渊明的回响。

五

18世纪的法国，陶渊明的盟友我们可以找到那个启蒙运动中的怪才让·雅克·卢梭（Jran Jacques Rousseau，1712—1778）。卢梭思想的核心是：文明人向自然人的回归。18世纪的欧洲，随着工业文明的快速发展，人与自然之间的冲突愈加激烈，并在社会政治与人类精神领域引发巨大震荡。如何生活，如何做人，再度成为一个哲学问题。

作为一部论教育的书，卢梭于《爱弥儿》中的第一卷讲到，“自然人”与“文明人”的培养教育是两个完全不同的渠道。他形象地指出：“文明人在奴隶状态中生，在奴隶状态中活，在奴隶状态中死：他一生下来就被人捆在襁褓里；他一死就被人钉在棺材里；只要他还保持着人的样子，他就要受到我们制度的束缚。”这里所说的“襁褓”“棺材”，意味着人所创造的社会文明对于人的自然天性的束缚与戕害。文明人为了适应社会、适应他人而丧失了自我、丧失了自由，尤其是内心的自由。这种“文明人”被文明所束缚的苦痛，中国古人陶渊明早有切身的体验，只不过“锁链”“襁褓”“棺材”换作“樊笼”“尘网”“宏罗”而已。陶渊明坚决辞去彭泽县令的官职，“不为五斗米折腰”，也许只是一个表面的说法；“质性自然，非矫励所得”，不愿“违己交病”，不肯“心惮远役”，才是他退居田园、回归自然的根本原因。

卢梭拒斥“文明进步”的光辉，竭力维护未遭文明开凿的自然，宁做幽暗中苦苦摸索的独行者，也不做随波逐流的“文明人”。他在晚年撰写的《忏悔录》中，对自己“误入社会、误成文明人”充满悔恨，同时又以细腻绵长的文笔仔细表述了自己如何“悟以往之不谏”“觉今是而昨非”，如何由“文明人”步履维艰地返身自然，归于“自然人”的。

由于基本立场与出发点的一致，在一些较为具体的问题乃至情境方面，卢梭与陶渊明也表现出有趣的相似性。比如他们都曾游移于“出仕”与“致仕”之间，最终都选择了“弃官隐居”的回归之路。

考察《桃花源记》中的“境界”，“颇类似卢梭所称羡的‘自然状况’”[16]243。晚年的卢梭告别了巴黎的社交圈，返回乡野过真正的退隐生活。类似陶渊明在诗中表达的“误落尘网中，一去三十年”的思想，卢梭说他已经“在不适合（他的）环境里羁留了十五年”。在埃皮奈夫人为他提供的莫特莫朗庄园的“退隐庐”，卢梭写道：早春的残雪尚未褪去，大地已开始萌动春意，树木微绽苞芽，迎春花已经开放，睡意朦胧中听到夜莺在窗前歌唱，乡野的自然风光令人心旷神怡。他在狂喜中喊出：“我全部的心愿终于实现了!”这与陶渊明在《归去来兮辞》中抒发的情感何其相似：“登东皋以舒啸，临清流而赋诗。聊乘化以归尽，乐夫天命复奚疑!”

早在撰写《忏悔录》的阶段，卢梭即已认定，自然人都是闲散的，只有文明人才终日繁忙，而且日益陷入更频仍的忙碌。在《忏悔录》第十二章，卢梭对他认定的闲逸做出如下说明：“我所爱的闲逸不是一个游手好闲者的闲逸……我所爱的闲逸是儿童的闲逸，他不停地活动着，却又什么也不做；是胡思乱想者的闲逸，浮想联翩，而身子却在呆着。”[17]789或者，“在树林和田野里漫不经心地蹓跶，无意识地在这里那里有时采一朵花，有时折一个枝，差不多遇到什么就嚼点什么”[17]790。这或许可以看作一种卢梭式的“采菊东篱下”。

在卢梭与陶渊明之间可以做出比较的，还有他们对于“死亡”的态度。陶渊明及中国道家精神对于生命有深刻的见解，认为不但活着顺应自然，面对死亡也要顺应自然，这才是“自然人”的生存境界。晚年的卢梭也已渐达这一境界。他认为人一出生，其实就已经开始走向终点，“一个老人如果还有什么要学的话，就只是为了学习死亡”[18]30。他说在他生命的余年里将要把自己调整到“临终时想要保持的状态”。卢梭在反复思考了前人关于死亡的理论后认为，死亡是一种自然现象，因此，对于自然人说来，并不存在对于死亡的恐惧，顺应死亡也是顺应自然，是一种“准自然状态”，其思想类似于陶渊明的“纵浪大化中，不喜亦不惧”。

据说，创办于1776年的法文刊物《中国丛刊》曾对陶渊明进行过简略的介绍并发表过他的诗，而这也正是卢梭写作《一个孤独漫步者的遐想》的时间，不知卢梭是否会碰巧看到陶渊明的诗篇，也许卢梭根本就不知道陶渊明的存在，但这并不会成为他们心灵相通的障碍，并不妨碍他们对人类的“元问题”思考上，成为知音与同道。

六

在历史不长的美国文学史中，陶渊明的自然之友，我们可以找到爱默生（Ralph Waldo Emer-son，1803—1882）和惠特曼（Walt Whitman，1810—1892）。

爱默生在美国的地位，常被比作中国的孔子，却又比我们的孔子多了几分浪漫主义的气质。他的自然主义美学的核心是强调自然与精神的同一性：自然也是一种精神的存在，每一种自然现象都是某种精神现象的象征物，自然与人的精神之间存在着同构。“自然界的每一种景观，都与人的某种心境相呼应，而那种心境只能用相应的自然景观做图解。”[19]83 “悲风爱静夜，林鸟喜晨开”“望鸟惭高云，临水愧游鱼”，爱默生的美学主张与陶渊明的诗歌创作主旨如出一辙。

单见惠特曼《草叶集》的书名，一股田园风便迎面而来。同样成长于农家，且为惠特曼好友的另一位作家约翰·巴勒斯（John Burroughs，1837—1921），曾对惠特曼作出如此评价：“这个人有着远远超过其他任何一个当代诗人的特质——我是指那种对真实的自然以及各种事物的毫无保留的共鸣，那种对大自然以及纯朴、深沉的人的展示，那种表达的惊人的率真和直接，中间没有任何隔阂或者修饰。”[20]66惠特曼相信，幸福的生活总是简单的，优秀的诗歌语言总是自然的。“万物相寻绎”“万物各有托”，心有灵犀一点通，对此惠特曼总是信奉宇宙间的万事万物都是大化流行、相通相依、变幻无穷、生生不息的，人也应当遵循、顺应自然规律的原则。一个悖逆自然的人类社会，注定最终要被自然所淘汰。

惠特曼和陶渊明一样，其性格中亦不乏“金刚怒目”的一面。他曾在一首短诗中，厉声地教训美国总统：

> 你所做所说的一切对美国只是些玄虚的幻影。你没有学习大自然——你没有学到大自然的政治，没有学到它的广博、正直、公平，你没有意识到只有像它们那样才能服务于这些州，凡是次于它们的迟早都要被驱逐出境。
>
> ——《致一位总统》[21]334

七

陶渊明的另一位天生的“自然盟友”，该是与爱默生、惠特曼同时代的美国诗人、散文家亨利·大卫·梭罗（Henry David Thoreau，1817—1862），一位被奉为守护自然本真与人类本性的思想家。

陶渊明与梭罗，在时间上相隔1500年，在地域上分居东西两个半球，在种族上还明显地拥有“黄”“白”两种肤色，然而面对人类文明与自然的冲突，面对“人与自然”这个元问题，我们仍然可以在他们之间找到许多相同、相似之处：两人的诗文都写到“读书”“种豆”“锄草”“采花”、看云彩与听鸟鸣；梭罗在《瓦尔登湖》中甚至还讲到“无弦琴”，即“宇宙七弦琴”，那是由森林上空的风“拨弄”松树的枝叶发出的天籁。假如历史真的可以“穿越”，假如陶渊明真的与梭罗为邻，那么他们一定会成为相互欣赏的“素心人”且“清谣结心曲”“乐与数晨夕”的。

进而论之，梭罗与陶渊明都是崇尚自然、醉心于自然的诗人，都在以他诗人的浪漫情怀拒斥着置身其中的社会体制，痴心营造着关于自然与自由的梦幻。梭罗说，他热爱的是田野中的“鲜花”，而时代文明塞给他的却是工厂里的“钢锭”![22]293 陶渊明则于其诗中坦言，他的本性是一只自由飞翔的鸟儿，时代向他展示的却是一只“囚笼”。他们都以实际行动退避山野，归身农耕，在自然中寻求生命的意义与生存的支撑。梭罗的退隐山林、归身农耕像是一场在瓦尔登湖畔展开的“实验”，一次精彩绝伦的“行为艺术”，时间只有两年两个月；而陶渊明归身农耕22年，直至终老林下，则显得更加决绝、义无反顾。他们都能够持守清贫，以清贫维护生命的本真、生存的自由、灵魂的纯洁；都能够凭靠丰富的内心世界，让生命显示出更高的价值。美国人梭罗似乎已经看透了陶渊明生命力的秘奥：“最明智的人生活得甚至比穷人更加简单和朴素。中国、印度、波斯和希腊的古哲学家都是一个类型的人物，外表生活再穷没有，而内心生活再富有不过。”[23]12 他们崇尚精神自由，善于以生命内宇宙的充实替补对外部物质世界的索取；为了更高理想，不惮于超越现实地营造空中楼阁。在《瓦尔登湖》一书的结束语中，梭罗写道：“一个人若能自信地向他梦想的方向行进，努力经营他所想往的生活……如果你造了空中楼阁，你的劳苦并不是白费的。”[23]302-303 梭罗的“空中楼阁”正类同陶渊明的“桃花源”，“空中楼阁”与“桃花源”都是他们在诗意栖居中营造的一个关于人类社会自然整全的梦幻，都是他们凭借自己的艺术想象，对现实社会存在的一次诗意的超越。

八

在英国，陶渊明的“自然盟友”无疑要数19世纪英国的桂冠诗人华兹华斯（William Wordsworth，1770—1850）。近年来，关于陶渊明与华兹华斯的比较研究，已经成为一个热门的话题①。

著名诗人、英国文学专家屠岸先生指出：华兹华斯是一位“虔敬地把灵魂赋予整个大自然，又在大自然当中努力寻找人性”[24]253的人，他出身清贫，热爱自然、崇尚自然，成年后自觉地离开喧嚣的城市，隐居于昆布兰和格拉斯米尔湖区。像陶渊明一样，华兹华斯的诗中亦充满了对田园自然风光的吟诵，清风白云、晨月夕阳、幽谷溪涧、农舍炊烟、荒草野花、鸟雀牛羊，让他感觉只有在大自然的怀抱中才能获得心身的自由，才能抚慰人世间带给他的郁闷与创伤。他曾在一首题为《致雏菊》的诗中写出陶渊明“东篱采菊”的意境：

> 你是自然界平凡的草木，
> 神态谦恭，容颜也朴素，
> 却自有一派清雅的风度——
> 爱心所赋予！
>
> 时常，在你盛开的草地上，
> 我坐着，对着你，悠然遐想，
> 打各种不大贴切的比方，
> 以此为乐事。

这既是一种西方式的“在思”状态，也是一种东方式的“物我两化”的境界，与陶渊明的“采菊东篱下，悠然见南山”有异曲同工之妙！这种诗意盎然

---

① 相关文章如：曹辉东：《物化与移情——试论陶渊明与华兹华斯》《南京大学学报》，1987年第1期；兰菲：《华兹华斯与陶渊明》《东西方文化评论》（第3辑），北大出版社，1991年版；杜明甫：《相异文化背景下的诗化自然：陶渊明与华兹华斯》《河南师范大学学报》，2006年第2期；白凤欣、姜红：《陶渊明与华兹华斯自然诗审美意识的比较》《海南大学学报（人文社会科学版）》，2005年第4期；张鹏飞：《陶渊明与华兹华斯田园诗风意趣的读解比照》《世界文学评论》，2010年第1期等。

的体验，往往成为浪漫主义诗人们的生存方式，正如伯林所说：“浪漫主义是灵魂自我游戏时秘不可述的欢愉。”[25]22

华兹华斯的诗歌中像陶渊明的一样，常见恋土怀乡之作。他热衷于表现农村、乡民苦中作乐的日常生活，对“桃花源”式的传统的小农经济充满温馨的向往，因为他坚信农村的生活才是最自然的生活。像陶渊明一样，华兹华斯也思考死亡，认为“死亡”才是与自然最为亲密的联系方式。我们的陶渊明深知其中三味，“识运知命，畴能罔眷，余今斯化，可以无限。寿涉百龄，身慕肥遁，从老得终。奚所复恋。”屠岸先生谓华兹华斯已悟得此中精义，“死亡在诗人看来并不是件令人痛苦的事，而是重新回到自然。这种回归才是人类的最终归宿”，诗人在《露西组诗》中反复写到死亡，“露西好像就是自然界的一部分，活着没有被注意，死后无人忧伤，回归自然，这仿佛是天经地义的事。”[24]260 华兹华斯还擅于讴歌童真、童趣，因为在他看来儿童比成年人更贴近自然，因而也更率真任性，更容易从自然中得到灵性的启示。

华兹华斯诗集中甚至有诗人以“孤云”自况的一句诗：

我独自漫游，像山谷上空
悠悠飘过的一朵云霓
——《无题》(1802)

屠岸先生曾就此评论道：“诗人把自己当时的心情用飘游的孤云来比喻是十分恰当的。孤云一方面是孤独的，另一方面，他在大自然中又是自由不羁的。”“孤云有着居高临下、俯瞰人生的能力，可以看清世态的炎凉，人情的冷暖，也可以看清美丽的自然风光给人们带来的欢乐。”[24]256 无独有偶，陶渊明于诗中也曾写下关于“孤云”的名句：

万族各有托，孤云独无依。
暧暧空中灭，何时见余晖。
——《咏贫士七首·之一》

虽然陶渊明的“孤云”比华兹华斯的“孤云”更为凄清、决绝，但在高蹈独善、无持无依、我行我素、自由不羁的个性独立上却是一致的，或许可以看作是他们各自“灵魂的自我游戏”。

即使从负面的评价论之，华兹华斯在现代欧洲，陶渊明在当代中国，都曾遭遇来自激进的革命政治派别的批判，罪名也相似：消极的、软弱的、落后的，拉住历史车轮倒退的，因而也是反动的。

至于文学风格表现方面，论者多有强调陶渊明与华兹华斯的共同之处。“我一见彩虹高悬天上，心儿便跳荡不止”，这是华兹华斯一首诗的开头两句，有人因此说华兹华斯的诗歌语言也似这雨后天空里的彩虹，常常能于清新淡雅中透递出多彩绚丽。至于陶渊明的诗风，在宋代就已经有了“如绛云在霄，舒卷自如”的评价，无外乎也是赞美其天然自在、平淡中见新奇的方面。

屠岸先生曾对华兹华斯作出如下整体性的评价：“华兹华斯的大部分诗歌，从内容到形式，从情节到语言，都离不开自然之情，自然之美。自然中有灵魂，自然中有人性。人生的真谛也许就存在于对自然的追求与执着真诚的爱。自然与人生，这二者在华兹华斯看来，是密不可分的，合二为一的。诗人的一生就是努力使自己融于自然，又让自然为我所融的实践。”[24]262梁启超先生曾经一气呵成地连用7个“自然”概括陶渊明的诗学精神，这里，屠岸先生概括华兹华斯的诗歌人生时，如同梁启超评价陶渊明，也是一气呵成地连用了8个“自然”。由此可见欧洲19世纪自然浪漫主义诗人与中国古代诗人陶渊明的关系。

美国当代深层意象派诗人布莱（Robert Bly）甚至认为：中国古代诗人陶渊明还应是19世纪英国自然浪漫主义诗人华兹华斯的“精神祖先”[26]157呢！

九

在背向现实社会、背离物质文明、回归自然、回归原始的道路上，有一位比我们的陶渊明更为激烈、更为极端的人，那就是法国印象派画家保罗·高更（Paul Gauguin，1848—1903）。

高更在40岁时（陶渊明辞官归田的年纪），为了逃脱大都市这一牢笼，回归大自然中过质朴、纯真的生活，毅然辞去令人羡慕的伦敦证券交易所经纪人的职务，离家出走。从此脱去现代工业文明的外衣，只身来到太平洋的塔希提岛，置身于伟大、神秘的大自然中。那是一个比陶渊明的“栗里”“东皋”“桃花源”更加原始荒蛮的地方，他却在那里融入当地部落，娶一位土著少女为妻，成为当地居民的友好邻居。他曾写下这样一段自白：

我离开时为了寻找宁静，
摆脱文明的影响。
我只想创造简单、非常简单的艺术。
为了达到这个目的，
我必须回归到未受污染的大自然中，

只看野蛮的事物，

像他们一样过日子，

像小孩一般传达我心灵的感受，

使用唯一正确而真实的原始表达方式。[27]扉页

如果说“桃花源”是陶渊明可望而不可即的伊甸园，那么“塔希提岛”就是高更落在现实的桃花源。在塔希提岛的绿色丛林中，高更作文、画画，过着自由自在的生活，他的绘画艺术也从这里一步步到达峰巅。

1898 年春天，当他意识到自己将不久人世时，他没有像诗人陶渊明那样为自己撰写“挽歌”或“自祭文”，而是在死去之前绘制了一幅大气磅礴的图画：《我们从哪里来？我们是谁？我们往哪里去？》，不但诚悦地接受造化的安排，而且还为芸芸众生指点迷津。他自我夸耀地说：“我已完成了一幅富有哲理、完全可与《福音书》媲美的画儿！”[27]265 朝闻道，夕死可矣，对应陶渊明的诗句：“死去何所道，托体同山阿”，此乃一种近乎东方智者的生死观。

十

最后，我还想提名一位陶渊明的“自然盟友”，一位虽然不是文学家，却为 20 世纪文学的心理批评、原型批评做出重大贡献的人，那就是瑞士分析心理学大师卡尔·古斯塔夫·荣格（Carl GustavJung，1875—1961）。

我曾初步考证“陶潜——陶元亮——陶渊明”的名和字应源自道家哲学中的“知白守黑”思想。荣格受中国道家哲学影响更直接、更完备，也更深刻，他对“黑暗中蕴含着光明”的道理坚信不疑。中年时代，荣格曾游历非洲肯尼亚、乌干达的“黑人世界”。走进那些位于旷野中的原始部落，荣格竟悠然产生一种“如归故里”的感觉，“似乎数千年以前这里就是他的家”。原始部落中的智者告诉他，“白人用脑思考，黑人用心感知”，这让他感到无比震惊。美国当代荣格研究专家戴维·罗森（DavidRosen）评述说：“荣格似乎以一种神秘的方式验证着老子的哲言：知其白，守其黑，为天下式。为天下式，恒德不忒，复归于无极。”[28]115 荣格从他的人生路径中感悟到陶渊明式的“知白守黑”的哲理。

也是在 40 岁之后，荣格开始在瑞士风光旖旎的苏黎世河上游建屋定居，准备植根发芽于此。房屋的模样像“塔楼”，使用的是波林根的石头，他说他希望

就此“成为众多石头中的一员，诉说与自然亲密交融的一生，诉说与‘道’的和谐感。”[28]101

荣格愈到晚年愈是崇尚中国的老庄哲学，戴维·罗森指出：“他几乎是把古老的道家智者作为他个人的导师。”[28]104晚年的荣格在波林根村打水、种菜、砍柴、烧饭，过着农夫一般的简朴生活。他说：“这里没有电力设施，天冷的时候我靠向火炉取暖。傍晚时分，我燃起油灯。这里没有自来水，我从井中打水；我劈柴用来烧饭。”“在波林根，周围的一切几乎都是沉默无声的。而我生活在‘自然的适度和谐之中’。思绪不断地涌现，回荡着多少个世纪的往事，也遇见着那遥远的未来。在这里，那创造的痛苦得以缓解，创造与游戏密切地结合在一起。”[28]160

80岁之后，风烛残年的荣格还不时到野外做短暂停留，眼前覆雪的山峰高高耸立，只露出一角湛蓝的天空，周围一片荒凉静寂。荣格呼吸着山间清新的空气说：“这将是我最后一次见到大山了”[29]412，此时已泪水潸然。此情此景似乎大不同于陶渊明的“悠然见南山”，但作为对于自然的“终极感悟”，二者却是异曲同工，差异仅在东西方感情表达的方式不同而已。

据戴维·罗森的书中记述，1961年的6月初，荣格于临终的前几天，梦见自己置身于黑黝黝的大森林中，一些柔韧的树根从地层深处伸展出来，围绕着他，并闪烁着金色的亮光，他自己“已经成为神秘金色的一部分，深深地植根于大地母亲之中”[28]196。那应该是大自然深处的秘藏在荣格灵魂中的闪光。正如中国哲学家贺麟先生在《自然与人生》一文中说过的，那是“将自然内在化，使自然在灵魂内放光明”[30]112。

若以追慕自由、回归自然、在低物质损耗下过高品位的精神生活为准绳，则西方现代世界我们还可以为中国古代伟大诗人陶渊明寻找到更多的“盟友”。比如，数年前荣获诺贝尔奖的法国当代作家让-马里·古斯塔夫·勒·克莱齐奥（Jean-Marie Gustave Le Clézio，1940—　），一位不断地述说着反抗现代社会、不懈追求自然原始生活状态的诗人、小说家。他渴望“在现实中创造出一个想象的国度，在现代文明之外的大地上找到了一个天堂，一个理想的乌托邦”①。熟悉他的法国读者说，这是一个“孤僻的世界公民”，一个“类似于梭罗的隐居者”；他还总是自称一个“可怜的卢梭主义者”。对照我们前面的陈述，克莱齐奥既然被视为卢梭、梭罗的“盟友”，他自然也可以是我们陶渊明的“盟友”。

---

① 人民文学出版社“21世纪年度最佳外国小说奖”关于勒克莱齐奥的颁奖词。

十一

自从我从事生态批评研究以来，我已经把中国古代伟大诗人陶渊明推介到西方世界作为我的一个义不容辞的使命。我相信在这个天空毒雾蒙蒙、大地污水漫漫、人心物欲炎炎的时代，陶渊明的精神能够为世人点燃青灯一盏，他那一丝清幽之光，将照亮人类心头的自然，让现代人重新看到自由美好生活的本源。

2008年10月由清华大学比较文学与文化研究中心与美中富布莱特基金组织联合举办的“超越梭罗：文学对自然的反应”国际研讨会上，我得到一个机会，在中国、美国、加拿大、意大利、印度、波兰、法国等国家的学者面前发出呼吁，希望面对自然之死，从生态批评的角度将陶渊明与梭罗并置研究。下边是我发言的要点：

> 早在1600年前，在中国江西庐山的山脚下，就曾经诞生过一位伟大诗人陶渊明，他与梭罗一样厌恶既定的社会体制，维护自然与人的统一，追慕素朴的田园生活，亲历辛苦的农业劳动并创作出许多优美的诗篇。更重要的是，他和梭罗一样，都创造了一种生态型的生活方式，一种有益于生态和谐的人生观念。
>
> 地球已经进入“人类纪”，地球遭遇的生态状况却要比梭罗、陶渊明时期恶劣一百倍、一千倍。而文学面临的生存空间随着自然生态的恶化也越来越枯燥、越来越狭窄。从西方到东方，人们普遍议论的文学危机、文学终结，在更深的层面上其实是与现代社会的生态危机、自然终结联系在一起的。文学是人学，也应是人与自然环境的关系学、人类的生态学。
>
> 一个越来越明显的事实是：人类活动对地球上自然生态的安危担负着绝对责任，人类精神的取向对地球生态系统的和谐、稳定起着最终决定作用。为此，我们应当发挥梭罗、陶渊明的自然主义精神，让文学积极参与到拯救地球的运动中来，也让文学在拯救地球的同时得到拯救。为此，全世界的文学工作者应当团结起来，为养护地球生态系统尽心尽力。
>
> 梭罗或许天生就是一位生态运动的世界主义者，他渴望聚集各个民族古老的生态智慧以应对日益险恶的生态危机。他曾经提出：这个时代完全有必要将几个国家的圣经、圣书结集印出，中国的、印度的、波斯的、希

伯来的和其他国家的，汇集成人类的圣经（由此可以看出，梭罗也在寻找他的“自然盟友”）。梭罗未能完成的事业，应当由我们大家承担下来。我们中国学者将继续向世界各国学者虚心求教，同时也将认真挖掘、整理本民族的自然文学遗产奉献给世界，为梭罗期待的“人类圣经”提供更多的素材。

我的这番话或许已经打动与会的一些西方学者，一位金发碧眼的中年女士当场要我将“陶渊明”的名字用中文写在她的笔记本上。事后，美国当代享有盛誉的生态批评家、美国内华达大学斯科特·斯洛维克教授（Scott Slovic）频频从大洋彼岸传言，希望尽早看到从生态批评的意义上研究陶渊明的新著。

2012年，我在上海文艺出版社出版了《陶渊明的幽灵》一书，在我自己的学术视阈内完成了一个生态批评的个案。

四年后的今天，这本讲述陶渊明的书已经翻译成英文，有望在西方最富有实力的Springer出版社出版。我很荣幸我的这本书开始得到一些西方学者的关注与认同。美国人文科学院院士、著名的过程哲学家小约翰·柯布（Dr. Cobb' s blurb）先生说：“把陶渊明与西方思想家并而观之，便能够呈现出陶渊明思想的深刻价值。”老朋友斯洛维克更是热心地指出：“本书不仅展示了中国环境思想的独特洞察力，也阐明了东西方文化的深远交融。”耶鲁大学教授、《世界宗教与生态》丛书主编玛丽·伊芙琳·塔克（Mary Evelyn Tucker）女士认为，这本书通过陶渊明呼唤自然世界的美妙与无穷魅力，这对于建立“人与地球”的新型关系无疑是一种贡献。

希望在渐渐实现，我们已经有可能为陶渊明在世界各地寻求到更多的“盟友”。我们的“结盟”不为别的，仅为了改变已经漏洞太多的现代人的价值观念，改善现代人的生存方式；为了与大自然和谐相处，为了人类社会在地球上的健全发展。

参考文献：

[1] 王菁黛．陶渊明对后世文学的影响［EB/OL］．豆丁网，陶洲明(4938) 文学 (29862)．

[2] 魏正申．日本20世纪陶渊明研究书评［J］．九江师专学报，2001年增刊．

[3] 邝健行．韩国诗话中论中国诗资料选粹［M］．北京：中华书局，2002.

[4] 梁宗岱．诗情画意［M］．北京：中央编译出版社，2005.

[5] 梁宗岱. 法译陶潜诗选 [C]. 北京: 外语教学与研究出版社, 2003.

[6] 罗大纲. 难得与米修会面 [J]. 外国文学研究, 1994 (1).

[7] 陈友冰. 英国汉学的阶段性特征及成因探析 [J]. 汉学研究通讯·国际汉学 (中国台湾), 1997 (8).

[8] 李毅. 美国教科书里的中国 [M]. 广州: 广东教育出版社, 2006.

[9] 梁启超. 陶渊明 [M]. 上海: 商务印书馆, 1923.

[10] 胡适. 白话文学史 [M]. 合肥: 安徽教育出版社, 2006.

[11] 陈寅恪. 金明馆丛稿初编 [M]. 北京: 生活·读书·新知三联书店, 2009.

[12] 刘大杰. 中国文学发展史 [M]. 天津: 百花文艺出版社, 2007.

[13] 张竞生. 张竞生文集: 上卷 [M]. 广州: 广州出版社, 1998.

[14] 朱光潜. 朱光潜美学文集: 第二卷 [M]. 上海: 上海文艺出版社, 1982.

[15] 伊壁鸠鲁·卢克莱修. 自然与快乐 [M]. 包利民, 等译. 北京: 中国社会科学出版社, 2004.

[16] 朱光潜. 诗论 [M]. 长沙: 岳麓书社, 2010.

[17] 卢梭忏悔录 [M]. 周士良, 译. 北京: 商务印书馆, 1996.

[18] 卢梭. 一个孤独漫步者的遐想 [M]. 邹琰, 译. 广州: 花城出版社, 2005.

[19] 朱新福. 美国文学中的生态思想研究 [M]. 苏州: 苏州大学出版社, 2006.

[20] 夏光武. 美国生态文学 [M]. 上海: 学林出版社, 2009.

[21] 惠特曼. 草叶集: 致一位总统 [M]. 若冰, 译. 北京: 九州出版社, 2001.

[22] 罗伯特·米尔德. 梭罗日记 [M] //重塑梭罗. 马会娟, 译. 上海: 东方出版社, 2002.

[23] H. 梭罗. 瓦尔登湖 [M]. 途迟, 译. 长春: 吉林人民出版社, 1997.

[24] 华兹华斯. 华兹华斯诗选 [C] //杨德豫译诗集. 南宁: 广西师范大学出版社, 2009.

[25] 赛亚·柏林. 浪漫主义的根源 [M]. 吕梁, 译. 上海: 译林出版社, 2008.

[26] 李平. 西方人眼中的东方文学艺术 [M]. 上海: 上海教育出版社, 2004.

[27] 高更. 高更艺术书简 [M]. 张恒，译. 北京：新星出版社，2010.

[28] 戴维·罗森. 荣格之道：整合之路 [M]. 申荷永，等译. 北京：中国社会科学出版社，2003

[29] 文森特·布罗姆. 荣格：人和神话 [M]. 张月，等译. 郑州：黄河文艺出版社，1989.

[30] 贺麟. 文化与人生 [M]. 北京：商务印书馆，1999.

（该文发表于《中州大学学报》2016年第4期）

佛教与生态

鲁枢元，张　平*

摘　要：佛教与生态之间有着多方面的关联：佛教与大自然之间存在着原发性的关系；生态学的精神向度是佛法辛勤耕耘的心田；佛教的因缘果报类似生态循环中的因果链；佛教倡导众生平等与生态伦理并行不悖；“低物质损耗的高品位生活”也是佛教徒的生活取向；佛教中的“净土思想”展现了当代人的生态愿景；上求下化、重在实践是佛教与生态共同的行为准则。

关键词：环境保护　生态伦理　佛教　生态学

中国以环境保护为核心的生态运动，目前正处于前所未有的高潮之中。而宗教，尤其是佛教，新时期以来随着改革开放的进程正日益活跃起来，如今已经成为一支拥有广泛群众基础的社会力量。那么，这支潜流涌动的宗教力量与举世关注的生态运动之间有何关系，能否在中国的发展战略中发挥积极的推助作用，无疑是值得深入探讨的。

国外学术界几乎一致认为，宗教活动的复苏与生态运动的兴起之间存在着内在的、必然的联系。自然的重新神圣化与宗教的渐进人间化双向互动，使得生态与宗教相互走近。50 年前，生态学还局限于自然科学的框架内，对于神学避之唯恐不及；神学家中几乎无人知晓生态学为何物。如今，像世界绿色和平组织就不无偏激地认定“生态”也是“宗教”；同时，许多宗教组织直接介入生态运动，为环境保护做出突出贡献。

在世界上现存的各种宗教中，影响最大且与生态观念最能够融会贯通的，或许就是中国的佛教。我自己在这方面的专业知识不足，只能浅显地谈谈以下

* 作者简介：张平，苏州大学艺术学院教授，长期从事声乐、表演、音乐鉴赏、声乐语言学等学科的教学与科研工作。专著有：《聆听大地》《唱归天地》等。

几个方面。

一、佛教与大自然之间存在着原发性的关系

佛教史记载，佛祖悉达多最初是在旷野中修炼并进入禅定的。与他同修的是大自然中的树林、河流、鸟雀以及草丛里的昆虫、泥土里的虫蚁，那实际上就是生态学里讲的“地球生物圈”。可见佛祖悉达多得道成佛的过程，实际是在大自然的怀抱中完成的；其得道的验证，则是他将自己与天地万物融为了一体。一行禅师在《故道白云》一书中写道：“成佛的悉达多可以辨察到当时他身体内存在着无数众生。这包括有机物和无机物、矿物、草苔、昆虫、动物和人等。他也察视到其他所有众生就是他自己……他看见自己体内的每一个细胞都蕴藏着天地万物，而且跨越过去，现在和未来。”[1]65 这段话也可以理解为法力无边的佛祖其实就是宇宙的化身。

生态学的第一法则，认定世界是一个运转着的有机整体，万物之间存在着生生不息的普遍联系；从日月、星辰、风雨、雷电、山川、河流、森林、土地，到包括人类在内的一切有生之物：动物、植物、微生物，都是这个整体中合理存在的一部分，都拥有自己的价值和意义，都拥有自身存在的权力；最终，它们只服从那个统一的宇宙精神。因此在这个“根本大法”上，佛教与生态基本观念是一致的。佛陀在世时，曾经用一只碗开示信徒：碗里盛满了水，水倒出去后碗里还有什么？有空气。仅仅是空气吗？佛祖说我们还应该看到这只碗里有制陶用的水和泥土、柴草与火焰、有令草木生长的风雪雨露，有制陶匠人的心思与技艺。佛祖说：“比丘们，这碗并不能独立存在。它在这里是有赖所有其他非碗的存在物，如泥土、水、空气、陶匠等所致的。一切法也如是。每一法都与其他法相互而存。”[1]245 即使一片树叶，其中也蕴含着太阳、月亮、星辰的光芒，蕴含着空气、泥土、时间、空间与心识，蕴含着整个宇宙！

得道后的佛陀教导他身边的信众：我们不但是人类，我们还是稻米、水果、河流、空气；我们存在于这个互缘而生、相依相存的生命共同体中，这是一个生生灭灭、循环不息的共同体；这个共同体养护了我们，我们与众生也为这个共同体做出了自己的奉献。佛祖的这开示，充满了现代生态学中“有机整体论”的意蕴，他说的这个生命共同体，应该就是地球生物系统。

二、生态学的精神向度是佛法辛勤耕耘的心田

从20世纪中期，生态学开始了它的人文转向，其中一个重要标志，就是将人类的心灵与人类的精神作为重要变量纳入生态学研究领域。现代人终于看到

并承认，地球生态陷入严重危机，是由于人类关于自然的观念出现了偏差，从而导致人类的生活理念、价值尺度出现了偏差。

现代人总是认为美好的生活是建立在物质生活高度富裕之上的，总是以占有更多的物质来构筑自身的安全，往往忽视了精神的安全与健康，因此导致新世纪成了一个精神病症大流行的世纪。一如贝塔朗菲指出的：人类社会中的许多麻烦、许多失控、许多灾难、许多困境，更多是由于人类精神层面中“符号系统”的紊乱与迷失引发的，“我们已经征服了世界，但是却在征途的某个地方失去了灵魂”[2]19。

海德格尔在谈到地球面临的生态危机时，首先强调的也是人类遭遇的精神危机，“现代社会的本质是由非神化、由上帝和神灵从世上消失所决定的，地球由此变成一颗迷失的星球”，而人则被“从大地上连根拔起”，“丢失了自己的精神家园”[3]195。

著名环保学家、美国前任副总统艾伯特·戈尔（Albert Arnold Gore）指出：全球性的环境危机不过是人类内在危机的外在表现，即精神危机。环境的污染源自精神的污染，“大地上的雾霾源于人们心灵中的雾霾”。现代社会生态状况的严重失衡，不但表现在自然生态的失衡，还表现在文化生态、精神生态的失衡。

综合而言生态问题，不单单是一个技术问题或科学管理问题，更是一个伦理问题、哲学问题、信仰问题、教育问题。针对日益严峻的环境破坏与生态危机，技术上的改进、管理上的加强固然有一定的效用，但在根本上起作用的，还应是改变现代人的价值观念、生活理念，改善现代人的精神与心灵的状态。戈尔将其称为“精神环保”，我则将其视为“精神生态”，这与佛教界近年来推重的“心灵环保”是一致的。随着“人类纪”的到来，人类的精神已经成为地球生态系统中的一个重要的变量，精神生态已成为地球生态系统中的一个重要的组成部分。

从根本上说，改善环境在人而不在物，在于人们内心世界的一念之差，因此要在人类自身的修心养性上下大功夫。佛法辛勤耕耘的是人类的“心田”，佛祖一行在王舍城南郊对一位富裕的农场主说：我们耕作的是人们的心田，“我们把信念的种子播在至诚的心田上。我们的犁是细心专注，而我们的水牛就是精进的修行，我们的收成则是爱心和了解。”

1993 年 8 月，美国芝加哥召开的世界宗教大会的《宣言》里指出：“宗教可以提供单靠经济计划、政治纲领或法律条款不能得到的东西，即内在取向的改变，整个心态的改变，人的心灵的改变。”[4]13佛教注重的是人的精神领域的修炼，人的观念的转变，“前念迷即凡夫，后念悟即佛”。修心养性，对于佛教尤其是佛教中的禅宗来说是不二法门，“达摩东来，直指人心。明心见性，见性成佛”。《维摩诘经》中指引的道路是“众生心净则佛土净”，而“心净”则是“佛土净”的先决条件。

对此，虚云大师曾有许多简明透彻的开示：“转移天心，消弭灾祸，应从转移人心做起，从人类道德做起，人人能履行五戒十善，正心修身，仁爱信义，才可转移天心”“苦海无边，回头是岸”，由迷得觉、自重自爱，才能化除戾气，归于至善。[5]167 大师明确无误地指出：佛是治疗众生心病的良医；佛法乃善法，与世间一切善法实无差别。生态养护也是人间的善法，佛法中的“戒定慧”如果换作精神生态中的说法，那就是：戒除不良生活方式、坚定健康人生理念、开发生存大智慧、营造人与自然和谐共处的美好空间。

“菩提只向心觅，何劳向外求玄”，可以说佛学就是心灵学，是导引心灵走向健康圆满的心灵学。

三、佛教的因缘果报类似生态循环中的因果链

佛教哲学的重要理论基石是“缘起论”，即“万法依因缘而生灭”，因果相续，有业必报，亦即人们常说的“种瓜得瓜，种豆得豆”，恶有恶报，善有善报；谁种下仇恨，谁自己遭殃。佛陀曾现身说法，前生当他还是一个孩子的时候，曾恶作剧地在一条捕捞上岸的大鱼头上敲击三下，来世就患上了头痛病。现代人对其他物种的伤害可远不止敲几下鱼头，像现代肉食生产企业对于流水线上饲养的“肉牛”“肉鸡”的虐待之烈远远超过了以往的屠宰户。而人类同时也就遭遇到以往从不曾遇见过的“疯牛病”和“禽流感”。人类为了舌尖上那点快感而滥杀穿山甲、果子狸等野生动物，很快就遭受到“非典”的报应。自业自得果，众生皆如是，佛经中讲的“业力不失，有业必报”在生态学的领域同样得到了印证。

佛法中的时间观并非牛顿物理学中的直线型、单向度的，而是轮回循环、周而复始的，各种因素生灭演替、环环相扣，其中机缘往往神出鬼没、幽微莫测。在新近建立的“复杂哲学”学科中，世界的复杂性远非自作聪明的现代人类所能洞察，“北京城里的一只蝴蝶扇动一下翅膀，美国的波士顿就可能降下一场暴风雨”。现代人最初享受汽车工业带来的便捷时，万万想不到地球会因此升温、海水因此暴涨、滨海地区的人或变鱼鳖！现代人开始享受空调、冰箱的舒适方便时，也万万想不到南极上空会出现大面积的臭氧空洞，人类皮肤癌、白内障的患病率将大大提升。不难看出，在生态系统内，也总是人在做、天在看，

祸福依因缘而生灭，善恶依因缘而果报。在生态学领域，人们也应当克己自律，遵循生态伦理道德，多行善以促进生态系统的良性循环；少作恶，避免生态系统的恶性循环。

四、佛教倡导众生平等与生态伦理并行不悖

《坛经》说："一切众生，悉有佛性"；《涅经》说："以佛性等故，视众生无有差别""广大慈悲，万物平等。"这是佛教的基本教义。

佛教所讲的众生称为六凡四圣：鬼、地狱、畜生、阿修罗、人、天、声闻、缘觉、菩萨、佛。人只是其中一个环节。佛陀曾告诫他的信众：在我为人之前，我曾经生为泥土、石块、植物、鸟雀和其他动物。我或许就是那棵鸡蛋花树，也许你们当中有人就是那只苍鹭、那只螃蟹或小虾。佛学视一切生物均为平等，都拥有生存的权力，就如同大海中的鱼虾蛟龙，全都享受海洋的滋养。方立天教授曾经指出："在佛教哲学中，人不是宇宙的主人，不处在宇宙的中心地位，人的上面有天和其他更高的圣界，人属于凡界，如果行为不良，还将堕入更加恶劣的环境中。"[6]79

如果说"生死轮回"是"众生平等"的逻辑前提，那么，"养生护生"则是"众生平等"的实践行为。《大智度论》卷十三说：诸罪当中，杀罪最重；诸功德中，不杀第一。尊重生命、珍惜生命，是佛家的根本观念。"戒杀"成为佛教徒必须严格遵循的第一戒律，"放生"则成为修行的莫大善举。由弘一法师题跋、丰子恺居士绘图的《护生画集》，已经成为中国佛教界的经典。丰子恺在谈到他创作这部画集时曾说，夜间常常有千禽百兽走进他的梦境，欢喜鼓舞，为他提供许多创作的灵感。

佛教的"众生平等"观念，为当代生态保护运动提供了精神层面上的支撑。

法国著名伦理学家、哲学家、神学家、诺贝尔和平奖获得者阿·史怀泽（Albert Schweitzer）被爱因斯坦称作"我们这个世纪的最伟大的人物"，他所主张的"敬畏生命"的生态伦理思想与佛教的"众生平等"观念异曲同工。

史怀泽指出："过去的伦理学原则是不完整的，因为它认为伦理只涉及人对人的行为。实际上，伦理与人对所有存在于他的范围之内的生命的行为有关。只有当人认为所有生命，包括人的生命和一切生物的生命都是神圣的时候，他才是伦理的。"[7]9 史怀泽还曾说过："有道德的人不打碎阳光下的冰晶，不摘树上的绿叶，不折断花枝，走路时小心谨慎以免踩死昆虫。"[7]9 那是一种"精神的礼节"和"宇宙的风度"。其实，这也是任何一位潜心修行的佛教徒的理解与风度，也应当是生态保护运动中每一个人应当具备的品德和风度。

大自然中的一草一木，都有它独特的奥秘和魅力，蕴涵它自己的逻辑和道理。著名生物学家 H. 法布尔说：“即便是那些隐藏在污泥草丛中的小小的昆虫，它也是一个小生命，也有它的思想，足以带领我们触及最高深、最动人的课题，并把我们引到一个如诗如画的神奇境界里。”[8]1 在众生平等的意义上敬畏生命的思想，不但具有生态伦理学的意义，还应具有精神生态的意义，它使人作为行动的生物与世界的全体建立起精神关系，那是在漫天雾霾中亮起的一盏精神的明灯。

五、“低物质损耗的高品位生活”也是佛教徒的生活取向

面对全球性的生态危机，世界上许多地方都在倡导过“简约”的生活，即在尽可能减少物质消费的情况下过一种舒适方便的生活。

我们在多年前曾建议现代人应选择一种“低物质损耗的高品位生活”，与上述“简约生活”不同的是，我们在主张“低物质消费”的同时，更注重“精神生活”的丰富与健全。我们在论证这一命题时，曾以僧人的日常生活为例：衣，不过三件；食，粗茶淡饭，一律素食；住，随遇而安，茅屋、草庵、岩洞、树下皆可安身；行，“芒鞋斗笠一头陀”。这种“苦行”，僧人之所以能够忍受、乐于忍受，当因为他们有自己的精神追求、信仰的力量。

西方消费主义的生活模式在全世界的迅速普及，给生态造成沉重的负担与全方位的破坏。一是巨量的冗余消费正在迅速耗尽地球宝贵的自然资源，制造出有史以来最严重的自然生态灾难；二是高消费引发的生产竞争、市场竞争、金融竞争，包括人与人、企业与企业、国家与国家之间的竞争，已经在人与人、国与国、民族与民族之间注入“仇恨的福音”，败坏了人类的社会生态；三是物质主义、消费主义致使现代人类精神萎缩、心灵干涸、“精神能量”日益贫瘠，生活中的诗意荡然无存，生活品味日益低俗化。

由此看来，选择“俭朴生活”，不仅仅是选择了“低碳生活”和节约地球上的自然资源，同时还涉及人际关系、人与人之间和谐共处的社会生态，涉及个人内在心灵的充实、高尚与美好。

丰子恺居士曾经以弘一法师为例加以解说。“人生”犹如三层楼：一是物质生活，二是精神生活，三是灵魂生活。物质生活就是衣食；精神生活是学术文艺；灵魂生活就是宗教。住第一层的人，看重的是物质生活，锦衣玉食，荣华富贵，子孙满堂。上二层楼的人，淡泊名利，专心学术，寄情山水，追求的是生活中的自由和诗意。一心攀登三层楼的是宗教徒，他们放弃一切物质生活的享受，探求灵魂的来源、宇宙的根本、人生的终极意义。丰子恺自己是住二层楼的人，弘一法师是三层楼上的典范。

一个人的一生是否活得有价值、有意义，并不以他消耗的物质财富为依据。佛陀曾开导一位养尊处优而百无聊赖的富商子弟："如果生活得简单健康，而不被余年贪求所奴役，你是可以体验到生命的奇妙美好的。你向四周观望吧，你可以看到树木在薄雾里吗？它们不是很美丽吗？月亮星星、山河大地、阳光鸟语和淙淙山泉，都是宇宙间可提供无穷快乐的现象。"[1]83 绿色学术经典《瓦尔登湖》的作者亨利·戴维·梭罗（Henry David Thoreau）曾经用他的话语方式表达过相似的意思："多余的财富只能够买多余的东西，人的灵魂必需的东西，是不需要花钱买的。"

六、佛教中的"净土思想"展现了当代人的生态愿景

净土，即佛国清净国土。释迦牟尼佛的伟大的本愿就在于净化人间，将娑婆秽土转化为清净国土。佛经中提到的有十方无量净土，如弥陀净土、药师净土、华藏净土、维摩净土、弥勒净土等。其中广为流行的是弥勒净土。在《弥勒菩萨本愿经》中，弥勒菩萨曾立下弘大誓愿：令国中人民绝无污垢瑕秽，国土异常清净，人民丰衣足食，生活安宁幸福。在这片国土上，空气清新洁净，天空风和日丽，水源清洌甜美，树木茂密繁盛，花草鲜艳芬芳，鸟兽繁衍兴旺，众生三业清净皆行十善，人与天地万物达成高度和谐的境界。净土思想经庐山东林寺慧远大师的倡导与力行，已经成为中国佛教信仰影响最深远的宗门。

佛经中推崇的这方净土，相比我们当今置身的这个大地污水漫漫、天空毒雾蒙蒙、人心欲火炎炎的现实社会，显然是一个美丽的生态愿景！

愈演愈烈的生态危机以超出人类意愿的方式，迫使人们做出一个重大选择：人类已经进入了一个新的历史时期，一个新的文明阶段，生物学的世界观将取代物理学的世界观，从而创造一种新的社会范式。英国学者 J·珀利特设想，生态学观点的"绿色范式"，将取代工业主义的"灰色范式"；非物质主义的、崇尚精神的、整体化的生态理念，将取代物质主义的、单一化的、简约化的人类中心；人与自然和谐相处的生态观念，将取代控制自然的技术主义。这种生态范式的新生活，或许就是"佛家净土"的现实版。

佛教天台宗、华严宗、净土宗、禅宗都把"圆融"视为佛法中的最高理趣。圆者，整体上的周流遍布；融者，各种关系之间的融和通融。圆融即多元统一体内的谐调与平衡，亦即天地神人之间的和谐共处，这显然也是生态学的理想境界。

七、上求下化、重在实践是佛教与生态共同的行为准则

“上求下化”是大乘佛教的常用语，即“上求菩提、下化众生”，在上是求得个人精神上的开悟，见性成佛；在下是身体力行、弘扬佛法、化导众生以利天地万物。

佛教设下种种严格的戒律，便是出于对信徒的“知行合一”的要求。以我的理解，所谓“修行”就是对于佛学的进修研习加上对于佛理的弘扬践行。

佛祖释迦牟尼不但是佛法的开创者，同时也是一位践行者。他在自证得道后，率领他的僧团含辛茹苦、摩顶放踵走遍五印大地，深入社会底层，关心民众疾苦，平息尘世纷争、化度亿万众生。上至王公贵族，下至掏粪工、杀人犯、麻风病人，甚至大象、蟒蛇都曾蒙受他的恩泽。佛祖总是以自己的实际行动，为人间营造一个和平圆融的世界。

当年地藏王菩萨立下宏愿：“地狱不空，誓不成佛”，同样是要以自己的实际行动拯救世人于水火。

生态学也不仅仅是一种知识理论、一门学问，生态学具有强烈的实践性，在生态危机日益严峻的当下社会，这种实践性显得更加紧迫。佛学与生态学都不能停留在“坐而论道”的层面上，它们皆要求人们的努力践行。真正改善地球的生态状况，也还是要从每一个人的日常生活实践做起。

阿尔·戈尔指出美国人每人每年释放的二氧化碳平均量为6.8吨，为地球上大气升温造成巨大的负面影响。因此，解救地球生态困境要从每一个人做起，并为美国人的日常环保制定出35条措施，从“少吃肉食”“少开汽车”到“自带水杯”“不浪费纸张”“尽量购买二手货”等等，这似乎也可以视为“现代人的日常戒律”了。

据弘一法师讲述，他的师父印光大师一生最喜自做劳动之事，80岁时还坚持每日自己扫地、洗衣。饮食极为节俭，早饭一大碗白粥，吃完还要“以舌舔碗至极净”，最后还要“以开水注碗中，涤荡残余，旋即咽下”。大师的所作所为，堪比当今的生态模范。

截至20世纪下半叶，保护环境、维护生态安全已经成为世界上许多佛教组织的重要践行方式。

在日本，由池田大作担任会长的“日莲正宗创价学会”（简称“创价学会”），就把尊重生命、保护环境列入自己的教义，还在南美洲成立了亚马逊生态研究中心，为当地原始雨林的生态养护提供直接的援助。

我国台湾法鼓山圣严法师在1992年正式将佛法修炼与生态养护结为一体，

并将其化解为“心灵环保”“礼仪环保”“生活环保”“自然环保”四个可以操作的层面，诸如植树造林，净滩净山，垃圾分类，资源回收，不用一次性餐具，不用化学洗涤剂，收养流浪动物，厨房垃圾堆肥等活动，有效地将佛法与生态意识转化为具体的社会实践行动。

2013年以来，在中国贵州弥勒道场所在地梵净山，也曾多次举办生态文明与佛教文化论坛，并制定了以社会和谐发展为核心的十二条“梵净山共识”。

综上所述，在世界性的生态危机严重威胁到人类生存的今天，佛教是能够为缓解这一危机做出独特贡献的，而生态学的观念也必将为弘扬佛法、扩展佛教的影响力充实新的内涵。

八、其余的话——万杉寺与生态的特殊缘分

万杉寺位于江西省风光秀丽的庐山南麓，东邻五老峰，西望香炉峰，北倚庆云峰，南临鄱阳湖，三面环山，一面临水，山色空蒙，林木蓊郁。万杉寺院历史悠久，始建于南梁时期，作为庐山五大丛林之一，距今已有1500年历史。自古以来，高僧大德辈出，法统相续相沿。如今，经能行大法师安住维持，殿堂重建、梵音大振、僧伽日众、古刹中兴，声名远播。

从我们第一次走进万杉寺，便直觉到这是一座佛光祥瑞的道场，一所静思潜修的丛林，一座生态气场浓郁的寺院。就佛教与生态的关系而言，万杉寺除了拥有上述诸多共性外，该寺院与生态的关系还具有自己显著的特色。

第一点，就是“树木”。

与众不同的是万杉寺的寺名中就有“树”。树是大超和尚手植，寺名则是宋代仁宗皇帝钦赐。万杉寺名副其实，寺内至今还有一片杉、竹混交的森林，且存活着两株千年古树。能行法师重建万杉寺后赓续祖师家法，率一应僧徒信众，于寺里寺外又种下千万株水杉、红豆杉、银杏、南竹、罗汉松等。如果站在远处望去，秀峰下的万杉寺掩映在一望无际的林海中，就像漂浮在绿色云海里的一座蓬莱仙岛。

森林、树木的生态意义是不言而喻的：防止水土流失、调节空气成分、荫庇鸟兽昆虫栖居、滋养不同物种生长、取悦人的耳目、净滤人的心灵。一片森林乃至一棵大树，便能构成一个生物场、一个生态系统。

森林与树木还蕴含着丰富的宗教精神，在佛教史上具有超凡入圣的意义。佛祖悉达多就是在尼连禅河河畔森林中的一棵巨大的毕钵罗树（又称菩提树）下修行并得道的。他从一片树叶悟出：泥土、水分、热力、云彩、阳光、时间、空间和心识皆同时存藏在这片树叶里，整个宇宙都存在于那片树叶之内，那树

叶的实相简直就是一个奥妙的奇迹！一行禅师在《佛陀传》中写道：这棵巨大的毕钵罗树就是佛陀修行道上的兄弟！毕钵罗树，也就是菩提树，从此被视为“觉醒的树”，以其与“佛陀”同源，而成为开悟的佐证。

万杉寺内，有树木、僧伽、万杉之林，与千年道场，生态与佛法在此因缘相聚。万杉寺完全有可能继承佛祖法统，成为当代生态文明与佛教文化和谐共生的典范。

第二点，即“女性”。

《金刚经》说“无我相，无人相”，男本非男，女本非女，本来清净，佛性一如。我想，这种无差别境界应该是悟道后的最高境界。但在信徒们修行的过程中，还是会有性别的差异，会关注到女性的存在的。

在当前蓬勃开展的世界性的生态运动中，女性被赋予崇高的、特殊的意义。善良、仁慈、温和、宽容、柔弱而又睿智的女性被视为大自然的天生盟友。从西方国家看来，当下在捍卫生态安全、保护环境健康的群众运动中，女性们总是走在最前列。

宗教界如何看待女性的位置呢？从佛祖悉达多出家、修炼的过程中，我们可以清楚地看到对他精神与实践上起到推助作用的多半是女性，如他的姨母也是继母乔达弥王后、他的妻子耶输陀罗，都对他的出家修行付出深深的爱心与无私的赞助。最初，在他因苦修而身疲力竭、生命垂危时，是村子里一位叫善生的十三岁少女尊奉母命用牛乳、糕饼、莲子救活了他。令人遗憾的倒是悉达多身边的男性，比如他的父亲、叔父，都对他的出家修行表现过不解与不满，甚至阻挠。而若干年后，他的继母乔达弥王后带领50名女性经远途跋涉也来到佛陀身边，坚定地要求出家为尼。再看看当下我们身边，皈依佛门的信众，女性占据了大多数。这是否因为女性的心地更为柔软仁慈，因此也更接近佛性呢！

女性与生态，在万杉寺这座女众伽蓝中再度交集，使这座千年古刹凭添几许生态文化的亮色。女众的万杉寺，或许可能对当下的生态文明建设有更多的奉献。

参考文献：

[1] 一行禅师．故道白云［M］．北京：线装书局，2007.

[2] 贝塔朗菲．人的系统观［M］．张志伟，译．北京：华夏出版社，1989.

[3] 冈特·绍伊博尔德．海德格尔分析新时代的科技［M］．宋祖良，译．北京：中国社会科学出版社，1993.

[4] 孔汉思，库舍尔．全球伦理：世界宗教议会宣言［C］．何光沪，译．

成都：四川人民出版社，1997.

[5] 虚云．禅修入门 [M]. 南京：江苏文艺出版社，2010.

[6] 方立天．佛教哲学 [M]. 北京：中国人民大学出版社，2006.

[7] 阿·史怀泽．敬畏生命 [M]. 陈泽环，译．上海：上海社会科学院出版社，1992.

[8] 勒格罗．敬畏生命：法布尔传 [M]. 太阳工作室，译．北京：作家出版社，1999.

（该文发表于《中州大学学报》2018 年第 2 期）

汉语文学的文体意识及文体互渗

泓　峻*

摘　要：对于把文章统绪问题看得高于一切的中国古代作家而言，“文各有体”，是进行文学创作时需要遵循的一条最为基本的原则，这与汉语书面表达对语言形式的特别关注有直接关系。然而，“文各有体”只是汉语文学文本形态的一个方面，与之形成对比的，则是文体之间的互相渗透，其形式包括作为核心文本的诗与文之间的平行互渗、核心文体与边缘文体之间的互渗与影响以及新文体对旧文体形式的吸纳与包容。

关键词：汉语写作　文本形态　文章体制　文体互渗

一

钱钟书先生曾说，对汉语文学而言，“诗文词曲，壁垒森然”，“文各有体，不能相杂，分之双美，合之两伤；苟欲行兼并之实，则童牛角马，非此非彼”[1]。与西方文学相比，汉语文学对文体界限的强调的确更为严格。对于把文章统绪问题看得高于一切的中国古代作家而言，文体知识的获得，是从事文学创作的基础；“文各有体”，是进行文学创作时需要遵循的一条最为基本的原则。

在宋代文学史上，曾有一桩公案，涉及欧阳修的《醉翁亭记》与王禹偁的《竹楼记》两篇文章优劣的评价。据说，王安石曾称王禹偁的《竹楼记》胜于

* 作者简介：泓峻，文学博士，山东大学威海校区文化传播学院教授，博士生导师，兼中国中外文艺理论学会理事，威海市作家协会副主席等。著述有《人文的美学视点》《共生与互动——20世纪前期的文学观念变革与语言变革》《文学修辞批评》《汉语文学的文本形态》等。

欧阳修的《醉翁亭记》。然而，许多人对此说一直表示怀疑，因为在他们看来，“《醉翁亭记》虽涉玩易，然条达迅快，如肺肝中流出，自是好文章，《竹楼记》虽复得体，岂足置欧文之上哉?”[2]他们认为，作为文学大家的王安石，不可能在二者的评判上如此失去水准。黄庭坚则坚信确有此事，而且认为“荆公出此言未失也”，因为“荆公评文章，常先体制而后文之工拙”[3]。

黄庭坚这里所说的“文章体制”，指的就是文体形式。如果从文体的角度看，《醉翁亭记》虽有“记”之名，却无“记”之体。《竹楼记》可能在文采上不如《醉翁亭记》，却能够得文体之要。

黄庭坚的话大概是可信的。因为在宋代，确实有很多人论文时持“先体制而后文之工拙”的标准。据《后山诗话》记载，黄庭坚自己就说过，“诗文各有体，韩以文为诗，杜以诗为文，故不工耳。”[4]266 陈师道也说：“退之以文为诗，子瞻以诗为词，如教坊雷大使之舞，虽极天下之工，要非本色。”[4]268 即使是“江西派”之外的人，也讲过类似的话，如朱熹曾云：“余尝以为天下万事皆有一定之法，学之者须循序而渐进。如学诗则且当以此等为法，庶几不失古人本份体制。”[5]

强调作文首先要遵循文章体制，这种观点既不是兴自宋代，也不止于宋代，实则贯穿汉语文学史的始终。如果说包括刘勰在内的许多人把《尚书》中的“辞贵体要”这句话理解为强调文体对写作的重要性还显得有些牵强的话，则《文心雕龙·风骨》篇中说“熔铸经典之范，翔集子史之术，洞晓情变，曲昭文体，然后能莩甲新意，雕画奇辞。昭体故意新而不乱，晓变故辞奇而不黩。”[6]这段话，虽然不是专论文体问题，但显然已经包含了要求文章写作应该明白各种文章体制之义。同时期的《典论·论文》《文赋》也有相关论述。生活在唐朝的日本僧人遍照金刚于《文镜秘府论》中曾经谈到，如果不了解文章体制的“清浊规矩”，是不可造次作文的，“制作不依此法，纵令合理，所作千篇，不堪施用”[7]。这种观点，与上述宋代文论家的观点已十分接近。至于宋之后的情况，如明代的陈洪漠就把“体弗慎”与“意弗立”“气弗昌”“辞弗修”一起称为文之“四病”，认为“文莫先于辨体”，“体正而后意以经之，气以贯之，辞以饰之”[8]，才能写出好的文章。在宋代以后大量出现的诗话、词话、文章评点、小说评点中，强调“文各有体，不能相犯”的文字更是比比皆是。

由此可见，中国古代的文学家与文论家，都有着十分明确的文体意识，而他们的文学写作与文学批评活动，就建立在明确的文体意识之上。在明确的文体意识支配下，“体正”是判断文章优劣的一个重要标准，“辨体”则是写作者必须经历的一种基本训练。

二

汉语文学文体意识的产生与成熟，与汉语书面表达对语言形式的特别关注有直接关系。

在《论语·八佾》篇中，孔子讲“周监于二代，郁郁乎文哉，吾从周”；其后的儒家学者宗周，其中很重要的一个内容是尊崇周代之“文”。这里的“文”虽然含义十分广泛，包括周代在前人基础上重建的整个礼乐文化、典章制度，但至少诗与文章是包含在他们所说的“文”的概念之内的，而且还是其中很重要的组成部分。而在周人那里，作为礼乐典章制度重要载体的文章，不仅要求有切实的内容，还要求讲究形式。孔子所谓“言之无文，行而不远”，表明的正是当时人们对语言形式的看重。

“尚文”的观念，对汉语的书面表达影响是巨大而深远的。汉代以前的文人作文，虽然很少单纯用于消遣娱乐，但无论是做议论性的文章，还是书写历史，都十分强调文章的形式与语言使用的技巧。甚至一些完全实用性的文章，也要采用韵文的形式，使用十分讲究的修辞性语言。汉赋以及之后的骈体文中大量使用的押韵、对偶等修辞手法，并非凭空产生，早在先秦的经、史、子类著作中，便常见到，尽管最初的时候可能是在无意识的情况下运用的。如果做一个历时考察，便会发现从周初到春秋战国之交，再到战国末年，各种文章体式有一个从简单到复杂的变化过程，各种修辞手法的使用也有一个从粗疏到精致的发展过程。而句子的类型，则经历了一个从早期比较随意、简短的散体句式向比较整齐、结构比较复杂的排比句式、骈偶句式发展的过程。

以最能体现汉语形式特征的对偶句的使用来看，《尚书》《周易》等早期文献中，已经有一些比较简单的偶句，到《论语》《老子》等著作形成时，偶句出现的频率不仅比《尚书》《周易》更高，而且形式上也更趋完善。到了战国时代，在孟子、庄子、荀子、韩非子等人以及一些纵横家的文章中，对偶的运用，不仅已经十分普遍，而且也达到了十分精致的地步。汉代，不仅赋、颂、诔、吊等以铺叙言情为主的文体具有十分精致的形式，就是诏、策、表、奏等公文文体，论、赞、序、议等论说文体，甚至包括书信、契约等日常应用文体的写作，也大量使用精致的对偶句或排比句。

汉语写作的这种状况，很自然地引起了文论家们对文学形式的关注，并产生了从语言形式的角度对文本进行分类的主张。发生在南朝齐梁间的“文笔之辨”，就产生于这种背景。用“文”与“笔”这两个概念对文学进行二分，只是中国文学史上从形式入手区分文类的一次初步尝试。在“文”“笔”之辨后，还有用“骈文”（在不同时期也分别称为今文、时文、六朝文、四六文）、“散文”（唐宋时多称为古文）等概念对文章进行二分的分类方法。在骈、散二分时，形式分类这一原则得到了更加彻底的贯彻。

汉代以前的文体，主要以文章的作用与功能为依据进行划分。文与笔、诗与文、骈与散等文学概念的出现，以及律诗内部各种体裁的滋生，为中国文学走出早期以文章之用划分文体的思路，形成建立在形式区分基础上的比较科学的文体与文学概念体系奠定了思想基础。从此以后，中国文学史上新产生的文体，无论是属于诗体的词、曲，还是文章范畴的八股文，以及小说文体中的笔记小说、话本小说、章回小说等，大多采用以语言形式、文章结构为根据的分类原则。更细致的文体类别，如词中的小令、中调、长调，元曲中的小令与散套，明代戏剧中的传奇与杂剧等等，也都采取形式分类原则。

从文学观念发展的角度看，以形式为依据对文学文本进行文体与文类的区分，是一种比以文章用途为依据对文体分类更科学的分类方法。汉语中“文体”一词作为文章学的概念，正是首见于南朝的梁代，之后成为一个常用的文学术语，其内涵主要指向文章的体式与风格等形式的方面。近代以来，汉语中的“文体”一词，一般与英文中的“style”一词对译。而“style”一词在英文中无论作为文体，还是作为文学风格，也都主要指涉文本中语词的选择、声律的安排、修辞手法的运用、篇章结构的组织等形式方面。从先秦到汉代以用为原则对文章分类时，尽管有时也会由文体之用推及文本的形式，但是在更多的时候，文本的形式特征是被掩盖的。汉语文学从以文体之用为依据对文体进行分类与命名，到以文体形式为依据对文本进行分类与命名，体现了文学观念的长足进步。

就文学写作而言，对特定文体规范的遵从与作家创造力的展现，是两种相伴而生、相互限定的力量。许多中国古代优秀文学作品的创造性因素，其实就包含在作家的才情与文体要求的奇妙结合之中，包含在作家对文体形式的创造性利用与对文体限制的巧妙突破之间。对一篇文学作品价值的判断，往往需要对其在文体方面的细微变化有敏锐的辨析能力。一个身居文学史现场的古代文论家，与当代的研究者相比，在这方面具备着得天独厚的优势。当代的研究者往往抛开一个文本与其他文本之间文体上的关联，单纯地就一篇作品去谈论其艺术特征与文学成就，结果常常导致对作品的评价严重偏离文学史的实际。因此，作为一个合格的文学史研究者，需要真正进入汉语文学的历史语境中，对古代中国文学的文体格局及其发展状况有一个清晰的了解与把握。

三

在讨论汉语文学写作与批评所持有的“文各有体”这一基本原则时，我们还应该知道，对文章体制的强调只是问题的一个方面，与之形成对照的，是汉语文学在文本形态上存在的文体之间的互相渗透。

实际上，对于任何一个时代的文学状态而言，文体形式的稳定性是相对的，其中的某些因素随时而变，则是绝对的。文体变化的情况可能十分复杂，首先是文体格局的变化：一些文体逐渐地由核心文体走向边缘文体甚至消失，一些新的文体会悄然滋生并走向成熟，还有一些文体会由边缘向中心迁移。在这一过程中，一种核心文体若要维持其原有的地位，必然有所改变，这种改变常常表现为对其他文体要素的吸纳；而新文体在自己生长的过程中，也常要吸纳其他文体的要素以丰富自身。因此，文体互渗的情况会随着原有文体格局的变化自然而然地发生。可以讲，“文各有体”是一种文学史的常态，“文体互渗”也是文学史的常态；前者保证了文学文本形态与原有文体格局的相对稳定，后者则作为一种动力，促进了文学文本形态与原有文体格局的变化与发展。

在汉语文学史上，文体之间的相互渗透影响，首先表现为作为核心文体的诗与文之间的平行互渗。在晚清以前，尽管不断有新的文体产生，但诗与文的核心地位一直没有发生根本的动摇。作为核心文体，诗与文之间在文体形式上的相互借鉴与吸纳也从来没有停止过。

在中国古代文学的文体格局中，诗与文作为一组相对峙的文体概念，其间的区分，不仅表现在语言形式方面，也表现在功能方面。钱钟书先生曾说过：表面上看，中国古典文论中“文以载道”和“诗以言志”似乎是相互冲突的，而实际上，“文以载道”中的“文”，并不是指文学，而是指区别于“诗”“词”的散文或古文。“文以载道”和“诗以言志”两个命题，体现的是古代文论家对诗与文这两类文体职能的不同规定，这就好比说“早点是稀饭”“午餐是面”一样，看起来针锋相对，实际上水米无干[9]。钱钟书的这种理解，依据的正是诗与文在中国古代文学体系中作为两个不同的文体概念，处于对立二分的关系上这一事实。它们在文体功能与文体形式方面的区别，恰恰为其相互影响与渗透提供了可能。

赋这种文体在汉代的定型及在汉以后的发展，正是诗文互渗的结果。作为一种“文”的特殊体式，赋在其形成的过程中，不但吸纳了《诗经》《楚辞》的句式，吸纳了在诗歌中发展起来的韵律节奏形式，在其最辉煌的时期形成了以四言体为主的大赋以及“骚体赋”，而且还吸纳了被认为是属于诗歌的“抒情”性因素，承担了原来主要属于诗的美刺功能，最终成为一种亦诗亦文的文体。赋体对诗体的吸纳并不止于东汉的抒情小赋，此后的时间里，它还吸纳了律诗句法与结构方面的因素，形成了骈体赋、律赋。

其实，从文体形式上吸纳诗歌因素的绝不仅是赋体。汉以后散文的逐渐骈化，于包括应用文在内的许多文体中都有突出的表现；而散文骈化的过程，也可以理解为“诗”的文体形式向“文”的文体形式渗透的过程。

至于散文对诗歌的影响，比较典型的事例应该算是由唐及宋逐渐展开的“以文入诗”的创作实践了，这种实践实际上是“古文运动”在诗歌创作上的投影。对于这一实践过程，清代学者赵翼在《瓯北诗话》中有精确而简洁的总结，认为“以文为诗，自昌黎始；至东坡益大放厥词，别开生面，成一代之大观”[10]。

韩愈不仅是唐代“古文运动”的首倡者与最重要的代表作家，同时也是一个有影响的诗人。他将自己在古文运动中形成的一些创作主张运用于诗歌创作，不仅写下了“破屋数间而已矣”“岂谓贻厥无基址”（《寄卢仝》)、“知者尽知其妄矣”“不从而诛未晚耳”（《谁氏子》）等具有明显的古文句法特征的诗句，而且将古文中叙事、状物以及人物刻画的笔法，起承转合等谋篇、布局的章法，都引入诗歌创作中。同时，韩愈还开了以诗歌发表议论的先河。

韩愈“以文入诗”，在唐代诗歌史上形成了一种十分独特的诗风。到了北宋时期，像苏轼这样“人生识字忧患始，姓名粗记可以休。何用草书夸神速，开卷惝怳令人愁。我尝好之每自笑，君有此病何年瘳。自言其中有至乐，适意无异逍遥游……”[11]深受韩愈诗风影响的诗作，已经随处可见。

严羽在《沧浪诗话》中有宋人“以文字为诗，以才学为诗，以议论为诗”的批评。其所言“以文字为诗”和“以议论为诗”，是包括了类似苏东坡这样的诗作的。如果说韩愈“以文入诗”还主要是一种个人的创作行为，因而主要体现为一个作家独特的创作风格的话，那么到了北宋，当“以文入诗”扩展为一种诗歌创作的时尚，形成一种风气时，则应当理解为诗歌文体形式在“古文”影响下而产生的一种变化与发展了。

文体互渗的另一种表现形态是核心文体与边缘文体之间的互渗与影响。在文学史上，处于边缘地位的文体，在发展的过程中，为了提高自己的身份，常常会吸纳处于核心地位的诗文的某些因素。比如词这一文体在发展的过程中，由边缘向中心的迁移，就得益于以诗为榜样所作的自我调整。

古人素有“诗庄词媚”之说。这一说法一方面强调了诗与词在风格上的区别，另一方面也有明显的贬低词的意味。王国维在《人间词话》中虽然对词极为推崇，但也承认诗与词之间存在明显的分别。他把词与诗的区别总结为：“词之为体，要眇宜修。能言诗之所不能言，而不能尽言诗之所能言。诗之境阔，词之言长。”[12]

以上观点都是从风格与功能的角度对诗与词的区分。从形式上讲，词与诗也“别是一家”。一方面，如李清照所言，“盖诗文分平仄，而歌词分五音，又分五声，又分六律，又分清浊轻重”[13]；另一方面，与诗主要以作者为抒情主人公不同，最初的词多是应歌而作的代言体。特别是词作为隋唐时代随着燕乐兴盛而产生的一种合乐可歌的新文体，在刚产生时，其体鄙俗，主要以表达男女私情为主。文人介入词的创作之后，虽然其艺术水平已经与民间词不可同日而语，但其早期词的代言体的形式、以表达私情为主的内容、柔婉哀怨的基调，以及娱乐的功能，在相当长时期内并没有根本改变。也正因为如此，与诗比较起来，它常被贬斥为“薄技”“文末”“小乘”等。

词的形式真正发生改变，始于宋代的苏东坡。一方面苏东坡将“豪放”的风格引入词作，另一方面，他将词改造成了像诗一样可以缘事而发、因情而作的文体，并在词作中大量用典。苏东坡对词的这种改造，被后来的文论家们称为“以诗为词”。虽然有人对这种不符合词体原来的文体规范，混淆诗与词的界线的创作指向颇为不满，但这种“以文入诗”的做法仍然引来众多仿效者，创作的声势越来越大，到南宋时，甚至有词成为主流的趋势。词的诗化，改变了这一文体留给人们的固有印象，同时也提高了它在许多文人心目中的地位。

在边缘文体通过吸纳诗文的文体因素以期提高自己地位的同时，处于核心位置的诗文也时常通过吸纳一些边缘文体清新活跃的形式要素，用以打破自身固步自封的局面，求得文体方面的变革。在诗歌发展的过程中，文人诗歌由四言体向五言体的转变、由五言体向七言体的转变，民歌都在其中发挥了十分关键的作用。而明清的八股文作为文章的一种样式，在其形成发展的过程中，不仅吸纳了律诗的许多因素，而且也受到了元、明戏剧的很大影响。

文体互渗的第三种表现，是新文体对固有文体形式的吸纳与包容。

白话小说与戏剧，是宋元以后发展起来的两大文学体裁。作为一种扎根于新兴的市民阶层的新的文艺形式，通俗性与民间趣味是其区别于传统诗文的最根本的特征。正因为如此，它一直受到正统文人的鄙视与传统文学秩序的排斥。然而，就其受众的数量与影响力而言，小说与戏剧不仅不亚于正统的诗文，甚至大有后来者居上之势；其影响所及，不仅只于市民阶层，许多文人后来也成为白话小说与戏剧的受众，甚至直接参与了白话小说与戏剧的创作。白话小说与戏剧之所以能够同时吸引众多的读书人，其中一个很重要的原因是，这两种文体不仅采用了白话的形式来符合市民阶层的审美趣味，而且在形成与发展的过程中，还吸纳了诗文的因素，甚至直接包容了诗文这些为文人所喜爱的文体形式。

以白话小说而论，一方面，话本小说与章回体小说在结构、布局等方面，都受到古文与时文很大的影响；在人物塑造与叙事的处理上，则受到史传文学的深刻影响。独具慧眼的金圣叹在评点《水浒传》时，对此有十分精到的发现，他在《读第五才子书法》中说，他评点的《水浒传》，可以让读书的子弟“晓得许多文法”，“他便将国策史记等书，中间但有若干文法，也都看得出来”[14]。另一方面，在话本小说与章回体小说中，经常会在叙事的过程中引用诗词或是自创诗词，用以抒发感情、渲染气氛、调节节奏、描写人物与环境，或者是发表议论，尤其是文人介入话本小说与章回体小说的创作之后，诗的成份有逐渐增多、质量有逐渐提高之势。因此，像《红楼梦》这样的小说，不仅能够充分展示作者叙事的才能，而且也能够充分地展现作者杰出的诗才，其中包括代替小说中的各色人物作诗的才能。至于明清的戏剧，像《西厢记》《牡丹亭》这样的杰作，从整体上看，是一部完整的戏剧，拆开了读，其中处处是绝好的散文，绝好的诗、词、曲、赋，其对不同文体的包容能力，已经超过了长篇小说。

参考文献：

[1] 钱钟书．钱钟书集［M］．北京：生活·读书·新知三联书店，2002：95.

[2] 王若虚．文辨［C］//滹南遗老集．四部丛刊本：卷三六．

[3] 黄庭坚．豫章黄先生文集［C］//四部丛刊本：卷二六．

[4] 陈师道．后山诗话［C］//王大鹏，编选．中国历代诗话选．长沙：岳麓书社．

[5] 朱熹．跋病翁先生诗［C］//晦庵集．四库全书本：卷八四．

[6] 向长清．文心雕龙浅释［M］．长春：吉林人民出版社，1984：269.

[7] 弘法大师（遍照金刚）．文镜秘府论［M］．北京：中国社会科学出版社，1983：310.

[8] 吴讷，陈师曾．文章辨体序说文章明辨序说［M］．北京：人民文学出版社，1962：80.

[9] 钱钟书．七缀集［C］．北京：生活·读书·新知三联书店，2002：4.

[10] 赵翼．瓯北诗话［M］．北京：人民文学出版社，1981：56.

[11] 苏轼．石苍舒醉墨堂［C］//徐培均．苏轼诗词选注．上海：上海远东出版社，2011：7.

[12] 施议对．人间词话释注［M］．长沙：岳麓书社，2008：179.

[13] 黄墨谷．重辑李清照集［C］．济南：齐鲁书社，1981：57.

[14] 金圣叹．第五才子书施耐庵水浒传［M］．郑州：中州古籍出版社，1985：24.

（该文发表于《中州大学学报》2014 年第 3 期）

儒家经学研究对汉语文学文本形态的影响

泓　峻

摘　要：经学研究是影响汉语文学文本形态的重要因素之一。汉大赋的写作，建立在经学知识的基础之上；唐代古文家的古文写作，受到当时以《春秋学》为代表的经学研究的深刻影响。后世儒家学者《诗经》研究对汉语诗歌发展的影响，远比《诗经》文本自身更大，文人诗歌中爱情诗的缺失，与经学家将《诗经》中大量爱情诗故意进行曲解、掩盖有关；古体诗、格律诗、词、曲等文体的价值，则是根据它们与《诗经》相似相近的程度进行判断。宋代理学家喜谈性理、以白话说经的传统，与说理诗的大量出现以及白话小说的兴起之间，存在相互照应的关系。经学研究对汉语文学文本形态发生的最直接的影响，是新文体的发明，“传体”这一在后世十分重要与活跃的文体，与“经传”有直接的渊源关系。

关键词：经学　汉语文本形态　文本秩序　文体衍生

一

先秦时代，不存在后世经、史、子、集的分别。先秦时虽然也对某些文本称“经”，但“经”与一般文本之间严格的等级性还没有建立起来。具有崇高地位的“经”与一般人所创作的“文”的分野，是在汉代正式确立的。“罢黜百家，独尊儒术”之后，“经”具有与先秦时期不同的含义：首先，它在多数时候特指据说是由孔子亲自编定的几部儒家文献——“六经”；同时，这也意味着，对于儒家学者而言，被称作“经”的文本是只能阐释，不可再造的。而对儒家经典的学习、阐释与研究，往往是一个书生一生中最基本、最重要的事业，由此形成了对中国学术、文化与思想的发展影响巨大的“经学”。

汉以后经学与文学的分野，实则成为经学研究类学术活动与文学创作类带有审美性质的艺术活动的区别。从这个角度讲，经学家与文学家所从事的似乎是两种完全不同的活动，经学文本与文学文本在形态上也应当泾渭分明。但是，事实远非如此。在汉语文学发展的过程中，作为学术活动的经学研究，其立场、思路、方法及其具体成果，都对文学创作活动产生举足轻重的影响，经学文本形态与文学的文本形态之间有着直接、明显的关联。可以说，汉代开始形成，后来一直占据古代中国文化与学术中心的经学研究，构成汉语文学文本生成与发展变化的一个极为重要的背景，是理解汉语文学文本形态成因的一个不可忽视的文化因素。

二

历史上许多影响很大的文学家，不少人兼有经学家与文学家双重身份。其代表性的人物，汉代有杨雄、刘歆、桓谭、蔡邕等人，汉以后有韩愈（韩愈曾任国子监四门博士，这是一个由儒生充任，向贵族子弟传授儒家经典的学官）、李翱、欧阳修、苏轼、苏辙、尹洙、王安石、周敦颐、杨万里、阮元、曾国藩等。而更多的人，虽然在经学研究史上没有太引人注目的贡献，但也自小研读儒家经典，接受经学训练。汉代兴办太学，设五经博士，以儒家经典教授子弟。东汉太学最兴盛时学生达到 3 万多人。翻开汉代文学家的传记，许多人都有类似“少善属文，通五经，贯六艺”的好评。唐以后走向成熟的科举制，“五经”“四书”一直是考试的重要内容，通经与作文成为文人进入官场时必不可少的通行证。作文要依经作文，经学修养要在考场上转化为精彩的科举文章。在这种体制下，“经学”与“文学”的相互影响与渗透，是必然的。

就汉语文章写作而言，其接受的经学研究的影响，是全方位的，无论骈文还是散文。在汉语文学史上，对文章文本形态影响最大的，莫过于发轫于南北朝时期，一直持续到晚清的“骈散”之争。其中主张骈体文章为正宗的人，与主张散体文章为正宗的人，都是以对儒家经典文本的解读为依据进行立论的。在倾心于骈体文的南朝人刘勰看来，经典中本身就有很多偶辞俪句：“唐虞之世，辞未极文，而皋陶赞云：‘罪疑惟轻，功疑惟重。’益陈谟云：‘满招损，谦受益。’岂营丽辞，率然对尔。易之文系，圣人之妙思也。序乾四德，则句句相衔；龙虎类感，则字字相俪；乾坤易简，则宛转相承；日月往来，则隔行悬合；

虽句字或殊，而偶意一也。”因此，骈体文的表达方式，就像“造化赋形，支体必双”[1]123一样，是十分自然的事情；在倡导“古文”的唐代文学家李翱看来，“古之人能极于工而已，不知其词之对与否，易于难也。《诗》曰：‘忧心悄悄，愠于群小’，此非对也；又曰：‘遘悯既多，受侮不少’，此非不对也”，所以，学习古人的文章，只应该“悦古人之行”“爱古人之道”[2]229，而不应该过分注重语言形式方面是否华丽整殇。

就具体的写作实践而言，在骈体文与散文发展的过程中，都直接接受了经学研究的一些成果，吸取了经学研究的一些方法。

汉代以经取仕，其基本取向是重学识。经学家需要具备丰富的文献知识、地理知识以及名物制度方面的知识。除此之外，中国最早的语言学（包括文字学、音韵学、训诂学）研究，也主要是为阐释经典服务的，因此语言学知识也成为经学家知识的重要组成部分。而最能代表汉代文学成就的大赋作品的创作，在很大程度上就建立在经学家必备的知识之上。西汉司马相如《上林赋》中有描写上林苑的一段文字：

> 左苍梧，右西极。丹水更其南，紫渊径其北。终始灞浐，出入泾渭；酆镐潦潏，纡馀委蛇，经营乎其内。荡荡乎八川分流，相背而异态。东西南北，驰骛往来，出乎椒丘之阙，行乎洲淤之浦，经乎桂林之中，过乎泱漭之野。汩乎混流，顺阿而下，赴隘狭之口，触穹石，激堆埼，沸乎暴怒，汹涌澎湃。滭弗宓汩，逼侧泌瀄。横流逆折，转腾潎冽，滂濞沆溉。穹隆云桡，宛潬胶戾。逾波趋浥，涖涖下濑。批岩冲拥，奔扬滞沛。临坻注壑，瀺灂霣坠，沈沈隐隐，砰磅訇磕，潏潏淈淈，湁潗鼎沸。驰波跳沫，汩濦漂疾。悠远长怀，寂漻无声，肆乎永归。然后灏溔潢漾，安翔徐回，翯乎滈滈，东注太湖，衍溢陂池。于是乎鲛龙赤螭……鰅鰫鰬鮀，禺禺魼鳎，揵鳍掉尾，振鳞奋翼，潜处乎深岩，鱼鳖讙声，万物众伙。明月珠子，的砾江靡。蜀石黄碝，水玉磊砢，磷磷烂烂，采色澔汗，藂积乎其中。鸿鹔鹄鸨，驾鹅属玉，交精旋目，烦鹜庸渠，箴疵鵁卢，群浮乎其上，泛淫泛滥，随风澹淡，与波摇荡，奄薄水渚，唼喋菁藻，咀嚼菱藕。

字里行间涉及大量的地理知识、动物知识，许多山水名称与动物名称还出自典藉，因而又涉及大量的文献知识。与此同时，文中大量同部首偏旁的字，没有一定的文字学知识，是很难写出来的。可以说，这篇大赋，一方面展示的是作者的文学才能，另一方面展示的也是作者在博物学、文献学、文字学方面所具有的丰富知识。特别是文字学方面的知识，得到了炫耀性的呈现。有学者说，

“经学以学问为根荄，也给汉代文学带来了尚奇字、崇博奥等特点”[3]177，指的正是这种状况。从负面效果看，汉大赋的这一特点，一方面削弱了其情感表达的空间，另一方面也给后人的阅读带来了极大的不方便。

进入东汉之后，古文经学兴起，“小学”得到进一步发展。这一时期，也是骈体文这种文体得到迅速发展的时期。对骈体文写作而言，文字学、音韵学、训诂学方面的训练，更是必不可少的功夫。所以，古文经学的发展与骈体赋的产生与发展之间，有一种内在的联系。这种联系也可以从清代的骈、散之争中看出来。清代推崇骈体文的阮元、俞樾、刘师培等人，都是擅长音韵学与文字学的古文经学家。正因为如此，章太炎有“小学亡而赋不作”之说。

就散文传统而言，唐宋之间逐渐形成的古文运动，本身就是一场唐代儒家学者文以载道、弘扬道统、重振儒学的思想运动。在唐代古文家中，不但韩愈、李翱、皇甫湜这些以恢复道统为己任的正统儒家学者的古文写作与儒家经典文本有直接的关系，就是柳宗元这样“统合儒佛”的古文家，其文学写作，也与其本人对儒家经典的研读，以及所接受的同时代经学家的影响有关。唐代的古文运动与中唐的《春秋》“新学”之间的关系，近年来多为学界所关注；学者们注意到，柳宗元曾经拜师于当时研究春秋学的经学家陆淳门下，并对啖助、赵匡、陆贽等人的春秋学研究成果有所借鉴。

在宋代，虽然二程、朱熹等经学家对古文家是否能够“因文见道”表示怀疑，但在实际效果上，古文家的文章对儒家思想的传播还是起到了十分重要的作用。由于欧阳修、苏辙、苏轼、王安石等人对《春秋》《左传》《周易》《周礼》等皆有深入的研究，写出过影响很大的经学研究著作，如欧阳修著有《春秋论》、苏辙著有《春秋集解》、苏轼著有《东坡易传》，王安石则著有《周礼新义》，他们的古文创作实践，从思想到文法，都深受这些经典文本的影响。

对于这种影响，宋代古文家自己就已经有深刻的认识。范仲淹在评价当时的著名古文家尹洙时就说：

> 洛阳尹师鲁少有高议，不逐时辈，从穆伯长游，力为古文。而师鲁深于《春秋》，故其文谨严，辞约而理精，章奏疏议，大见风采，士林方耸慕焉。[4]89

而《宋史·尹洙传》评尹洙文章，也称其深受《春秋》影响，“简而有法”[5]9838。

三

在儒家的几部经典文献中，与文学联系最近的，应算是《诗经》。在中国古代文人的语汇里，“诗”有特指与泛指两种含义。当“诗”这一概念作为特指时，指的就是《诗经》。但是，在汉语诗歌文本形态的形成与发展过程中，不只是受到了《诗经》这部经典著作本身的巨大影响，其所受到的儒家学者《诗经》研究的影响，甚至比《诗经》文本自身的影响更大。

就《诗经》本身而言，所辑诗歌有相当一部分是民歌，其题材涉及爱情、战争、劳役、农业生产、部族历史等各个方面，内容十分丰富，多数诗歌所表达的思想情感也十分自然朴素。然而，从孔子开始，试图用儒家的伦理观念与政治思想对这部诗集进行重新解释，以实现用诗歌去经人伦、易风俗、讽谏、美颂等社会政治功能。这种努力经汉儒被继承下来并发扬光大。后世经学家对《诗经》的解释，几乎都沿用了这种路径。

与此同时，由于《诗经》一直被看作后世诗歌总的源头与诗歌创作的标杆，因此，经学家在《诗经》解读过程中所产生的关于诗的一些认识，就被作为一种规范性力量，影响到后世汉语诗歌的整体形态。就诗歌所表达的内容而言，虽然“爱情”被封为西方文学尤其是抒情文学最重要的母题之一，但在汉语诗歌的文人创作之中，表现男女爱情的诗歌占的比例却一直十分可怜。只有在乐府民歌以及后世的词中，才能见到较多的爱情题材。这显然不是《诗经》本身影响的结果，而是由于经学家将《诗经》中大量的爱情诗有意进行曲解，掩盖、否定其中描写男女情爱的内容，以此规范后世的诗歌创作而产生的结果。因为当无数中国古代的文人吟诵《诗经》，以及在文学创作中被《诗经》所影响时，绝大多数人主要是根据儒家诗教传授给他们的方式理解《诗经》的，他们接受的《诗经》是被孔子以及后世的经学家们道德化的《诗经》，是作为“温柔敦厚”的诗教典范而存在的《诗经》。

后代的诗论家们有一种通行的看法，那就是无论四言诗、五言诗、七言诗，甚至诗歌中极少数的六言、八言的诗句，其根源皆在儒家最早的经典，尤其是《诗经》中。唐代诗论家王叡在其《炙毂子诗格》中曾说：

> 三言起，毛诗云：“摽有梅”“殷其雷。”四言起，毛诗云：“关关雎鸠”“呦呦鹿鸣。”五言起，毛诗云：“谁谓雀无角。”六言起，毛诗云：

"俟我于堂乎而。"七言起，毛诗云："尚之以琼华乎而。"八言起，毛诗云："不知我者谓我何求。"[6]73

宋人张耒在其《明道杂志》中，甚至这样讲：

七言、五言、四言、三言，虽论诗者谓各有所起，然三百篇中，皆在之矣，但除四言不全章如此耳。韵虽起于沈休文，而自有三百篇则有之矣。但休文四声，其律度尤精密耳。[6]213-215

按照这种说法，诗的格律在《诗经》中也已经有了雏形。

应该说，认为后世所产生的新诗体都源于《诗经》的观点，忽视了一个常识：那就是判断一种文体，不仅要看某些标志性的成分是否存在，而且还要看这些标志性的成分是否达到了一定量的要求，且足以引起文体质的改变。一方面，就《诗经》而言，其中突破四言的句式，仅是诗中个别的诗句，最多形成诗中的一章，整齐的五言诗、七言诗在《诗经》中是找不到的。另一方面，像"匪先民是程""惟迩言是听""尚之以琼华乎而"这样的句子，虽为五言、七言，但句中或句末则有两个语气助词，而且与后来的五、七言诗句的节奏也差别很大。因此，说这些诗句的存在证明了后世五、七言诗与《诗经》之间的渊源关系，是十分牵强的。与其说是《诗经》催生了后世汉语诗歌的不同形态，不如说是文论家以经学研究的思路，"依经立义"地为一些新生的诗歌文体进行合法性论证。其对诗歌文体实质性的影响在于，源自经典的"合法性"，促进了新的诗歌文体由边缘走向中心，进而获得大的发展。在汉语文学史上，一种文体，能够证明自己出自经典，也就证明了自己高贵的身份。那些在经典中找不到自己存在依据的文体，往往会因此而受到歧视，难登大雅之堂。同样是来自民间的文学形式，民歌与小说、戏曲在古代文人心目中的地位，有着很大差别，其中很重要的原因在于，《诗经》中的国风本身就是民歌，而小说、戏曲则很难找到自身与儒家经典之间令人信服的关联。

"词为诗余""律诗是诗之末流"这样的文体等级观念，也是受经学影响而产生的。

扬古体诗而贬近体诗，扬诗而贬词、曲，是汉语文学史上一种根深蒂固的偏见。据北宋《王直方诗话》记载："张文潜云，'以声律作诗，其末流也，而唐至今谨守之。"[6]346元代傅若金《诗法正论》记载，其时人多持"古诗径叙情实，去三百篇为近；律诗牵于对偶声律，去三百篇为远"[6]1090的观点。而明代著名的理论家胡应麟在《诗薮》中更是讲："四言不能不变而五言，古风不能不变而近体，势也，亦时也。然诗至于律，已属徘优，况小词艳曲乎？"[7]23

在这里，实际上是不同诗歌文体形式与《诗经》文本相关联、相近似的程度，成为一些诗论家对汉语诗歌的诸种文体进行价值评判时最为重要的一个指标。在这个指标指导下，形成了古体诗、格律诗、词、曲这样一个在价值上由高到低的序列。按此序列，尽管唐宋以后，律诗绝句的创作已经在数量上远远超过了古体诗的创作，但是由于律诗是晚出的，且与古体诗相比在文体形态上离《诗经》要远，因此其价值便不能与古体诗相提并论。而相对于律诗，词与曲显然离《诗经》当中诗歌的文体形态更远，因而也就被认为更加难登大雅之堂。

四

就宋代文学而言，理学家喜谈性理的传统与作家喜欢在诗与文的写作当中发表议论的传统之间，经学家以白话说经的传统与白话话本小说的兴起之间，如果不能完全说是前者影响了后者的话，至少也是一种相互呼应、相互促进的关系。

以宋诗而论。说理诗，在汉语诗歌史上并不少见，最早也不是产生于宋代。但形成一种诗学风气，正如钱钟书先生所说，“一则为晋宋之玄学，二则为宋明之道学”[8]225。当然，钱钟书先生所讲的主要是理学家的那些被称作“押韵讲义”的诗歌。在宋代，即使是王安石、苏东坡、黄庭坚这样的诗坛巨子，也十分喜欢以诗说理却是不争的事实。因此，严羽在《沧浪诗话》中有“本朝人尚理”的评价。从“空谈心性”的理学，到理学诗，再到一般文人的说理诗，构成了一个时代极具标志性的文化氛围。

关于宋代经学家的白话语录体著作对文学的影响，文学史家多比较关注诗歌方面，而且主要是从负面影响进行总结的。如刘克庄曾说：“近世贵理学而贱诗，间有篇咏，率是语录、讲义之押韵耳。”[9] 至于白话语录体著作与白话文学之间的关系，胡适当年在为白话文学的合法性进行论证时，只是在一些单篇文章中略有提及。他的《白话文学史》这本书，只写到唐代，没有来得及对宋代理学家的语录体著作与白话文学的关系进行认真分析。不过，在《白话文学史》这本书中，胡适倒是对唐代的白话佛经翻译及禅宗语录对唐代白话文学的影响进行了较为详细的论述，并得出结论，认为佛经的翻译“但求易晓，不加藻饰，遂造成一种文学新体”，“到禅宗的大师的白话语录出来，散文的文学遂开一面了”[10]159。

学界有许多人认为，宋代理学家的白话语录体著作的出现，是受到了之前佛教禅宗语录体著作的影响，并肯定了白话语录体著作的文学史意义。如梁启超就曾说过："自禅宗语录兴，宋儒效焉，实为中国文学界一大革命。"[11]168 如此，说宋代理学家的语录体著作对宋代的白话文学有影响，应该也是情理中的事情。至少，理学家的白话语录体著作，白话体的理学诗，与白话话本小说，组成了宋代另外一道具有标志性的文化风景。

五

经学研究对汉语文学文本形态发生的最直接的影响，表现在新文体的发明与围绕核心文本发生的文本衍生上。

面对当下新产生的文体，人们总是沿波讨源，从经典著作中去寻找其存在的合法性依据，并试图用经典中的文本样态对当下的文本进行规范。后世经学家相信"六经者，文章之源也"，无论刘勰说"故论说辞序，则《易》统其首；诏策章奏，则《书》发其源；赋颂歌赞，则《诗》立其本；铭诔箴祝，则《礼》总其端；纪传铭檄，则《春秋》为根"[1]7，还是颜之推讲"诏命策檄，生于《书》者也；序述论议，生于《易》者也；歌咏赋颂，生于《诗》者也；祭祀哀诔，生于《礼》者也；书奏箴铭，生于《春秋》者也"[6]20，其实都是基于这一信仰得出的结论。

上述的看法并非没有根据，我们发现，"五经"中真正有意识地将作品初步进行分类并标示文体名称的，只有《尚书》与《诗经》两部著作。《尚书》中只涉及"誓""诰""命"等文体分类，《诗经》中只涉及"风""小雅""大雅""颂"等文体分类。对五经中文体的更多发现，实际上是后世经学家的功劳。就《尚书》而言，伪《古文尚书》的序言中提出了"六体"之说，涉及文体有典、谟、诰、训、誓、命，唐孔颖达作《尚书正义》时，又于六体之外，加上贡、歌、征、范，成为尚书"十体"。这些研究，一方面推动了汉语文学的文体学理论的发展；另一方面，也对汉语写作发生了深刻的影响。

汉语文学中，还有一部分文体，是直接在经学研究中产生并逐渐发展起来的。这方面最突出的代表，就是"传体"的产生与文体变异。"传体"是后世汉语史学与文学中十分重要、十分活跃的一种文体，这种文体的产生与发展都与最初的"经传"有直接关系。

刘熙《释名·释书契》云："传者，转也。"《史通·六家篇》进一步解释说："孔子既著《春秋》，而丘明授经作传。盖传者，转也，转受经旨以授后人。或曰传者，传也，所以传示来世。案孔安国注《尚书》，亦谓之传，斯则传者，亦训释之义乎。"[12]14

可见，"传"最初的含义就是"转授经旨"、解释经典。成为一种文体之后，其最大的特征是对经典具有依附性，需要"依经立义"。后世最为著名的三部"经传"，就是"春秋三传"，这三部著作甚至到后来得以列入儒家的"十三经"。特别是被刘勰称为"实得微言，乃原始要终，创为传体"的《左传》，对后世史学家的传记写作更是产生了决定性的影响。至于由史家之传，到古文家之传，乃至小说家之传，其间的关联，是十分清晰的。

传体在后来的发展过程中，出现了作家不再"依经立义"，而是独立地进行创作的情况。然而，依托一个经典文本作传的传统仍然具有极大的惯性，以至于后世的许多小说，也受此影响。部分明代《三国》版本标有诸如"晋平阳侯(相)陈寿志传，后学罗本贯中编次"这样的"题记"，嘉靖本《三国演义》则称为《三国志通俗演义》。之后中国的小说史上还有一些诸如《残唐五代史演义》《隋唐演义》这样的"按鉴体小说"。按鉴体小说的共同之点，就是都依据一部或多部正史，把自己所记之事看成是正史的补充，所讲之义看成是正史思想的一种发挥。从"《春秋》三传"到后世的按鉴体小说，文本功能、文本形态的变化是十分巨大的，但其间的渊源关系，仍然可以由此而显示出来。

"依经立传"，从根源上讲，是儒家学者"述而不作"传统的一种表现。由孔子开创的这一传统，不仅影响到经学，其对汉语文学也产生了极为深远的影响。中国文学史上许多文本，甚至是一些经典文本，都可以归入"述而不作"的衍生性文本范畴。

汉语经典文本，是在不断的解释过程中存在的。这种解释，有对文本前因后果的说明，有文本义理方面的阐发，也有文字的校勘、考订、训诂以及章句、文法的研究。就《诗经》而言，"毛诗"本身就带有"传"的内容，汉代有"郑笺"，唐代有"孔疏"，宋代又有朱熹的《诗集传》，另外还有其他人数不尽的注疏、补注、考辨。其中有些研究成果，已经成为后人理解《诗经》这部经典必不可少的参考文献，甚至已经构成《诗经》文本不可或缺的组成部分。经学研究中形成的这种文本形态，对后来文学作品的文本形态也产生了巨大的影响。中国古代的文学作品，无论是诗赋文章，还是小说、戏剧，在原作者的文本之上，经常附加有《序》《跋》以及编者、校勘者、考订者的注释、附记与批注。对有些文本而言，一些批注、评点的内容也已经与其所批注、评点的文本融为一体，不可分割。在小说中，如金圣叹的评点之于《水浒传》、脂胭斋的评点之于《红楼梦》，在诗文方面，如李善的注与《文选》，王琦的注与《李太白全集》，都属于这种情况。这实际上也是经学研究对汉语文学文本形态影响的一种具体表现。

参考文献：

[1] 刘勰. 文心雕龙 [M]. 上海：大达图书，1934：163 - 166.

[3] 陈松青. 先秦两汉儒学与文学 [M]. 长沙：湖南师范大学出版社，2004.

[4] 范仲淹. 尹师鲁河南集序 [M] //范文正公集（卷六）. 上海：商务印书馆，1937.

[5] 脱脱. 宋史（卷二九五）[M]. 北京：中华书局，1997.

[6] 王大鹏. 中国历代诗话选 [C]. 长沙：岳麓书社，1985.

[7] 胡应麟. 诗薮（内编·卷二）[M]. 上海：上海古籍出版社，1979.

[8] 钱钟书. 谈艺录 [M]. 北京：中华书局，1984.

[9] 刘克庄. 吴恕斋诗稿跋 [C] //后村先生大全集（卷 11）. 上海：商务印书馆，1929.

[10] 胡适. 白话文学史 [M]. 合肥：安徽教育出版社，1999.

[11] 梁启超. 佛学研究十八篇（上册）[M]. 沈阳：辽宁教育出版社，1998.

[12] 张振珮. 史通笺注 [M]. 贵阳：贵州人民出版社，1985.

（该文发表于《中州大学学报》2014 年第 5 期）

韵外之致：一种汉语诗学思想形成与发展的轨迹

泓 峻

摘 要：《易传》“言不尽意，立象以尽意”这一命题经过魏晋玄学家的发挥，在唐代文论家司空图那里进一步发酵，衍生出推崇文学作品的“韵外之致”这一审美理想。唐代关于诗歌境界的理论，则与这一思想形成呼应，它们都是儒家哲学、老庄哲学、魏晋玄学、佛教哲学杂糅整合之后的产物，而经由有形的现象界而进入自由的审美世界，是其真谛所在。这是一条与《诗经》《离骚》开创的两大传统有很大区别的新的诗学传统。而且，作为重要的美学指标，它除了深刻影响到后世汉语诗歌的创作与评价之外，还延及词、曲、文乃至小说等其他文学体裁，成为汉语文学最具标志性的特征之一。

关键词：韵外之致　诗境理论　内涵　影响

一

在先秦时期，有两个既相互区别又相互关联的命题，对后世的汉语文学产生了巨大影响。这两个命题，一个出自《易传》的“言不尽意”，一个则出自《孟子》的“言近而旨远”。它们一个从悲观的角度，强调了面对无限的意义世界，语言的局限性；另一个则从乐观的角度，强调了语言可以越过自身有限的形式，指向无限的意义世界。实际上，用有限的语言形式去表达无限的意义世界，既是语言表达行为面对的困境，也是语言表达行为的乐趣所在。人类绝对不会因为语言表达的艰难而放弃表达的努力，而总是要直面挑战，不断去寻找以有限切入无限的可能性。乐观如孟子，认为好的表达，可以做到“不下带而道存焉”[1]，即让极为平常的事情，蕴含深刻的道理；悲观如孔子，也提出了

“立象以尽意”的方式，认为可以通过“象”去象征性地呈现隐秘的“圣人之意”。

这两个命题以及与之相关的言说策略，在后世得到了足够的重视与充分的发挥。唐代史学家刘知己正是借用了孟的说法，对《左传》的叙事效果进行了总结，认为《左传》的许多文字达到了“言近而旨远，辞浅而义深，虽发语已殚，而含义未尽”[2]225的境界，并认为“春秋笔法”的运用，是形成这种叙事效果的重要原因。这种叙事学思想由史学进入文学，成为后世汉语文学叙事追求的最高境界。

而《易传》“言不尽意，立象以尽意”这一命题，则经过魏晋玄学家的发挥，首先成为一个影响深远的哲学命题，进而由哲学入文学，在唐代文论家那里不断发酵，不仅由此衍生出“言外之意”“象外之象”“景外之景”“韵外之致”“味外之旨”等类似的说法，而且还直接启发了独具中国特色的“意象”“意境”“境象”“境界”等诗学概念的产生。这些新的诗学概念，经由唐人的提倡，逐渐成为后世中国以诗歌为代表的抒情文学追求的至高境界，对文学家审美体验的表达产生了重要影响。

二

整体上讲，汉代是正统的儒家文学观念得以正式确立并大发扬的时代。东汉以后，随着名教式微，“人的自觉”与“文的自觉”的发生，文学表达也开始试图淡化教化功能，去言说主体个性化、深层次的生命体验。对于当时的文学家而言，这种生命体验是新鲜而动人的，但也往往是稍纵即逝，难以把握的。在这种新的体验面前，许多文学家开始感受到了言说的困难。陆机在《文赋》中就曾感叹写作中“恒患意不称物，文不逮意”，刘勰在《文心雕龙·神思》篇中也讲，创作时常常会出现“方其搦翰，气倍辞前，暨乎篇成，半折心始”的情况。

这是中国古代文人经历的新的语言烦恼。正如有学者所说，“如果说‘言不尽意’，在庄子那里，其困难是一般性的语言无法接近他所追寻的神秘的、缥缈的、‘莫见其性’‘莫见其功’的‘道’的话，那么，在诗人作家这里，‘言不尽意’的尴尬困境，是关联到如何用一般性的语言，来表现诗人作家的审美体验问题。”[3]

正是基于这一语言表达的焦虑，从魏晋开始，一些文学家就一方面试图对那稍纵即逝的个性化生命体验进行命名，另一方面又在执着地寻找着将这种体验表达出来的途径。

在为新的审美体验进行命名时，刘勰的时代，比较典型的做法是用通感的方式，把通过文学作品体会到的颇为神秘的个性化审美体验称作“味”“滋味”。陆机《文赋》中有“阙大羹之遗味，同朱弦之清氾”的说法。刘勰《文心雕龙·明诗》中也有“张衡《怨篇》，诗典可味”的说法。最著名的是钟嵘在《诗品·序》中提出的“滋味”说认为，“五言居文词之要，是众作之有滋味者也”，并认为诗作将赋、比、兴三者“酌而用之，干之以风力，润之以丹彩”，便可“使味之者无极，闻之者动心”[4]2。

把在优秀文学作品面前获得的精神体验与不可言说的味觉体验联系起来的方法，直接启发唐代著名的文论家司空图。在《与李生论诗书》这篇文章中，司空图正是从“滋味”说入手，去阐发自己的诗学主张的。他说：“文之难，而诗之难又难。古今之喻多矣，而愚以为辨于味而后可以言诗也。”然后，他又将这个比喻进一步延伸，说那种“非不酸也，止于酸而已”“非不咸也，止于咸而已”[5]97的调味品，真正懂得辨味的中原人是不用的，因为它们除酸、咸之外，缺乏醇美之味。而食物的醇美之味，是超越于咸酸之外的。同样道理，真正的文学体验，其动人之处，也不在有形的语言之内，而在于其“韵外之致”[5]97。

司空图“韵外之致”之说的最大特点，在于其在解释诗歌的审美意蕴时，既立足于文学语言，又试图超越文学语言的辩证态度。他说，诗的“韵外之致”是“近而不浮，远而不尽”的。因为“远而不尽”，所以是开放的，虚化的。在这一点上，它与老子、庄子等人所讲的“惟恍惟惚”“不可言传”的道十分近似。然而，像道一样虚无缥缈的审美体验，又是通过“近而不浮”的文学语言传达出来的，因为“近而不浮”，所以它是有形的，可以把捉的。在这里，“韵内”与“韵外”有密切的联系，只有“韵内”有真美，“韵外”才可能有意味[3]。

司空图在另外一些地方讲的“象外之象”“景外之景”“味外之旨”等等，作为一种审美效果，都具有这样的特征。司空图的“韵外之致”这一总结，其最为重要的理论贡献，是将《易传》提出的“言不尽意”“立象以尽意”这一哲学命题，转换成了一个诗学命题，既突出强调了文学体验超越语言的一面，又强调了这种超越语言的审美体验，就蕴含在有形的文学语言所创造出来的具体可感的物象与情境之中。

三

在唐代，与司空图的这一诗学思想相呼应的，还有关于诗歌境界的理论。

在汉语文学史上，以“境”论诗，衍生出境界、境象、意境、情境、妙境、绝境、甘境、能境、取境等等一系列概念。诗境理论，也有一个从古代到近代直至当代的复杂的演变过程，形成了一条极具民族特色的诗学传统与美学传统，对整个中华民族的艺术史与审美心理史产生了举足轻重的影响。而比较早地明确提出相关概念并加以分析的文献，当属成书于唐代、署名王昌龄的《诗格》，其中写道：

> 诗有三境。一曰物境。欲为山水诗，则张泉石云峰之境，极丽绝秀者，神之于心，处身于境，视境于心，莹然掌中，然后用思；了然境象，故得形似。二曰情境。娱乐愁怨，皆张于意而处于身，然后驰思，深得其情。三曰意境。亦张之于意而思之于心，则得其真矣。[6]39

中国文论十分重要的“意境”概念，便首见于这段文字，尽管这里所言“意境”与后来许多人讲的“意境”在含义上有明显区别。

唐代另一个论及“诗境”话题的是皎然。在《诗议》中，皎然讲：

> 夫境象非一，虚实难明，有可睹而不可取，景也；可闻而不可见，风也；虽系乎我形，而妙用无体，心也；义贯众象，而无定质，色也。凡此等可以偶虚，亦可以偶实[6]51。

《诗格》中虽也有“了然境象，故得形似”一说，但对“境象”的具体状态没有说明。在《诗议》的这段话里，皎然把论述的重点放在了对“境象”的分析上，指出了其亦虚亦实、“可睹而不可取”、“可闻而不可见”、“义贯众象，而无定质”的特点。

后来的刘禹锡，在《董氏武陵集记》中，又进一步对“境”与“象”的关系进行了发挥，“诗者，其文章之蕴耶！义得而言丧，故微而难能；境生于象外，故精而寡和”[7]172。

在“境象”这一概念下，“诗境理论”与此前的“意象理论”融而为一。刘禹锡的“境生于象外”之说，实际上是在之前司空图、皎然等人“言外之意”“象外之象”“景外之景”“韵外之致”“味外之旨”之后，又增加了一种类似的说法。

四

关于“境”和“象”“意境”与“意象”这些概念应该怎样区分开来，是近代以来学者才开始认真探讨的问题。在试图对它们进行明确区分的时候，学者们多从局部与整体的关系这一角度切入，如认为：“境比象一般来说要广阔得多，丰富得多，生动得多。然而境又是离不开象的，没有象就不能生成境。”[8]

在这种流行的看法之外，有学者还提出了另外一种看法，认为作为一个艺术理论概念，“象”与“境”的区别在于前者是与绘画联在一起的，而后者的原始意义则出自音乐。正因为如此，“境”是一个比“象”更能体现抒情文学“韵外之致”的概念，因为“音乐的特征，可意味而不可言传，可感可爱而不可度量。它的界域不是具体的，而是从演奏、歌唱至停止时所表现的一切”，因此，“以情境来标示抒情文学的构造，它恰好反映了抒情文学和音乐一样，具有模糊、激荡、婉转而无具形的特征”[9]95-96。

这种看法很有启发性，它可以帮助人们更好地把握唐代诗境理论最为核心的内核，那就是强调诗歌的“韵外之致”。但因此认为在谈论抒情文学时“象不如境”，则未必妥当。因为在唐代及以后的诗论家那里，这两个概念既不用来标示抒情文学与叙事文学的不同特征，也并非用来标示两种不同文学的历史渊源。一方面，它们都在论诗的过程中使用，另一方面，在美学指向上，它们也是高度统一的。它们强调的都是诗歌的实与虚的结合，既包含感性的言、象、境、韵、味，同时又指向无形的“言外之意”“象外之象”“景外之景”“韵外之致”“味外之旨”的美学特征。

两个概念在美学指向上的这种统一，大概跟佛教理论对这两个汉语中原有的概念的借用与改造有关。在佛学的概念里，这两个概念都有虚实结合，由实入虚的涵义。

“境”“境界”是佛学中极其常用的概念。有学者分析指出，佛学的“境界”有三重意指，一方面“它接近于外物，可称为‘外境’”，另一方面指“根——识——境三缘和合之‘幻相’境界，以区别于第一种意义上的‘外境’”；同时，“佛学对心识极度推崇，而心识在禅定修持时又有一个不断提升层次的过程。因此，境界在佛典中又自然地引申出第三种含义，用于指称心识修养的层次，也就是今天所说的精神境界、心灵境界”[10]。佛家所讲的这种境界，显然与唐代诗论家所讲的境界在内涵上有更多的相通之处。《诗格》将诗的境界分为物境、情境、意境，很可能是受到佛家“三界”“六境”等说法的影响。

“象”这一中国哲学与文论中固有的概念，也很早的被佛教所借用。晋代僧人僧肇在他所著的《不真空论》中就说：

> 是以圣人乘真心而理顺，则无滞而不通；审一气以观化，故所遇而顺适。无滞而不通，故能混杂致淳；所遇而顺适，故则触物而一。如此，则万象虽殊，而不能自异。不能自异，故知象非真象；象非真象，故则虽象而非象。[11]36

这种似真非真，“象而非象”的“象”，与司空图“象外之象”，以及宋代严羽论诗时所讲的“空中音，相中色，水中月，镜中象”在理路上是十分相近的。诗学中的“境界学”“意象说”，实际上都是儒家哲学、老庄哲学、魏晋玄学、佛教哲学杂揉整合之后的产物，经由有形的现象世界而进入自由的审美界，追求空灵、玄远的“韵外之致”，是其美学理想的真谛所在。

五

唐代开始形成的追求空灵、玄远的“韵外之致”的诗学理想，对后世中国文学的影响是极其深远的。一方面，由它生发开来，形成了一条与儒家“温柔敦厚”的诗学传统及由屈原开创的那种慷慨悲歌的诗学传统有很大区别的新的诗学传统。另一方面，这种审美理想又具有普遍的意义，它不仅作为一种重要的价值标准影响到所有的诗歌创作，并延及词、曲、文乃至小说等其他文学体裁。

现代作家周作人在文章中多次引用日本诗人大沼枕山的一句诗，“一种风流吾最爱，南朝人物晚唐诗”。与初唐和盛唐相比，中晚唐的文人生活受到佛教思想影响，情趣发生了很大变化，许多人希望过一种“仕隐兼顾”的“中隐”生活，“以隐为高，脱离尘世的超越性和心灵上的自适无碍”[12]。与此同时，诗风也发生了明显的转移，这种转移的一个重要方面，就是大量“诗僧”在诗坛涌现并产生了很大的影响。

应该讲，随着佛教尤其是本土化佛教“禅宗”作为一种文化力量在中国的兴起与发展，其影响所及开始深入到中国文化最为核心的领地——诗歌。唐代的诗坛上，自始至终都有僧人的身影存在。中晚唐以后，诗僧更是大量出现并成为诗坛的一支重要力量。有学者根据周勋初主编的《唐诗大辞典》统计，本书所涉及的唐代诗僧有288人，其中初唐35人，盛唐19人，中唐70人，晚唐164人[13]。对于中晚唐诗僧大量出现这一现象及其对当时诗坛的影响，唐以后的历代研究者多有提及。如叶梦得的《石林诗话》讲：

> 唐诗僧，自中叶以后，其名字班班为当时所称者甚多，然诗皆不传，如“经来白马寺，僧到赤乌年”数联，仅见文士所录而已。陵迟至贯休、齐己之徒，其诗虽存，然无足言矣。中间惟皎然最为杰出，故其诗十卷独全，亦无甚过人者。近世僧学诗者极多，皆无超然自得之气，往往反拾掇摹效士大夫所残弃。又自作一种僧体，格律尤凡俗，世谓之酸馅气。[6]424

叶梦得是从否定的角度谈论僧人诗的，但从其话语中仍然流露出从晚唐到南宋僧人学诗的盛况。至于并非僧人身份，却经常与僧人交游，受到佛教影响或具有隐逸思想的诗人，则为数更多，难以准确统计。其结果就是，中晚唐以后，在中国诗坛出现了大量反映僧人和文人修行悟道生活的山居诗、佛寺诗和游方诗。这些诗歌多以佛寺山居生活为依托，描写曲径通幽、空寂无人的山林风景，表现僧人或文人空诸所有、万虑全消、淡泊宁静的心境。这类诗人，唐代有王维、司空图、寒山、拾得、皎然、灵澈、贯休等人，宋代有苏东坡、严羽、道潜、释觉范、慧洪等人，逐渐形成中国诗歌史上前后相承、颇具声势、理论与创作相互支撑、大家辈出的一条诗脉。追求空灵、玄远的“韵外之致”，是这一脉诗歌最为突出的美学特征。

司空图当初提倡“言外之意”“象外之象”“景外之景”“韵外之致”这种诗学理想时，并非把它仅仅当成某一种诗歌风格或诗歌流派应具有的特征来提倡的。在他的《二十四诗品》所列的二十四种风格中，“冲淡”“洗炼”“自然”“含蓄”等风格类型自然贯穿了这种诗学理想，即便是一些从名字上看应当与这种诗学理想没有太直接关系的风格类型，在司空图“以诗论诗”地对其风格加以描述时，也几乎都带上了这种诗学理想的痕迹。比如，关于“雄浑”的叙述：

> 大用外腓，真体内充。反虚入浑，积健为雄。具备万物，横绝太空。荒荒油云，寥寥长风。超以象外，得其环中。持之非强，来之无穷。

关于“高古”，他这样叙述：

> 畸人乘真，手把芙蓉。泛彼浩劫，窅然空踪。月出东斗，好风相从。太华夜碧，人闻清钟。虚伫神素，脱然畦封。黄唐在独，落落玄宗。

关于“劲健”，他这样叙述：

> 行神如空，行气如虹。巫峡千寻，走云连风。饮真茹强，蓄素守中。

喻彼行健，是谓存雄。天地与立，神化攸同。期之以实，御之以终。

就是“纤秾”“典雅”这种风格，也被他叙述为：

采采流水，蓬蓬远春。窈窕深谷，时见美人。碧桃满树，风日水滨。柳阴路曲，流莺比邻。乘之愈往，识之愈真。如将不尽，与古为新。（纤秾）

玉壶买春，赏雨茅屋。坐中佳士，左右修竹。白云初晴，幽鸟相逐。眠琴绿阴，上有飞瀑。落花无言，人淡如菊。书之岁华，其曰可读。（典雅）（司空图《二十四诗品》）

可见在司空图那里，“韵外之致”是对所有诗歌的要求，是优秀诗歌都应当具有的品质。司空图的这种诗学观念，被后世的许多诗人与诗论家接受，成为诗人创作的一种自觉追求，也成为诗论家论诗的一条重要标准。

宋人在诗歌上主张学唐诗，推崇的主要是盛唐诗人，特别是杜甫。对于晚唐诗人及其诗作，则颇多微词。但他们反对的，只是晚唐那些过于瘦硬、酸涩的僧人诗。如果认真分析他们的诗学立场，则发现其推崇的风格不仅与司空图等人不相冲突，甚至深受他们的影响。《石林诗话》中，叶梦得虽认为僧人诗大多是微不足道之作，但仍然极力推崇其自然、含蓄、意在言外的诗风，他赞谢灵运的诗“非人力所能为，而精彩华妙之意，自然见于造化之妙”[6]426；“无所用意，猝然与景相遇，借以成章，不假绳削，故非常情所能到”[6]424；称赞杜甫的诗“出奇不穷，殆不可以形迹捕”，“工妙至到，人力不可及”，“意与境会，言中其节”[6]424。

翻开宋代及以后各朝代的诗话，到处可见“有余味”“意在言外”“淡远”“有野意”“有余韵”“意味悠长”“有不传之妙”“平夷恬淡”一类的说法。对陶渊明其人与陶诗的重新发现与定位，是宋人对文学史的一大贡献，而他们最倾慕的，是陶渊明隐士的身份与田园生活的自然、闲适。他们评论陶诗时，能够想到的语汇，也多是“境与意会”“字少意多”“体合自然”“趣向不群”等。而许多人对苏东坡的称赞，则常常说他“语意高妙”“如参禅悟道之人”“深得渊明遗意”。从中，我们不难见出庄、禅思想影响的踪迹，而这正是晚唐司空图等人诗学精神的核心所在。

当一种文学风格成为一种文学观念与价值标准时，它甚至会介入文学史的建构。《诗人玉屑》曾引宋人诗话《漫斋语录》的一段话：

诗文要含蓄，便是好处。古人说雄深雅健，此便是含蓄不露也。用意十分，下语三分，可见风雅；下语六分，可追李杜；下语十分，晚唐之作也。用意要精深，下语要平易，此诗人之难。[6]987

话中说古人“雄深雅健”的意思就是“含蓄不露”，显然是用自己的诗歌观念对古人诗歌观念的改造。非要把这种诗歌观念套进文学复古论的框子里，也暴露出时代的偏见对作者文学观念的深刻影响。然而，如果不是仅仅把晚唐以后受庄、禅思想影响形成的新的文学观念与特定的文学内容相联系的话，以“用意十分、下语三分”，或者是“意在言外”“造化天成”“有余韵”“意与境会”等后起的文学观念去指称《诗经》、谢诗、陶诗、杜诗，却并非没有道理。汉语的语言特性决定了这种风格在汉语诗歌中不可能只属于某一时期或者是某一流派。

当然，这一诗学理想的影响力，更多地体现在后世的文学创作与文学批评之中。而且，与之相关的词汇，不仅出现在宋以后的诗歌评论中，在人们谈论词曲、戏剧乃至小说、文章的时候，其出现的频率也很高。如“境界”一词，有用于评论诗歌的，如“晨钟云外湿句，妙语天开，从至理实事中领悟，乃得此境界也。”有用于评论戏剧的，如：“若刘晖吉奇情幻想，欲补从来梨园之缺陷，如唐明皇游月宫……境界神奇，忘其为戏也。”[14]45 也有用于评论文章的，如：“文之出奇怪，唯功深以待其自至，却又须常将太史公、韩公境悬置胸中，则笔端与常境界渐远也。”[15]13

近代学者王国维则在他的《人间词话》中，以“境界”这一概念为支撑，形成了系统的诗学范畴，用来观照、评价前人的创作。从中可以见出这些概念极大的衍生能力，同时也可以看出其所包含的文学观念，在中国古代文学史上产生的巨大影响。可以说，对“韵外之致”的追求，已经成为汉语文学最具标志性的特征。

参考文献：

[1] 杨伯峻. 孟子译注 [M]. 北京：中华书局，1960：338.

[2] 张振珮. 史通笺注 [M]. 贵阳：贵州人民出版社，1985.

[3] 童庆炳. 司空图“韵外之致”说新解 [J]. 文艺理论研究，2001 (6).

[4] 钟嵘. 诗品 [M]. 北京：人民文学出版社，1961.

[5] 王济亨，高仲章. 司空图选集注 [M]. 太原：山西人民出版社，1989.

[6] 王大鹏，张宝坤，田树生，等. 中国历代诗话选 [C]. 长沙：岳麓书社，1985.

[7] 刘禹锡．刘禹锡集 [M]. 上海：上海人民出版社，1974.

[8] 张少康．论意境的美学特征 [J]. 北京大学学报（哲学社会科学版），1983（4）.

[9] 王文生．论情境 [M]. 上海：上海文艺出版社，2001.

[10] 程相占．佛学境界论与中国古代文艺境界论 [J]. 东方丛刊，2002（3）.

[11] 石俊，主编．中国哲学名著选读：上卷 [C] //僧肇．不真空论．北京：中国人民大学出版社，1988.

[12] 晏晨．中隐：中唐时期的一个美学范畴 [J]. 河南师范大学学报（哲学社会科学版），2014（3）.

[13] 李乃龙．中晚唐诗僧与道教上清派 [J]. 陕西师范大学学报（哲学社会科学版），2000（4）.

[14] 张岱．陶庵梦忆 [M]. 上海：上海书店，1982.

[15] 姚鼐．惜抱轩尺牍：卷六 [M] //上海：上海文艺出版社，2001.

（此文发表于《中州大学学报》2016 年第 1 期）

“中国现当代文学史”写作路径的选择与走向

刘　忠*

摘　要：文学史写作就是选择一条开启文学之门的路径，对于中国现当代文学来说，这路径在20世纪五六十年代是革命化、阶级论，在80年代是启蒙、人的文学，在90年代是审美、现代性，新世纪则是还原、历史化。一定意义上，一部中国现当代文学史就是一个审美主义与意识形态相生相克的建构过程，一个文学史家与作家作品的对话过程。

关键词：中国现当代文学史　写作路径　革命　启蒙　审美　还原

20世纪40年代，中国新文学史写作进入到一个蛰伏期，在中国的西北角——延安，《新民主主义论》《在延安文艺座谈会上的讲话》的相继发表不仅为解放区文学确立了方向，也潜在地为新中国文学规划了蓝图。“无产阶级领导”被视为新文学发展的关键一环确定下来，“为什么人”被提升到“一个根本的、原则的问题”高度，并落实到作家立场、人物形象、语言表达、读者阅读等方面。如果说“五四”倡导的是人的文学、平民的文学，20世纪30年代宣传的是普罗文学、大众文学，则20世纪40年代延安提倡的就是工农兵文学、劳苦大众文学。其中，创作主体与书写对象进一步明晰化、秩序化。

一、《新民主主义论》和《在延安文艺座谈会上的讲话》的定调功能

1940年1月，毛泽东发表《新民主主义论》，这是一部关于中国革命性质、

* 作者简介：刘忠，中国社科院文学所博士后，上海师范大学人文学院教授，博士生导师，主要从事中国现当代文学研究，主要著作有：《思想史视野中的中国现当代文学》《二十世纪中国文学主题研究》《〈在延安文艺座谈会上讲话〉研究》《知识分子影像与新时期文学》等，曾获董建华文史哲基金奖、中国博士后科学基金奖等。

道路的理论文献，指向并非文艺领域，更不要说具体的文学创作。但是，以无产阶级登上历史舞台为标志的新旧革命性质划分却客观开启了文学史话语的新模式。“五四”以来的文化是“无产阶级领导的人民大众的反帝反封建的文化，它属于世界无产阶级的社会主义的文化革命的一部分”[1]的理论，从无产阶级领导的组织层面界定新文学的性质，扫清了文学史演进中新旧继承、中外交融的中间地带，用无产阶级与资产阶级、新民主主义与旧民主主义的尖锐对立取代之前的古代与现代、专制与启蒙之别，以一种断裂的方式宣告了历史上最先进的文学形式——无产阶级文学的诞生。这种文学有三个特点：无产阶级领导，确保它不同于封建社会的士大夫、资本主义社会的知识分子文学，最大限度地发挥文学的社会动员功能；人民大众身份，强调作家的阶级立场、思想观念，淡化甚至拒绝知识分子的独立性和批判性；反帝反封建使命，密切文学与政治、社会的关系，巧妙规避文学自身的内部规律和审美属性。

最早把《新民主主义论》观念引入中国新文学史写作的是周扬。1940 年前后，周扬在鲁迅艺术文学院开设“中国文艺运动史”课程，自编“新文学运动史讲义提纲”，运用《新民主主义论》的历史分期、阶级论观点解读新文学的发生发展，认为“新文学运动正式形成，是在‘五四’之后，是在意识形态上反映民族斗争社会斗争的”，没有无产阶级的领导，没有马克思主义学说的介绍，没有苏联无产阶级文艺作品的译介，“新文学运动的发生是不可想象的”[2]。不过，周扬的“讲义提纲”残缺不全，影响仅限于鲁艺学生，更不要说广大的国统区，尚不具备文学史学科意义。

1942 年 5 月，毛泽东发表《在延安文艺座谈会上的讲话》，与《新民主主义论》的哲学、政治学视野相比，《讲话》的知识结构集中于文学领域，从“为什么”到“怎么为”，从“发生论”到“创作论”，新文学的性质、对象、原则、方法、评价标准等问题第一次以完整的文艺政策的方式明确下来。“我们的文艺，第一是为工人的，这是领导革命的阶级。第二是为农民的，他们是革命中最广大最坚决的同盟军。第三是为武装起来了的工人农民即八路军、新四军和其他人民武装队伍的，这是革命战争的主力。第四是为城市小资产阶级劳动群众和知识分子的，他们也是革命的同盟者，他们是能够长期地和我们合作的。这四种人，就是中华民族的最大部分，就是最广大的人民大众。”[3]其中，“人民大众”外延的缩小过程即是“人的文学”的窄化过程；“文艺为工农兵服务”看似一个孤立的服务对象问题，实则是一个关乎作家主体、接受主体、文学本体定位的系统工程；“人的文学”经过左翼普罗文学、解放区工农兵文学的持续预设和限定，进一步逼仄。对应于此，文学史话语也从之前的启蒙、进化论主导走向革命、阶级论主导，体制化、集体化弊端日渐显现。

《讲话》发表后，赵树理、孙犁、丁玲、周立波、李季等人的文学实践不断强化着工农兵话语，形成一种示范效应；只是碍于战争影响，还不能流布到全国，成为作家们的自觉选择。

随着三大战役的胜利和南京的占领，文艺界统一话语行为的时机悄然而至。1949 年 7 月 2 日至 19 日，新中国成立的前夕，中华全国文学艺术工作者代表大会（简称“第一次文代会”）在北平召开，会议不仅实现了解放区和国统区作家的首次大联合，而且为新中国文艺指明了方向。郭沫若在《为建设新中国的人民文艺而奋斗》的报告中指出，“五四运动以后的新文艺已经不是过时的旧民主主义的文艺，而是无产阶级领导的人民大众反帝反封建的新民主主义的文艺”[4]。周扬在《新的人民文艺》中则更进一步宣称，“毛主席的《在延安文艺座谈会上的讲话》规定了新中国的文艺的方向，并以自己的全部经验证明了这个方向的完全正确，深信除此之外再没有第二个方向了，如果有，那就是错误的方向”[5]。郭沫若的“新民主主义说”总结的是过去，周扬的“新的人民文艺论”指向的是未来，综合起来，就是新文学话语的前世今生。经验可靠，方向明确，接下来的新文学学科建设，便循着这一走向不断革命化、集体化。新中国成立后，“新的人民文艺”不断将“新”字落实在工农兵人物形象上，知识分子及其负载的启蒙话语因为与工农兵身份的格格不入而被否定和置换。

二、“教学大纲”与《中国新文学史稿》的奠基意义

新中国成立后，在人民民主专政的意识形态推动下，“新的人民文艺”之帆乘风破浪，“新文学史”因为肩负总结党领导文学运动的经验、为新民主主义革命合法性提供学理依据的重任，而备受重视。1950 年 5 月，教育部在《高等学校文法两学院各系课程草案》中，对新文学史讲授内容做出规定：“运用新观点、新方法，讲述自‘五四’时代到现在的中国新文学的发展史，着重在各阶段的文艺思想斗争和发展状况，以及散文、诗歌、戏剧、小说等著名作家和作品的评述。”[6]意味着由此开始，“中国新文学史”不仅是高校中文系的一门必修课程，而且拥有了自己的话语形态：时间上，肇始于 1919 年的新民主主义革命是它的起点，重视社会革命的发生作用；体例上，以无产阶级文学运动为主线，现实主义为主潮，强调文艺界思想斗争，忽视文学自身规律的生成；作家方面，鲁迅、郭沫若、茅盾等被视为无产阶级文学的典范作家，处于中心位置。根据福柯的话语理论，知识生产不仅意味着一种权力关系的形成，而且预示着这种权力的知识化建构。作为话语载体，中国新文学史的书写即是《新民主主

义论》和《在延安文艺座谈会上的讲话》的话语权力体现。

相较于“课程草案”的粗略来说，接下来的《中国新文学史教学大纲》要细致得多。据李何林回忆，“《中国新文学史教学大纲》拟写组由老舍、蔡仪、王瑶和我组成（原定有陈涌同志，他因忙未能参加）”[7]。从绪论和主要章节目录来看，“大纲”呈现四个特点：1. 密切新文学运动与新民主主义革命的关系；2. 强化无产阶级领导、毛泽东文艺思想的指导作用；3. 把新文学发展归结为无产阶级思想的发展、新文学统一战线的发展、大众化方向的发展；4. 与李何林的《近二十年中国文艺思潮论》、周扬的《新文学运动史讲义提纲》相比，增加“由七·七到延安文艺座谈会讲话（1937—1942）”和“由座谈会讲话到全国文代大会（1942—1949）”两个阶段的文学。1951 年 7 月，“大纲”在《新建设》上发表。此后，新文学史书写就在这一预设的轨道上行进，知识分子始终处在追求“政治进步”和“身份改造”的状态下，文学史的功利性、工具性日渐显现，以致后来沦为社会史、革命史的注脚与附庸。1951 年 9 月，王瑶编写的《中国新文学史稿》（上册）由开明书店出版，这是“大纲”颁布后的中国第一部新文学史，起到学科奠基作用。“史稿”第一次把“五四”新文化运动到新中国成立这一时段的文学进行了系统的梳理，以重大政治事件为线索分为四编：1919 年五四运动到 1927 年革命阵营分化；1928 年土地革命至 1937 年抗日战争全面爆发；1937 年 7 月抗日战争全面爆发到 1942 年 5 月毛泽东《讲话》发表；1942 年 5 月毛泽东《讲话》发表到 1949 年全国第一次文代会召开。“史稿”的价值不仅表现在思想导向和时段划分的革命性上，而且在体例安排和作家作品选择上对后来的文学史写作也产生了示范作用。

赫拉克利特曾说，“人不能两次踏进同一河流”，借用到文学史编写上似乎也很合适。第一部国人编写的《中国文学史》诞生于北京大学的前身京师大学堂，作者为福建人林传甲；时隔半个世纪，新中国的第一部《中国新文学史》选取的则是北京的另一所高校——清华大学，作者为山西人王瑶。何以如此？一方面，作为朱自清的学生，王瑶对新文学知识素有积累，有扎实的文学史功底和政治敏感性，体例安排和作家评述传承了朱自清《中国新文学研究纲要》的内涵精神。另一方面，清华大学素来以理科见长，中国新文学研究十分薄弱，从日常教学需要考虑，亟需编写一部文学史教材，王瑶适时地投入到这一功利性工作中，仅用几个月时间就编写出了《中国新文学史》（上册），比同为“教学大纲”起草人的北京大学教师蔡仪的《中国新文学讲话》早了一年多时间。当然，这种“讲义”式文学史写作也存在天然的不足：功利性的需要挤兑学科的理论建构，大量的史料征引和评论照搬淹没了编写者自己的独立见解，为日后的“剪刀 + 浆糊”批判留下了口实。

从1951年9月《中国新文学史稿》上册问世到1953年8月下册出版，期间新闻出版总署和《文艺报》曾组织叶圣陶、吴组缃、李广田、李何林、杨晦、黄药眠、蔡仪、钟敬文、臧克家等专家座谈“史稿”（上册）。从《文艺报》1952年第二十号发表的《〈中国新文学史稿〉座谈会记录》来看，与会者对王瑶的勇敢、勤勉、敏捷以及“史稿”的知识性给予了正面评价，批评意见则主要集中在内容庞杂、思想性与政治性不足上，“新文学是新民主主义革命的文学，也就是无产阶级领导的反帝反封建的文学，这是新文学的根本性质，作者在本书绪论中也已承认了的。可是在实际讲到具体的史实时，无论是讲作家也好，讲作品也好，却不分青红皂白把反动的和革命的拌在一起”，“这本书的基本错误就是缺乏阶级分析……之所以如此，我想基本原因是作者的立场是资产阶级的立场。”[8]

这次“资产阶级思想”“缺乏阶级立场”“政治性不强”等标签式批评之后，中国新文学史写作进入到一个政治化的成长期，这在蔡仪的《中国新文学史讲话》（新文艺出版社，1952年）、王瑶的《中国新文学史稿》（下册）（新文艺出版社，1953年）、丁易的《中国现代文学史略》（作家出版社，1955年）、张毕来的《新文学史纲》（作家出版社，1955年）、刘授松的《中国新文学史初稿》（作家出版社，1956年）中得到进一步佐证。革命化、阶级论一以贯之，区别仅在于政治化程度的高低和学术含量的多少。

在新文学发展史上，经常会上演批评者与被批评者所持观点看似相反实则相同的一幕。《中国新文学史稿》（上册）座谈会上，蔡仪除了批评王瑶“立场”混乱外，还阐述了自己的文学史观：坚持阶级分析原则，强调文学从属政治。在《中国新文学史讲话·序言》中，蔡仪说：“这部书不是叙述一般新文学运动的史实，而是想通过几个问题去理解毛主席《在延安文艺座谈会上的讲话》是如何英明地把握了新文学运动史的主导方向，解决了当时新文学工作中的基本问题，指示了以后新文学发展的必然道路。”[9] 如果说王瑶的《中国新文学史稿》的“以史代论”写作尚有一定的学术含量，那么经由蔡仪的《中国新文学史讲话》“不是……而是……”的“以论代史”置换，文学史的政治化步伐进一步加快。

《中国新文学史稿》（上册）、《中国新文学史讲话》出版之后，文艺界又经历了《红楼梦研究》和胡适唯心论批判、“胡风反革命集团批判”运动的洗礼，文学史写作急速政治化。《中国新文学史稿》（下册）因为引用胡风评论文章太多而遭受批评，王瑶发文检讨“为学术而学术的客观主义倾向”[10]。1955年7

月、10月，1965年4月，作家出版社先后出版的丁易的《中国现代文学史略》、张毕来的《新文学史纲》(第一卷)、刘绶松的《中国新文学史初稿》(上下册)堪称是"革命化"的样本。

在这三部文学史中，不仅革命史、文艺斗争史占据重要地位，而且大有将阶级立场、作家身份、创作方向的"左倾主义"进行到底之势。《中国现代文学史略》首次依据思想倾向把作家分为"革命作家""进步作家"和"反革命作家"三类，文学社团、流派以此类推，区分为"买办资产阶级新月派""反动的小资产阶级文艺自由论派""没落的资产阶级文学流派"。该书的另一特点是套用苏联的"社会主义现实主义"原则梳理现代文学的发生与发展，尝试用"现代""社会主义"来取代"新文学""新民主主义"，为"当代文学"的粉墨登场预留了话语空间。在《中国新文学史稿》中，王瑶对沈从文的评价尽管不够正面，尚且能与巴金、老舍、张天翼等人并列，置于"城市文学的面影"这个并不准确的标题之下，到了丁易笔下，沈从文则已经降格为"反动作家"。《新文学史纲》(第一卷)同样沿用阶级身份划分法，为作家张贴革命、进步、资产阶级的标签。在张毕来看来，评价一个作家"首先应划分人民的和反人民的界限"。"现代评论派""新月派"是"反动没落的文学派别，在政治上是反人民的，在艺术上是反现实主义的，因而在中国现代文学史上，它们是一股逆流"[11]。《中国新文学史初稿》虽然诞生于"双百方针"前后，但使用的仍然是政治化标准、阶级分析方法，认为胡适是反动文人、徐志摩诗歌是"悲观和失望，怀疑和颓废"。仅在社团、流派梳理方面比较客观，透着些许学理气息。

如果说《中国新文学史稿》(上册)写作的时候，文艺界的批判运动还没有展开，加之王瑶以前从事中古文学研究，考据功夫扎实，有"以史代论"的治学素养，使得"史稿"一定程度上规避了政治风险，具有一种史料汇编的品格，那么到了丁易的《中国现代文学史略》、张毕来的《新文学史纲》、刘绶松的《中国新文学史初稿》，则"以论代史"成为常态，毛泽东的《新民主主义论》《在延安文艺座谈会上的讲话》几成"元话语"，左右着文学史叙述进程。这也许是人们常常忆起《中国新文学史史稿》的开创与奠基的作用，认为"是那一时代难以跨越的巅峰之作"[12]的重要原因。"双百方针"给文艺界带来的春天的讯息很快就随着"反右"运动的开展而随风飘散，20世纪50年代中后期，政治对文学的介入有增无减，文学史写作生态遭到严重破坏。

一方面，王瑶、刘绶松等人被视为资产阶级知识分子、反动学术权威，遭到批判，《中国新文学史稿》《中国新文学初稿》被贬为"资产阶级伪科学"而停止使用。1958年王瑶被迫检讨，"我错误地肯定了许多反动的作品，把毒草当作香花，起了很坏的影响。胡风分子的作品，我大都是加以肯定的，还特别立了一节《七月诗丛》，究竟我肯定这些作品的什么东西呢？翻开我的书，不外是‘情感丰富’之类的词句，而脱离了作品的思想内容和政治倾向……”[13]在巨大的政治压力下，王瑶、刘绶松们成为时代的“落伍者”。

另一方面，狂热的大学生们以反权威、“插红旗，拔白旗”的名义，开始集体编写文学史，比较有影响的，如北京大学中文系文学组1955级学生编写的《中国文学史》（人民文学出版社，1959年）、《中国现代文学史·当代部分纲要》（内部铅印本）；吉林大学中文系学生编写的《中国现代文学史》（吉林人民出版社，1959年）；复旦大学中文系1957级学生编写的《中国现代文学史》、《中国现代文艺思想斗争史》（上海文艺出版社，1960年）。1959年庆祝新中国建立十周年期间，当代文学史写作迎来了新契机，山东大学中文系编写的《中国当代文学史》（山东人民出版社，1960年）、华中师范学院中文系编写的《中国当代文学史稿》（科学出版社，1962年）、中国科学院文学研究所编写的《十年来的新中国文学》（作家出版社，1963年）首开当代文学学科建设之先，认为建国十年来的文学是“社会主义的文学”，新民歌运动是其高潮，并把曲艺、群众文艺、工厂史等纳入写作范围，践行文学史写作的“大跃进”和“群众运动”。

回望新中国成立后的新文学史写作，除了“文革”十年的停滞期，革命化、教材化是两个最主要特点，不仅左右着人们对新文学知识结构的判断，也影响着人们对经典作家作品的认知。政治意识形态与新文学学科建设如影随形，互文共生，以致生成为一种政治话语传统。“我们新中国成立后已经形成的文学研究成果，特别是文学史和文学概论的著作，已经形成了两个参照系统：一是政治斗争编年史的参照系统；二是作家政治履历参照系统。在这两个参照系统的制约下，我们才进入作品的评价。这样，对作品的评价和作家在整个文学史上的地位在很大程度上就被这两个参照系所决定。……把文学史变成政治斗争史的文学版，文学变成政治母系统中的一个子系统，政治与文学的关系变成一种线性因果关系。”[14]这种文学史话语放弃文学的内在自律，迎合外在的政治权威和意识形态，严重偏离了新文学的真实形态，沦为罗兰·巴特所言的政治式写作。

三、《中国现代文学史》和《中国现代文学三十年》的标杆价值

新时期之初，高等教育又一次在文学史写作中扮演着重要的原动力角色，组织专家编写教材成为许多高校的当务之急，教材型文学史编写迎来了一个

集中爆发期。先是唐弢主编的《中国现代文学史》（人民文学出版社，1979年），接着是北京大学、南京大学、厦门大学等九校编写的《中国现代文学史》（江苏人民出版社，1979年），田仲济、孙昌熙主编的《中国现代文学史》（山东人民出版社，1979年），林志浩主编的《中国现代文学史》（中国人民大学出版社，1979年），此外还有中南地区七院校、七省十七院校等各种合编教材。这些形态各异的教材不仅见证了新时期之初文学史写作的盛况，也一起上演了集体修史的话语狂欢。这之中，受众面最广、影响最大的当属唐弢主编的《中国现代文学史》（三卷本，人民文学出版社，1979年6月、11月，1980年12月），传递着丰富的学科与时代信息。

首先，该著起步于1961年，文学界处在短暂的“调整”松动期，“左倾”思想一时还难以清除，为此，唐弢、王瑶、严家炎等人组成的编委会确定了客观、唯实的编写原则。“一、采用第一手材料，反对人云亦云。作品要查最初发表的期刊，至少也应依据出版或者早期的印本。二、期刊往往登有关于同一问题的其他文章，自应充分利用。文学史写的是历史衍变的脉络，只有掌握时代的横的面貌，才能写出历史的纵的发展。三、尽量吸收学术界已有的研究成果。个人见解即使精辟，没有得到公众承认之前，暂时不写入书内。四、复述作品内容，力求简明扼要，既不违背愿意，又忌冗长拖沓，这在文学史工作者是一种艺术的再创造。五、文学史采取‘春秋笔法’，褒贬从叙述中流露出来。”[15]历史有惊人的相似之处，新时期伊始，文学史编写同样处在一种试图突破已有规限又受制于革命化传统的似变未变、欲说还休的状态。客观、唯实的写作原则不仅折射着时代的变化，也多少传递着史家的某种无奈。应当说，这种写作状态在新时期之初具有某种普遍性。

其次，新时期之初，延宕多时的文学史写作与思想解放大潮互动共生，触碰一些意识形态禁忌，对定性为“资产阶级”“小资产阶级”的作家作品给予一定宽容。“一方面……另一方面……”的辩证式评价不仅用于新月派诗人闻一多、徐志摩、通俗文学作家张恨水身上，也体现在对胡风集团成员路翎、绿原的解读上。从当时的语境看，《中国现代文学史》做到了与时代精神同步。“与那些短期内急速编就的教材不同，‘唐弢本’拖延了十几个年头，像棵老树一样，既有粗壮的老干，也有娇嫩的新枝，身上打着一圈一圈的年轮，记录着不同时间学术上的风云变幻。”[16]

再次，《中国现代文学史》兼容文艺思潮、文体分类和作家作品论的写法为此后的文学史写作确定了体例基础。鲁、郭、茅、巴、老、曹的经典地位进一步巩固，艾青、赵树理所占篇幅有所增加。由于时代视野和认识局限，《中国现代文学史》对沈从文、郁达夫等人的评价过于简略；今天，文学史热议的张爱玲、苏青、朱光潜、萧乾、徐訏、无名氏等人更是鲜有提及。

最后，《中国现代文学史》尽可能吸收已有学术成果，史料丰赡、详实。唐弢编写文学史时，新文学学科建设已有30年历史，经典作家作品研究也有丰富积累，为编写工作提供了便捷。唐弢本人既是文学史家，也是学者，对史料极为重视，所涉社团流派、作家作品都有较为详细的介绍，尽可能重视史实，有些注释本身就很有新意。如鲁迅书赠瞿秋白的对联“一生得一知己足矣，斯世当以同怀视之”，一般读者可能会想当然地认为此联系鲁迅所写，事实上，该联为清人何瓦琴“集稧贴字”①。

新时期文学史写作的“新意”在递增。20世纪80年代中后期，学界异常活跃，各种西方文艺理论纷至沓来，给文学史写作带来了新鲜气息。1985年，钱理群、黄子平、陈平原提出“二十世纪中国文学”概念，打通近代、现代、当代时空阻隔，用世界性、民族性、启蒙性、悲凉美来阐释这个“不可分割的有机过程”[17]。1988年，王晓明、陈思和提出“重写文学史”口号，主张“开拓性地研究传统文学史所疏漏和遮蔽的大量文学现象，对传统文学史在过于政治化的学术框架下形成的既定结论重新评价”，以此来激活“人们重新思考昨天的兴趣和热情，使前一时期或者更早些的时期，处于种种非文学的观点而被搞得膨胀了的现代文学史做一次审美意义上的‘拨乱反正’”，进而把中国现当代文学学科从“从属于整个革命史传统教育的状态下摆脱出来，成为一门独立的、审美的文学史学科”[18]。经过这两次理论预设与解构，中国现当代文学史写作等来了久违的“破茧而出”时机，开始了它从新民主主义范型到审美现代性范型的转变。

审美现代性的魔盒一经打开，释放出来的新思想、新观念、新方法犹如一阵春风，让压抑多时的文学史写作热情喷薄而出，释放出前所未有的能量。在这次文学史“写作热”中，除了钱理群、吴福辉、温儒敏的《中国现代文学三十年》（上海文艺出版社，1987年）、黄修己的《中国现代文学发展史》（中国青年出版社，1988年）等通史之外，还涌现出各种类型的专门史，如思潮史、流派史、社团史、文体史。思潮史方面，有王永生主编的《中国现代文学理论

① 这幅字是鲁迅1933年春写给瞿秋白的，落款处写有“洛文录何瓦琴句”。洛文是鲁迅众多笔名中的一个，何瓦琴是清代学者何溱。何溱，字方谷，号瓦琴，浙江钱塘人，工金石篆刻，著有《益寿馆吉金图》。参见唐弢．中国现代文学史：第一卷．人民文学出版社，1979：94.

批评史》(贵州人民出版社，1986年)，魏绍馨编著的《中国现代文学思潮史》(浙江大学出版社，1988年)，贾植芳主编的《中国现代文学社团流派》(江苏教育出版社，1989年)。小说史方面，有田仲济、孙昌熙主编的《中国现代小说史》(山东文艺出版社，1984年)，赵遐秋、曾庆瑞主编的《中国现代小说史》(中国人民大学出版社，1984年)，杨义编著的《中国现代小说史》(人民文学出版社，1986、1988、1991年)，严家炎编著的《中国现代小说流派史》(人民文学出版社，1989年)等。诗歌史方面，有祝宽的《五四新诗史》(陕西师范大学出版社，1987年)，王清波的《诗潮与诗神——中国现代诗歌三十年》(中国人民大学出版社，1989年)。散文史方面，有林非的《中国现代散文诗稿》(中国社会科学出版社1981年)，俞元桂的《中国现代散文史》(山东文艺出版社，1988年)，张华的《中国现代杂文史》(西北大学出版社，1987年)。戏剧史方面，有陈白尘、董健的《中国现代戏剧史稿》(中国戏剧出版社，1989年)，黄会林的《中国现代话剧文学史略》(安徽教育出版社，1990年)等。它们的存在，使文学史体系更加立体、多样。

盘点这些文学史著作，如果要挑选一部学理精进、个性彰显、学科建设有所突破的著作，《中国现代文学三十年》自然是不二之选。

与唐弢本《中国现代文学史》不同，钱理群、吴福辉、温儒敏在《中国现代文学三十年》开篇就亮明观点——中国现代文学史是启蒙文学、改造国民性的文学，“从戊戌政变前后至‘五四’新文化运动20年是现代意义上中国新文学的酝酿、准备时期；本书所要研究的从‘五四’新文化运动到中华人民共和国成立30年文学的发展，构成了20世纪中国现代文学的‘上篇’，中华人民共和国以后的文学，则可以看作是它的‘下篇’。整个20世纪的中国文学都是中国社会大变动、民族大觉醒大奋起的产物，同时又是东西文化互相撞击、影响的产物，因而形成了共同的整体性特征。”启蒙话语“不但决定着现代文学的基本面貌，而且引发出现代文学的基本矛盾，推动着现代文学的发展，并由此形成了现代文学在文学题材、主题、创作方法、文学形式、文学风格上的基本特点。”[19]从新民主主义文学观到启蒙文学观，中国现代文学史用了近40年的时间，它带给文学的不仅是评价尺度、叙述方式的新变，而且还有思想主题、艺术审美的重新审视，装备上这幅广角镜头来考量中国现代文学史，习常的救亡、启蒙、革命、民粹之外，我们还目睹了启蒙的艰难、人性的复杂多变以及审美演进过程中现实主义、现代主义、浪漫主义的纠缠。

与启蒙文学观伴生的另一个特点——分析深入、新见迭出，学术性极强。《中国现代文学三十年》中每一个十年的文学创作都设专章概述，以该时期文学的突出症候统摄，如第一个十年文学的"理性精神的显现"、第二个十年文学的"无产阶级文学与自由主义文学的各自发展"与第三个十年文学的"救亡的急迫与启蒙的隐在"，抓住了时代"共名"的本质，展现了阶段性文学的全貌。重要作家的论述更是以"论"贯穿全章，逻辑谨严，不枝不蔓，有着鲜明的学术个性。黄修己说："唐弢本文学史把主观的评论寓于情节的复述之中，用的是客观叙述的笔法，而《三十年》则是论文的写法。""作者似乎对现实生活有许多感触、感觉、感慨，有自己对社会、历史的认知和见解，他们是用自己特有的眼光去看新文学的。加以在文风上似乎不喜含蓄，不求平稳，不擅迂回，而追求把话说得淋漓尽致，犹如音乐会上的激情演奏，因而凡有独特见解之处，都表达得相当充分，极富学术个性。"[20] 1998 年，《中国现代文学三十年》进行了修订，吸收了许多最新学术成果，在保留初版"鲁郭茅，巴老曹，艾青，赵树理"专章的前提下，增加了沈从文、通俗小说专章，力求全面呈现文学的丰富姿态，深化启蒙文学观。凭借文学史观的新颖、独到，该书成为中国现代文学史学科建设的标志性成果，被教育部指定为重点教材，广泛使用。

在新时期文学史写作热中，当代文学史明显滞后。比较有影响的著作有张钟、洪子诚等人编写的《当代中国文学史概观》（北京大学出版社，1980 年），郭志刚、董健等人编写的《中国当代文学史初稿》（人民文学出版社，1980 年），王庆生主编《中国当代文学》（上海文艺出版社，1983 年），朱寨主编的《中国当代文学思潮史》（人民文学出版社，1987 年），李达三主编的《中国当代文学史略》（浙江大学出版社，1989 年），田怡等人编写的《中国当代文学论稿》（内蒙古人民出版社，1990 年）等。不仅独创性不足，影响力也远不及现代文学。

概括新时期第一个十年的文学史写作，"启蒙""人的文学"两个最主要的关键词，构成了文学史写作的基本框架。起初，文学史写作带有从新民主主义到启蒙主义转变的亦新亦旧色彩，渐渐地"人学""审美"开始了修复历史缝隙的征程。在新启蒙、主体论等思想观念影响下，"重写"成为文学史的新坐标。这种迥异于 20 世纪 50 年代革命化叙述的文学史写作，在理论形态上表现为"二十世纪中国文学"整体观的提出以及"重写文学史"讨论的开展，在实践运用上则体现在对具体作家作品的重评，或者说是对经典秩序的解构。"文学现代化"取代"新民主主义文学"和"社会主义文学"，建立新的话语霸权，并且俯视着历史的开展。换言之，"人的文学"的评价与写作模式替代了之前的工农兵模式。

四、"重写文学史"实践及审美转向

20世纪90年代，经过"重写文学史"论争的先期酝酿，文学史观念愈加开放，文化学、思想史、学术史视野的引入，进一步拓宽了文学的生产、传播与接受空间。"突破""创新"诉求已不再停留在单纯的学术探讨层面，而是在实践操作层面依次展开，一时间，有着不同学术个性的文学史交相辉映，精彩纷呈。

如同自然界的春种秋收，"二十世纪中国文学"整体观的提出是在80年代，结出丰硕成果却是在90年代。首先尝试践行"打通"整体观的是许志英主编的《中国现代文学主潮（1917—1976）》（第一卷福建教育出版社，1992年），作者在"卷首语"中提出构想：把现代、当代打通，即将"五四"以来的文学统称为现代文学，以文学现代化为中心线索统摄60年文学史；认为"一部文学史主要是作品的历史，而一个时代的思潮也是更生动更丰富地体现在作家的创作中"[21]。随着时间的拉长，人们对新文学、现代文学、当代文学的认知分歧加大，为了弥合意识形态和文学观念的差距，人们开始使用"二十世纪中国文学"这一概念。孔范今主编的《二十世纪中国文学史》（山东文艺出版社，1997年），谢冕主编的《百年中国文学总系》（山东教育出版社，1998年），刘增杰主编的《19—20世纪中国文学思潮史》（河南大学出版社，1992年），黄曼君主编的《中国近百年文学理论批评史》（湖北教育出版社，1997年），黄修己主编的《二十世纪中国文学史》（中山大学出版社，1998年）即是这样的整合之作。

"打通""整合"一度让文学史面貌一新，"二十世纪中国文学"的内涵也从"启蒙""人的文学""现代化"所指扩展到"纯文学""审美""人性"的方面，文学史形态更加立体、多样。但是，随着世纪末的来临，人们认识到"二十世纪文学"不仅面临时间本身的拷问，还要面对文学"原生"形态与"书写"形态的悖论，或者说这一范畴从提出的那一刻起，就意味着文学多样性、复杂性的牺牲，被取代、被改写只是一个时间早晚的问题。

天下大事，合久必分，分久必合；时间的溢出效应很快让"二十世纪中国文学"所指失去意义，"现代""当代"这两个有着时间、政治、文化等多重内涵的文学史范畴重新回到人们的视野。洪子诚的《中国当代文学史》（北京大学出版社，1999年）、陈思和的《中国当代文学史教程》（复旦大学出版社，1999年）、王庆生的《中国当代文学》（华中师范大学出版社，1999）、朱栋霖的《中国现代文学史（1917—1997）》（高等教育出版社，1999年）、孟繁华的《中国现代文学史》（中国人民大学出版社，1999年）、张炯的《新中国文学史》（海峡文艺出版社，1999年）、杨匡汉的《共和国文学五十年》（中国社会科学出版社，1999年）、杨义的《中国新文学图志》（人民文学出版社，1996年）等，沿袭了“现代”“当代”“新中国文学”“新文学”等限定称谓，并注入了新的审美认知和时代精神。

洪子诚的文学史严谨而深入，从文学生产机制角度揭示当代文学发展变迁的内在动力，呈现出多种话语力量的冲突与融合，以一种“潜在阅读”方式触碰历史，叙述当代文学“一体化”型构的形成、发展和解题过程。第一次文代会把“延安文学所代表的文学方向指定为当代文学的方向”，其后，“十七年和文革是对一体化目标的进一步设计规划，直到80年代，一体化纲领才被人学观念的复归所打破”[22]。陈思和的文学史“站在民间文化的立场”，探索民间性在当代文学中的生成和繁衍，注重“非主流”的作家作品，努力发掘其潜在内涵，从而支持他对“民间文化形态”的理解。朱栋霖、孟繁华的文学史运用90年代学术流行语——“现代性”统领现代文学，缝合启蒙文学与主流意识形态文学的罅隙，展现当代文学本身的复杂性和多样性。张炯、杨匡汉的文学史以“新中国”为完整单位，将社会理性与人文情感统一起来，考察文学与共和国建设的同步共振及错位偏离。杨义的文学史以“图志”这样一个“分枝”“侧面”的方式切入中国新文学，试图在版本学、审美学上与作家作品进行对话。

阅读这些文学史著作，既是一次意识形态的观念之旅，又是一次文学本体的确认过程。透过主流、非主流、民间、精英、传统、现代、中国、外国这些极富张力的概念，我们真切地感受到“新文学”“现代”“当代”语词的精神力量。当这些力量积聚到一点，打破僵局，实现文学史写作方式的又一次转向就是水到渠成的事情。

很长一段时间，中国现当代文学史书写是以毛泽东的“新民主主义—社会主义论”为依据，想当然地认为“中华人民共和国成立以后，随着社会制度的根本变化，我国当代文学具有了鲜明的社会主义性质和内容，它是以共产主义思想为核心的社会主义文学”[23]。隐含着当代文学是现代文学的“进化”“升级”的历史逻辑，“人们习惯上把新民主主义阶段的文学称为中国现代文学，而把社会主义阶段的文学称为中国当代文学”[24]。进入新时期，李泽厚、刘再复、朱光潜等人开始介绍、阐释西方的文艺理论，作家主体论、多重人物性格论、文学审美论等思想逐渐为人们所接受，“文学是一种审美意识形态”“审美是文学的整体性结构关系生成的新质”不仅写入《文学概论》教材，而且也被评论家们反复操练，作为评论作品的重要观照视野[25]。“审美论”的确立激发了文学史研究的新活力，使得“‘重写文学史’最终以‘审美原则’作为它的标准和方法论”[26]。

五、文学史写作的“历史化”及其反思

21世纪以来，经历了80年代“写作热”和90年代的“重写热”之后，文学史研究进入到一个反思、整理期，主要特点可以归结为以下四个方面：

（一）文学史写作热点从“现代”转向“当代”

从新世纪已经出版的多部文学史来看，大部分集中于“当代”的情况，可能与现代文学研究积淀深厚、学科建设相对成熟，而当代文学研究薄弱、学科建设尚待进一步开拓有关。当代文学史从20世纪60年代的尝试性写作，越过80年代初的“不易写史”争议，于世纪之交迎来一个爆发期。比较有影响的文学史有陈晓明的《中国当代文学主潮》（北京大学出版社，2002年），吴秀明的《中国当代文学史写真》（浙江大学出版社，2002年），孟繁华、程光炜的《中国当代文学发展史》（人民文学出版社，2004年），董健、丁帆、王彬彬的《中国当代文学史新稿》（人民文学出版社，2005年），张志忠的《中国当代文学60年》（高等教育出版社，2009年）等。在这些文学史中，学人们尝试运用福柯的知识考古学、谱系学理论，挖掘“文学史上的失踪者”[27]，打捞历史的碎片，如评奖制度、集体写作，把语境还原和文本阅读放在突出的位置。作为一门学科，当代文学开始摆脱“现代文学”的延续、附庸角色，成为“把握中国文学状态的一种有效视角”[28]。

（二）文学史的“历史化”反思

新时期以来，文学史叙述一直摇摆于启蒙与救亡、审美主义与意识形态的二元对立两端，不仅真实性可疑，而且屏蔽了许多异质因素，文学史研究亟需走出审美主义和意识形态二元对立的思维怪圈。在这场文学史“历史化”过程中，最先解构的当是“救亡压倒启蒙”这个逻辑前提。“这种误读的产生，当然与民族国家这一概念本身的复杂性有关。这种复杂性表现在传统的‘文化认同’与现代‘政治认同’之间的界限并非只是一目了然，尤其是当民族国家为了建构自身合法性而常常自觉和不自觉地借用传统文化资源的时候，现代民族国家与前现代民族国家，其实是一对需要仔细辨析的概念。”[29]把复杂多变的中国文学强行纳入启蒙与救亡的二元对立框架，高举“本体论”和“审美说”大旗，贬低“左翼文学”和“十七年文学”价值，其偏颇、遮蔽、抽取的手法显而易见。有学者甚至主张“摧毁有关‘纯文学’与‘文学性’的神话，让中国现代文学重新回到中国现代文学发生发展的具体历史场景，最大限度地历史化文学”[30]。至于如何“历史化”？有哪些途径？杰姆逊、福柯、德里达等人的后现代主义为我们提供了话语资源。无论是杰姆逊的“始终历史化”，还是福柯的知

识考古学、谱系学，抑或是德里达的“分延游戏”，指向都是知识结构的完整性、反对逻各斯中心。在文学上的投射，就是“反本质主义”和“反审美主义”，认为文学是历史的产物，不存在永恒的本质，只有不断“历史化”才能获得解释。事实上，新世纪的文学史写作正是沿着这样一条主客体对象的历史化路径前行的。主体对象的历史化表现为主体价值中立，多做还原，少做判断，“尽可能全面翔实史料的展示，还原多元共生、丰富复杂的当代文学的本真状态，靠史实说话，以史实取胜。”[31]客体对象的历史化则是回到彼时彼地，把问题放回到历史情境中去审察。不过，“历史化”也存在自身悖论、“审美转向”的时候，人们批判革命史写作的偏执化，认为审美才是文学史的本体；殊不知，任何事物都有它的两面性，“历史化”同样面临批判武器的自反性问题，因其理论前提已经预设了“历史化”与“非历史化”的二元对立，而且无论是理论还是实践，“客体还原”都是有限度的，“主观介入”不可避免，历史化“甚至面临两个本体与价值方面的困惑，即‘文本’和‘文学性’被湮没，以及对启蒙主义与自由主义两种思想主导的文学史叙述的颠覆。”[32]

（三）“港澳台”文学“入史”带来的多元化拷问

早在20世纪80年代后期，一些文学史就开始以“附录”的形式添列“台湾”“香港”文学。到了21世纪，文学史的空间延展成为常态，少数民族文学、“港澳台”文学的关注度空前提高，王泽龙、刘克宽主编的《中国现代文学》（高等教育出版社，2002年），董健、丁帆、王彬彬主编的《中国当代文学史新稿》（人民文学出版社，2005年），朱栋霖、朱晓进、龙泉明主编的《中国现代文学史》（北京大学出版社，2007年），张炯、邓绍基、樊骏主编的《中国文学通史》（江苏文艺出版社，2012年）等，都在历时性叙述结构中穿插进“港澳台”文学的介绍，力图使结构更加完整。“港澳台”文学“入史”不仅是一个空间拓展问题，还意味着相对异质的因素对文学史话语的改写，引发更深层次的思考。

（四）网络文学“入史”带来的身份挑战

经过近20年的发展，网络文学的读者群在扩大，网络作品呈几何状态生长，对纸质文学构成了巨大挑战。从纸质到网络，从精英到大众，写作空间在转变，文体界限在消失，主体与受众身份在模糊，面对这样一个潜能无限的庞然大物，我们的文学史显然还没有做好充分准备，只有少许几部著作将其收编入册，如汤哲声的《中国当代通俗小说史论》（北京大学出版社，2007年），马季的《读屏时代的写作：网络文学10年史》（中国工人出版社，2008年），欧阳友权的《网络文学发展史：汉语网络文学调查纪实》（中国广播电视出版社，2009年），陈晓明的《中国当代文学主潮》（北京大学出版社，2009年），朱德发、魏建的《中国现代文学通鉴》（人民出版社，2012 年）。对于网络文学，这些著作的处理方式简单、粗略，或者是"附录""尾声"式添加，或者作为通俗文学的一个板块，其载体特点和文学价值未能深入开掘。

一定意义上说，文学史写作就是选择一条开启文学之门的路径，登堂入室，移步换形，于条块分割地穿行中走近自在自为的文学史形态。对于中国现当代文学来说，这路径在五六十年代是革命化、阶级论，在 20 世纪 80 年代是启蒙、人的文学，在 20 世纪 90 年代是审美、现代性，新世纪则是还原和历史化。一部中国现当代文学史就是一个审美主义与意识形态相生相克的建构过程，一个文学史家与作家作品的对话过程。今天，这样的建构和对话仍在进行中。

参考文献：

[1] 毛泽东．新民主主义论［M］//毛泽东选集（第 2 卷）．北京：人民出版社，1991：708.

[2] 周扬．新文学运动史讲义提纲［J］. 文学评论，1986（1）.

[3] 毛泽东．在延安文艺座谈会上的讲话［M］//毛泽东选集（第 3 卷）．北京：人民出版社，1991：855.

[4] 郭沫若．为建设新中国的人民文艺而奋斗［C］//中华全国文学艺术工作者代表大会纪念文集．北京：新华书店，1950：38.

[5] 周扬．新的人民文艺［C］//中华全国文学艺术工作者代表大会纪念文集. 北京：新华书店，1950：96.

[6] 转引自王瑶．中国新文学史稿（上册）［M］. 上海：上海文艺出版社，1982：1.

[7] 李何林，等．中国新文学史研究［M］. 北京：新建设杂志社，1951：1.

[8]《中国新文学史稿》座谈会记录［N］. 文艺报，1952-10-25.

[9] 蔡仪．中国新文学史讲话［M］. 北京：新文艺出版社，1952：1.

[10] 王瑶．从错误中汲取教训［N］. 文艺报．1955-10-30.

[11] 丁易．中国现代文学史略［M］. 北京：作家出版社，1955：278.

[12] 孟繁华．中国 20 世纪文艺学学术史（第三部）［M］. 上海：上海文艺出版社，2001：222.

[13] 王瑶．《中国新文学史稿》的自我批判［M］//王瑶文集（第 7 卷）. 太原：北岳文艺出版社，1995：557.

[14] 刘再复．文学研究应以人为思维中心［N］. 文汇报，1985-07-08.

[15] 唐弢．求实集·序［C］//严家炎．求实集．北京：北京大学出版社，

1983：1.

[16] 黄修己．中国新文学编纂史［M］．北京：北京大学出版社，2007：122.

[17] 陈平原，钱理群，黄子平．论“二十世纪中国文学”［J］．文学评论，1985（5）．

[18] 陈思和，王晓明．主持人的话［J］．上海文论，1988（4）．

[19] 钱理群，吴福辉，温儒敏．中国现代文学三十年［M］．上海：上海文艺出版社，1987：1.

[20] 黄修己．中国新文学编纂史［M］．北京：北京大学出版社，2007：138，139.

[21] 许志英．中国现代文学主潮（第一卷）［M］．南京：南京大学出版社，1992：1.

[22] 洪子诚．中国当代文学史［M］．北京：北京大学出版社，1999：7.

[23] 华中师范学院编写组．中国当代文学［M］．上海：上海文艺出版社，1983：2，11.

[24] 十院校编写组．中国当代文学史初稿［M］．北京：人民文学出版社，1980：3.

[25] 童庆炳．文学的格式塔质和审美本质［J］．批评家，1988（1）．

[26] 杨庆祥．审美原则、叙事体式和文学史的“权力”［J］．文艺研究，2008（4）．

[27] 李杨．重返八十年代：为何重返以及如何重返［J］．当代作家评论，2007（1）．

[28] 洪子诚．“中国当代文学”［J］．南方文坛，1999（1）．

[29] 李扬．“救亡压倒启蒙”：对八十年代一种历史“元叙事”的解构分析［J］书屋，2002（5）．

[30] 旷新年．“重写文学史”的终结与中国现代文学研究转型［J］．南方文坛，2003（1）．

[31] 吴秀明．中国当代文学史写真［M］．杭州：浙江大学出版社，2002：2.

[32] 张清华．在历史化与当代性之间［J］．文艺研究，2009（12）．

[33] 董健，丁帆，王彬彬．中国当代文学史新稿［M］．北京：人民文学出版社，2005：3.

（该文发表于《中州大学学报》2013年第4期）

我们需要什么样的中国新文学史？

刘　忠

摘　要：如同远足的旅行者需要时时提醒自己“为什么而出发”一样，文学史写作也当如此。文学创作在不断变化中，文学史文本也在随之变化。面对不断前行的文学史“重写”，人们似乎从来没有满意过，“新民主主义话语”指导下的文学史太过政治化，“启蒙主义话语”主导下的文学史又过于审美化……绝对主义固然不好，相对主义也需要深入考量。我们不需要单一的、他者化的文学史，也不需要封闭的、过度阐释的文学史，需要的则是多元、动态、不断反思的文学史。

关键词：中国新文学史　重写　多元　反思　动态

中国文学史写作起步于20世纪初叶，算是地道的舶来品①；但是“中国文学史的著述因为有历史上的文学批评作基础，起步虽晚，却也渡河有舟，治学有术”[1]，取得了不俗的成就。从晚清至今，文学史文本在不断产生，从官方到民间，从集体到个人，从自发到自觉，文学史写作始终是高等教育和学术研究的一大热点。我们需要文学史，因为它记录过往，关涉现在，向未来开放。如同远足的旅行者需要时时提醒自己“为什么而出发”一样，文学史写作亦当如此。

一、变动不居的文学史写作

文学创作在不断变化中，文学史文本也在随之变化。从王瑶的《中国新文学史稿》，到唐弢、严家炎的《中国现代文学史》，再到钱理群、温儒敏、吴福

① 早在1880年，俄国人瓦西里·巴甫洛维奇·瓦西里耶夫撰写、出版《中国文学简史纲要》，为已知最早的中国文学史文本。

辉的《中国现代文学三十年》;从张钟等人的《当代文学概观》、郭志刚等人的《中国当代文学史初稿》,到洪子诚的《中国当代文学史》、陈思和等人的《中国当代文学史教程》、张炯等人的《新中国文学史》,再到孟繁华、程光炜的《中国当代文学发展史》、吴秀明等人的《中国当代文学史写真》、董健等人的《中国当代文学史新稿》、陈晓明的《中国当代文学主潮》、欧阳友权等人的《网络文学发展史》,文学史写作明显提速。面对不断前行的"重写文学史",人们似乎从来没有满意过,"新民主主义话语"指导下的文学史太过政治化,"启蒙主义话语"主导下的文学史又过于审美化;现代文学"历史化"时间太长,批评空间有限;当代文学时间又太短,缺乏历史沉淀……写出一部让大多数人满意的文学史文本,越来越成为一件不可能完成的任务。

饶有兴味的是,对于不确定或不可能完成的事物,人类始终充满好奇心。在一个阐释学极为发达的时代,不管有没有一个原初意义上的文学史,学者们对文学史的"今天化"表现出空前的兴趣。文学史文本仅仅是一种话语形态,只和"今天""此刻"发生关系,"没有什么外在于今天的文学史。文学史在今天涌现,它压缩在今天的空间中"[2]。"革命文学""左翼文学""国防文学""工农兵文学""二十世纪中国文学""启蒙文学""审美文学""新历史主义文学""后现代主义文学""现代性文学""女性主义文学"……都能够在多姿多彩的文学史版图上找到各自的位置,正如《中庸》中讲,"万物并育而不相害,道并行而不相悖"。

各有千秋的文学史文本和研究论文一再昭示我们:解构是容易的,建构是艰难的;共识是短暂的,分歧是永远的。"写作——反思——重写"是文学史文本的存在常态,任何全盘否定或肯定的做法都是偏颇、不切实际的。正如福柯指出的,"我们必须从历史的脉络去检视哪些事件塑造了我们,哪些事件帮助我们认知到所谓的'自我主体',就是正在做,正在想,正在说什么"[3],如此,重写文学史才会达抵它的目标。对于既有文学史文本,每一次重写都是一次选择、一次对"元历史"的反思。重写并非只是一个口号,甚至也不仅仅是一种观念,它更多的是一种知识范式的更新。从革命到启蒙,从阶级性到人性,从功利到审美,从一元现代性到多元现代性,人们的文学史观在变化,文学史写作的知识范式也在新旧更迭。文学史的潘多拉魔盒一经打开,就会释放出无穷无尽的能量和魔力,不断产生新的文学史文本,在更高层面形成开放的、动态的文学史写作机制。

文学史的概念,并没有一个恒久不变的定义。以"审美—纯文学"标准来评估与社会变革有着千丝万缕关系的中国现当代文学,固然有它的偏颇,但回归“革命—阶级论”主导下的“他者化”文学史写作范式又是不折不扣的倒退。在一个以外部研究占据主导地位的语境中，“审美—纯文学”捍卫了文学史的本体存在，“将过去那种意识形态史、政治权力史、一元中心化史，变成多元文化史、审美风俗史和局部心态史”[4]，其自身价值是不言而喻的。但是，一旦“审美—纯文学”标准固步自封，上升为唯一的标准，它的弊端同样不容小觑。毕竟文学史既是历史的又是当下的，既是主体的又是客体的，社会的政治、经济、文化等活动会在文学史中获得表现，任何抽象的、单一的、绝对化的文学史叙述都是需要警惕和反思的。

二、不需要什么样的文学史

在回答“需要什么样的中国新文学史”之前，先盘点一下“不需要什么样的新文学史”①。首先，我们不需要单一的、他者化的文学史。“文艺为工农兵服务，文艺为政治服务”曾经被视为文学史写作的不二定律，新民主主义、社会主义现实主义、反帝反封建、工农兵形象、“两结合”原则、典型人物等词汇成为文学史文本的关键词，被人们反复进行价值附加和意义言说。文学史的思想性、教育性、党派性极度放大，压抑、挤占了本就稀薄的审美性、启蒙性、多样性，造成新中国成立后很长一段时间里文学史写作体制的僵化。王瑶的《中国新文学史稿》、丁易的《中国现代文学史略》、刘绶松的《中国新文学史初稿》、张毕来的《新文学史纲》、唐弢的《中国现代文学史》等都未能幸免。钱理群说：“在某种程度上甚至可以说，文学史叙述即是一连串的典型现象、历史细节的连缀，但又不是材料的简单堆砌，而是通过新的叙述，赋予旧材料以活力，并在材料之间建立起一种新型关系，这就构成了对历史的复述（与再述），既不是‘六经注我’，也不是‘历史本来面目的’复原。”[5]一方面我们认同历史的本真存在，另一方面又无法复原历史。因此只有把作家作品历史化，将文学史文本实用化，甚至是工具化，以迎合社会的、政治的、阶级的理念，构建一个历史的过去。

其次，我们同样不需要封闭的、“纯审美”的文学史。重写文学史解构了此前的“他者化”文学史，迎来了文学史写作的个性化、本体化时代。在“纯审美”标准下，我们看到了文学史上一群人的风采：周作人、沈从文、废名、张

① 为了更好地表现文学史写作的整体性和延续性，文章采用“中国新文学史”一说，而不是依据社会性质和时间节点划分的中国现代文学、当代文学、二十世纪中国文学等说法。

爱玲、苏青、钱钟书、穆旦、金庸等人的"大红大紫",赞誉有加;"左翼"作家郭沫若、茅盾、田汉、周扬、丁玲、何其芳等人则遭到人们的冷遇,"思想进步、艺术退步"的标签很容易贴到他们身上,"前期审美""后期政治"的评价方式也会接踵而至,完成了对他们在新中国成立后创作的批判与否定。审美和人性的发现,"解放"了文学史家的生命体验、感知,让人们有可能洞悉到文学史本身的幽暗与复杂,实现从"写什么"到"怎样写"的平移,弥补文学史写作"内部研究"之不足。但在具体实践中,用来解构"政治话语"的"审美主义"很容易被抽象化,任意割裂、曲解作家作品思想的前后联系和有机整体,造成新的二元对立。审美主义在揭示新文学发展的内在动因方面,是积极的、有效的,但它远不足以涵盖新文学的种种可能性,审美原则自身的封闭性与书写对象的复杂性之间存在着深刻的悖论。赵园曾指出:"'重写'仍流于经验性的否定而终无真正坚实的建设,再度发现否定者仍在被其'否定'的那个视野中。"[6]最后,我们亦不需要过度阐释、越写越长的文学史。如果说重写文学史之前的中国现代文学界存在"神话"鲁迅、郭沫若、茅盾、赵树理等人的倾向,文学史排位座次分明,左翼作家地位高于自由主义作家的话;重写文学史之后的情形则颠倒了过来,自由主义作家大受欢迎,胡适热、周作人热、沈从文热、张爱玲热、钱钟书热、林语堂热、穆旦热……持续不断,高烧不止;而鲁迅、郭沫若、茅盾、丁玲、何其芳、赵树理、柳青等人则遭遇冷落,质疑、批判之声此起彼伏。反映到文学史文本中,就是周作人、沈从文、林语堂、张爱玲、穆旦、冯至等人所占篇幅大增,风格平和冲淡的闲适小品文,表现人性美、人情爱的小说,专注人生中沉稳、灰暗一面的海派作品,成为重写文学史写作的重点对象,甚至辩诬汉奸身份、洗白反共言论也以"同情的理解"之名进入文学史文本。

近年来,过度阐释开始从所谓一流作家、经典作家向二流、三流、不知名作家蔓延,"才子作家""报人作家""才女作家""潜伏作家"等称号很轻易地就戴在了方玮德、邵洵美、胡兰成、史量才、吕碧城、石评梅、陆小曼、梅娘、安娥、潘柳黛、关露等人头上,成为一些文学史文本的"新宠",他们笔下的报章杂感、通俗小说、言情散文也一变而为人性写作的高标和审美主义的典范。

与自由主义作家"扩容""升级"相对应,左翼作家、解放区作家也在一些"新左派"人士笔下获得充分挖掘,草明、白朗、林蓝、曾克、王林、方纪等人的创作被冠以延安作家群、东北作家群、保定作家群之名,获得深入阐发,进入到文学史"大作家"序列。随着文学史研究"去蔽"和"平移"的加快,人们对"复古派""学衡派""甲寅派""战国策派""民族主义文学"的认识也有新的变化，如有学者认为，“王平陵、黄震遐和陈诠在既有文学史中都是‘反动’作家，但细读作品，人们仍能感到他们强烈的爱国家、爱人民的衷心热肠；他们在艺术上的成就也值得重新研讨”[7]。

姑且不论有没有一个认定一流作家、二流作家、三流作家、进步作家、反动作家、大作家、小作家的绝对或相对标准，单对这些作家生活遭际、情爱历程的事无巨细的描述与诠释，就让中国新文学史越写越长，不堪重负；与伟大作家、经典作家为伍变得越来越容易，文学史评价标准、知识体系严重失度。为了争取话语权力，每一个研究者都试图用自己的方式遴选、甄别作家作品；为了让文学史文本有特色、有发现，不惜借用地域色彩、民间书写、潜在文本、女性意识等术语对文学现象和作家作品进行过度阐释，借此增进、垫高文本的学术性和影响力。这种放任主体性、个性的做法，很容易陷入相对主义、实用主义泥潭，模糊、扭曲文学史本来的面目。文学史家在结构文学史文本的时候，主观性虽然无法避免，但这“绝不是一种任意的主观性，而是正好适合历史的客观性的主观性”[8]。

三、需要什么样的文学史

在回答了“不需要什么”之后，“需要什么”的问题也就相对清楚了。文学史是纷繁复杂的，文学史文本理当是多元、动态与不断反思的。

我们需要多元的文学史文本。事实上，古今中外，不管你承认与否，社会气象、文艺政策、意识形态、价值观念、社会心理、兴趣爱好、文学观念、研究方法乃至史料的多少、史实发现的时间早晚等因素，虽然与已经“过去”的文学史无关，但它们却客观影响着文学史文本的叙述视角和方法，“不在场”的因素左右着“在场”的书写者。

从百年中国新文学编纂史来看，我们曾拥有过进化论、阶级论、启蒙论、审美论、现代性、新历史主义等多种史观的文学史文本，它们在丰富文学史评价标准、方法等方面都有着非凡的贡献。如进化论文学史记录了中国新文学产生之初渴望快速“成长”的一段难忘历程；阶级论文学史揭示了新文学与中国社会变革的紧密关系；启蒙论文学史把新文学视为国人的一段思想启蒙史、人性解放史；而审美论文学史关注中国现当代文学中“审美”因素的累积效应，凸显文学史“内在规律”的生成与发展；现代性文学史则追溯中国现当代文学中“西向而学”的维度，试图开掘出中国式的现代性认知；新历史主义文本走得更远，它认为作为书写对象的文学史是已然“发生的事情”，类似康德所说的“物自体”，我们描述出来的文学史是一种“文本的历史”，“历史并不能自动存在，自动呈现，它的存在，必须赋予形式，必须引入意义”[9]。

也就是说，文学史文本总是后设叙事，是一种话语建构行为，当我们以某种意义来阐释文学史的时候，那些被认定为没有意义的部分极有可能会被排斥在外，形成“断裂”和“空缺”。从这个意义上说，任何文学史写作都如同瞎子摸象，触及的只是书写对象之一部分，而不可能是全部，这就要求文学史写作应在多元文学史观指导下，采取社会、经济、文化、政治、道德、心理、审美与传播的等多个角度进行，在相互争鸣与互补中演绎文学史的鲜活与繁复。

多元之外，我们还需要动态的文学史文本。在中国新文学编纂史上，一直存在两种偏颇的认知：要么“今不如昔”，昨是而今非；要么“昔不如今”，今是而昨非。无法以一种动态的眼光看不同时期文学史文本的利弊优长，总是纠结于古今中外的尖锐对立。“当代文学不宜写史”论调透示的是“当代文学成就不如现代文学”的认识；“重写文学史”秉持的则是“今是而昨非”的思想，把“颠倒的历史再颠倒过来”。事实上，从来就没有一部原生、静态与唯一的文学史文本。我们既没有必要以“前史”来否定“后史”，也没有必要用“后史”来颠覆“前史”，两者之间当是系谱学意义上互文比照、良性互动的关系，而非彼此对立、取代颠覆的关系。作为一种历史范畴，“重写文学史”仅在纠偏匡正、丰富多元的意义上有它不可或缺的价值，期望重写出一部完美的文学史文本是不现实亦不可能的。没有周作人、朱自清、王瑶、刘绶松、张毕来、唐弢等一代文学史家筚路蓝缕的开创性工作，就没有后来的严家炎、黄修己、朱寨、张炯、董健、钱理群、陈平原、洪子诚、孟繁华、陈晓明、程光炜、陈思和、王晓明、吴秀明、王庆生、张志忠、丁帆、朱栋霖等人的锦上添花，更没有当下文学史文本的互动共生、多元并存。

当然，为了提升我们对文学史的认识，让文学史文本更趋近文学史本真，找寻其中隐潜的奥义，我们还需要不断反思文学史文本。黑格尔说，反思是人类的一种本性，“意指跟随在事实后面对既有经验和现实对象的反复思考”，是人类自我证明的一种方式。不管是既有文学史文本，还是重写文学史文本，它们都是摹本、派生物，是对某一特定文学史文本的修正或挑战。从绝对意义上说，它们都是今人的话语形塑，是不同形态文学史观的体现。“反思”是文学史的必修课。王瑶曾说：“文学史既是一门文艺学科，也是一门历史学科，它是以文学领域的历史发展为对象的学科。因此一部文学史既要体现作为反映人民生活的文学的特点，也要体现作为历史科学，即作为发展过程来考察的学科的特点。”[10]

文学史文本既是“文学”史，又是文学“史”。从话语阐述的角度看，人们的文学观念、评价标准、研究方法、接受心理的任何细微变化都可能导致文学史内部结构的调整，引发对既有文学史文本的反思和改写。从历史发展的角度看，文学史并不是过去历史材料的简单累积，而是文学史家立足当下，在一定文学史观念驱动下，与既有文学史史料和文学史文本的多重对话，内含了文学史观念、评价标准、研究方法的“新变”和“突破”。从进化论到阶级论再到启蒙论，从历史唯物主义到新历史主义，从“二十世纪中国文学”到“重写文学史”，对文学史的反思一直就没有停歇过。20 世纪 90 年代后期，对于“重写文学史”的反思又一次让我们看到，文学史“内部结构”与“外部结构”，“审美”与“政治”并非截然对立，而是能够互补并存的，如同歌德在《浮士德》里所说的那样，“仍然拥有的，仿佛从眼前远遁；已经逝去的，又变得栩栩如生”[11]。

四、文学史写作的几个问题

厘清了“不需要”与“需要”之后，解决写作过程中可能遇到的难题变得尤为重要。“提出一个问题，确切地说是所有史学研究的开端和终结。没有问题，便没有史学”[12]，而且从一定意义上说，提出问题本身就预示着解决问题。在中国新文学史写作过程中，以下 6 个方面的问题亟待处理：

（一）少数民族文学入史问题

我国是一个多民族国家，长期以来，文学史文本仅限于汉族文学史，罕见提及少数民族文学，因此不仅遮蔽文学史的多民族、多语种存在，而且容易滋生话语霸权，不利于民族国家的建构。霍布斯鲍姆说：“民族国家认同是一个人发掘、认识自我与民族大我正确关系的过程，认同的基础是某种‘本质性’的存在，或者说认同的过程是一种本质性的建构过程。用什么方式来建构认同？当然是历史学。只有通过历史学，我们才可能创造出‘一个同一的、从远古进化到现代性的未来的共同体’。当一个全新的民族国家被解释为有着久远历史和神圣的、不可质询的起源的共同体时，民族国家历史所构成的幻想的情节才能被认为是曾经发生过的真实的存在。正是通过这种驯化和熏陶，民族国家神话被内化为民族国家成员的心理、心性、情感的结构。”[13]文学史文本为民族国家认同提供了适宜载体与中介，期待文学史家以一种开阔的胸襟和视野，描绘出汉族、藏族、回族、苗族、蒙古族、维吾尔族等多民族文学图景，呈现文学史的多民族、多语种特点，在民族认同、民族精神、国家意识培养方面发挥积极的作用。

（二）“港澳台”文学占比问题

由于历史的原因，中国港澳台地区的文学与祖国大陆的文学很长一段时间处于分离状态。新时期以来，在“重写文学史”思潮的推动下，中国现当代文学史文本跳出大陆与中国港澳台地区社会制度、意识形态差异的限制，增加了“港澳台”文学的比重，从中华民族遭遇西方现代性入侵的历史语境中考察它们的异同，丰富了中国文学版图。如田中阳、赵树勤主编的《中国当代文学史》，以“大中国”视野阐述大陆文学和台港文学的百年发展进程，认为“继承、更新和超越传统，走向现代化，成为中华民族重新崛起于世界的根本出路所在，也成为中华文化涅磐新生的根本出路所在”[14]。此后，王庆生主编的《中国当代文学史》、严家炎主编的《二十世纪中国文学史》等给予“港澳台”文学较多的篇幅和较高的评价。不过，总体来看，在“港澳台”文学“入史”问题上，多数文学史文本尚停留在地域空间的拓展与整合层面，未能深入到中国香港、澳门、台湾地区的各自肌理，对其产生的社会制度、产生机制缺乏进一步考量。

（三）旧体诗词是否入史问题

中国现代文学肇始于语言革命，“白话”取代“文言”是现代文学之“现代”的一个重要内涵。但现代文学产生之后，文言文并未退出历史舞台，而在一些知识分子那里得到了传承，如鲁迅、郭沫若、郁达夫、闻一多、朱自清、俞平伯、毛泽东、周恩来、陈毅等人的旧体诗词。近年，围绕现代旧体诗词是否应该写入现代文学史问题，学界展开了激烈争论，意见不一。“主张入史者”认为，旧体诗词具有鲜明的民族特色，是中国现代文学的有机组成部分[15]。“反对入史者”认为，旧体诗词不具备“现代性”，现代文学之“现代”不仅表现在思想主题、精神走向上，还包括语言、体式等方面[16]。20 世纪中国文学要不要涵盖所有的文学样式，旧体诗词、文言小说、散文能否入史，姑且不论，它们的存在却是文学史的“既往事实”，对文学史家也是一个参考变量。

（四）如何打破男性话语霸权问题

中国现代文学史文本自产生以来，一直是男权话语的阵地，尽管女性主义文学史写作取得了一定进展，出现了孙绍先的《女性主义文学》，王春荣的《新女性文学论纲》，刘思谦的《“娜拉”言说——中国现代女作家心路纪程》，孟悦、戴锦华合著的《浮出历史地表——现代妇女文学研究》，王绯的《女性与阅读期待》，张京媛主编的《当代女性主义文学批评》，盛英、乔以钢主编的《二十世纪中国女性文学史》，徐坤的《双调夜行船——90 年代的女性写作》，刘慧英的《走出男权传统的樊篱：文学中男权意识的批判》，林丹娅的《当代中国女性文学史论》，林树明的《女性主义文学批评在中国》，李玲的《中国现代文学的性别意识》，荒林的《新潮女性文学导引》与陈惠芬的《神话的窥破——当代中国女性写作研究》等专著，但在中国现当代文学通史写作方面突破并不大，男权中心依然存在。文学史文本大多以男性作家作品为主，女作家中仅冰心、丁玲、萧红、张爱玲、苏青、杨沫、张洁、铁凝、王安忆、张抗抗、残雪、池莉、方方等人，女性的性别意识、生命体验远没有得到体现，男权话语的自审意识严重不足。可以毫不夸张地说，文学史写作还处在确立女性与男性同为文学史主体的起始阶段。女性文学史在“浮出地表”之后，如何演绎自己的存在、规避女性视角的逼仄，尚需要文学史家做出艰苦的努力。

（五）网络文学入史问题

经过20多年的发展，网络文学有了长足发展，无论是作品数量还是读者人数都在激增，写作体式和手法更是五花八门，对纸媒文学既是一种挑战，也是一种丰富和补充。有的已经从网上走到网下，在报刊、出版、影视等领域取得不俗成绩。从纸质到网络，从精英到大众，写作空间在转变，阅读人群在分化，网络文学阅读甚至成为青年人精神生活的重要组成部分，带动着涉及创作、改编、演艺等领域的庞大产业链条。面对这样一个潜能无限的庞然大物，我们的文学史家显然还没有做好充分准备。如何面对这样一个类型化、群体化、分层相对清晰的易变世界，以一种开放、包容的眼光理解网络文学并援引入史，实在是一个亟待解决的难题。

（六）写法多样性问题

大多数文学史文本依循的是“教科书模式”，写法单一，缺少变化。多声部、多元化不仅应当体现在文学史观、研究方法、评价标准中，还应贯穿于文学史文本的写作活动中。长期以来，中国现当代文学史文本采取思潮总论、文体分类、作家作品赏析相结合的通史写法，偏重条目化的定性分析，以嘉惠后学、传承文脉的高蹈视角，呈现文学史之“是”，回避其“不是”，用明确的结论取代适度的含混、抽象的理念取代多变的现象，教条化、雷同化严重，一再错过文学史应有的生机与生气。文学史写作有多种体例和方式，通史、断代史、编年史、文体史、性别史、口述史、纪传体、评论体、史话体、目录体……不一而足。文学史写作理当兼容并蓄，放弃居高临下的视角，平等对话，让文本向着读者、向着未来敞开。

杰姆逊曾说：“阐释并不是一种孤立的行为，而是发生在荷马的战场上，那里无数阐释选择或公开或隐蔽地相互冲突。”[17]在一个相对主义盛行的年代，文学史叙述将会在不停的质疑声中一路前行，没有哪一种理论可以一劳永逸地化解所遇难题，也没有哪一部文学史文本包罗万象、完美无瑕。可以借用赫拉克利特的“一切皆流”来形容文学史写作，“像一切历史一样，文学史也是‘流’，所谓‘流’意味着它既像流水一样是流动的、潮起潮落的，又像时间一样是绵延的、缜密细腻的”[18]。文学史写作只有现在时，没有完成时。“一部文学史，不仅是文学的艺术发展史，而且也是包含着各种精神、意识的发展史。”[19]文学史的时空视野是广阔的，文学史家走入文学史的路径亦是多向的，我们理当在文学史的文本世界里看到社会的繁复、生命的色调、美的生长与爱的光芒。从这个意义上，我们说文学史是社会史、文化史、思想史、美学史、精神史、心灵史、人性演变史与读者接受史等等的综合体。

参考文献：

[1] 戴燕．文学史的权力 [M]．北京：北京大学出版社，2002：23.

[2] 吴亮．对文学史和重写文学史的怀疑 [J]．上海文论，1989 (6)．

[3] 罗岗．记忆的声音 [M]．上海：学林出版社，1998：241.

[4] 王岳川．中国镜像 [M]．北京：中央编译出版社，2001：266.

[5] 钱理群．略谈“典型现象”的理论与运用：中国现代文学研究方法的一个尝试 [J]．文艺理论研究，1998 (5)．

[6] 赵园．也说“重写” [J]．上海文论，1989 (6)．

[7] 李钧．生态文化学与30年代小说主题研究 [M]．青岛：中国海洋大学出版社，2006：61.

[8] 保罗·利科．历史与真理 [M]．姜志辉，译．上海：上海译文出版社，2004：4.

[9] 洪子诚．问题与方法 [M]．北京：生活·读书·新知三联书店，2002：19.

[10] 王瑶．关于现代文学研究工作的随想 [C] //中国现代文学史论集．北京：北京大学出版社，1998：276.

[11] 歌德．浮士德·献词 [M]．杨武能，译．北京：人民文学出版社，1997：12.

[12] 姚蒙．法国当代史学主流：从年鉴派到新史学 [M]．香港：三联书店，1988：48.

[13] 李杨．文学史写作中的现代性问题 [M]．太原：山西教育出版社，2006：121.

[14] 田中阳，赵树勤．中国当代文学史 [M]．长沙：湖南师范大学出版

社，1998：6.

［15］陈友康．二十世纪中国旧体诗词的合法性和现代性［J］．中国社会科学，2005（6）．

［16］王泽龙．关于现代旧体诗词的入史问题［J］．文学评论，2007（5）．

［17］弗雷德里克·杰姆逊．政治无意识［M］．王逢振，陈永国，译．北京：中国社会科学出版社，1999：7.

［18］张光芒．"流动的"文学史与范式价值：读《中国新时期小说主潮》［J］．天津社会科学，2002（6）．

［19］钱志熙．唐前生命观和文学生命主题［M］．北京：东方出版社，1997：159.

（该文发表于《中州大学学报》2018 年第 1 期）

鲁迅与左翼：理解的障碍

张　宁*

摘　要："时代转换"构成了今日理解鲁迅和20世纪30年代左翼文化的障碍，但理解鲁迅的障碍远不止于此，还有知识者自身的思维局限，其中之一是从一个被否定的时代中又无意识继承下来的"正/邪""天使/魔鬼"的历史二分法。此外，还包括过于依赖既有理论、概念"组合"对象，而不是依其自身逻辑"进入"对象，于是，鲁迅"那些化不掉的剩余物"，历史的具体性、丰富性和复杂性，便都在研究中烟消云散了。比如"'进入'历史"方法中的那种痛苦的"逼入"性质，便被置换为休闲式的"走入"性质；对"第三种人"论争事件，也会习惯地停留于字面义，而未能进入那真正的历史伦理学及今日相似处境；"两个口号"论争，也会被视为半斤八两，而无力辨析鲁迅留下的另一种左翼文化思路；胡风的创作论和"典型论"，自然更会因话语的陈旧，而无法意识到其内在于历史的那种痛苦和智慧，自然也不会谦卑地从中看到先驱者的身影……

关键词：鲁迅　左翼　理解

1949年春，时任中国香港《大公报》的萧乾，"站在生命的一个大十字路口上"：要么去剑桥大学任教，要么随《大公报》起义，然后去解放区。其实他已做出了选择，写信回绝了剑桥，但他的剑桥老友、汉学家何伦教授，又几乎专程来香港动员。何伦的亲临，不只是为剑桥刚成立的中文系邀请一位教师，还带有劝老友及早脱离"危境"的私心。何伦是捷克人，对自己祖国正在发生的悲剧感同身受，他用一个个鲜活的事件告诉萧乾，"在共产党政权下终归是没

---

* 作者简介：张宁，文学博士，广东外语外贸大学中国语言文化学院教授，研究方向：鲁迅与左翼文学。专著有《生活的发现》《无数人们与无穷远方——鲁迅与左翼》等。

有好下场的，‘知识分子同共产党的蜜月长不了。’”对萧乾“我不会改变主意”的回答则充耳不闻，三番五次地登门规劝。[1]216-217

何伦教授的预言果然应验。8 年后，萧乾被打成右派。可问题在于，萧乾在 1979 年复出后，竟然写道他不后悔；此后在出版文集时，也丝毫不改。这很容易被认为是虚情假意或“牧马人情结”，但已故日本学者丸山升却从中读出了另一种情结。这情结是以一系列细节体现的：萧乾幼年在北平“粥厂”觅粥时，每每看到一个饥饿的白俄，被从排队中驱赶出去，有一天早晨，他看到那白俄的尸体横陈街旁。后来在去欧洲的船上，他遇到一个亚麻色头发的小伙子，对德国进攻波兰兴高采烈，询问之下才知，这是一个出生在上海的白俄舞女之子，他预计法国参战需要雇佣兵，他想通过参军获得一个国民身份。1949 年，在萧乾拒绝何伦教授苦劝的当晚，他失眠了，因为他早已知晓当年苏联的大肃反和东欧近期发生的事情，何伦的“忠告”噬咬着他的心，但恍惚间他又看到那个死挺在街边的白俄的那两只脚，“摇篮里的娃娃似乎也在做着噩梦。他无缘无故地抽噎起来，从他那委屈的哭声里，我仿佛听到‘我要国籍’。”丸山升指出，“一种今天已经消逝的情结，却支配着那个时代的中国知识者。但由于业已消逝，历史变得不那么容易理解”。[1]223-225,227-230换言之，在萧乾这样的自由知识分子中，原本的“自由 + 祖国”情结，由于“祖国”因素已像空气一样平常，萧乾当年的行为反而变得不可理解。

这个故事与本文所言的鲁迅和左翼文学有什么关系呢？表面看起来没什么关系，但进一步探究就会发现，鲁迅和左翼文学，与这个故事一样，也处在由时代转换所形成的“理解的障碍”中。因此就理解的命运而言，二者息息相关。

一

本文以学者黄悦的鲁迅、胡风和左翼文学研究为例，展开论述。

需要说明的是，理解的障碍，并不止于“时代转换”这一个因素，还有理解者自身的理解障碍（包括思维方式、体验方式和把握现实与历史的方式等），而后者则更隐蔽，更不易被认知。也许正因为这个原因，黄悦才如此煞费苦心，力图理论性地构建一个对于鲁迅的“理解史”（不纯是“接受史”意义上的）。他心平气和，即使对于那个该控诉的时代，也给予同等的历史地位。他描述那个时代的思维方式：把知识、思想等按照一种“终极标准的走向排序”：离“共产主义”近的，自然被排在前头；远的，则被排在后面；而越往后者，离“反动”越近。鲁迅的前后期也是这么分出来的——当他“向左转”了，被命名为一个“共产主义者”时，他就具有了绝对的价值优先性。加之绝对权力强力推行这种排序法，排斥、打击哪怕只是松散这一秩序的任何可能，鲁迅研究遂就成了钦定的官学，“鲁迅”也成了神圣不可侵犯的名称。[2]9-15

这一按照“终极标准的走向”的排序，早在瞿秋白的《鲁迅杂感选集序言》里就已经出现。但与后来成为“钦定官学”时不同，瞿秋白一方面以自己的意识形态简化了鲁迅（这是“理解”中经常遭遇的现象），另一方面，瞿秋白也在“与鲁迅的全部思想感情的交流之中”呈现出相当的具体性、丰富性和复杂性。这里有两个问题需要展开说，一是瞿文中的视角和方法——“阶级论”，它在20世纪30年代的揭示性，和在50至70年代的封闭性，完全不可同日而语。揭示性的真理，在经过把“真理”制度化后，就完全变质了。一如作者所言“稻田靴”的例子，只有在稻田中，在“脚”与“鞋”密切配合以及鞋对脚的保护中，“鞋”的功能才被凸显出来；假如农夫出了稻田，走在乡间的路上，走回家里，乃至走在城市的通衢大道上，仍然穿着“稻田靴”，而且必须穿着，就不仅荒谬，而且也是对生命的戕害。在经历了荒谬和对生命的戕害后，人们很容易把“只能穿稻田靴”这种专横方式，迁怒于“稻田靴”本身，加以一概排斥，直至时代的“狡计”把人们再次抛入泥泞的稻田中。瞿秋白的序涉及到的另一个问题则是，即使他以“阶级论”简化了鲁迅，也是结论性的简化，在形成结论的过程中，一些无法被结论所容纳的内容，即作者所言的那些“无法被意识形态‘化’掉的东西”，依然充盈着，如序的开篇引用的罗马寓言故事①。这是当事人在“与鲁迅的全部思想感情的交流之中”，所体味并体现出的那种具体性。当今天的人们，对历史采用“魔鬼/天使”的二分法时，这些具体性、丰富性和复杂性，“这些化不掉的剩余物”，就都随之烟消云散了。事实上，在前一个时代，它们已经烟消云散了，因为那种按照“终极标准的走向”的排序，本身就是一种“魔鬼/天使”二分法。它在“文革”时达到了极致，并反向性地构成今日“魔鬼/天使”二分法的思维方式和文化心理的真正来源。区别只在于它与今日流行的正好掉了个儿，即“文革”时是“天使/魔鬼”二分法，今日则是“魔鬼/天使”二分法。

正是这种“魔鬼/天使”二分法，导致今天“在鲁迅研究的圈子之外”，对于鲁迅的非难到了空前的程度：“心胸狭窄，造谣生事，政治投机，民族虚无主义，汉奸卖国贼，直到语言艰涩，文法不通，逻辑混乱，知识浅薄……鲁迅成

① 在拙著《无数人们与无穷远方——鲁迅与左翼》中，笔者曾分析过这个例子。

了万恶之源，似乎鲁迅的影响不加肃清，中国就没有希望，而在诸多诋鲁人士中，似乎确也不乏善良正直的人……”[2]4但这仍然可被视为“时代转换”之际的一种局促现象，只不过，“局促”的时间过于长了，其带来的危害也日益明显，包括在孕育中国当代思想的资源本来就贫乏之际，又人为地割掉了一个强劲的本土资源……

当然，这种排斥鲁迅的集体倾向不会出现在鲁迅研究界和爱好者那里。事实上，正是他们，构成了今日互联网上持续不衰的鲁迅大论争的另一方。但这并不意味着，鲁迅研究界不存在理解鲁迅的障碍。事实上，自“理论向我们走来，或我们向理论走去”的新时期以来，形式主义、结构主义、叙事学、符号学等方法像在其他领域里一样，也在鲁迅研究中走了一遍，但却“并没有获得意想中的成功”。因为“当我们从‘文学性’的角度去理解鲁迅的时候，我们所关注的只是技术性的方法，这些方法自然大大超越了鲁迅自己所理解到的‘白描’‘画眼睛’‘写灵魂’与‘写类型’之类，然而无论是‘结构主义’还是‘叙事学’，都只是将鲁迅作品的赋形方式作为研究对象，而将构成文学性本身的内容因素轻轻忽略掉了。”这和1980年以降的整个文学研究范式是同步的，即“对西方现代研究方法的引进未必出于对方法论本身的深刻理解，更多的也许是对于‘政治第一，艺术第二’的反拨”。这种“文学领域的‘变形记’，与辛亥革命时期的剪辫子似乎很有几分相像”[3]。

这么说，并非否定来自西方的新理论、新方法给人们带来的各种启示，尤其是在“文革”结束后的一片贫瘠中；而是说在上述“研究范式”中，新理论、新方法带来的往往只是“理论崇拜”和“方法崇拜”。“我们所握的不是鲁迅的手，而是用鲁迅做包装的西哲们的手”；我们所得到的新视角，也是向某种方法临时借用的，而不是血肉化地生长在我们身上的。书中的一个例子很能说明问题：相比写实主义，象征主义自然让人们在《狂人日记》中看到了更多的内容，因为“当我们用通常的‘写实’的眼光去看世界的时候，狂人及其对于世界的认识就显得荒诞可笑。而当我们放出‘象征’的眼光，在狂人的立场上去看世界的时候，这世界却变得狰狞可怕。”然而，问题并没有到此为止，因为“对‘吃人’的认识，并不总使我们震颤。它可以……被设定在一种形式的研究里，我们不怕它”，就像老虎被关在笼子里，与我们保持着距离，因而“我们对‘吃人’的‘理解’，正像狂人在未狂之前和狂过之后一样的心安理得”。

真正使狂人理解了“吃人”的，是他的“狂”，然而“狂”的起因，却是由于“迫害”。只有当狂人自身处于受害或者说“被吃”的处境时，

> 他才能“理解”“吃人”。因而这对“吃”的理解，正是一种“受难”。在这“受难”之中，而且只有在这“受难”之中，他才不但理解了他人，而且理解了自己：“我未必无意之中，不吃了我妹子的几片肉……”[3]

“理解”在这里不再是多一些视角和方法的问题，而变成了理解者是否也在“受难”或内在于“受难”。这就进入了书中的另一个问题，即“逼入历史”的问题。

二

“进入历史”是学界十几年来一直在谈论的问题。它“起源于这样一个假定，即历史是一个尚未进入而又需要进入的他者。这一假定的意义在于，历史研究不再只满足于对象化地处理历史材料，将他者看成是与己无关的东西，而是要置身于他者之中，使作为他者的历史成为与主体自身密切相关的东西，由此才能形成一种真正意义上的理解”[2]49-50。但这并不是一个人的主观意愿问题，也不是一种学术训练，甚至不是一种方法论的获得问题，在这之上或之下，“还有一个更为本质的存在论基础”，简言之就是：企图“进入历史”者，是否能感受到历史的疼痛？如果回到中国现代历史的开端，那么，“进入历史”就不是是否“进入”的问题（取决于意愿），而是“逼入”的问题（不得不如此），因为“进入”意味着自己曾在“历史之外”。真的在“历史之外”吗？还是一如《狂人日记》中那些影子一般的人物，自己生活在“吃人”和“被吃”的世界，却觉得一切正常，身在“历史之中”而不自知？狂人原本也是他们中的一员，只是因为发现自己“被吃”，而被“逼入”对自己身处“历史之中”的自觉。如此，“进入历史”就从来不是从历史“之外”进入历史“之中”，而是被一种痛彻的感觉逼着你认知到自己早就被胁迫在“历史之中”。正是沿着这个主体性“炼狱”所展开的方向，作者探讨了狂人在意识到自己也曾“吃人”，进而康复、“候补”等一系列内在于我们今天的发人深省的问题。

> 而历史也不再是一个不可重复的过去，一个与我们无关的对象，一个只能按现行标准“提取精华”的对于“标准”的印证，而是一个与我们自身存在的可能性密切相关的“曾在”。它本来就是“我们的”，每当我们在那可能性的路上踟蹰彷徨的时候，每当我们不得不用自己的方式选择道路的时候，每当这一选择的现行标准不再生效的时候，它就“走出来”，向现

实报到。[3]

“进入历史”之于理解鲁迅，最为贴切的命题是“回到鲁迅”。然而，正如“进入历史”不是“进入”，“回到鲁迅”也不是“回到”，而“是新的筹划的开始”。因为“回到”的原本意义“复原”，是“把鲁迅带回到‘科学’的历史‘客观性’中”，以祛除意识形态的笼罩。正是在“复原”中，我们看到了鲁迅的“本来面貌”——“无法被‘意识形态’所‘化’掉的鲁迅，那个去掉了‘意识形态’包装后的‘剩余物’”。然而，这个貌似“客观性”的显现，“却是从我们的‘主观’感受的深入中挖掘出的”。因为“理解并不意味着对于材料的占有和把握，而是意味着……占有到和把握到那材料的意义。而意义的意义性在根本上不是指向对象，而是指向我们自身。鲁迅的意义从根本上来说，不是他曾经对于他所处的时代起过什么作用，而是对我们自身及其处境起到什么作用”[3]。

这就走入了胡风当年的视野。胡风，这个自命为鲁迅学生的人，因其在“新中国”的受难而引人注目和受人尊敬，但却鲜有将其文章和论述当作楷模而推崇者。陈旧的概念，左翼的修辞，过于欧化的冗长句子以及缠绕的论述，在阻碍着今日的读者进入他的世界。人们似乎只满足于夸赞他的独立、勇气和牺牲，但作者却从他那里，很难发掘出进入和理解鲁迅的钥匙。

首先是对三重角色的重新认定。毛泽东曾称鲁迅为文学家、思想家和革命家；胡风虽受其影响，但他对三重角色的类似定位——诗人、思想家、战士，却赋予了不同的内涵；转换为我们今天的话语就是：文学者、思想者和行动者。在胡风看来，鲁迅并不是“创体”意义上的思想家，而是一位思想的践行者和实践者。在通常的意义上，这当然不能算作思想家，这也是李长之当年称“鲁迅不是思想家，而是战士”，以及今天若干现代思想史著作拒绝收入鲁迅的原因。然而，鲁迅又与通常的思想接受者不同，他把思想“吸收到他的神经纤维里面”，变成了经过“血肉的考验”后的“自己的东西”；承载思想的“概念词句几乎无影无踪”，有的只是伴随“思想”的“行动”，以及行动的“方法”和“战斗气魄”，用竹内好的话说，即“他这个人的存在本身便是一个思想”[4]146。而热衷于奥林匹克世界赛的人，自然不欣赏乃至不承认这样的“思想家”，但在习惯于把西方思想当作权威的第三世界里，这已是了不起的思想。

然而，事情并没有到此为止。那“无影无踪”的思想，又深深浸润着“对于旧社会的丰富的知识”；这些“知”和“识”虽然可能先于“思想”和“行动”而存在，但却被“血肉化”的思想所照亮，也在不断的行动中被应用，因而得以继续丰富和发展。“行动”本身之于“思想”的生长性也显现出来，因为“行动”的过程正是对于“思想”的理解过程。在这一过程中，“观念回到原初的思想状态，‘知识’回到原初的经验状态”。于是，“行动”本身便构成“知识”与“思想”的基础，反之，“知识”与“思想”的融合，也构成“行动”的基础。正是在这个互为表里的过程中，主体充分觉醒着，将自己召唤到“可能性的将在的路上”；主体也获得充分的自由，不再屈从任何权威理论，也不再耽溺于任何教条主义，而是将那“穿透”观念、逻辑和意识形态的无数感知之须，伸展到广袤的存在之域。诗或艺术，就此诞生！这是诗人、思想家、战士（或文学者、思想者和行动者）的不可分割的融合①。换言之，鲁迅的思想就是艺术，或鲁迅的艺术就是思想；而这种“诗之思”，又只能承载在“行”之中，成为“行动”的“诗之思”。那么前面所言的“回到鲁迅”，就不只是回到“一定的历史范围之内”，单向地走向鲁迅，也是处在“无路可走”（包括幻灭于各种标准观念）的我们，在“无”的催逼下，迎接鲁迅走向自己。[3]

正是在这种以胡风为中介的理解鲁迅的视野中，作者出色地处理了1936年“两个口号论争”这笔糊涂账。若以今天的通常眼光来看，这场论争既无价值，也无必要，因为无论“国防文学”，还是“民族革命战争的大众文学”，都是左翼阵营在新的历史条件下，实现文化界的统一战线的一个标签，而且很快也烟消云散了。但这场论争却引发了一场左翼文化界内部有史以来最大的论争，成为外人看不明白的“内斗”，如同今日网络上的口水战其奥秘却存在于“口号”之下。“国防文学”不仅以其“政治正确”，有着向“外”的统战之效（表面上取悦于政府，实际上暗中“领导”），也以由此确立的“正统”，向“内”实行着绝对的统治之功（通过认同口号，标明对“我”和“我们”的服从；而反对就是“汉奸”）。这一“口号政治”内含了此后丰富的历史内容，也被鲁迅称为新时代的“奴隶总管”。另一个口号的提出，当然是“口号政治”之争，昭示着，如果仅仅为了权力，为了“一把交椅”，那么“左”就会立即转为“右”，“解放”的政治也将沦为新的“奴役”政治。“民族革命战争的大众文学”口号，也许不会取悦于政府，从而获得临时的政治功效，但却始终贯穿着“进步”与“解放”合二为一的主题，贯穿着“大众立场”或“人民立场”，而非“权力立场”或“夺权立场”。症结就在：为了权力，还是为了民众？[5]

① 胡风的原文是“思想家”的鲁迅，只能生长在“作为战士的他的道路以及作为诗人的他的道路的有机的联系里面”。（胡风：《作为思想家的鲁迅》，见《胡风评论集》中册，P175，人民文学出版社，1984年）

以今天的眼光看，“左联”批判“文艺自由人”和“第三种人”是一个“昨是而今非”的事件。事实上，当时的中共领导人（张闻天）就已经批评了“左联”的“关门主义”。据作者考查，鲁迅的“半路出手”也极有可能是受“左联”领导者（冯雪峰）的请托，出面压阵和缓和批评分寸的。但问题是，鲁迅出手即不放，一直将批评持续到临终之前。鲁迅的文艺观点本与“自由人”“第三种人”相当接近，他的批评方式也与瞿秋白、周扬等的“非此即彼”完全不同。这种诡异的现象如何理解？鲁迅的批评背后又有着怎样的问题意识？如果纳入“我们自身及其处境”因素就会发现，在鲁迅看来，“第三种人”（中立者）在对抗“左联”批评家的“非此即彼”时，却陷入了“无此无彼”的境地。在反抗的作家们还在遭受“法律的压迫，禁锢，杀戮”和“摧残”之际，不去批判压迫者，却屡屡批评反抗者，这是一；任何不当的强力者都应该批评，但使用“他固然不该……但你也不能……”的话语策略，巧妙地将批评和更强烈的情绪转移到弱势一方，使“中立”态度仪式化，仅仅当作（对弱者）迁怒行为的掩饰，这是二；所谓“中立”，所谓“非阶级的人性”，虽然逻辑上成立，但在此时此刻的严峻的现实中，同样是一种掩饰，掩饰着随“地位”之“位”的移动，原来的不满者、批判者如何转而对现实谅解、妥协、认同，并把反对者视作一种麻烦，这是三；虽然是对现实谅解、妥协、认同，但却把这种无法公开的“存在状态”，上升为一种理论形态，把人的脆弱和怯懦给予振振有词的理论化包装，使其完全正当化和合理化，这是四。[6]也许，这些并不是只发生在一个时代的故事。

相对于理解鲁迅，理解20世纪三四十年代左翼文学的障碍则更多来自于“历史的后果”。假若这场文化运动没有随政治革命而最终成为胜利者，而是像在印尼、马来西亚那样悲壮地失败了（由此凸显了普拉姆迪亚·杜尔和马华文学），那么理解的障碍恐怕要少得多。这种让“后果”覆盖“过程”乃至“后果=过程”的认知方式，不仅重创或稀释了历史的积累，也将珠宝一般的思想文化遗产遗落到历史的尘封之中。其中就有胡风的创作理论。

胡风的创作理论其实是一种主体性理论。他对创作问题的探究，延伸到哲学，其理论来源主要是经典马克思主义，要解决的问题也仅限于左翼文学的弊端；如果说多了一个思想资源，那就是鲁迅的精神遗产。然而，他却做出了一篇大文章。用黄悦的话说，就是在传统的“演绎”和“归纳”的认识方式之外，又开出了一种“文学式”的认识方式。

问题源自“客观主义”（客观反映现实而不加一丝一毫的主观）和“主观公式主义”，胡风认为，这两种主义都是“奴役”的表现——臣服于观念的奴役。这在后发展国家是常见的现象，一如少儿总是以因袭的成人观念来（概念性、幻想性地）看世界一样。要认识客观存在，就要使认识主体符合客观对象，如客观对象所“是”的那样——这是常识。但这“常识”却包含了一个错误，或说省略了一个过程，即客观对象之所“是”，并不总是像一棵树、一块石头那样，静静地呆在那里等着你去“看”，而是只有在你“正确”地“看”时，它才“正确”地“存在”。这就需要两个还原：主体由“意识”还原到“意识的存在”，客体由“感性的对象”还原到“感性的活动”。换言之，当你还处于“对观念的臣服”状态时，你仅仅属于有“意识”，只有摆脱“臣服”，让观念回到思想的原初状态，“意识的存在”才会产生；与此同时，当你只能依赖观念去认识世界时，那世界仅仅是你观念中的“世界”（“感性的对象”），只有击碎观念的束缚，进入“感性的活动”，世界或生活才回到其原初的状态。

在这双重的还原中起关键作用的，是“主观战斗精神”。“战斗”，这个极具革命时代特色的词，更多时候被胡风称为“搏斗”。其功能是“主体通过与对象的‘搏斗’，在对象的反击下内化成为与自身的‘搏斗’，在克服对象的过程中克服自己，在体现对象的过程中扩张自己，于是文学创作得以实现”[7]。这很像竹内好写鲁迅，在一种“挣扎”或“抵抗”中，完成自我“进入又扬弃他者”和自我“进入和扬弃自身”的双向过程[8]58－59。经过“挣扎”“搏斗”，也经历“创伤”，观念就不再是观念，而变成了思想，一种活生生的、血肉化的思想，或称一种“思想要求”。这种“思想”的要求，使主体从观念和对象中得到双重解脱，获得双重的自由；或者反过来说，使“自身和对象同时还原为‘感性的活动’状态”。在这种状态中，世界和生活遵循“现实/真实论原则”，以如其所“是”的样子展现出来；同时，也遵循“理想/价值论原则”，以如其所“应该”的样子展现出来。这双重的展现，既杜绝了后者对前者的僭越（受“真实论”制约），又通畅了前者向后者的迈进（受“价值论”引导，因为“现实性的真实的存在，必然要引出理想性的存在的真实”），世界的固有关系便由此而松动起来。这是艺术之于世界的最大功能，也是人类更为基础性、始源性的认识方式[7]。

这种东方马克思主义的主体性理论，被当作一种创作理论闲置了。这与鲁迅遗产的“隐性部分”被过分张扬的“显性部分”所压抑一样，因其自身的晦涩而遭遇了理解的厄运。但这显然还不是主要原因，主要原因则是受制于“历史后果”这一理解的障碍，又被置于普遍服膺于西方理论“权威性”这一知识范式的背景中。鲁迅和胡风所切中的“病症”，正被今天的人们视作常态而处于凯旋的进行曲中；而左翼文化史中的诸多问题，也被今天的人们以反向的方式继续经历着而不自知。

参考文献：

[1] 丸山升. 从萧乾看中国知识分子的选择 [C] //鲁迅·革命·历史. 王俊文，译. 北京：北京大学出版社，2005.

[2] 黄悦. 鲁迅、胡风与左翼文学 [M]. 开封：河南大学出版社，2013.

[3] 黄悦. “回到”与“不愿回到”：理解鲁迅之困惑 [C]//新文学（第二辑）. 郑州：大象出版社，2003.

[4] 竹内好. 鲁迅·附录：作为思想家的鲁迅 [M] //近代的超克. 孙歌，编译. 北京：生活·读书·新知三联书店，2005.

[5] 黄悦. 关于“两个口号”论争的深层意蕴 [J]. 郑州大学学报（哲学社会科学版），2006（4）.

[6] 黄悦. 阶级革命与知识分子人格：重论鲁迅的“第三种人”观 [J]. 文史哲，2009（2）.

[7] 黄悦. 对文学的认识和文学式的认识：关于胡风创作论的思考 [C]// 新文学（第一辑）. 郑州：大象出版社，2003.

[8] 孙歌. 竹内好的悖论 [M]. 北京：北京大学出版社，2004.

（该文发表于《中州大学学报》2017 年第 1 期）

别尔嘉耶夫论陀思妥耶夫斯基

耿海英*

摘　要：一百多年来，关于陀思妥耶夫斯基，卷帙浩繁的研究成果充分显示着他的影响力。人们带着各种各样的观点走近陀思妥耶夫斯基。作为俄罗斯最有影响的宗教哲学家别尔嘉耶夫，其力作《陀思妥耶夫斯基的世界观》绕开了已有的对陀思妥耶夫斯基的各种"定论"，从自己独特的宗教哲学角度出发，以"人""自由""恶""爱""革命""神人和人神"等为切入点，全新地阐释了陀思妥耶夫斯基的宗教思想。别尔嘉耶夫认为，"人"是他全部创作的绝对兴趣，"自由"是其世界观的核心；同时，陀思妥耶夫斯基的创作不是现实主义的，而是象征主义的。这一论断颠覆了传统文学史对陀思妥耶夫斯基的定位。

关键词：别尔嘉耶夫　陀思妥耶夫斯基　宗教哲学阐释

20世纪初，我国开始译介与研究陀思妥耶夫斯基。最初，由于我们的诉求与俄国革命民主主义者的诉求基本吻合，自然而然地接受了别、车、杜对他的社会学、阶级论的评价，强调的是他的人道主义思想与感情，把他视为"被侮辱与被损害的"阶级的代言人，注重的是其创作的社会现实题材，而忽略了其表达的宗教的、哲学的思想。这一接受倾向持续了近半个世纪，对他的宗教、哲学思想的认识，在1947年耿济之的《卡拉马佐夫兄弟们》的《译者前记》中刚刚显现，就随着整个国家意识形态新阶段的到来而中止，"并沿社会学评价的方向越走越远"[1]129，从20世纪50年代开始，由于《群魔》中对革命者形象的

---

* 作者简介：耿海英，文学博士，上海大学中文系教授，博士生导师，从事俄罗斯语言文学、俄罗斯宗教哲学教学、研究和翻译30余年。专著有：《别尔嘉耶夫与俄罗斯文学》；译著有：《陀思妥耶夫斯基的世界观》《果戈理与鬼》，校译：《同时代人回忆陀思妥耶夫斯基》《安娜·陀思妥耶夫斯卡娅回忆录》等。

“歪曲”而将其定为反动作家，对他的译介与研究在中国大陆完全停止，直到80年代才恢复。此后，由于文学批评思想与方法的多样化，对他的研究日渐丰富与深入，并开始关注他的宗教、哲学思想的研究，如挖掘其作品中的“圣经”原型，分析他的宗教心理来源及与俄罗斯宗教文化的关系，研究其作品的宗教理念下的诗学原则，探讨他的原罪说、救赎论、苦难说、末世论等等。然而，这些零星的研究似乎揭示了什么，又似乎遮蔽了什么，总显得意犹未尽。究竟陀思妥耶夫斯基的宗教、哲学思想为何，我们似乎还没有能力完全揭示清楚。同时，我们也发现，即便已有对其宗教、哲学思想的认识，也多是借鉴了国外学者的论述。其中，一批俄国宗教哲学家、文论家的著述成为我们主要的思想资源。

韦勒克在《陀思妥耶夫斯基评论史概述》一文中指出，俄国宗教哲学家梅列日科夫斯基是真正揭示陀思妥耶夫斯基宗教思想的第一人。其实，在梅氏之前，弗·索洛维约夫关于陀思妥耶夫斯基的三次讲话，称他是“上帝的先知”，罗赞诺夫的《费·米·陀思妥耶夫斯基的宗教大法官的传说》认为宗教思想是陀思妥耶夫斯基创作的核心。然而，无论是梅氏，还是索氏与罗氏，都没有系统地呈现陀思妥耶夫斯基宗教世界观的全貌，集大成者是别尔嘉耶夫，他在《陀思妥耶夫斯基的世界观》中集中阐释了陀思妥耶夫斯基的宗教思想。

我国较多地论述陀思妥耶夫斯基宗教思想的研究成果主要有，赵桂莲的《漂泊的灵魂》、王志耕的《宗教文化语境下的陀思妥耶夫斯基》、何怀宏的《道德·上帝与人》等，他们大量引用了别尔嘉耶夫的该著作。因此，我们有必要释读别尔嘉耶夫的原著。

二

别尔嘉耶夫的《陀思妥耶夫斯基的世界观》于1923年在布拉格首次出版，它凝聚了别尔嘉耶夫许多年对陀思妥耶夫斯基不间断的思考。此前，他写有《大法官》（1907）、《斯塔夫罗金》（1914）、《陀思妥耶夫斯基创作中关于人的启示》（1918）、《俄罗斯革命的精神实质》（分别论述“俄罗斯革命中的果戈理”“俄罗斯革命中的陀思妥耶夫斯基”“俄罗斯革命中的托尔斯泰”，1918），并于1921—1922年间在自由精神文化科学院作了关于陀思妥耶夫斯基的系列讲座，最终以《陀思妥耶夫斯基的世界观》结集出版。这期间正是别尔嘉耶夫的哲学观形成、发展、成熟的重要阶段。他从思考陀思妥耶夫斯基出发，形成了自己世界观的基本面貌。他说："我不仅试图揭示陀思妥耶夫斯基的世界观，并且也融进了许多我个人的世界观。"[2]383 别尔嘉耶夫与《陀思妥耶夫斯基的世界观》的关系，正如有学者认为的巴赫金与《陀思妥耶夫斯基的诗学》的关系一样，不是陀思妥耶夫斯基创造了"对话理论"与"复调小说"，而是巴赫金根据陀思妥耶夫斯基的创作创造了自己的诗学，应该称《陀思妥耶夫斯基的诗学》为《巴赫金的诗学》；也可以说，不是陀思妥耶夫斯基创造了"自由哲学"，而是别尔嘉耶夫根据陀思妥耶夫斯基的创作创造了自己的"自由哲学"，表达了自己的世界观，可以称《陀思妥耶夫斯基的世界观》为《别尔嘉耶夫的世界观》(在俄罗斯学者中正有这样的说法)。然而，无论是"六经注我"，还是"我注六经"，如果说巴赫金从诗学的角度成功地阐释了陀思妥耶夫斯基的艺术，那么，别尔嘉耶夫则从宗教哲学的角度成功地阐释了陀思妥耶夫斯基的思想。如果将这前后问世的（巴赫金的《陀思妥耶夫斯基的诗学》初稿 1929 年问世，当时名称为《陀思妥耶夫斯基的创作问题》）研究成果结合而论，则相得益彰，近乎完美互补，可称是俄罗斯本国陀思妥耶夫斯基研究的双峰并立。

我们在阅读与理解《陀思妥耶夫斯基的世界观》的时候，有三个背景因素应当考虑：一是社会历史的因素。时值俄国十月革命前后的剧烈动荡时期，这期间发生的一系列重要事件决定了这一时代的灾难性意识。二是思想或精神哲学因素。这一时期，哲学的许多问题都发生了剧烈变化。面对现代性的各种问题，陀思妥耶夫斯基的形象、方法和原则成为思想的源泉。三是个人经历因素。在别尔嘉耶夫世界观的形成过程中，他始终把陀思妥耶夫斯基作为自己所有哲学、历史、伦理、美学思想的基础。同时，在哲学批评传统中，别尔嘉耶夫始终认为与自己有着血缘关系的是陀思妥耶夫斯基。也许正是因着精神上的血缘关系，使得这一论述陀思妥耶夫斯基的专著具有了区别于别尔嘉耶夫所有其他哲学著作的显著特征：整个文本充满了火一般热烈激情。他还没有哪一本哲学著作写得如此火热灼人。这是一部鲜活、具体、形象的，而非呆板、玄奥、抽象的著作；是热烈、激情、充满灵感的，而非冷静、理智、充满推论的哲学著作。

尽管别尔嘉耶夫说自己的著作不是文学批评，可是丝毫不亚于任何文学批评，甚至文学批评也没有如此的激情四射。我们有理由称之为形而上的文学批评。也许正是从该书的文风上我们可以强烈地感受到别尔嘉耶夫对陀思妥耶夫斯基的挚爱，感觉到他们同样的血的沸腾，感觉到他们在狄奥尼索斯式的激烈性情上的相似。"激情"是这一著作的一个显著特征：在其他所有著作中压抑的激情，在这里迸发了。俄罗斯学者谢·阿·吉塔连科（Титаренко Сергей

Анатолиевич）在自己的研究著作《尼·别尔嘉耶夫》[3]中，指出别尔嘉耶夫的激情与哲学创作的关系，他认为，别尔嘉耶夫遗传了父系传下来的可能导致病态的非理性的激情因子，这种基因有可能导致他极度兴奋而不能自控自己的激情。因此，他把理性的哲学作为与自己的激情的自发力量斗争的工具。关于斗争的结果，别尔嘉耶夫曾写到，在他身上"压抑了抒情的自发力量"，而使自己的精神风景呈现为一片无水的荒漠中的悬崖峭壁。吉塔连科在别尔嘉耶夫的精神发展历程中看到了这样的变化：年轻时，激情昂扬充沛的他更多地把自己对世界的感受纳入某种思想框框中，而近老年时，激情有某种减退时的他，把对世界的感受表现得更具激情的特点。不管哲学是不是别尔嘉耶夫用来与自己的激情做斗争的工具，我们至少知道他是具有暴躁、无常、激情基因的（这与陀思妥耶夫斯基相似），而且这些特点若隐若现地沉浮于他的哲学著作中。在《陀思妥耶夫斯基的世界观》中，当面对他挚爱的与他如此亲近的、有着精神上的血缘关系的他的精神之父陀思妥耶夫斯基时，这一激情终于无法抑制地爆发、宣泄。他像陀思妥耶夫斯基一样，把读者拽进了他的激情的旋风之中。1920—1921 年写《陀思妥耶夫斯基的世界观》的时候，他已年近半百，按照 C. A. 吉塔连科的说法，别尔嘉耶夫也到了该抒发自己激情的年纪了。不过，笔者认为，激情能否宣泄出来，是与写作的对象、题材直接有关。

我们之所以认为该著作可以被称为"形而上的文学批评"，是因为他在该书中对陀思妥耶夫斯基整个创作的定位是：陀思妥耶夫斯基的创作是"思想的艺术"。也就是说，他首先是把陀思妥耶夫斯基的创作当作"艺术作品"来看待的，而不像其他哲学家那样把它们作为哲学著作来看待，而且，这个"思想"不仅是"一种有机的生命"，而且还有"自己活生生的命运"；他认为"思想"在"陀思妥耶夫斯基的创作中起着巨大的核心作用"。别尔嘉耶夫这里说的"思想"的巨大的核心作用，不是通常说的作品以某个思想为核心展开艺术创作，而是"思想"本身就构成了情节与悲剧的张力，构成了整个艺术作品发展的动力和源泉。形而上的思想，构成了整个艺术的内在魅力，它使所有的人物都运动、甚至疯狂起来，追赶着整个情节跌宕起伏，形成强大的冲击力；是思想带来的激情，是思想的利刃把人物逼向了最极端的境地，把人物推向了悲剧的最高峰。

别尔嘉耶夫说："陀思妥耶夫斯基所有的创作都是艺术地解决思想主题，是思想的悲剧式运动。地下室的主人公——是思想，拉斯柯尔尼科夫——是思想，斯塔夫罗金、基里洛夫、沙托夫、彼得·韦尔霍文斯基——是思想，伊凡·卡拉马佐夫——是思想。陀思妥耶夫斯基所有的主人公都专注于某种思想，沉醉于某种思想。他小说中的所有对话，都是惊人的思想的辩证法。陀思妥耶夫斯基所写的一切，都是关于世界的‘该死的’问题的。这毫不意味着，陀思妥耶夫斯基是为了贯彻某种思想而写一些片面的论题式小说。思想完全内在于他的艺术，他艺术地揭示思想生命。”[2]399 别尔嘉耶夫把陀思妥耶夫斯基作品中的“思想”这一抽象的词角色化，“思想”就仿佛一个人物那样出场，具有鲜活的生命。他整个的艺术，就是“思想”的艺术，涉及它的诞生、道路与它的毁灭。别尔嘉耶夫与当时唯美主义与形式主义的“时髦”相悖，特别强调陀思妥耶夫斯基作品中的“思想”，这似乎有点19世纪陈旧的社会学批评之嫌，但事实上，完全不是别林斯基所看到的陀思妥耶夫斯基作品中的“人道主义思想”，而是关于人的本质、人的精神深度、人的精神命运、人与上帝的关系、人与魔鬼的关系的思想。

我们之所以称其著作为“形而上的文学批评”，还因为它对文学史对陀思妥耶夫斯基已有的定位具有颠覆意义。在别尔嘉耶夫关于陀思妥耶夫斯基的论述中，有一个根基性问题，即陀思妥耶夫斯基是否是一位现实主义者。别尔嘉耶夫认为，陀思妥耶夫斯基根本不是现实主义者，而是象征主义者。他认为，伟大的和真正的艺术不可能是现实主义的，真正的艺术都是象征的——它标明一个更为深刻的真实，它总是穿越到另一个世界。别尔嘉耶夫指出：“在陀思妥耶夫斯基那里，真实的不是经验的事实、表面的日常生活的事实、生活秩序的事实、带着泥土味的人的事实；真实的是人的精神深度、人的精神命运、人和上帝的关系、人和魔鬼的关系……那些构成陀思妥耶夫斯基小说最深刻的主题的人的精神分裂，并不受制于事实性的叙述。”[4]11 他说，伊凡和斯麦尔佳科夫之间的关系，使伊凡本人的两个“我”得以揭示，而这并不能被称为“现实主义的”。伊凡与鬼之间的关系，更不是现实的。别尔嘉耶夫认为：“联系人们的不仅仅是那些在意识之光的照耀下显而易见的关系和制约，还存在更为隐秘的关系和制约。”[4]12 在陀思妥耶夫斯基的作品中，人们之间所有复杂的冲突和相互关系，揭示的不是客观对象的、“现实的”真实，而是人们内在的生活和内在的命运。在人们的这些冲突和相互关系中揭开人之谜，人的道路之谜。所有这一切，鲜有与所谓的“现实主义”小说类似的。别尔嘉耶夫认为，陀思妥耶夫斯基也不可能是心理现实主义意义上的现实主义者，他不是心理学家；他作为一个精神现象，意味着一种内在的转折，转向人的精神深度，转向精神体验，他使人穿越混沌的“唯物主义的”和“心理的”现实，他“是灵魂学家和象征主义者—形而上学者”。

我们知道，别林斯基认为陀思妥耶夫斯基是“人道主义的现实主义”，梅列日科夫斯基认为陀思妥耶夫斯基是“更高意义上的现实主义”。也许，从“人道主义的现实主义”到“更高意义上的现实主义”，再到别尔嘉耶夫的“形而上的象征主义”，我们在逐步走近陀思妥耶夫斯基。别尔嘉耶夫的“形而上的象征主义”的陀思妥耶夫斯基的论断，改写了文学史对他的定位。

二

如果说巴赫金关于陀思妥耶夫斯基的诗学的关键词是“复调”“对话”“多声部性”“未完成性”等，那么别尔嘉耶夫关于陀思妥耶夫斯基的宗教思想的关键词是“人”“自由”“恶”“爱”“革命”“神人和人神”等，且所有这些词都具有宗教哲学而非社会学的含义。

别尔嘉耶夫认为，陀思妥耶夫斯基的全部创作关心的只有一件事，就是“人”。“在陀思妥耶夫斯基那里，除了人，别无他物”，“他为之献出自己所有的创作力量”[4]21。他认为，与托尔斯泰比较，托尔斯泰是一位“神学家”，他关心的是“上帝”问题；而陀思妥耶夫斯基全部关心的是“人”的问题，他是一位“人学家”，但这个“人”，是处于“人与上帝”关系中的“人”，他是“宗教人学家”。在已有的对陀思妥耶夫斯基的研究中，还没有谁把“人”字如此赫然地凸显地推到我们面前。

韦勒克的《陀思妥耶夫斯基评论史概述》[5]165，对一个半世纪以来各国的陀思妥耶夫斯基研究进行了分析。他指出：别林斯基、杜勃罗留波夫、皮萨列夫关心的是陀思妥耶夫斯基的人道主义精神，民粹派的米哈伊洛夫斯基称其是“残酷的天才”，法国的德·沃盖伯爵认为他的主要作品“可怕”而且“不堪卒读”，法国青年批评家埃米尔·埃纳昆看到的是陀思妥耶夫斯基摒弃理性、歌颂疯狂白痴和低能，著名的乔治·勃兰兑斯认为陀思妥耶夫斯基宣扬贱民和奴隶道德，尼采从他那里学到的是犯罪的心理、奴隶的精神状态、仇恨的本性，舍斯托夫只看到陀思妥耶夫斯基关于灾难和启示录式的幻象，高尔基抨击他是“俄国的罪恶的天才”，乔治·卢卡奇用简单的二分法来对待陀思妥耶夫斯基的同情心和思想意识，维·伊万诺夫强调的是他作品中的神话成分，纪德看重的是陀思妥耶夫斯基的心理学、多义性和非决定论等等。可以看出，唯独“人”的主题，人与人的命运主题没有被明确提出来。只有在别尔嘉耶夫这里，“人”的主题作为陀思妥耶夫斯基大写的主题浮现了出来。别尔嘉耶夫在《陀思妥耶夫斯基的世界观》第一章就以“人”为题目进行了论述，指出，从《地下室手记》之后，人与人的命运就成为陀思妥耶夫斯基兴趣的绝对对象，而这不仅仅是陀思妥耶夫斯基的思想理念，也是他创作的艺术原则。

别尔嘉耶夫分析陀思妥耶夫斯基作品的叙述结构，指出："在陀思妥耶夫斯基的小说结构中有一个巨大的中心。一切人和事都奔向这个中心人物，或这个中心人物奔向所有的人和事。这个人物是一个谜，所有的人都来揭开这个秘密。"[4]22-23《少年》中的维尔西洛夫，《群魔》中的斯塔夫罗金，《卡拉马佐夫兄弟》中的伊凡都是这样的中心；《地下室手记》的主人公，《罪与罚》中的拉斯柯尔尼科夫也是类似的人物。别尔嘉耶夫认为，在他们不同寻常的命运中，掩盖着人的一般的秘密。"在陀思妥耶夫斯基的作品中，人们几乎没有别的'事情'可干。"最严肃的、唯一严肃的"事情"就是揭开人的秘密，"人"高于一切"事情"，人就是唯一的"事情"。同时，别尔嘉耶夫认为，陀思妥耶夫斯基的所有作品就是对人性的实验，是对在自由之中的人的命运和在人之中的自由的命运的发现。

由此别尔嘉耶夫揭示了陀思妥耶夫斯基关于"自由"的思想。

别尔嘉耶夫强调指出："人及其命运的主题，对于陀思妥耶夫斯基来说，首先是自由的主题。自由位于陀思妥耶夫斯基世界观的核心。"他认为，陀思妥耶夫斯基内心最深处的激情是自由的激情，而直今陀思妥耶夫斯基的这一点还没有被充分意识到。别尔嘉耶夫指出，在《地下室手记》中揭示的是人的非理性，但这一非理性，在很大程度上就是人"非被造"的自由的本性。"地下室人"的非理性，决定了拉斯柯尔尼科夫、斯塔夫罗金、伊凡·卡拉马佐夫等人的命运，从此，人开始了在自我意志的自由之路上痛苦的徘徊、流浪，伊凡·卡拉马佐夫是自由之路的最后一个阶段，走向的是自由意志和反抗上帝。

这里出现了一个问题，就是陀思妥耶夫斯基是怎样看待自由意志和反抗上帝的？"它（即自由意志——作者）保留了我们最主要的和最宝贵的东西，即我们的人格和我们的个性。"——这是地下室人的话，同时也是陀思妥耶夫斯基的思想。但是这只是问题的一面，问题的另一面在于，陀思妥耶夫斯基揭示了人的自由之路的悲剧的辩证法：这个自由意志和反抗会导致扼杀人的自由，瓦解人的个性。别尔嘉耶夫指出，陀思妥耶夫斯基揭示了自我意志中的自由怎样被消灭、造反中的人怎样被否定，拉斯柯尔尼科夫、斯塔夫罗金、基里洛夫、伊凡·卡拉马佐夫即是证明；但是，陀思妥耶夫斯基也深深知道人神的诱惑，他让自己的所有人物都走过了人神之路，由此人神的谎言在无限的自由之路上被揭穿了，在这条路上，人找到的是自己的终结和死亡。在伊凡·卡拉马佐夫之后，出现了佐西马和阿廖沙的形象，并且，关于人的自由的悲剧的辩证法是以

《传说》中的基督形象结束的。这意味人经由无限的自由，发现了通向基督的道路——神人之路。在这条路上，人找到的是自己的得救和对人的形象的最终肯定；基督是拯救人、守护人的形象。别尔嘉耶夫认为，陀思妥耶夫斯基正面的关于自由的宗教思想就在于此。这一关于自由的悲剧的辩证法就是关于人与人的命运的辩证法。

别尔嘉耶夫认为，陀思妥耶夫斯基全部的“残酷性”都与他对自由的态度有关，他不愿意卸下人的自由之重负，不愿意用失去自由的代价来换取人免于痛苦。即便是善、真理、完美、幸福，也不应以自由为代价来换取，而应当是自由地接受；即便是对基督的信仰，也应当是人自由地接纳基督。“自由地接纳基督——这是基督徒全部的尊严，是信仰、也是自由的全部意义”。不能把自由与善、真理、完美、幸福混为一谈。自由有自己独特的属性，自由就是自由，而不是善。所有的混淆自由与善、自由与完美，都是对自由的否定。强迫的善已经不是善，它可以再生恶；自由的善，是唯一的善，但是它以恶的自由为前提。自由的悲剧就在于此。

别尔嘉耶夫认为，陀思妥耶夫斯基的主要人物走过的道路展示的正是这样一个过程，他向人提供了一条自由地接受真理的道路：人具有“非被造”的自由，但自由消解了自身，走向自己的反面，转化为自我意志，转化为人反抗式的自我肯定；自由成为无目的的空洞的自由，它使人变得空虚。斯塔夫罗金和维尔西洛夫的自由就是这样的无目的和空洞的；自由的个性瓦解和腐化了斯维德里加依洛夫和费多尔·巴夫洛维奇·卡拉马佐夫；自由使拉斯柯尔尼科夫和彼得·韦尔霍文斯基走上了犯罪的道路；基里洛夫和伊凡·卡拉马佐夫恶魔般的自由杀死了人。这里，自由，作为自我意志，瓦解并断送了人。人应当走自由之路，但当人在自我自由的恣意妄为中不探索任何高于人的境界时，则如果一切都是许可的，自由就转化为奴役与毁灭人。如果自由没有内容，没有目的，没有人的自由与神的自由的联系——没有对高于人自身的上帝的信仰，那么就不会有真正的自由。拉斯柯尔尼科夫和斯塔夫罗金，基里洛夫和伊凡·卡拉马佐夫的命运都应该证明了这一真理。其中的“信仰”，也应当是自由地去信仰。

别尔嘉耶夫认为，在陀思妥耶夫斯基的创作顶峰《宗教大法官的传说》中，基督的形象揭示的正是这样一个深刻的思想，基督拒绝了“奇迹、神秘和权威”，这些都是对人的良心的强迫，是剥夺人精神的自由。任何人不能强迫人的良心而信仰基督。上帝的儿子，以“奴仆的形象”出现在世人面前，受尽世间的磨难，被钉死在十字架上。在他的形象中，没有任何强制，没有以“奇迹、神秘和权威”的强力使人信仰他。他不是统治这个世界的强力。别尔嘉耶夫认为，正是这里隐藏着基督教最主要的关于自由的秘密——基督是给予人类自由的人，基督教是自由的宗教，真理不是强制的真理。人精神的自由，宗教良心的自由，是基督教真理的内容。在陀思妥耶夫斯基的作品中，拉斯柯尔尼科夫、斯塔夫罗金、基里洛夫、维尔西洛夫、伊凡·卡拉马佐夫都在经历了“怀疑的大熔炉”之后，从他们精神的深处、从他们自由的良心深处响起了彼得的话：“你——基督，上帝活着的儿子。”

但是无论如何，必须面对一个问题，就是恶（包括犯罪）的问题，谁对恶负责的问题，必须面对伊凡的“不是不接受上帝，是不接受存在着恶、存在着婴孩无辜的眼泪的世界”的问题。

关于恶，别尔嘉耶夫在陀思妥耶夫斯基那里发现了一种独特的、与众不同的对待恶的态度。陀思妥耶夫斯基的恶的问题是这样提出并解决的：自由之路会转化为自我意志，自我意志会导致恶，恶会导致犯罪，犯罪内在地不可避免地导致罚。实质上，罪与罚的问题就是恶和对恶负责的问题。别尔嘉耶夫指出，陀思妥耶夫斯基一生都在同对待恶的肤浅的、表面的态度做斗争，反对以社会环境来表面地解释恶和犯罪并在此基础上否定罚。陀思妥耶夫斯基痛恨这种正面的、积极的人道主义理论，他在其中看到了对人性深度的否定，对人精神自由以及与自由相关的责任的否定。他准备捍卫最严酷的惩罚，把它作为对自由应负有责任的人的相应属性。以人的尊严的名义，以人的自由的名义，陀思妥耶夫斯基肯定了对各种犯罪的惩罚。这种惩罚需要的不是外在的法律，而是不可避免地来自人自由的良心的最深处。

恶是人具有内在深度的标志。由此可见陀思妥耶夫斯基对待恶的态度是极端悖论的。恶就是恶，恶的本性——是内在的，是形而上的，而不是外在的、社会的；人是一种自由的存在，自由是在上帝控制之外的人的本性，它是非被造的，非理性的。因此，自由既创造善，也创造恶。恶出现在自由的道路上，没有自由，恶就无法解释；没有自由，上帝就要对恶负责；如果因为它可以产生恶，就拒绝自由，那将意味着产生更大的恶。人作为一个自由的存在，对恶负责；由恶而来的罪，应当被罚；恶还是人的道路，人悲剧的道路，是自由人的命运，是同样可以丰富人、带人走向更高境界的体验。但是别尔嘉耶夫提醒人们，这个真理是危险的，它应当避开精神幼稚的人；任何有“为了丰富自己，需要走恶之路”的想法的人，都是奴隶式的和幼稚的人；以为人可以有意识地走恶之路，为的是可以得到更多的满足，而随后可以在善中取得更大的成就——这是发疯了；恶之中的自我满足，即是死亡。

可见恶与罚的问题是联系在一起的，罚的问题，也就是赎罪和复活的问题。

恶的经验，可以丰富人，可以使意识更为敏锐，但为此需要经历磨难；苦难之路，可被认为是对人的恶的罚，它可以赎罪与焚烧罪恶。只有通过苦难的人才可以上升，别尔嘉耶夫认为，这一思想是陀思妥耶夫斯基的人学非常本质的特征。苦难也是人的深度的标志陀思妥耶夫斯基相信苦难对于赎罪与复活的力量。这就是陀思妥耶夫斯基“受苦受难之宗教”的基础，也是他对恶与苦难的肯定的根源所在。由自由产生的恶毁灭了自由，转化为自己的反面；赎罪还人以自由。别尔嘉耶夫发现，陀思妥耶夫斯基在自己所有的小说中引领人走过的正是这个精神过程。佐西马长老和阿廖沙被塑造成认识了恶并走向更高境界的人。阿廖沙身上有着卡拉马佐夫家族的恶的元素，按照陀思妥耶夫斯基的构思，阿廖沙是一个经过了自由体验，走向了精神复活的人。

与恶的问题联系在一起的罪的问题还是一个宗教道德问题，是一个“是否一切都允许”的问题。别尔嘉耶夫发现，“一切都允许吗?”的问题一直折磨着陀思妥耶夫斯基。它在陀思妥耶夫斯基的作品中呈现出不同的形式，主要代表《罪与罚》《群魔》和《卡拉马佐夫兄弟》。别尔嘉耶夫认为，罪的问题，同样是人的自由体验的问题。当人走上自由之路，一系列问题就摆在了人的面前：人的天性中有没有道德界限？人是否敢于做任何事情？一个自认为不平凡的人，自认为肩负着为人类服务的使命的人，可不可以杀死最无足轻重的可憎的老太婆，可不可以杀死妨碍了“革命”的沙托夫，可不可以杀死一个最罪恶的费多尔·卡拉马佐夫？

《罪与罚》中，拉斯柯尔尼科夫的自由已经转化为自我意志，他认为自己是人类中被拣选的那部分人，肩负着使人类幸福的使命。因此，他认为，一切都是允许的。于是他去检验自己的力量。但是，《罪与罚》通过拉斯柯尔尼科夫的精神历程显现的惊人的力量表明，在越过了具有类似上帝的人性所允许的界限之后，在体验了自己的自由和力量的极限之后，就出现了可怕的后果。拉斯柯尔尼科夫杀死的不是“微不足道”的和罪恶的老太婆，而是自己；“犯罪”之后——这本是一次纯洁的实验——他失去了自由；他明白了，杀死一个人轻而易举，这个实验并不困难，但它不能给人以任何力量，反而使人失去精神力量；任何“伟大的”“非凡的”世界的意义（按照拉斯柯尔尼科夫的说法），都没有因杀死放高利贷的老太婆而产生。他被发生的“微不足道”的事件所击溃。在经历了内在的艰难体验后，经验告诉他，不是一切都允许的，因为人类是按照上帝的形象被造的，因此，所有的人都具有绝对的意义。人所具有的精神性不允许以自我意志杀死哪怕最坏的、最罪恶的人。人以自我意志消灭另一个人，他也就消灭了他自己。任何“思想”，任何“崇高”的目的都不能为对待即使最罪恶的人的那样一种态度辩护。所有的人类生命，比未来人类的幸福、比抽象的“思想”都更珍贵，这就是基督教的意识，陀思妥耶夫斯基揭示了这一点。按照自己的意志和臆断，拉斯柯尔尼科夫自行解决能否以自己“思想”的名义杀死哪怕最坏的人的问题。但这一问题的解决不属于人，而属于上帝。以自己的意志解决这一问题的人，杀死他人，同时也杀死了自己。别尔嘉耶夫认为，《罪与罚》的意义就在于此。这是在上帝面前的“罪”。

《群魔》阐释的严重后果，是自我意志转化为无神论的个人主义思想和无神论的集体主义思想。彼得·韦尔霍文斯基认为，以自己“思想”的名义，一切都是允许的。与拉斯柯尔尼科夫相比，人的毁灭在此已经走得更远了。陀思妥耶夫斯基展示了“思想”本身与最终目的自身的转化和蜕变，尽管它们最初都崇高而迷人，最终的结果却是走向暴虐残酷；人性中产生了道德上的白痴，失去了善与恶的一切标准，形成了一种骇人的氛围，充满了血腥和杀戮。沙托夫的被杀令人震惊。在彼得·韦尔霍文斯基身上，人的良心——在拉斯柯尔尼科夫身上还存在的良心，已经彻底粉碎，他已经不会忏悔，已经疯狂到了极点。因此，在别尔嘉耶夫看来，彼得·韦尔霍文斯基属于陀思妥耶夫斯基笔下的那一类形象，这些人未来已经不再有人的命运（五人小组的人不是自首就是被捕，都有结局，唯有彼得·韦尔霍文斯基是消失，作者没有任何交代，这是否是一种象征——没有未来命运）。别尔嘉耶夫发现，斯维德里加依洛夫、费多尔·巴夫洛维奇·卡拉马佐夫、斯麦尔佳科夫、永远的丈夫，都属于这样的人。但是，拉斯柯尔尼科夫、斯塔夫罗金、基里洛夫、维尔西洛夫、伊凡·卡拉马佐夫还有未来，尽管从经验上讲他们已经死亡，但他们还有人的命运。彼得·韦尔霍文斯基沉迷于虚假的思想而失去了人的形象。他从反面证明不是一切都允许的，如果允许，人就将成为人神，人的神化将消灭人性。这也是在上帝面前的“罪”。

在《卡拉马佐夫兄弟》中，伊凡·卡拉马佐夫并没有杀死自己的父亲，杀人的是斯麦尔佳科夫。但伊凡因自己在潜意识中希望自己的父亲死，并怂恿了斯麦尔佳科夫，鼓励了他的犯罪意志，所以良心的痛苦使伊凡疯了。还有米卡·卡拉马佐夫，他同样没有实施杀父，但他因说过“那样的人活着干什么”，所以他认为自己是以这种方式在自己的精神深处完成了杀父。因此，他平静地接受了法律的惩罚，借此赎自己的罪。这种良心的煎熬也说明不是一切都是允许的。

如果说《罪与罚》是个人层面上面对上帝的“罪”，那么《群魔》就是社会层面上面对上帝的“罪”，《卡拉马佐夫兄弟》则是意识层面的面对上帝的

"罪"。别尔嘉耶夫层层深入地揭示出陀思妥耶夫斯基作品中蕴涵的关于"罪"的深刻思想。

关于爱，别尔嘉耶夫分析了陀思妥耶夫斯基作品中的爱情，他发现，在陀思妥耶夫斯基的创作中爱情占据了重要的地位，但不是独立的地位；爱不具有自身的价值，不具有自身的形象，它仅仅展示了人的悲剧之路，是人的自由体验。

别尔嘉耶夫认为，在陀思妥耶夫斯基那里，爱情的位置完全不同于普希金的塔吉雅娜和托尔斯泰的安娜·卡列尼娜的爱情。这里的女性因素完全是另外一种状况。在陀思妥耶夫斯基的创作中，女人没有独立地位。陀思妥耶夫斯基的人学是绝对男性化的。陀思妥耶夫斯基对女人的关注，完全是把女人作为男人命运中的因素，作为人的道路上的因素来关注的；人的灵魂首先是男人的灵魂。女性因素只是男人精神悲剧的内在主题、内在诱惑。陀思妥耶夫斯基为我们塑造了什么样的爱情？是梅什金和罗果仁对娜斯塔霞·菲里波夫娜的爱，是米卡·卡拉马佐夫对格鲁申卡的爱，是维尔西洛夫对叶卡捷琳娜·尼古拉耶夫娜的爱，是斯塔夫罗金对许多女人的爱。所有地方都没有美好的爱情形象，也没有具有独立意义的女性形象。

别尔嘉耶夫发现，陀思妥耶夫斯基的创作只有一个主题——人的悲剧命运与人的自由命运。爱情只是这一命运的一个因素而已；命运只是拉斯柯尔尼科夫、斯塔夫罗金、基里洛夫、梅什金、维尔西洛夫、卡拉马佐夫家族的伊凡、德米特里和阿廖沙的命运，而不是娜斯塔霞·菲里波夫娜、阿格拉雅、莉莎、叶里扎维塔·尼古拉耶夫娜、格鲁申卡和叶卡捷琳娜·尼古拉耶夫娜的命运。总之，男人的悲剧命运在折磨着女人；女人只是男人的内在悲剧。女人只是这一命运中碰到的难题，她只是男人命运的内在现象。陀思妥耶夫斯基的创作揭示了男人的精神悲剧道路，这对于他而言也就是人的道路。女人在这条道路上起着重要的作用，但女人只是男人的诱惑和欲望；男人被对女人的欲望所束缚，但这似乎依然是男人自己的事情，是男人的欲望本性的事情；男人是自我封闭的，他没有走出自身、走入另一个女性的存在；女人只是男人清算自己的见证，只是用来解决男人自己的、人的问题的。总而言之在陀思妥耶夫斯基那里，男人从来不与女性结合在一起；陀思妥耶夫斯基的女性之所以如此地歇斯底里与狂暴，正是因为她由于不能与男性结合而注定的毁灭；陀思妥耶夫斯基确信爱的毫无出路的悲剧。

别尔嘉耶夫还揭示了陀思妥耶夫斯基另一层面上关于爱的思想，即基督教的爱。陀思妥耶夫斯基首先是把基督教作为爱的宗教而接受，认为基督首先是无限的爱的预言家。正如陀思妥耶夫斯基揭示出了男女之爱中悲剧式的矛盾，他在人与人的爱之中也揭示出了这一矛盾，如大法官对人的爱。陀思妥耶夫斯基有一个卓越的发现，即对人和人类的爱可以是“没有上帝”的爱。在《少年》中，维尔西洛夫天才地预言了一个未来乌托邦：人们相互依靠，相互爱，因为上帝死了，人类只剩下了人类自己，人类也不再有永生。先前对上帝的爱、对永生的爱，转向对自然、对世界、对人、对所有小草的爱。这不是因为存在的意义，而是因为存在的无意义的爱；不是为了肯定永恒的生命，而是为了利用短暂的生命瞬间。别尔嘉耶夫认为，这个乌托邦对揭示陀思妥耶夫斯基关于爱的思想非常重要。因为这样的爱在不信上帝的人类中永远也不会出现；在不信上帝的人类中，有的将会是《群魔》中所描绘的一切，将会是大法官对人类的爱。不信上帝的人类必定会走向残酷，走向彼此杀戮，走向把人当作简单的工具。对人的爱只能存在于上帝之中，这种爱肯定每一个人的面容中具有永恒的生命。这才是真正的爱，基督的爱。

基督的爱是在每一个人身上都可以看到他们是上帝之子，在每一个人身上都可以看到上帝形象，这是陀思妥耶夫斯基核心的思想。人首先应该爱上帝。这是第一诫；第二诫是爱每一个人；爱人之所以是可能的，是因为有上帝——唯一存在的父爱，我们应该爱每一个人中的上帝形象。如果不存在上帝，爱人就意味着把人当作上帝来崇拜，则人神就会把人变为自己的工具。因此，没有对上帝的爱，爱人就是不可能的。伊凡·卡拉马佐夫就说过，爱人是不可能的。男女之爱是这样，其他各种人与人之间的爱也是这样。真正的爱是对人身上的上帝形象、对永生的肯定；基督的爱真是这样的爱，基督教是真正爱的宗教。

关于“革命”的思考，也是陀思妥耶夫斯基的一个重要主题。别尔嘉耶夫发现，在对革命的考察中，陀思妥耶夫斯基揭示了革命对个性的奴役和革命的进步学说的悖论。实质上革命“不是被外部原因或条件所规定，它是被内部所规定。革命意味着人对上帝、对世界、对人类根本态度的彻底转变”。陀思妥耶夫斯基对革命的考察，实质上也是对人性界限、对人类生活道路的考察。

别尔嘉耶夫指出：“陀思妥耶夫斯基在个人的命运中所发现的东西，他在民族的命运中、在社会的命运中也发现了同样的东西。‘一切都是允许的吗？’这一问题摆在个人面前，也摆在了整个社会面前。把单个的个人引向犯罪的道路，会把整个社会引向革命。这是个人和社会命运中类似的经验、相同的时刻。像在自我意志中越过了允许的界限的人失去自己的自由一样，在自我意志中逾越了允许的界限的民族也同样失去自己的自由。自由转化为强权和奴役。”[4]85 陀思妥耶夫斯基对革命实质的揭示，实际上揭示的是社会层面上对人的强权与奴役。别尔嘉耶夫认为，陀思妥耶夫斯基不喜欢“革命”，是因为它导致对人的奴役，导致对精神自由的否定；出于对自由的爱，陀思妥耶夫斯基从思想上反对“革命”，揭露它必定导致奴役的本质。

关于进步，别尔嘉耶夫指出，进步之路引导人类走向未来普遍的幸福，但进步也因此给一代又一代的人带来死亡，他们以自己的劳作和苦难为这一幸福铺设道路。所以，他从道德和宗教的良心上不能与“进步”思想妥协。

别尔嘉耶夫发现，陀思妥耶夫斯基同样赞同“地下人”和伊凡·卡拉马佐夫的造反，反对“进步”宗教。但是，伊凡·卡拉马佐夫说：“我不接受这个上帝的世界。我不是不接受上帝，我是不接受他创造的世界。”别尔嘉耶夫认为，伊凡·卡拉马佐夫的这一辩证法是拒绝承认上帝在世界生活中的意义。别尔嘉耶夫认为，如果世界的意义不在上帝那里，那么人就会认为意义在未来“美好”的世界中；而且，如果没有上帝，如果没有赎罪者和救赎者，如果历史进程没有意义，那么世界就应当被摒弃，就应当拒绝未来，而进步就是丑陋的思想。无神论的伊凡正是这样认为的，他既否定这个世界，也反对未来“美好”的世界，所以他把自己进入“美好”世界的入场券还给了上帝。

别尔嘉耶夫认为，陀思妥耶夫斯基的思想要远远高于伊凡的辩证法，他揭示了世界的上帝意义，他相信上帝，相信世界的上帝意义。但是，在伊凡的造反极限中，与某种正面的真理有某种契合。这就是为什么陀思妥耶夫斯基是一半倾向于伊凡·卡拉马佐夫一边。

关于神人与人神，别尔嘉耶夫认为，《宗教大法官的传说》是陀思妥耶夫斯基创作的顶峰，他“正面的宗教思想，他独特的对基督教的理解，首先应该在《宗教大法官的传说》中去寻找”。在这里有两个形象——基督与大法官，他们代表着两种精神，即神人与人神，基督与反基督。基督——珍视人的自由，人自由地爱胜于一切；基督不仅爱人，而且确认人的尊严，承认人有能力达到永恒，他想让人得到的不仅是幸福，而且是与人相称的、与人高贵的禀赋和绝对的使命——自由相符的幸福。

别尔嘉耶夫认为，《宗教大法官的传说》中的基督形象是一全新的形象——基督是给予自由的基督，基督即是自由，基督教是自由的宗教。别尔嘉耶夫认为：“这是陀思妥耶夫斯基独创的、还未曾有过的对基督特征的理解。把基督形象阐释为自由精神，哪怕是个别人的点到之笔也从未有过。这一精神自由之可能，是因为基督拒绝奴役世界的一切权力。权力意志既剥夺受强权者所奴役的人的自由，也剥夺强权者自己的自由。”[4]127

在《宗教大法官的传说》中，与基督的形象相对立的是大法官的形象——反基督形象，与基督的自由精神相对立的是大法官强制的幸福的学说。大法官，人神——不信仰上帝，也不信仰人。他说，人无力承担自由的重负。自由之路是艰难、痛苦、悲剧之路。人担当不了自由。他以人们幸福的名义拒绝自由，以人类的名义拒绝上帝。他要创造一个更好的世界，其中没有罪恶，没有苦难，没有无辜婴孩的眼泪。这是以热爱善的名义反抗上帝的逻辑：上帝不能被接受，因为世界是如此糟糕，因为世界充满了欺骗和不公正。但是，这一善与幸福被强制给予人们的结果是扼杀人类的自由，否定人的精神自由，把自由出卖给必然王国，走向最大的强权。别尔嘉耶夫认为，这是陀思妥耶夫斯基天才的预见之一。这一反基督精神同样产生于自我意志和反抗上帝。当自我意志和反抗上帝发生在个人身上时，毁灭的是自己；当这种自由意志与反抗上帝发生在社会建构时，则会剥夺人类的自由。这是在社会层面上又一次揭示了自由内在的悲剧的辩证法。

别尔嘉耶夫发现，在整篇《宗教大法官的传说》中，都是大法官在进行强势的论辩与说服，而基督始终处于无语与"顺从"之中，但"自由的真理非语言所能表达，易于表达的总是强权的思想"。外表的强大，总是实质的虚妄，无言的沉默隐藏着无比的力量。"基督和他的真理的隐性表达使其艺术表现力尤为强烈"。在《宗教大法官的传说》中，别尔嘉耶夫找到了陀思妥耶夫斯基整个正面的宗教世界观的根本所在。他说，在这里，陀思妥耶夫斯基要解决的只有一个主题，即人类精神自由的主题。我们也可以说，别尔嘉耶夫在这里找到了自己全部宗教哲学的根基，自由基督的精神形象，自由基督教的信仰成为他整个哲学与生命激情的源泉。

参考文献：

[1] 陈建华. 中国俄苏文学研究史论（第三卷）[M]. 重庆：重庆出版社，2007.

[2] Н А Бердяев. Миросозерцание Достоевского [M] //Смысл творчества. Москва，2004.

[3] Титаренко СА. Н. Бердяев [M]. Москва－Ростов－на－Дону，2005.

[4] 别尔嘉耶夫. 陀思妥耶夫斯基的世界观 [M]. 耿海英，译. 桂林：广西师范大学出版社，2008.

[5] 韦勒克. 陀思妥耶夫斯基评论史概述 [M] //赫尔曼·海塞，等. 陀思妥耶夫斯基的上帝. 斯人，等译. 北京：社会科学文献出版社，1999.

（此文发表于《中州大学学报》2015年第4期）

中国罗赞诺夫研究

耿海英

摘　要：瓦·瓦·罗赞诺夫的名字于20世纪20年代出现在汉译文献中，直到90年代才开始被我国学者关注，但至今对他的翻译与研究依然非常薄弱。我国学者的研究基本上借用国外尤其是俄罗斯学者对罗赞诺夫的论述：他的生平、思想历程、以性为核心的基督教哲学、写作的“手稿性”等，还没有形成自己的研究话语与视角，整体处于初级研究阶段的水平。国外学者研究成果的翻译构成了我们主要的研究成果，成为我们认识罗赞诺夫的基础。

关键词：罗赞诺夫　宗教哲学　翻译与研究

一、翻译与研究概述

瓦·瓦·罗赞诺夫①（1856—1919），俄罗斯独特的散文家、文学批评家、政论家、宗教哲学家，被称为“俄国的尼采”“陀思妥耶夫斯基可敬的学生”，被冠以“性问题专家”。近年又被视为“后现代理论的奠基者和实践者”。在俄罗斯本土，因他的“复杂”与“善变”，也因他一边谈论“性”，一边谈论基督，这种“不洁”和“亵渎神圣”，再则因他娶了“陀思妥耶夫斯基的恶魔女友”苏斯洛娃为妻②，使其生前备受争议，去世后亦被打入冷宫；1970年后方才解禁，其各类文集、著作被争相出版。对他相应展开的研究，主要在关注他关于家庭、性、爱、婚姻等主题的新基督教哲学思想，也涉及其教育、政治、历史、文化思想等方面；对其文学创作的关注，主要集中在他独特的创作个性

① 汉译中有罗赞诺夫、洛扎诺夫、罗萨诺夫、罗扎诺夫、罗桑诺夫等译名。本文采用“罗赞诺夫”。

② 阿波利纳里娅·普罗科菲耶夫娃·苏斯洛娃小陀思妥耶夫斯基20岁，大罗赞诺夫16岁。这位女性将两位文学大家都折磨得苦不堪言，被称为恶魔般的女友。

和文风——对《隐居》①《落叶》（两部）的文本分析上；关于其文学批评则有不少有分量的文章和著作面世②。到 1990 年，对他的研究达到高潮，形成一股“罗赞诺夫热”。“据不完全统计，1990 年代，平均每年都有二三十篇（部）关于罗赞诺夫的文章（著作）发表，其中 1993 年就高达 90 余篇，文献数量恢复到了 19 世纪末 20 世纪初的水平。”[1]152 而且这股热潮持续着，于 1994—2010 年，共和国出版社（莫斯科）全部出版了其 30 卷文集（他生前计划出版自己 50 卷文集）。在欧美地区，其生前就有影响，被译为英法德意等多种文字，五六十年代出版其生平传记，在涉及 19 世纪末 20 世纪初俄国哲学思潮以及对陀思妥耶夫斯基的研究时，都提及罗赞诺夫的意义及影响。

相对于俄罗斯及欧美，我国对罗赞诺夫的了解和关注相当迟缓，甚至负面。我们最初见到他的名字是在 1928 年 2 月由韦素园、李霁野翻译，未名社作为“未名丛刊”出版的托洛茨基的《文学与革命》（第一部）中。鲁迅曾收藏该书的日文、英文版，并十分推崇托洛茨基。然而此时并没有人特别留意到书中托洛茨基所批判的“罗赞诺夫”。我们再次见到罗赞诺夫的名字，是在 1957 年叶尔米洛夫著的《陀思妥耶夫斯基论》中译本中。有研究指出，叶尔米洛夫作为苏联著名的陀氏研究专家，20 世纪 40 年代被介绍到我国，他对陀氏的评价带领了此后我国陀氏研究的转向，新中国成立后在我国的陀氏研究中更具有统治性影响。这里指的就是叶尔米洛夫的《陀思妥耶夫斯基论》中译本的地位和影响。在这部占“统治性”地位的著作中，叶尔米洛夫不仅否定陀思妥耶夫斯基的宗教思想，同样对罗赞诺夫的著作《大宗教法官史稗史》③ 用了不少篇幅予以批驳。

上述可见，无论是 20 世纪 20 年代的《文学与革命》，还是 50 年代的《陀思妥耶夫斯基论》，如果有人对其中的“罗扎诺夫”或“罗桑诺夫”的名字有所留意，那也是相当负面的；不过根据现有的文献资料来看，几乎没有学者注意到他。

1984 年，在《苏日文学理论家举行果戈理创作讨论会》一文中，间接从日本和苏联学者那里再次见到罗赞诺夫的名字及其关于果戈理的论述，不过同样被学界所忽略；1985 年《陀思妥耶夫斯基论》由上海译文出版社再版，1992 年

① 汉译文献中有《幽居》《幽思录》《离群索居》《孤独的地方》《孤独》《孤独者的断想》等译名。本文采用《隐居》。

② 参见田全金《陀思妥耶夫斯基与白银时代俄国文化》第 152－154 页的论述。

③ 现译《论宗教大法官的传说》。

《文学与革命》由外国文学出版社完整翻译出版，1993年布雷德伯里等编著的《现代主义》由上海外语教育出版社翻译出版，这些书中提及的罗赞诺夫的名字依然没有引起大陆学者关注；直到1995年，一篇《罗赞诺夫的创作生涯》被翻译刊登，至此才开始了对他的关注；1997年始有其《落叶》片段被翻译发表；至今，在罗赞诺夫著作的翻译方面，有《隐居》《落叶》《当代启示录》（节译），还有他关于陀思妥耶夫斯基的专论13篇①及论著《论宗教大法官的传说》以及24篇②文学、教育、政治、宗教评论文章。这些1997—2015年间零星翻译出版的著作（文）与罗赞诺夫自己计划出版50卷的规模相比显然不成比例，更与俄罗斯国内种类繁多的选集、文集和1994—2010年30卷文集的出版热潮不可同日而语。

对他的研究，除译文集前言，有专门性研究文章17篇左右，涉及性论著7部。这些研究涉及他的生平、宗教哲学观、文学观及创作风格，还涉及他对普里什文、劳伦斯、俄罗斯后现代主义文学的影响研究。在研究果戈理、陀思妥耶夫斯基时，涉及罗赞诺夫对这些经典作家独特的论述；在研究20世纪初俄国宗教哲学和文学思潮时，也论述罗赞诺夫的价值和意义，这类研究在罗赞诺夫的研究中所占比例相对较大。另外，罗赞诺夫的俄罗斯同时代人及20世纪90年代以来俄罗斯学者对他的评述，被翻译发表在各类文集、刊物、论著中，从中我们得以认识罗赞诺夫思想及创作的面貌（以上数据截至2015年1月）。

纵观我国的翻译和研究，我们的论述将从20世纪80年代开始，将其分为两大类：一类是翻译型研究，即翻译国外学者的研究及论述，形成对他的认识；一类是自主型研究，即学者的研究及论述。这样分类，是因为我们现有的罗赞诺夫研究成果，多是在参考国外学者的研究及论述的基础上，进行的再论述。截至目前，翻译国外学者的研究及论述，构成了我们认识罗赞诺夫的基础，在我们对罗赞诺夫的全部研究中占有相当的比例。因此本文重点介绍此类。

二、翻译型研究——国外学者的研究及论述

如上所述，叶尔米洛夫的《陀思妥耶夫斯基论》汉译本1985年再版，该书对陀思妥耶夫斯基基本上是否定的。在论述《卡拉马佐夫兄弟》一书时，作者

---

① 集中于《陀思妥耶大斯基启示录——罗赞诺夫文集》和《精神领袖》两书中（其中有交叉重复）。

② 集中于《自己的角落：罗赞诺夫文选》《白银时代·文化随笔》《关于厄洛斯的思索》《俄国哲学》《俄罗斯思想的华·04·章》《自己的角落：罗赞诺夫文选》5本书中（其中有交叉重复）。

批判陀思妥耶夫斯基身上的“斯麦尔佳科夫本质”的一面——“陀思妥耶夫斯基可以用他讲述伊凡·卡拉马佐夫的话来讲他自己：‘他的灵魂里盘踞着仆人斯麦尔佳科夫’”；[2]292 同时批判“陀思妥耶夫斯基反动思想的维护者们”，作者以罗赞诺夫为例指出，“极端反动派，盲信者，‘性问题专家’，《新时代》的政论家罗赞诺夫，就是这样一个陀思妥耶夫斯基笔下的斯麦尔佳科夫”[2]290，“宗教方面的斯麦尔佳科夫”[2]292。作者用了相当的篇幅论述罗赞诺夫的《论宗教大法官的传说》，批判其宗教“道德”的无耻和残忍。在作者看来，“在佐西玛长老的诡辩术中盘踞着罗赞诺夫”[2]292，关于“孩童的眼泪”问题，作品中佐西玛长老对伊凡反叛的回答，现实中罗赞诺夫对陀思妥耶夫斯基疑问的解释，都是无耻和残忍的宗教“道德”诡辩术。可见无论是对陀思妥耶夫斯基，还是对罗赞诺夫，叶尔米洛夫的态度和口气都是相当严苛和不留余地的。

今天，我们比较叶尔米洛夫的论述和罗赞诺夫的《论宗教大法官的传说》，发现叶尔米洛夫的批判之所以如此激烈，是因为相互不可能理解，进而不可能容忍；因为他们从意识上根本就是对立的，水火不容，是根本不可能站在对方的意识上理解对方的话语的。这是信与不信的对立！

我们初识罗赞诺夫的名字于这样的批判声中，而且是在一个“革命”的时代（20 世纪 20 年代），一个“不信”的时代（20 世纪 60 年代）。叶尔米洛夫对陀思妥耶夫斯基的论述，不仅带来了此后陀思妥耶夫斯基在我国接受的转向（开始批判），甚至造成了接下来一二十年对陀思妥耶夫斯基接受的停滞，那么他所论及的罗赞诺夫在刚刚“开放”的时代（20 世纪 80 年代），尚且无人敢碰触（即便有人注意到了他）。

1992 年 6 月，托洛茨基的《文学与革命》由外国文学出版社完整翻译出版。托洛茨基生于 1879 年，与罗赞诺夫同是世纪之交俄国社会风云变幻的见证者和参与者，还是具有雄辩口才和漂亮文采的革命家。他于 1923 年出版的这部文学论著，以一位无比清醒的革命家的立场，论述了那个时代的文学状况。罗赞诺夫被他归为“非十月革命文学”之类。他指出，知识分子“现在普遍地把罗赞诺夫奉为典范，说他是一个‘天才的’哲学家、预言家、诗人。顺带还是一位精神骑士”[3]27。由此可见罗赞诺夫在当时的影响与重要性。然而，在托洛茨基看来，这种现象恰恰是“知识分子个人主义的空虚和腐朽”的最“令人信服的表现”，那些内外流亡者拜倒在他面前，“罗赞诺夫以其精神的寄生，奴颜婢膝和胆怯，淋漓尽致地表达出了那些人的基本精神特征，即面对生活的胆怯和面对死亡的恐惧”[3]27。他进一步指出，罗赞诺夫“在性领域的新发现”，根本无法与奥地利心理学派弗洛伊德等人的贡献相比，甚至弗洛伊德最荒诞的夸张也比他的发现重要而有效。托洛茨基对他的攻击甚至是人身的，“其实，罗赞诺夫是一个明摆着的败类、懦夫、寄食者、马屁精。这些构成了他的本质。他的才能超不出这一本质的表现”。“罗赞诺夫完全成一个故意装疯卖傻的人”“一个毫不掩饰的闲谈家”“废话连篇”[3]27；甚至是“下流的多变”，“为了一个铜板公开拍卖自己。他的哲学也一样，适于卖钱。他的风格也完全能出卖”[3]29。就是这样，托洛茨基用了不少笔墨彻彻底底否定了罗赞诺夫。

《文学与革命》这一译本出版后，大多用来研究鲁迅与革命文学、与左联的问题以及中国现代文学的问题。在研究俄国文学方面，这本书的作用是很诡谲的：书中透露出来的大量被托洛茨基批判与否定的文学（作家、作品、现象、流派）信息，在20世纪90年代新的历史语境和美学氛围中，此后成了研究者们从正面研究俄国“白银时代”文学的热潮中按图索骥的清单，其中就包括罗赞诺夫（虽然对他的关注还要再晚两年）。被他批得越狠的作家，后来就越是受到重视。这和我国已经开始的正面研究西方现代主义文学的大潮相吻合。因此，《陀思妥耶夫斯基论》和《文学与革命》中对罗赞诺夫的论述，成为翻译性研究中仅有的负面声音。对罗赞诺夫肯定性研究的时期很快就到来了，因为就在同样是1992年6月翻译出版的一本美国学者的论文集《现代主义》中，我们已经听到了对罗赞诺夫比较正面的或者中性的声音。在这本我国“出版的第一本外国学者撰写的系统而全面介绍和评价现代主义文学的专著”中，按照译本前言作者的说法，要“使读者看到不同的观点和现代主义文学的方方面面，从而在知识上扩大视野，少点片面性，同时又保持一定的专业深度”[4]1。其中，尤金·兰伯特撰写的“俄国现代主义”一节中对罗赞诺夫却有了不同的观点。作者指出：“瓦西里·罗赞诺夫是那个时代典型的杰出人物。他生性喜爱反复无常，却又不时地背叛或指责那些反复无常的代表人物。……他采用了非常独特的文体……他的语言打破了谈话的传统模式……他几乎就是俄国的D. H. 劳伦斯——但要加上一点戏谑感，减去一点社会热情。……他渴望人类……不受善恶观念的影响……梦想教堂和妓院之间的联合。他不是色情者：他没有诗人激动、兴奋的愿望，也没有色情者的冷漠。他在各种个性的融合中寻求保护。他性情温柔、顺服、热情，具有明显的女性面容，殷勤好客，并吵吵闹闹地要求别人宠爱，什么都不隐瞒。”[4]116-117尤金·兰伯特的这一评述，成为了我国即将到来的正面研究罗赞诺夫的先导。

相对于“白银时代”的其他人物，我国学者对罗赞诺夫的研究迟滞缓慢稀少甚至负面的十年（1985—1995）称为“无意识介绍期”（因为上述三书皆意不在罗赞诺夫），随着1995年苏联学者T. Л. 布拉斯科娃的《罗赞诺夫的创作生涯》[5]一文的翻译发表结束了。该文介绍了罗赞诺夫的身世、性格、求学及任教经历之后，指出：他由对大学教育的不满及其后十二年教学生涯，发展出了对教育问题的思考，著有《教育的阴暗时代》（1899），形成了自己的教育观，教育思想成为其思想“体系”的一部分。现在俄罗斯学者已经关注到这一点并予以研究，我国学者还没有涉及。关于罗赞诺夫的宗教、哲学、政治思想，该文指出：罗赞诺夫从1880年代以一部哲学著作《论理解》开始了自己的哲学家生涯；1890年代他在各种报刊上发表涉及哲学、历史、文学和社会各类问题的文章，集结为《宗教与文化》《自然与历史》出版，成为以宗教历史学家、政治评论家、作家身份而轰动俄罗斯的名人。此时其世界观也基本成型——完成了从早期“无神论阶段”向“痴迷宗教”的转变，“他的思想体系打上了种种的宗教烙印”。在思想上亲近晚期斯拉夫派，他关注陀思妥耶夫斯基、托尔斯泰、索洛维约夫的思想，与彼得堡文学圈，与《新时代》《艺术世界》《天秤》《金羊毛》等杂志有着密切的合作。然而他对政治生活冷淡，又是出了名的保守主义、民族主义，他的大手笔《俄罗斯家庭问题》（1903）因否定基督教的历史作用，热衷犹太教、东方和埃及宗教而被称为“反基督者”，也引得批评界对他褒贬不一的争论。他对待革命和战争的态度是：革命是“卓有成效的”、“使世界摆脱了苦闷”、给人的生活注入了“氧气”；而战争（指“一战”）起到了“雷雨的净化作用”，消除政治分歧使社会统一。然而政治上他是极不成熟的，在革命后出版的系列著作中（《不盛行的神像》（1906）、《头领不在的时候》(1910)），总是反复发问：“到底发生了什么事?”

在谈到罗赞诺夫的文学创作时，布拉斯科娃指出，他写作时“时常进行对往事的回忆、联想，提出某些看法，思路常被打断，千方百计希望充分表达其内心世界。此外，不准他人修改稿子，即使有修辞文法不当，也不准触动”。他认为，文学创作“主要的不是反映思想，而是反映思想形成的全部过程”。布拉斯科娃认为，“他的创作非常接近印象派象征式的创作手法”，集中体现在《幽居》和《落叶》上；他成了记述、表白自我内心的作家。

关于罗赞诺夫的文学批评，文章指出：“他所理解的艺术概念是作家用文字和声音及其他形式把现实生活进行再创造的过程。”“人有丰富的感情内涵，它是文学作品取之不尽用之不竭的丰富源泉。”他“斥责19世纪俄国‘60年代活动家’的‘冰冷的心’”“缺乏激情的写作”“他疾呼现代评论家们要剖析艺术家的‘内心世界’，只有分析作家的内心世界，才能了解任何一种作品的创造意图。”他践行了这一主张：他认为陀思妥耶夫斯基“最善于分析人的心灵”，并写作了《论宗教大法官的传说》一书，该书成为其不朽的文学批评著作。

由上述内容可以看出，布拉斯科娃的文章包含了对罗赞诺夫积极肯定的评述等丰富的信息，且是。此后，伴随着我国“白银时代”研究热潮的到来，直接论述或间接包含罗赞诺夫信息的文献不断翻译出版。我国学者正面研究罗赞诺夫的时期到来了。这些文献大致可以分为宗教哲学（史）类、文学史类、随笔类、评论类，而且除了个别文献，如雷纳·韦勒克的《近代文学批评史》、俄罗斯科学院的《俄罗斯白银时代文学史》、维·苏卡奇的评述，是当代人撰写，其余皆出自罗赞诺夫同时代人或稍晚但有交集的俄国大家手笔，他们都在自己的领域卓有成就，与罗赞诺夫有密切的交往，或密切关注着那个时代的风雨变幻，因而他们论述的在场性、深刻性与高度不言而喻。

（一）宗教哲学（史）类

宗教哲学（史）类有别尔嘉耶夫的《文化的哲学》《自我认识》《俄罗斯的命运》《人的奴役与自由》《俄罗斯思想》《自由的哲学》《我与实在》《论人的使命》，赫克的《俄国革命前后的宗教》，格·弗洛罗夫斯基的《俄罗斯宗教哲学之路》，瓦·瓦·津科夫斯基的《俄国哲学史》，尼奥·洛斯基的《俄国哲学史》。

赫克的《俄国革命前后的宗教》[6]155-156在分析俄国新基督教运动的个人主义倾向时，对罗赞诺夫作了简短论述，认为，罗赞诺夫“在很多方面都是俄国现代宗教思想家中最具独特性的”“他一直努力寻求解决身体和灵魂、或者个人和社会的冲突办法”。“他反对教义主义”，认为基督教失去了朴素、魅力、慈爱和吸引。“他反对教会的苦修主义。对他来说，一切人性的东西，一切看来是生命源泉的东西，都是神圣的。对他来说，宗教是上帝和人喜悦的婚姻关系。他把爱欲看作是最伟大的，也许是现存的唯一的奇迹。它是一个伟大的秘密。”

而“历史基督教是无性的。世界因为基督而变得苦不堪言。历史基督教给喜悦的肉体生活注入了致命的毒素”。赫克认为，表面看罗赞诺夫是“一个唯物主义者、爱欲主义者；但是他的唯物主义与众不同，是神秘主义的”，他将性爱神化，“肉体”在他的观念中具有精神性，它的魅力就在于这种特殊性。对于教会来说，他最具异端性，他对教会的批评最激烈，但他鲜有疏远教会。“教会是世上最富有诗意的，最奥妙的事物。……在教会里我们都是兄弟，这多么美妙啊！”赫克指出，罗赞诺夫的这一感受代表了他那个阶层的普遍感受。他们普遍回归了教会。

弗洛罗夫斯基在《俄罗斯宗教哲学之路》中指出：“罗赞诺夫的世界观受到多种思潮的影响——黑格尔哲学、陀思妥耶夫斯基和果戈理的乡土主义（部分地）、列昂季耶夫对历史的美学理解（为了美学解释，所有的标准都抛弃了）”[7]527-530弗洛罗夫斯基是大祭司，他的《俄罗斯宗教哲学之路》是其教会史观的集中而天才的表达。因而他对罗赞诺夫的论述，不同于一般的哲学家、文学家的角度。他是站在教会史的角度，对罗赞诺夫在俄罗斯东正教发展史上的意义和作用进行考察的。他认为，罗赞诺夫作品和世界观中的“肉体”主题，是十分突出和浓厚的宗教自然主义的诱惑。他虽然“是一位极具宗教天赋的作家，却又是一位在宗教上盲目的人。他不是对宗教盲目，而是在宗教中盲目。他是一位有宗教激情却没有宗教思想的人，甚至没有信仰的人。他更多的是表现出一种可怕的冷漠，这种冷漠超过了他的洞察力，实际上，他可以对最明显的事物视而不见。由于这种可怕的方式，罗赞诺夫简直看不见基督教，也听不见教堂的钟声。他听到的仅仅是他想听，愿意听的东西”。他浪漫主义、自然主义的情调一直非常强烈，其中包含了对古代东方自然崇拜的兴趣，但是也参和了极端感伤主义的情调，凡夫俗子般的感动。他所说的“对我来说，上帝究竟意味着什么呢？是我的无限忧愁和快乐，特殊的、与任何事物无关的忧愁和快乐”，这是肢解宗教体验的心理主义。他不理解伯利恒，反对神人的秘密，无论是通过理智还是心灵。以此可以理解他对十字架的敌意和反抗：“基督教是安放死人的文化。”因此他一直置身于基督教之外，作为局外人从外部揭露它。他的自然主义不能成为“基督教的”自然主义，他接受的是现有的没有改变过的世界，世界不需要拯救，他拒绝耶稣，认为在耶稣的完满中世界变坏了。于是，他离开《新约》转向《旧约》，但他按照自己的方式，有选择地随心所欲地理解《旧约》。在《旧约》中，他只看到世系和出生的传说，只看到恐惧和爱的雅歌。他读《旧约》，不是从《圣经》的视角去读，而是从东方异教徒的视角，从无足轻重的酒神节仪式的视角去读。他在宗教上反对基督教，他的反基督教只不过是另一种宗教——他返回到基督教前的宗教崇拜，自然力和自然现象崇拜，生殖崇拜。他对《旧约》的神启中那些基本的和重要的内容，置若罔闻，就像对《新约》一样。

弗洛罗夫斯基认为，他显然具有一种洞察力，洞察肉体和性，但他的洞察力是病态的、不健康的，因为他看不见整体、完整的人。他把人分解为精神和肉体，对他来说，只有肉体具有本体论的意义，他要将“卡拉玛佐夫家族改名为圣洁的大地，存在的神圣根源”。他同时又一直处于混沌中，沉浸于片刻闪现的体验中；他是心理学上的一个秘密与危险的谜；他是一个被肉体诱惑在人类的体验和欲望中失去了自我的人。罗赞诺夫影响、吸引、迷惑人，但是他没有积极的思想。罗赞诺夫对自己的思想没有任何责任感，根本不想对它们负责。他被自己的思想支配，而不是他支配自己的思想，这是极端的主观主义，极端放纵的浪漫主义。他的著作有着多余而纠缠不清的隐私，流于矫揉造作和放纵。其写作特点——全部著作都是日记，以不连贯的间断的箴言和断句来写作，很少能够描绘一些大图景。弗洛罗夫斯基认为，这是某种被肢解意识和肢解意识——由于吹毛求疵，他把事物分解为细枝末节。“无论什么东西、思想或事件，都使我感兴趣”——这是逻辑意志的缺陷。他对生活有鲜明的感受，却是对琐细的日常生活的感受，消极的感受，甚至不是感受，而是对普通日常生活的玩赏。

可以看出，弗洛罗夫斯基大祭司站在教会史立场上，对罗赞诺夫的“反基督教性”非常不满。津科夫斯基的《俄国哲学史》把罗赞诺夫与列昂季耶夫放在同一章里来论述，这也证实了弗洛罗夫斯基所说的罗赞诺夫受到的最强烈的影响来自列昂季耶夫。在上述3部哲学史中，津科夫斯基的《俄国哲学史》对罗赞诺夫的论述，篇幅最长，容量最大，分析最为详细与深入。他不赞同人们以其作品的日记式的无系统性、无连续性、箴言、断句式的琐碎写作来论断其无思想。他认为，罗赞诺夫有意不赋予其言论以逻辑的严谨性，但这背后，他有着完整的世界观和创作的统一性，是一个性格完整的人和思想家。他未必是一位杰出的作家，但却是一位真正的思想家。他观察准确而深刻，并对自己箴言式的判断充满信任。他在生活与思想的丛林中，执着顽强地为自己开辟出一条曲径。他是富于才华和最强有力的俄国宗教哲学家，对20世纪初俄国哲学思想界具有巨大的影响，梅列日科夫斯基、别尔嘉耶夫都曾受其影响。他与列昂季耶夫被并称为“俄国的尼采”。津科夫斯基认为，罗赞诺夫的精神演变过程十分复杂，而其写作风格为我们描述这一过程及其思想内涵的统一性制造了困难。尽管如此，可以将其创作分为两个时期。

津科夫斯基提出从“罗赞诺夫的人类学”角度揭示其意义，他说：“在其人类学中包含着解开其所有思想和精神演变问题的一把钥匙。”[8]515 津科夫斯基认为，罗赞诺夫构建的“性的形而上学”只是其人类学中最重要的部分，但不能覆盖其人类学的全部。只有研究其人类学整体，才可以揭开其“复杂”“多变”“无原则”的面孔。津科夫斯基指出，罗赞诺夫从《论理解》的理性主义起步，很快背离了它，尽管它的个别痕迹被其终生保留。但从一开始，并终其一生，罗赞诺夫都是一个宗教思想家，其精神演变是在宗教意识内进行的。从一开始他就属于东正教——在它的关照下，他评论一般的文化主题。他早期就涌现出许多怀疑：基督教在西方与东方是对立的；基督教是欢乐的宗教，同时基督教只是一种“学说”，一种“修辞”，重要的是“实现”。这里包含了他宗教探索的内在动力。他从此迈进了其创作的第二个时期的门槛——对历史基督教的批判。首先，他提出了新的神学理念：“伯利恒的宗教”与“殉难地的宗教”的对立。“伯利恒的宗教”富于生活的甜蜜感，从而使基督教成为光明和欢乐的宗教。接着，“家庭问题”成为其神学和哲学思考的中心。由此产生了基督教与文化的论争。基督教以“各各他”为关头失去了生活的甜蜜，变成了“不可遏制的对痛苦的寻求”的“殉难地的宗教”。由此他走向“教父的宗教”——《旧约》。在全部批判中，罗赞诺夫都指向“历史基督教”的教会及其对耶稣的定义——其核心问题是禁欲主义与死亡。这种批判中包含着他的人类学思考以及由此而来的“性的形而上学”的建构。津科夫斯基对罗赞诺夫的人类学的论述有别于其他人对罗赞诺夫的认识，揭示了罗赞诺夫宗教思想的底色，也与弗洛罗夫斯基的论述形成对话。

洛斯基的《俄国哲学史》将他归在“象征主义诗人的哲学思想”一章中来论述，指出，他虽然不是诗人，但具有很高的文学才能，同时是一位天才的思想家和生活的观察者。洛斯基列举了罗赞诺夫的著作，认为他的作品没有系统性，甚至没有连续性，也提到他 30 岁时世界观的突然转变，走向宗教。洛斯基从自己与罗赞诺夫近距离的交往中，得出判断：“他的人格在许多方面是病态的，最明显的证明是他对性问题有不健康的兴趣。他可以成为陀思妥耶夫斯基小说中的人物。”①394[9]437而关于他的宗教思想，洛斯基指出：他批判基督教，认为基督教是关于死亡的悲哀的宗教，它不是爱人，而是献身于神学；而他希望快乐的宗教，但他完全不知道精神的快乐，他要的是多神教的、感性的快乐。他认为多神教对肉体的崇拜，特别是对男性生殖器的崇拜，是一切灵感的来源。他把“性”神化，把宗教变成了性的泛神论。《旧约》中对人的关心和对家庭生活的爱比《新约》更吸引他；但他又是一个反犹者——心理上亲近犹太人，政治上反犹太人，这不是他“要两面手腕”，而是他是“两种个性的人”；他批判基督教，但他又是作为一个善良的基督徒死去的，他死前，心里充满了来自基督复活的快乐。他处处都具两面性，表现了他的无原则性。

弗洛罗夫斯基的《俄罗斯宗教哲学之路》，津科夫斯基的《俄国哲学史》，洛斯基的《俄国哲学史》，是 3 部相继问世的俄国哲学史大家的重要著作，不仅在俄国，甚至在世界哲学史界都占有举足轻重的地位。在洛斯基的《俄国哲学史》中，有弗洛罗夫斯基和津科夫斯基的专门论述，津科夫斯基的《俄国哲学史》对洛斯基也有高度评价。可见他们不仅书写哲学史，也被哲学史书写，是

---

① 别尔嘉耶夫也如此讲过，他“就是一个由陀思妥耶夫斯基的创作所诞生的一个活生生的人，在他身上有某种类似费多尔·巴甫洛维奇·卡拉马佐夫的东西”。

哲学史家，也是哲学家。所以，他们在各自的著作中对罗赞诺夫的论述，具有相当的代表性和深刻性，也成为我国研究罗赞诺夫的重要资源。从中我们也可窥见罗赞诺夫对宗教哲学的震撼。

在汉译文献中，对罗赞诺夫论述最多、在哲学层面上最为深刻的是别尔嘉耶夫的著述。正如季·吉皮乌斯所说，罗赞诺夫，与其说他是一个人，不如说他是一个“现象”。对于这样一个重大的文化“现象”，别尔嘉耶夫给出了自己的论断。

别尔嘉耶夫与罗赞诺夫私交甚好，认为罗赞诺夫是他“一生中遇见的最不寻常、最独特的人”。他高度评价罗赞诺夫的文学才能，称他是真正的语言的魔法师，人们很难用自己的语言转述罗赞诺夫的思想，“当你用自己的语言去叙述他的思想时，它们旋即就会消失”[10]395。“词在他那里不是思想的记号，而是肉体和血液。”[11]252 “对他而言，写作是他的机体功能……他将生命的河流直接移植、翻译到纸上，这使他成为一个完全特殊的、空前的现象……他是一个极富天才的、具有重大生命意义的作家，他所写的一切就是一条巨大的生物流，无法用任何标准和评价来衡量他。”[11]252 “罗赞诺夫的作品和他独特的语言生命，给人的体验就像自然—母亲、大地—母亲及其生命过程一样，诱惑了许多人。人们如此喜爱罗赞诺夫，是因为他们那样厌倦了抽象性、书面性、隔膜性。人们在他的著作中仿佛体验到了更多的生命。因而，他们愿意原谅他的丑陋的犬儒主义，写作中的低级趣味，他的谎言和背叛。最偏执、最狂热的东正教徒也原谅了他的一切，全然忘了他在多年前曾侮辱过基督，亵渎和憎恨过基督教的圣物。”[11]253别尔嘉耶夫认为，正因为罗赞诺夫天才的生理学式的写作，使他表现出令人震惊的无思想性、无原则性、对善和恶的冷漠、不诚实、完全缺乏道德性格和精神支点。

此外，别尔嘉耶夫对罗赞诺夫提出的基督教的“性的问题”与他所代表的俄罗斯民族的村妇性等问题，给予集中论述。

针对罗赞诺夫的《论最甜蜜的耶稣与枯的世界之果子》，别尔嘉耶夫于《基督与世界》一文认为，罗赞诺夫不是基督教和官方教会的敌人，而是基督的敌人。在基督教中渗透了居家生活的元素，基督教建立了一种白衣僧侣的婚姻生活方式，允许品尝“蜜饯”、生育孩子。“罗赞诺夫完全不是基督教生活方式的敌人，他对这一生活方式中的许多东西是抱有好感的，他的甜腻的肉麻的对家庭生活的爱就是从这种生活方式中培养出来的。”[12]328别尔嘉耶夫认为，罗赞诺夫意识到了“性”问题的宗教深度，他的正确性在于他提出的问题，而不是他解决问题的方法。别尔嘉耶夫认为，基督教禁欲主义生活首先与性相关，但这种禁欲主义并不是单纯的对“性”的否定，所以，也不能只是单纯地肯定“性”；基督教中的禁欲主义，是降低了爱的意义。基督的爱——“真正的爱”，既是对上帝的爱，也是对人的爱；而且是个性的、具体的爱，而不是普遍的、抽象的爱。基督教的禁欲主义把爱只理解为对上帝的爱，是一种精神之爱；把精神之爱与个性、心灵、情欲之爱对立起来，还把精神之爱理解为自我救赎与拯救之路，理解为美德的禁欲主义操练。与“真正的爱”相区别的是“自然的爱”，“自然的爱”是支离破碎的，其中混杂着低级的欲望、嗜好和嫉妒，妨碍发现个性，并妨碍感情指向完整的个性，甚至消灭个性、消灭爱和被爱的能力。罗赞诺夫的“生育基督教”正是这种几近“自然的爱”的宗教，其中没有个性，是基督的敌人。别尔嘉耶夫认为，罗赞诺夫的问题在于个性的自觉在他那里几乎没有。在对生命的感觉上，罗赞诺夫具有某种与托尔斯泰共同的东西，他们的共同点是：同样的旧约式地感觉世界生活。无论是托尔斯泰还是罗赞诺夫都走向了与他们的宗教探索不相符的日常生活的稳定性和小市民作风。罗赞诺夫用以抗衡死亡的不是永生，而是没有尽头、没有终结的生育。别尔嘉耶夫站在自己“个性理论”的立场上分析罗赞诺夫思想的本质，批驳他无个性的“生育宗教”。

别尔嘉耶夫强调罗赞诺夫提出基督教的“性”问题的重大意义，认为他以自己的问题唤醒了一种新的宗教意识，他以一种从未有过的激进主义向基督教意识提出了关于对待世界生活，尤其是对待生命的源泉——性的态度的问题，引发了“新基督教”意识的出现。然而新、旧基督教的对立不应该是“精神”与“肉体”的对立，问题在自由与奴役的对立中。罗赞诺夫关于性与肉体问题的论述，属于敌视自由与个性的反动因素。

此外，别尔嘉耶夫撰写《俄罗斯灵魂中“永恒的村妇性”》，深刻分析俄罗斯民族的“罗赞诺夫气质”。别尔嘉耶夫实际上是把罗赞诺夫作为了俄罗斯性格的一种特质的象征。别尔嘉耶夫指出，俄罗斯的宗教是女性化的宗教，是大地母亲的、温暖的、动物般的宗教。这样的宗教拒绝男性的、积极的精神之路，这样的宗教中个性的因素很弱，害怕脱离温暖的集体。这种宗教与其说是基督的宗教，不如说是圣母的宗教。因此我们依直观和经验，总是可以感觉到俄罗斯的圣母崇拜。而“罗赞诺夫身上具有许多典型的俄罗斯特征，真正的俄罗斯特征，他是某种俄罗斯天性、俄罗斯的本能力量的天才的体现者。……俄罗斯性格的最深处隐藏着永恒的村妇性，不是永恒的女性，而是永恒的村妇性。罗赞诺夫是天才的俄罗斯村妇，神秘主义的村妇”[11]253。“罗赞诺夫的宗教就是俄罗斯这一种族血缘宗教、繁育宗教、舒适安逸宗教的天才的代言人。”[11]234然而这并不可怕，可怕的是，这种气质导致的是对无限强大的国家机器的温顺、惊恐和屈从。

最后，针对罗赞诺夫《论宗教大法官的传说》，别尔嘉耶夫撰写了书评《评罗赞诺夫的“宗教大法官的传说”》，指出该书最有力的地方是确立了人的个性的绝对意义，指出了历史的恶的根源在于它的目的和手段之间的不正确的关系。罗赞诺夫的著作引发了整个时代重新思考陀思妥耶夫斯基的价值，形成了对革命、历史、宗教等一系列重大问题的反思。

（二）文学史类

文学史类著作有斯洛宁的《现代俄国文学史》、雷纳·韦勒克的《近代文学批评史（第七卷）》、俄罗斯科学院的《俄罗斯白银时代文学史》、德·斯·米尔斯基的《俄国文学史》。

斯洛宁的《现代俄国文学史》不仅评述了罗赞诺夫思想与行为的背离，也十分肯定他在当时文坛上以及哲学界宗教界的特殊地位与影响，重点强调他所痴狂坚持的“性与上帝的关联要比精神与上帝的，甚至于良心与上帝的关联还要大”的观点，突出了其《落叶》及其他“日记和笔锋锐利的忏悔录”的“赤裸裸的”的笔法和奇特风格，及对当时诸多性格各异的作家们的影响。

雷纳·韦勒克的《近代文学批评史（第七卷）》中简短评述了罗赞诺夫的《论宗教大法官的传说》。

俄罗斯科学院的《俄罗斯白银时代文学史》几乎是俄罗斯当代研究者最全备的成果，是一部宏大而复杂的巨著。在这部巨著中，虽然没有单章专列罗赞诺夫，但在单列为第一编的序言和三章综述中，有将近三分之一的篇幅，几乎无处不提罗赞诺夫，认为罗赞诺夫的《落叶》“奠定了白银时代文学的风格”，是白银时代癫狂精神的代表人物之一，他的情爱哲学恢复了前哲学的地位，他“发现了表现神界绝对价值的他人”。作者将罗赞诺夫定位为白银时代思想、哲学、文学的引领者和奠基人。

德·斯·米尔斯基的《俄国文学史》则给予罗赞诺夫不小篇幅的专门论述，梳理了罗赞诺夫一生的创作与思想轨迹。作者认为，他是“俄国文学中更为重要的人物”“独具特色的一流作家”，其《论宗教大法官的传说》开启的陀思妥耶夫斯基研究“构成现代俄国文学的重要特征”。作者论述了他关注性爱和生殖的“自然”宗教，政治上的保守，以及《隐居》《落叶》（两筐）和《文学流亡者》的文体特征，即“反古腾堡”手法；并引用其文字，论证其不可传导和翻译的独特风格和趣味。作者也注意到了托洛茨基等人对罗赞诺夫的厌恶，但是，他依然肯定地认为“离开罗赞诺夫，便难以对其他俄国天才做出判断”。

（三）随笔类、评论类

该类文献有吉皮乌斯的《耽于沉思的朝圣者——回忆罗赞诺夫》，梅列日科夫斯基的《瓦·罗赞诺夫》，彼·帕利耶夫斯基的《瓦西里·罗赞诺夫肖像》，彼·彼·佩尔卓夫的《回忆罗赞诺夫》、穆拉维约夫的《论罗赞诺夫》、维·苏卡奇的《罗赞诺夫和他的启示录》，汉译《巴赫金全集》第二卷中的部分文字。

吉皮乌斯夫妇是与罗赞诺夫交往最密切的人，他们的描述更具真实性和现场感。可以说，吉皮乌斯的《耽于沉思的朝圣者——回忆罗赞诺夫》是目前翻译过来的文献中篇幅最长的，是让我们对罗赞诺夫最可感可闻的文字，也是用最有温度的语言传达罗赞诺夫最有温度的“肉体”哲学的评论，同时精准、精彩。正是吉皮乌斯第一个提出“罗赞诺夫是一种现象”，这一说法后被广泛引用；也是她第一个用两个最简洁的词定义了罗赞诺夫哲学的核心——“上帝和性”。还有，“罗赞诺夫问题”“罗赞诺夫性格”“精神之父”“勤勉的异教徒”“在自己的角落里”……吉皮乌斯的这些用语和概括也成为后来罗赞诺夫研究中不可或缺的专用词汇，同时这也为我们呈现了罗赞诺夫其人，正如吉皮写斯所说：“我谈论的将是他这个人，他是怎样一个人，他是如何生活的，以及我们交往的环境。”[13]130在吉皮乌斯的回忆中，罗赞诺夫内里“不屈不挠”，“但他温和，可爱，有趣”，“快活，甚至顽皮”，“看上去极易与人接近”，但永远与人“保持隐秘的关系”。吉皮乌斯对罗赞诺夫的评论，正如罗赞诺夫本人的特征与写作风格一样，是不可转达和更改的，“机体会呼吸，会把这件事做得异常出色，精确和持久，罗赞诺夫的写作就是这样”[13]129。他的写作“都是心灵的波动”，是心灵的“手书性”。这些评述，几乎成了后来描述赞诺夫不变的话语。

在其夫梅列日科夫斯基的《瓦·罗赞诺夫》中，对罗赞诺夫的态度口气用词用语则十分严苛，甚至与吉皮乌斯完全相反，几乎是完全否定。梅列日科夫斯基批评罗赞诺夫的多变性，这一点也是人们通常所诟病的；批评他缺少“度”的丑陋，性观念的疯狂无耻，把他比喻为老卡拉马佐夫的无耻和戏谑。在这里，对罗赞诺夫提出的“性”的问题，梅列日科夫斯基有一种道德上的审判，而不是像吉皮乌斯那样，将其视为“上帝与性”的宗教问题。他批判他的无社会性，同样不赞赏他的“个人主义”；揶揄他自夸的与众不同的孤独，说“其实他比他想的还要平庸”“他只是把自己的孤独深化为宗教意识，宗教传统”；“其实他一点也不懂基督教，因为他一点也不懂个性”。梅列日科夫斯基夫妇两人评价的这种差别，也许正是梅列日科夫斯基在文前声明的：“生者对生者的审判总是不公平的”，“我们只是从一个方面看见他们”，“批评只能评判他正在说的和做的，而不是他本身”[14]53。他们俩发现罗赞诺夫并没有得到同时代人的特别宠爱，他生前曾遭遇舆论界疯狂的仇视，被赶出“宗教哲学学会”，所有人与之断绝关系，被“终身剥夺公民权”。他是如此落寞和孤寂，以至去世时，只在不大为人知的《书角》杂志刊出一则加黑框的消息：“罗赞诺夫1919年1月23日于谢尔基镇逝世。”这消息也无人注意，甚至稍后托洛斯基的《文学与革命》对他的谩骂也很少引起人的兴趣。只有巴赫金，对那些惊喜地发现了自我的年轻人说了一句：读读罗赞诺夫吧。

如果说罗赞诺夫的同时代人，包括像梅列日科夫斯基这样的同路人都没有理解他，把他的言谈、行为、思想当作取笑的对象，甚至视为无耻（这也是所有“先知”类似的命运），那么，在稍后的彼·帕利耶夫斯基的《瓦西里·罗赞诺夫肖像》中，这种情形已有改变：“长期以来让哲学家们当作取笑对象的‘日常意识’蓦地与罗赞诺夫一起，达到了哲学甚至宗教的高度。”[15]102帕利耶夫斯基认为，罗赞诺夫耕耘了两个领域：文字和性。他的文字，不是抽象的文字，从“体系”的角度看，是“渣滓”，但其中揭示的真理“到了惯常术语里马上就死了”，“他恢复生活的力量在20世纪无人可比”；他的文字，即是他的自由，他谈论的性，“预示并超越了我们这个不得了的时代”，其“在心理发现上比弗洛伊德整整提前一代”，同时没有谁“能够把如此现代的欲望与人们亘古已知的东西联合得如此紧密”。“在走到生命终点的时候，罗赞诺夫的理解达到了罕见的透明度和朴实的表达方式。文学对于他完全失去了‘方法’。”此外“他是陀思妥耶夫斯基的新文学类型的第一个也是迄今为止最瞩目的一个继承者。这种新文学类型来自‘日记’”，在他笔下，“信件、笔记、流言、谈话、生活隐私、叹息，甚至仿佛无足轻重的抱怨——第一次以他人不可超越的形式提升到伟大形象的高度”[15]105。《落叶》——不只是忧伤，“树叶凋零的树干还向大地播洒了未来的种子”。

与罗赞诺夫关系密切的另一位人物是彼·彼·佩尔卓夫，按照吉皮乌斯回忆中的说法，一个永远与人保持隐秘关系的人和一个举止木讷的人，不可思议地成了朋友。佩尔卓夫对于罗赞诺夫的回忆同样是极有价值的文献，他以近距离的观察者的角度叙述了罗赞诺夫的几个主要时期：“教员”时期，“埃及”时期，宗教哲学协会时期，以及罗赞诺夫最后几年的时光。其中罗赞诺夫的思想、性情、交往、成就无一不生动而深刻地得到呈现。作者对罗赞诺夫的珍惜之意溢于言表：“必须详细地研究他思想的每一个特点，他的每一种性格。因为像罗赞诺夫这样的思想家，我们还没法再找一个。”[16]221

穆拉维约夫的《论罗赞诺夫》[16]则为我们仔细分析了罗赞诺夫的关于“上帝和性”的哲学性问题，他提出的原因与依据是什么，其具体观点内容是什么。

他让我们从内里真正理解了罗赞诺夫的哲学核心问题，别于别尔嘉耶夫等人从一种哲学的高度对其批判的抽象之论。所以这是我们认识罗赞诺夫思想之根的最好的导读。其中作者依据《论宗教大法官传说》《教会墙外》《在混沌未决视为世界里》《作为宗教的家庭》，深入分析了罗赞诺夫问题的3个方面。文章还论述了其犹太教问题，揭示罗赞诺夫的发现：宗教仪式的谋杀的可能性；分析了《隐居》《落叶》的两个主题——“死亡和怜悯”，以及《当代启示录》的主题。

如果说佩尔卓夫没有明确论述罗赞诺夫的最后几年，我们则可以称之为“《隐居》《落叶》《当代启示录》时期”，简言之“落叶”时期——既指其写作的“落叶”形式，也指其生命像落叶一样“凋落”。而维·苏卡奇的《罗赞诺夫和他的启示录》[16]讲的主要就是这一时期，并重点分析了其《当代启示录》的几个主题：启示、基督教、悲观主义和主观主义及其生命最后的悲剧性。

巴赫金说，“读读罗赞诺夫吧”。他何以这样说？有没有巴赫金关于罗赞诺夫的论述？在1998年汉译《巴赫金全集》第二卷中，我们见到了不多的涉及（这里不涉署名之争），认为，《落叶》中罗赞诺夫的自我剖析可以与托尔斯泰的《自白》和果戈理书信相媲美[17]12。虽然文字不多，但可知当时的“巴赫金小组”是充分研究过罗赞诺夫的。

从上述各类翻译文献中，我们所得到的关于罗赞诺夫的认识，不仅是宗教哲学的，也是创作的，也是生活性情的及那个时代中的罗赞诺夫。这些翻译文献作为大陆学者研究罗赞诺夫成果的一部分，而且是非常重要的部分，影响着我国学者对罗赞诺夫的研究。

三、自主型研究——我国学者的研究及论述

相比国外，我国对他的翻译与研究还相当薄弱。面对他卷帙浩繁的各类著述，我们的翻译还非常有限。关于他的研究，在各种俄国宗教哲学的研究成果中，主要涉及他作为俄国宗教哲学最重要的代表人物之一、“俄国的尼采”的风貌，关注了他的“肉体基督教”，“性与上帝”的宗教哲学，论述其家庭观、婚姻观、性爱观，以及他对犹太教、东方和埃及宗教的态度，他与同时人的关系。在仅有的十几篇研究文章中，则是刚刚触及他的文学创作风格、文学观，且因属于初级阶段研究，所以多有重复。对其文学成就的关注大都停留在其文学创作风格的“手稿性”上。关于他的文学批评，目前仅有两篇文章涉及他对果戈理的论述，以及《陀思妥耶夫斯基启示录》的译者序中和《陀思妥耶夫斯基与白银时代俄国文化》（其中相关内容重复前者）中，对罗赞诺夫笔下的陀思妥耶

夫斯基给予了比较集中的关注。总之我国学者的研究基本依据了俄罗斯20世纪90年代以来出版的文献和研究成果，以及国内的翻译文献，在对罗赞诺夫的界定、描述以及评价上，基本没有超出俄罗斯学者的论述，而且国外（主要是俄罗斯）研究的许多方面我们还无暇顾及。因此，我们的罗赞诺夫翻译与研究之路还很长。

参考文献：

［1］田全金. 陀思妥耶夫斯基与白银时代俄国文化［M］. 上海：华东师范大学出版社，2014.

［2］叶尔米洛夫. 陀思妥耶夫斯基论［M］. 满涛，译. 上海：上海译文出版社，1985.

［3］托洛茨基. 文学与革命［M］. 刘文飞，等译. 北京：外国文学出版社，1992.

［4］布雷德伯里. 现代主义［C］. 胡家峦，等译. 上海：上海外语教育出版社，1993.

［5］布拉斯科娃. 罗赞诺夫的创作生涯［J］. 冯觉华，译. 齐齐哈尔师范学院学报，1995（2）.

［6］赫克. 俄国革命前后的宗教［M］. 高骅，杨缤，译. 南京：学林出版社，1999.

［7］弗洛罗夫斯基. 俄罗斯宗教哲学之路［M］. 吴安迪，徐凤林，隋淑芬，译. 上海：上海人民出版社，2006.

［8］瓦·瓦·津科夫斯基. 俄国哲学史［M］. 张冰. 北京：人民出版社，2013.

［9］洛斯基. 俄国哲学史［M］. 贾泽林，等译. 杭州：浙江人民出版社，1999.

［10］Н А Бердяев. Самопознание［М］//Русская идея. Москва，2004. 汉译见：别尔嘉耶夫. 自我认识［M］. 汪剑钊，译. 昆明：云南人民出版社，1998.

［11］Н А Бердяев. Русская идея Судьба России［М］. Москва，2000. 汉译见：别尔嘉耶夫. 俄罗斯的命运［M］. 汪剑钊，译. 昆明：云南人民出版社，1999.

［12］Н А Бердяев. Христос и мир//Типы религиозноймысли в России［Собрание сочинений. Т. III］［М］. Париж，1989. 汉译见：别尔嘉耶夫. 文化

的哲学［M］. 于培才，译. 上海：上海人民出版社，2007.

［13］吉皮乌斯. 往事如昨［M］. 郑体武，岳永红，译. 南京：学林出版社，1998.

［14］梅列日科夫斯基. 瓦·罗赞诺夫［C］//白银时代·名人剪影. 北京：中国文联出版公司，1998.

［15］彼·利耶夫斯基. 瓦西里·罗赞诺夫肖像［C］//白银时代·文化随笔. 北京：中国文联出版公司，1998.

［16］彼·彼·佩尔卓夫. 回忆罗赞诺夫［C］//陀思妥耶夫斯基启示录（附录）. 田全金，译. 上海：华东师范大学出版社，2013.

［17］巴赫金. 巴赫金全集（第二卷）［M］. 石家庄：河北教育出版社，1998.

（该文发表于《中州大学学报》2015年第5期）

平淡的身体

——罗兰·巴特的中国行

张　静*

摘　要：罗兰·巴特的写作是身体的一种表现方式，而不是理论的表达方式，他将写作当作生命和热情，身体维度进入文本的体验，其幽隐化的写作方式使巴特与系统化、理论化的思想保持一定的距离。另外，同样是对身体欢愉的追求，巴特追求身体快感的方式与福柯对身体的阐释又有着质的不同。同时，对身体的迷恋使巴特的很多文本都带有自传式轨迹，但又呈现反传统传记的一面，《中国怎么样》就是这样一个文本。

关键词：罗兰·巴特　身体　欲望写作

法国思想家罗兰·巴特的写作是身体的一种表现方式，而不是理论的诉求，他将写作当作生命和热情，将身体的欢愉运用到具体文本的体验，其幽隐化的写作方式使巴特与系统化、理论化的思想保持一定的距离。《符号帝国》和《中国怎么样》两个文本是其从迥异于西方的东方文化中探寻身体的话语。总的来说，东方对于巴特呈现出一种空无感：日本是一种符号学意义上的空无，与之对应的是巴特探寻这些空无符号的欲望，“巴特将日本视作一个充满空无的符号的绝大的蓄水池。俳句、木偶戏、菜肴、包裹、鞠躬、东京的城市中心，这些都能激起一种语义学上的沉思”[1]164。而中国的空无对于巴特来说是一种欲望的缺失，他没有找到欲望写作（文本的快乐同构于身体的快乐）的可能性，其实中国不缺能指，却缺乏激起他欲望写作的色彩。[1]169中国瓦解了主体性本身，是无法用西方思维方式阐释的对象。

---

* 作者简介：张静，文学博士，中国人民大学学报副编审，专著有《欢愉的身体：罗兰·巴特后十年思想研究》等。

一、塑造神话的原样派

1974 年 4 月，法国《太凯尔》[2]（Tel Quel，又译《原样》《如是》）杂志社代表团受邀到中国进行访问。《太凯尔》创办人为六个先锋派作家，他们引用尼采的一句话作为刊名："我想拥有这个世界，我想按照它本来的样子（Tel Quel）拥有它，我想永远拥有它。"[3]核心人物有索莱尔斯和阿里耶（E·Hallier）等。杂志力图把先锋派和现代主义的形式运用于社会科学，以便推进一种新的写作形式。在具体实践中借助结构主义取得的成就，支撑新的文学创作，成为新文本理论与生产的实践场所。这是个跨学科的学术阵地，文学、哲学、科学、政治等无所不包，不受任何党派和学科的左右。罗兰·巴特、福柯、德里达、拉康、阿尔都塞、克里斯蒂瓦等作家都与此杂志有着精神共享的关系。

旅行团由当时知识界声名显赫的人物组成：杂志创办者菲利普·索莱尔斯（Philippe Sollers）、符号学家朱丽娅·克里斯蒂娃（Julia Kristeva）、杂志的主编马尔塞林·普雷内（Marcelin Pleynet）以及罗兰·巴特。他们是中国成为联合国成员国之后应邀去中国的第一批知识分子代表团，他们带着 5000 册《太凯尔》杂志的中国专号，当时印数为 25000 册，也怀着对中国革命的无比热情而来到中国。"我们是应将近 10 亿人的邀请而去的，这要归功于这份小杂志。我们回来了，所有的报纸都填满了我们的消息，这是卓有成效的。"[4]214

在当时的文革背景中，法国的这批知识分子对中国产生如此浓厚兴趣看似令人困惑，其实不难理解。法国高等社会科学院加斯托教授撰文《毛主义和法国知识分子》[5]321，对此现象分析，认为主要有两点因素：第一，法国人有一个已经被证实的特点：大部分法国知识分子都有一种颠覆政治的欲望。文革是十年（1966—1976），法国革命是十年（1789—1799 年）。拿破仑曾经说过，在每一个士兵的军用挎包里，都有一根元帅的棍子；我们也可以说，在每一个取得哲学学位的法国知识分子的书包里，都有一只伏尔泰的笔。第二，是法国知识分子对权力的企羡，对现实的、有保障的力量的迷恋。当时的中国为西方知识分子提供了一种梦寐以求的理想境界，这里不仅有一个自称革命的政权，而且可以对这一政权给予最猛烈的批判而不会被认为是空想主义。据法国政治学院国际研究所高达乐教授回忆，"30 年前的这场空前绝后的无产阶级文化大革命吸引了当时大批法国知识分子，特别是左派或极左派知识分子，有作家、哲学家、艺人、教师、著名报纸杂志发行人。换句话说，它席卷了整个法国知识界，并逐渐形成一股真正法国式的毛派潮流。"[5]323而当时一些独立的大报比如《世界报》也通篇充满毛主义的报道，吸引很多人前往中国旅游朝圣。"他们发回的报道写得天花乱坠，西蒙·波伏娃（Simonede Beauvoir）甚至称赞这是中国历史上第一个以真正革命和发动群众的方式建立起来的制度（她敬佩中国可以动员每个老百姓拿起拍子打苍蝇）。这些人只见百花齐放、百家争鸣，但却绝口不提随后的运动。幻象就是这样开始传播的。”[5]320

这种构造神话的思潮，集中反映在这一时期中国归来题材的各类作品中，其中包括鲁阿夫人的《中国的钥匙》、皮埃尔－让·雷米的《火烧圆明园》、马尔罗的《反回忆录》和《太凯尔》成员克里斯蒂瓦的《中国妇女》。产生于中国造神背景下的这类作品，大多对中国做了理想化的误读。若从文学异国形象的角度看，这类作品不过是一面镜子，是“某个对异域他乡充满幻想的人凭自己的意愿虚构出来的乌托邦”[6]244。

《太凯尔》代表团怀着朝圣的梦想来到中国，三个星期的时间，他们走访了北京、上海、南京、西安、洛阳等地，并在中方安排下，观赏了革命样板戏、户县农民画、针灸麻醉，参观了龙门石窟、半坡遗址等当时外国游客必看的节目。“中国同志”还特意让他们参观了时新的“五七干校”。如此规定的访问线路，指派的“参拜”内容，热情友好氛围中的隔阂，使代表团的“革命朝圣”变成一次奇特的个人精神圣旅。在这个完全陌生的国度，穿越在这片古老文明与现代革命相扭结的土地上，一方面使他们觉着“跨越了几千年的历史”，看到了当时很少有欧洲人能看到的“碑林、雕塑、珠宝、文字”；另一方面，身处异国如火如荼的“批林批孔”的旋流中，又使他们体验到一种深沉的疏远和隔离，这是西方“朝圣者”与中国人之间的隔离。由于中国人骨子里的封闭，加上横陈在他们面前的东西方文化的巨大差异，更由于他们想象的革命所造成的人的深沉隔膜，他们所面对的中国，仍然是个无法参透的神秘和“拒绝被阐释”的未知。因此，他们在中国之旅中所获得的任何认识和经验都是主观的、被分离的，“朝圣者”和被朝圣的对象永远存在着难以逾越的隔膜。

克里斯蒂瓦在1975年出版的《中国妇女》中这样记录当时参观户县农民的场景：“一大群人坐在阳光底下，他们不发一言、一动不动地等着我们。平静的目光中，甚至都没有好奇，却藏着些许的戏谑或不安，不管怎样，是尖锐的目光，是一种对属于某一团体的肯定，而这一团体跟我们没有任何关系。她们并不把目光放在我们这一群男男女女、或老或少、金色头发或棕色头发、有如此的脸部或身体特征的人身上。他们像是发现了一群奇怪而可笑的动物，一群无害却失常的动物。没有进攻性，但跨越了时空的鸿沟。”[7]381 “朝圣者”在被朝圣者面前是毫不相干的陌生人，甚至是“一群奇怪而可笑的动物，无害而失常的动物”，这种经历是悲凉的。尽管代表团投向中国的目光是一种赞同，但也无法掩饰他们内心的忧虑和疑惑。克里斯蒂瓦在《〈中国妇女〉再版序言》中就表达了这种复杂的感情：“1974 年，我获得中文学士学位，准备成为一名汉学家，但是中国之行又让我做出另外的决定，它使我对自己研究汉学的能力产生困惑，甚至对介绍中国世界这一可能性产生怀疑，这种介绍可能就非常艰难，或者说以我们西方的标准对他们的事实进行评判，而使这项工作成了一个美丽投影。”[8]264 总之，代表团在中国所接触的实际与他们所构想的“神话”相距甚远，信仰的幻灭油然而生。

1974 年秋，《太凯尔》第 59 期中国专号，为他们的这次“幻灭之旅”作了总体“报导”。除了开头的一篇充满失望的社论和巴特的《中国怎么样》外，还有索莱尔斯的《没有孔夫子的中国》《毛反孔》，克里斯蒂瓦的《反潮流的中国妇女》、普雷内的《为什么人民中国?》以及由汉学家写的《马克思、恩格斯和中国》、有关批林批孔访谈等文章，“太凯尔”派在失望中反思。它的领军人物索莱尔斯，从中国回来后，也一直处于“长期沉默”之中。随着“文化大革命”的悲剧性结局和“中国神话”的倒塌，他们终于看清，显露在东方那诱人的曙光，只不过是一个“幻景”。

二、中国拒绝阐释

对于大多数法国作家来讲，20 世纪六七十年代的中国所提供的激进取向和他们倡导的艺术理论与实践有着某种形式上的暗合，他们对这块东方大陆展现出极大的热情。而巴特的表现则略显异常，除了在当年《世界报》上发表的一篇题为《中国怎么样》① 的短文，就再没写过什么关于中国的东西。日本旅行后，巴特撰写了《符号帝国》，引得一代法国人为日本文化所着迷；而中国之旅的空白也就让人总有些悬而未决的遗憾。

1977 年 1 月法国《新观察家》周刊记者列维（Bernard-Henry Lévy）采访巴特时说：“中国并不缺少符号!”巴特回答说：“是的，但问题是任何符号只有在能吸引我或令我不安时才是有意义的。中国的符号对我而言并不具有意义，因为我没有欲望去阅读它们。在中国我的写作无法绽开，我不是一位古文诠释家。”当问到他从北京回来只写了一篇谈论中性的文章时，巴特如言相告：“事实上，我在那里看不到和身体、爱、情色、性爱等有关的任何现象，为了某些

① 本文原载于《世界报》1974 年 5 月 24 日，1975 年小册子形式由 Christian Bourgois éditeur 再版，并附有一篇此前未曾刊行的后记。

无关紧要的理由，我无话可说，也许有其结构上的要素：我特别想到这个政权的道德观。”[9]338

刚开始，巴特也是和其他法国知识分子一样，带着上千个热切的问题走向中国，想要探索中国的人文科学、语言学、精神病学研究现状；想要了解那里的性、女性、家庭、道德究竟怎么样？巴特和代表团成员一起参观工厂，在笔记本上记下用毛泽东思想生产了多少吨钢铁和大米，对人们介绍给他们看的幼儿园表现出兴趣，听那些关于避孕问题的解释……后来他逐渐放弃了符号学家的目光，逐渐退出了活动，明显流露出冷淡，主动地离开了这群人。克里斯蒂瓦回忆说：“他受不了参观工厂，受不了呆板的语言和那些强加给所有外国朋友的针刺麻醉手术表演，尤其受不了严肃的气氛。巴特对一切都感到乏味，不论是颜色还是人群，他对任何事物都没有表现出一点好奇。”[10]203

巴特从符号学的角度得出结论，中国拒绝被阐释：“我们自问，这些对象（性、主体、语言、科学）会不会仅仅是历史和地理的某些特殊性，仅仅是文明的某些语言形态？我们希望存在一些不可理解的事物，以便我们能够理解它们，由于意识形态的遗传，我们是解码的生物，是阐释的主体。我们以为自己的理性任务就是要寻求某种意义，而中国似乎拒绝交出这一意义，并不是因为中国把它藏起来了，而是因为它巧妙地（这一点并非儒家的作为）破坏了观点、主题、名字的形成；中国并不像我们那样分割知识对象；语义学领域秩序混乱；就意义提出的不得体的问题又回到意义问题本身上来；我们的知识成为幻象；我们的社会建立起来的意识形态对象正悄悄地被宣告为是无效的。这是解释学的终结。”[11]巴特认为，从符号学角度来说，中国的意指过程十分稀少，这个国家只能用“平淡”来形容：“除了古老的宫殿、宣传画、儿童芭蕾舞和‘五一’以外，中国没有色彩。乡村是平淡的……绿茶是淡的……”[11]

尤其让巴特感到悲痛的是关于身体感受：“人们着装统一，行为散漫。一切风情（既无时尚，也无装饰）的表现都消失了，所有这些缺失，沿着密集的人群增长，引起一种难以置信的感觉——能让人心碎：这里的身体不再是用于理解的，它在那边固执地不显示意义，不让自己附着在一种色情的（érotique）或是戏剧的阅读中（除了在舞台之上）。”[11]巴特在中国只发现了三个能指：世界上最复杂的厨艺；数量众多却永远不知所措的儿童；最后是书法，尤其是被复制成各种尺寸的毛泽东的书法。

总而言之，巴特在中国感受的身体是平淡而缺乏激情的，所看到的文本仅仅是政治文本。回国后在《世界报》上带给人们的是一篇调子低沉和中性的短文 Alors la Chine（《中国怎么样》）。1975 年 10 月，巴特又发表了一篇后记，巴黎 Christian Bourgois 出版社将这篇后记和《中国怎么样》组合成一本小册子出版。巴特的这篇后记试图和《神话学》的后记《今日神话》一样，给原来没有关联的前后文章搭上一点关系：后半部分建构一种理论话语，为他先前的情绪性文章寻找一种理论意义。后记中，巴特用理性的话语分析中国："我把中国温和地幻想为一种置于鲜艳色彩、浓重味道和强烈意义（所有这一切无不与菲勒斯没完没了的炫耀有关）之外的对象，我希望在唯一的运动中将这一对象所具有的母性的无限性与一种特殊话语联系起来，这种话语是一种轻微的漂移……这种消极的幻景并不是没有意义的，它回应了众多西方人以自己的立场幻想人民中国时的方式：一种教条的、暴力性肯定、否定的或虚假的自由主义的方式……正是对于这种乌托邦，我尝试给出一种正确的话语（音乐性的）。应该热爱音乐，也热爱中国音乐。"[11]

三、为何如此平淡

从现在的观点来看巴特的中国之行，他之所以认为中国的身体感受是"中性"和"平淡"，主要有以下几个原因：

一是因为 20 世纪六七十年代的中国，其事物单调、人物没有个性，使这位以追求快感乐趣闻名的文本主义者，感到"乏味"，他没有从中找到在色情或爱情方面投入的任何可能性。同法国大多数知识分子一样，巴特对东方的迷恋是建构在对东方进行重新塑造的基础上，"是由勇敢旅行者的个人性甚至是经过篡改的经验转变为一种没有围墙的想象的博物馆"[12]。他更注重身体的个人感受，而不是经历东方的现实。正如巴特自己所说，东方作为欧洲的一种表述，是一种建构物（formations）或者变构物（de-formation）。因此，尽管先前巴特对中国的象形文字很有兴趣[13]108，但"文革"末期的中国现实对巴特来说与日本相去甚远，巴特小心节制着自己的语言，或者说在当时这片喧闹的土地上，他找不到自己的语言，"没有任何故事、任何褶皱、没有俳句。色调？滋味？没有色调？几天来，我的写作没办法绽开，我并不在写作的快感中，干燥、贫瘠。"[14]平淡的中国没有使巴特的身体感受欢愉，但也许正是这种平白、郁闷和枯燥，还原了东方的真实。

二是因为巴特不是"选择"中国，而是"接受"中国，他是出于媒体的压力不得不去中国："从中国旅行回来后，他试图用'默认'一词来让《世界报》的读者，即'他的'读者理解，他不是选择中国（他缺乏这种选择所需要的材料），而是默默地'接受'中国。但这点没有得到理解，因为知识界要求的是一种‘选择’；从中国回来应该像冲出牛栏进入斗牛场的公牛那样，或者狂怒，或者兴奋。”[15]11-12更确切地说，巴特不是接受中国，而是接受“太凯尔”派朋友们对于中国的言论和激情，而他对当时的中国缺乏这份“激情”。这里，我们看到了巴特的个人风格：忠实于自己的个人情绪和感受，对于社会和政治的变化非常漠然，他给自己定位为“根深蒂固的无政府主义”[9]342。与其他《太凯尔》杂志成员都热衷于政治革命性不同，巴特是一个始终注重内心感受、始终为自己写作的人，他并不注重社会实践性。他自己承认：“我在政治方面是一个非常差的人，下意识会抵制政治类型的话语。唯一喜欢的政治话语是类似于《神话学》中那种具有分析价值的话语。”[10]212巴特公开表示自己背后没有其他“左派”知识分子所谓的“政治路线”：“在我的写作论说里面，并没有所谓的政治论说，我并不直接处理政治的主题，还有政治的处境（position），主要是因为政治无法挑起我的热情。”[9]341

三是因为巴特对各种革命的拒绝，他从来不认为革命能够解决问题，尤其是在遭受1968年“五月风暴”① 之后。巴特认为，出身于天主教家庭的《太凯尔》杂志创办人索莱尔斯这类人属于“归尔甫派（guelfe）”，“崇尚法律、法典、理念，是政治斗士的世界，喜欢表现自己”。而巴特出身于新教家庭，倾向于“吉卜林派（gibelin）”，重视身体和血缘关系，推崇封建契约下人对人的崇拜。[16]396因此，巴特崇尚对自我身体的追逐，反对革命和暴力，对一切形式的暴露癖都持怀疑态度：“他无法摆脱这种抑郁的观念，即真正的暴力，是不言而喻的暴力：明显的东西是粗暴的，即便这种明显是被温柔地、放纵地和民主地表现出来的。”[15]54而1974年的中国呈现出无性的清教式共产主义，充满革命暴力，这就与日本充满女性的和谐美正好相反。日本体现了巴特想象性的理想的东方色彩，中国则暗淡无光以至于没有色彩。“从某种意义上说，除了政治性答案外，我们带回的只有空无（rien）。”[11] 因此，1974年写作《中国怎么样》的巴特不再是那个耐心解读巴黎竞赛、摔跤、环法自行车赛、肥皂广告、时装系统、巴尔扎克、萨德等各类现象的“揭露狂”，正如1975年2

---

① “五月风暴”是指发生于法国1968年3月-6月的大规模学潮，5月为斗争的高潮。学潮除了间接导致戴高乐将军在1969年的全民公决失败而离开政坛、促成埃德加·富尔的法国大学改革外，它们还在法国一代人身上打下了烙印：政治上促成了法国高等教育改革，在理论上促成了如日中天的结构主义成员思想的大转身，巴特在学潮期间在索邦大学曾被讥讽为“结构不上街，巴特也不上街”，因而异常沮丧遂离开巴黎旅居摩洛哥一年时间。关于“五月风暴”参见陈文海《法国史》，人民出版社，2004，第555-562页。关于巴特在“五月风暴”中的境遇参见王东亮：《“结构不上街”的事故调查》，载《读书》，1998（7）。

月 14 日《世界报》评论的那样："他在谈论文化大革命后的中国时仿佛没有了牙齿。"[10]204

总之，巴特在中国没有发现任何可以解读的内容，没有找到任何可以破译的密码，他的探索只能归结为：平淡的身体、欲望的缺失（rien）。

参考文献：

[1] Mike Gane，Nicholas Gane. Roland Barthes（Volume Ⅱ）[M]. London：Thousand Oaks，Calif：Sage，2004.

[2] 车槿山. 法国"如是派"对中国的理想化误读 [J]. 法国研究，1999（2）.

[3] 参见《太凯尔》第一期封面 [J]. Tel Quel，Paris：Seuil，1960（1）.

[4] 弗朗索瓦·多斯. 从结构到解构：法国 20 世纪思想主潮（下）[M]. 季广茂，译. 北京：中央编译出版社，2004.

[5] 刘青峰，主编. 文化大革命：史实与研究 [C]. 香港：香港中文大学出版社，1996.

[6] 让-马克·莫哈. 文化上的对话还是误解 [C] //乐黛云，等编. 文化传递与文化形象. 北京：北京大学出版社，1999.

[7] Julia Kristreva. Des Chinoises，Paris：éditions des Femmes，1974 [C] //钱林森. 光自东方来：法国作家与中国文化. 银川：宁夏人民出版社，2004.

[8] 乐黛云，李比雄，编. 跨文化对话·第 17 辑："中法文化年"专号 [C]. 上海：上海三联书店，2005.

[9] 罗兰·巴特，等. 罗兰·巴特访谈录：1962—1980 [C] //刘森尧，译. 台北：桂冠图书股份有限公司，2004.

[10] 路易-让·卡尔韦. 结构与符号：罗兰·巴特传 [M]. 车槿山，译. 北京：北京大学出版社，1997.

[11] Alors la Chine [M]. Paris：Christian Bourgois éditeur，1975. 中文参见刘文瑾，译. 中国怎么样 [J]. 中国比较文学通讯，2003（2）.

[12] 爱德华·W·萨义德. 东方学 [M]. 王宇根，译. 北京：生活·读书·新知三联书店，2007.

[13] 罗兰·巴特. 文之悦 [M]. 屠友祥，译. 上海：上海人民出版社，2002.

[14] 罗兰·巴特. 中国行日记 [M]. 怀宇，译. 北京：中国人民大学出版社，2012.

[15] 罗兰·巴特. 罗兰·巴特自述 [M]. 怀宇, 译. 天津: 百花文艺出版社, 2002.

[16] Roland Barthes. Le Bruissement de la Langue: Essais Cri-tiques Ⅳ [M]. Paris : Seuil, 1984.

(该文发表于《中州大学学报》2014 年第 2 期)

对孟德斯鸠“地理环境决定论”的再认识

金欣欣*

摘　要：法国18世纪著名思想家孟德斯鸠撰写的《论法的精神》被誉为影响人类社会发展进程的学术名著。书中，孟德斯鸠关于地理环境对法律、政治等的影响的学说，对后世的哲学、法学、政治学、经济学、地理学等学科产生了深刻的影响。学术界一般把孟德斯鸠的这一学说称之为“地理环境决定论”，即认为地理环境决定社会性质和社会发展的理论。

关键词：孟德斯鸠　《论法的精神》　地理环境决定论

孟德斯鸠是法国18世纪著名的思想家，他于1748年出版的《论法的精神》被誉为“影响人类社会发展进程的学术名著”“作为人类进步传统的重要组成部分载入史册，成为人类宝贵的文化遗产之一”[1]1。

《论法的精神》有许多著名的理论与观点，其中关于地理环境对法律、政治等的影响的学说（以下简称“地理学说”），对后世的哲学、法学、政治学、经济学、地理学等学科产生了深刻的影响。

对于孟德斯鸠的地理学说，学术界称之为“地理环境决定论”。对他的观点，学术界有赞成、有批评，也有部分赞成与批评的，可谓褒贬不一。对此，笔者拟在前人研究的基础上，重新回到文本，从归纳整理孟德斯鸠在《论法的精神》中的相关论述入手，具体探讨孟德斯鸠对这一学说所阐发的观点。一己之见，不妥之处，敬请各位专家学者指教。

---

* 作者简介：金欣欣，博士，曾为商务印书馆汉语编辑中心编审，现供职于人民教育出版社，主要从事汉语音韵学、辞书学研究，责编《新华字典》第九版、第十版、第十一版，《现代汉语词典》第三版，《古汉语常用字字典》第三版、第四版等。

一、关于地理环境决定论的基本情况和总体评价

所谓地理环境决定论，是指“认为地理环境决定社会性质和社会发展的理论”[2]112。这一理论的思想萌芽在东西方均有悠久的历史。宋正海先生对这一理论的渊源做了说明：在中国，早在春秋时期，《管子》中就有这样的思想；在西方，古希腊时期的希罗多德、希波克拉底、柏拉图、亚里士多德，16世纪以来法国的博丹、孟德斯鸠，德国的黑格尔、拉采尔，俄国的普列汉诺夫，美国的辛普尔（森普尔），英国的麦金德，德国的哈兴额（哈辛格），乃至现代的一些西方学者等等，均在这一理论上有所发展。[3]1-4

马克思主义理论对地理环境决定论是持否定态度的。吴倬先生主编的《马克思主义哲学导论》指出：“地理环境决定论的错误就在于，它片面夸大了地理环境的作用，把地理环境看作是社会发展的决定力量。这种理论只看到地理环境给人类社会实践和生活提供了自然条件，却看不到这些自然条件的发现、利用取决于一定社会的生产发展水平；这种理论只看到人类被动适应自然条件的客观性，却看不到人类主动适应自然、改造自然的主体能动性，看不到人类改造自然的能力、保持地理环境生态平衡的能力也在不断增长。这种理论只注意到地理环境差异给不同的民族和国家带来的差异，却看不到或无法解释地理环境相同的民族和国家为何社会制度不同或经济发展水平不同的事实。”[4]257马克思主义理论对地理环境决定论是辩证看待的。这部书同时指出：“唯物史观否定地理环境决定论，决不意味着要否认地理环境对人类社会生存和发展的客观作用，而是强调不要片面地夸大这种作用。”[4]257笔者十分赞同这一评价。

二、关于孟德斯鸠地理学说的基本观点

（一）《论法的精神》的性质

《论法的精神》是一部什么性质的著作，这是首先需要关注的。孟德斯鸠说：“法律应该与国家的自然状态产生联系；与气候的冷、热、温和宜人相关；还与土壤的品质、位置和面积有关；法律与诸如农夫、猎人或者牧民等各种人民的生活方式息息相关。法律必须与政体所能承受的自由度相适应；还要以居民的宗教、性格、财富、人口、贸易风俗以及言谈举止发生关系。最终，法律条款之间也有内在的关系；它们各自都有自己的渊源所在，其中包含立法者的主旨以及制定法律所产生的基础性秩序的关联。应该通过这些所有的观点仔细考察法律。这便是我力图在这部著作里阐述的各种观点的目的。我将对所有的关系进行研究。这些关系和观点的综合便构成了所谓‘法的精神’。”[1]12有学者

把《论法的精神》主题概括为：“阐述法的精神——揭示各种社会现象、自然现象自身的性质、状态及其对法律的影响作用。”[5]9-10

孟德斯鸠认为，法律与包括气候、土壤、生活方式等在内的自然界和人类社会的许许多多因素有关，他力图研究法律与各种因素之间的关系，以此探求法律的本质。这部书所探讨的问题，都是从法律出发的，所得结论也是回到法律问题上来的。他的关于自然环境对人及相关政治、法律的影响的论述，出发点也是为了研究法律。从撰写初衷上看，孟德斯鸠没有在《论法的精神》这部书中论证地理环境决定社会性质和社会发展观点的意旨。从下文可以看到，孟德斯鸠在第十四至十八章讨论相关问题的时候，也没有持“地理环境决定社会性质和社会发展”的观点。对此略做以下讨论。

（二）《论法的精神》的地理学说探讨了哪些内容

这部书第三卷第十四至十八章集中阐述了孟德斯鸠的地理学说，篇目为：第十四章“法律和气候类型的关系”；第十五章“民事奴隶制法律和气候类型的关系”；第十六章“家庭奴隶制的法律与气候类型的关系”；第十七章“政治奴役的法律与气候类型的关系”；第十八章“土壤性质与法律的关系”。有学者把以上内容概括为三点[5]20-21：第一，气候条件对法律的影响作用；第二，国家的地理条件对法律的影响和作用；第三，人们的谋生方式对法律的影响和作用。从这5章的行文布局安排看，孟德斯鸠是从气候与土壤两个角度展开讨论的。其中，关于气候与法律关系的问题，第十四章是总论，第十五至十七章是分论。孟德斯鸠把法律分为民事奴隶制的、家庭奴隶制的与政治奴役的法律。现对相关内容概述如下：

1. 总论：自然环境对人的性格和情感等的影响

孟德斯鸠在第十四章第一节“概述”中做了如下的说明：“如果人的性格和内心感情真正因不同的气候而产生极大差异的话，那么法律就应当与这些感情和性格的差异有联系。”[1]265这段话是总论性质的文字。这部书5章的撰写目的，是自然环境对人的性格和情感等的影响，对此需要做深入研究。

2. 论气候对法律、政治等方面的影响

（1）对人的生理的影响

第十四章第二节的“人在各种不同气候条件下有什么差异”，从生理角度讨论了气候对人的影响，认为寒冷气候会让人“有更充沛的精力”，“心脏的跳动更有力量”，“有较强的自信心”即“有较大的勇气”。“炎热地带的人民就像老人一样胆怯；寒冷地区的民族就像青年一样勇敢。”“你会在北方的气候条件下发现那里人民很少有什么邪恶，而是有道德、待人诚恳坦率。当你走近南方国家的时候，你会感觉到自己远离了道德的界线。”“在气候温暖的国家，你会看到那里的人举止风度、道德风尚时好时坏，很不稳定。因为气候变化不定，就不能使他们的行为保持不变。气候有时可能极度炎热，使身体完全丧失力量。这种软弱无力的状况会影响到人的精神；丧失好奇心和进取精神，缺乏感情，一切嗜好都变得消极被动，懒惰在那里成了幸福，这种对心灵的撞伤比多数的惩罚还要难以忍受。奴役的压力可以承受，但是精神动力不可没有，因为这种动力是人类行为所不可缺少的。”[1]265-269以上是孟德斯鸠认为的气候对人生理的影响，这一基本观点是孟德斯鸠关于这一学说的论证基础。

（2）对人的心理与性格的影响

第十四章第三节，第十七章第二至三节都有论述。孟德斯鸠认为，严寒气候使人变得勇敢，炎热气候使人变得懦弱。他说，由于气候的原因，某些南方人性格懦弱，但有丰富的想象力[1]269；北方人比南方人勇敢，“热带地区的民族怯懦而使这些民族沦为奴隶，而寒冷地带的民族的勇敢使他们保持自己的自由。这是自然的原因所产生的后果”[1]314-315；亚洲由于严寒地区与炎热地区相邻，没有温带，所以是强国与弱国的对峙，欧洲有广阔的温带，所以是强国之间的对峙[1]316。

（3）对法律的影响

第一，针对气候特点制定的法律。

第十四章第十、十一、十五节，第十五章第七节都有论述。比如，孟德斯鸠认为，由于气候对人的身心都有影响，一些国家和地区的某些法律，其实是根据这个因素制定的。他举例说：“在炎热的国家，血液中的水分因流汗而大大减少，因此需要同类的液体来补充，所以人们乐于饮水。烈性酒会使水分渗出后留下的血球凝固。”所以会有禁止饮酒的法律。“在寒冷的国家，血液中的水分很少因流汗排出，因此在血液里积存有大量水分。所以人们可以饮用烈酒而不致使血球凝固。由于人体内存有大量的水，烈性酒可以促进血液的循环，所以烈性酒对于这些地区的人也许是适宜的。”[1]273

第二，因没有针对气候特点制定法律而带来的弊端。

第十四章第六、七节都有论述。他举例说：“种田是人类最主要的劳动。气候越使人类难以忍受而逃避这种劳动时，这个国家的宗教和法律便越要鼓励人们从事这种劳动。印度的法律规定土地归君主，这就破坏了私人所有权的思想体系，加剧了气候的不良影响，也就是助长了天生的懒惰性。”[1]271

第三，从气候角度解释法律的制定原因。

第十四章第十四节、第十六章五、九节有论述，如：“古时的日耳曼人，居住在一种使他们的感情极为镇定的气候里。他们的法律只规定看得见的东西，并没有别的什么想象的东西。……当一个日耳曼民族迁居西班牙的时候，那里的气候要求有许多其他法律。”[1]278

第四，气候对立法者的要求。

第十四章第三、五节都有论述。比如，他在讨论“某些南方人性格上的矛盾”时指出：“这种气候下的人民比欧洲人更需要明智的立法者。”[1]269

（4）对婚姻制度及相关现象的影响

第十六章第二、四、十一、十五节都有论述。他指出：“一妻制的法律，从欧洲和亚洲的情况相比，它更适合于欧洲气候条件下的人的身体状况。”[1]301-302 而“在炎热的气候环境下，人们的需求不多，抚养妻子儿女的费用也较少，所以能娶多个妻子”[1]302。

（5）对道德的影响。

第十六章第十、十二、十三节都有论述。他在讨论“东方的道德原则”时指出：“在那里我们可以看到气候的弊端到了相当严重的程度，如果予以自由放纵，将会带来社会秩序的混乱。”[1]307

3. 论土壤及生活方式对法律和政治等方面的影响

（1）对政治的影响

第十七章第六节，第十八章第五、十九节都有论述。他指出，“亚洲的奴役与欧洲的自由的又一个自然原因”是，“在亚洲，人们总是看到有大的帝国存在，而在欧洲从来没有过这种大的帝国。这是因为亚洲有大的平原。亚洲由海洋分割成较大的板块，而且由于它比较偏南，所以水源容易枯竭，山脉积雪较少，而且河流不够大，不能给人形成障碍。因此，在亚洲就必须始终实行专制统治。”“在欧洲，自然划分形成一些不太大的国家，在这些国家中，依法治国与护卫国家不是矛盾的，相反，依法治国十分有利于护卫国家。如果没有法律，这个国家就会衰落下去，并会落后于其他国家。”[1]319

（2）对法律的影响

第十八章第一、二、六、八、十二、二十节都有论述。比如，他认为土壤性质对法律有影响：“一个地方良好的土地，就会使人产生对它的依赖。……因此，专制君主政体常常出现在富饶地区，而土地贫瘠地区则为共和政体。这有时候就成了一种补偿。”[1]321

（3）对人的心理的影响

他在第十八章第四节指出：“土地贫瘠使人灵巧、朴素、耐劳、勇敢和善于打仗。……土地肥沃、生活富裕则使人变得怠惰以及一定程度的贪生怕死。”[1]323

三、关于孟德斯鸠地理学说的评价问题

（一）孟德斯鸠的地理学说不是真正意义上的“地理环境决定论”

上文归纳整理了孟德斯鸠地理学说的主要观点。由此可以看出，孟德斯鸠的地理学说主要是论述自然环境和生存方式对人的生理、心理、性格、道德观念、婚姻制度、法律、政治等方面的影响，“地理环境决定社会性质和社会发展”这样的论述。正如曹诗图先生所说：“孟德斯鸠并非地理环境决定论者”，“孟氏在该书第十四至十九章有关法律与气候、土壤的性质的关系的大量论述中，他只是强调了气候、土壤分别作为一种地理要素对人的生理、心理及生活方式产生一定影响，并由此对法律精神产生一定的制约作用，并没有表达地理环境对人类社会发展起决定作用的观点。即使他在强调地理环境中的气候、土壤等要素对人的生理、心理、生活方式乃至法律精神的影响时，大多地方的论述比较客观，措辞也较有分寸。”[6]17所以，不能仅由于孟德斯鸠论述了气候、土壤等对人和人类社会的一些影响，就忽略孟德斯鸠在《论法的精神》中所持的基本论点和观点。

虽然，孟德斯鸠的少量文字会给人以“地理环境决定论”者的印象，比如上文所引第十七章第六节：“在亚洲，人们总是看到有大的帝国存在，而在欧洲从来没有过这种大的帝国。这是因为亚洲有大的平原。……因此，在亚洲就必须始终实行专制统治。”“在欧洲，自然划分形成一些不太大的国家。”[1]319但孟德斯鸠的这段表述是从自然环境角度来探讨亚洲、欧洲政体不同的成因，“大的帝国”在18世纪的亚洲是客观现实，他只是从现象推论他认为合理的形成原因。所以，他的上述观点，不是真正意义上的“地理环境决定论”。

孟德斯鸠有一个十分著名的论点，他在第十九章第十四节中说：“气候的影响是一切影响中最强有力的影响。”① 人们往往以此作为孟德斯鸠是地理环境决定论者的依据。但是，对这句话还要具体分析。宋正海、曹诗图等学者已注意到，孟德斯鸠在《论法的精神》正文前的《著者的几点说明》中特别说明：“我有一个惟恐人们不赞同的请求。那就是请读者们对一部20年的著作不要浏览片刻就得出结论；应该对整部书，并非书中的只言片语给予赞扬或谴责。如

---

① 这是商务印书馆出版的张雁深先生译本的译文，学术界一般都这样引用。从法文版原版翻译的、孙立坚先生等的译本第353页译为：“气候的影响在各种影响中居于首位。”二者显然有些区别。

果人们愿意寻找作者的意图，只能在著作的总体意图中寻找和发现它。”[1]2 由于《论法的精神》涉及资料极其丰富，孟德斯鸠在出版这部著作前，已担心他的一些论述会被人们以偏概全，特意做了如上声明。所以，对《论法的精神》关于地理学说的文字，要做整体把握。不能因为孟德斯鸠说过“气候的影响是一切影响中最强有力的影响”① 这样的话，就把孟德斯鸠视为现代观念中的“地理环境决定论”者。

（二）如何看待孟德斯鸠对气候等因素的论述

孟德斯鸠确实看重气候的影响和作用，甚至认为这种影响是根深蒂固的，但他并不认为是决定性的作用。他在一些问题的探讨过程中，也不是都从气候角度观察问题、得出结论。以下举几例说明：

1. 第十九章第四节“一般精神”：“人类受多种事物的支配：气候、宗教、法律、执政准则、典范、风俗、习惯。结果就由此形成了一般精神。”这是他的基本观点。但是，他同时又说：“在每一个民族中，在这些因素中如果某一种表现突出，那么其他因素将会做出同样程度的让步。大自然和气候几乎仅仅支配着未开化的人。中国人受习惯的支配。日本人则受法律的压制。从前，风俗为拉栖弟梦人带来活力。执政的准则和古老的风俗使罗马蒸蒸日上。”[1]347 显然，他是具体问题具体分析的。

2. 第十五章总共有十九节，从第十五章的标题看是讨论法律与气候的关系的，但实际上明确涉及气候的文字仅有第七节这一处。当然，在第十五章中，孟德斯鸠在谈论国家、民族、种族的时候，隐含了他在第十四章所讨论的气候的影响力的观点。但是，在读第十五章时，可以看到孟德斯鸠不是处处从气候

① 曹诗图先生《孟德斯鸠并非地理环境决定论者》认为：人们误会了《论法的精神》中“气候的影响是一切影响中最强有力的影响”这句话的本意：“我们查阅原著，可以清楚地见到孟氏在书中的这一论述仅仅是指俄国一个国家的风俗而言，而不是泛指人类社会。”（第 18 页）笔者认为，这是曹先生的误解。孟德斯鸠认为：“法律是由立法者创立的特殊和严密的制度。而道德和礼仪则是一个民族的一般制度。因此，要改变这些风俗和礼仪就不能通过法律去改变它们，否则就显得过分专横。最好是用别的道德和礼仪来改变。”孟德斯鸠接着举了俄国彼得大帝在变革风俗和礼仪方面的事例。他说：“它所以使变革变得容易，是由于当时的风俗与气候无关。这些风俗是由民族的混合和征服战争带来的。彼得大帝是把欧洲的风俗和礼仪传给一个欧洲国家，所以他感到轻而易举，这连他自己也是未曾预料到的。气候的影响在各种影响中居于首位。”（第 352－353 页）在第 347 页，孟德斯鸠在排列各种影响人类的因素中，气候也确实是排在第一位的。所以，孟德斯鸠是说，他所介绍的彼得大帝的变革之所以容易，是因为变革涉及的仅仅是风俗和礼仪方面的事情，而这些与气候无关。孟德斯鸠想表达的是，如果涉及与气候有关的变革，那么就不是很容易可以办到的了。

角度论述问题。

3. 第十七章第一节“政治奴役”：“我们从下边将会看到，政治奴役与民事和家庭奴役一样不取决于气候的类型。”[1]314这也可以证明孟德斯鸠没有单纯从气候角度看待问题。

4. 第十七章第三节“亚洲的气候”：“俄罗斯的贵族曾被一位君主降到被奴役的地位，但是他们常常流露出不堪忍受的神色，这种表现在南方的气候环境下是看不到的。我们不是已经看到俄罗斯曾在几天之中建立起贵族政体了吗?北方还有一个王国，已经失去了统治权，不过我们相信气候，这个王国不是无可挽回地永远失去政权。”[1]317这个例证的末句说，由于这个失去统治权的王国是位于北方的，所以孟德斯鸠从他一贯的气候影响人的性格、勇气的角度认为，以北方人的性格特点，他们是不会服输的，他们很有可能卷土重来。这显然只是孟德斯鸠基于他的气候观点的一种猜测和预计，他并没有认为必然如此。

总之，孟德斯鸠认为，气候对人的影响力确实很大，但他没有认为气候是唯一影响人的因素，也不认为气候的影响力对人类社会的性质和发展起决定作用。

（三）孟德斯鸠论述的气候、土壤等对人的影响的根据

有学者在评价孟德斯鸠的地理学说时，曾举反证说：“人是社会动物。共居山林之中，村庄中的山民与寺庙里自小出家的和尚气质性格不会相同；同处大海之滨，以打鱼为生的渔民与海滨城镇中的工匠气质性格也互有差异。”“人们的某种气质性格的形成，关键在于参加了在其所处的地理环境中形成的某种具体的物质生产活动以及在此基础上形成的社会政治、精神生活，才和地理环境发生了联系，受到地理环境的影响。”[7]13笔者认为，孟德斯鸠所讨论的气候、土壤带给人的影响，并不是概指18世纪世界各国的情况，很多时候讨论的都是距18世纪年代久远的情况。所以，他的不少叙述、史实都是久远的历史。即使他着眼于18世纪，有不少情况也是在讨论当时一些处在未开化阶段的民族，乃至最初进入文明时代的民族的情况。换言说，这类情况，从时间上说是孟德斯鸠生活年代的事例；从人类发展阶段说，仍然属于人类社会最初的发展阶段。所以，不能以现阶段的一些事例否定孟德斯鸠的这一观点的合理性。以下分三个方面讨论：

1. 孟德斯鸠对未开化民族的讨论

第十九章四节：“人类受多种事物的支配：气候、宗教、法律、执政准则、典范、风俗、习惯。结果就由此形成了一般精神。”“在每一个民族中，在这些因素中如果某一种表现突出，那么其他因素将会做出同样程度的让步。大自然

和气候几乎仅仅支配着未开化人。”[1]347 “大自然和气候几乎仅仅支配着未开化人”这句话，是很值得重视的。它说明在孟德斯鸠的心目中，气候、土壤等地理环境对人类的影响，是有一个限定条件的。所谓“开化”，《现代汉语词典》（第六版）注释为：“由原始的状态进入文明的状态。”[8]719 所以“未开化”指未进入文明社会这一发展阶段。这里孟德斯鸠没有说明“未开化”是指史前时代的所有未开化民族，还是指 18 世纪孟德斯鸠所看到的一些未开化民族乃至部落。但是我们可以从这部书在其他地方提及的“未开化”现象大致得出结论。请看以下两例：

（1）第十八章第九节“美洲的土地”：“美洲之所以有那么多未开化的民族，就是因为那里的土地出产许多作物和果实，供人食用。如果妇女们在茅舍周围种一小块土地，很快就会长出玉米。男子靠狩猎和捕鱼，生活就可以过得很富裕。另外食草动物如牛、水牛等的繁殖情况好于食肉畜生。”[1]326

（2）第十八章第十一节“未开化民族和蛮族”：未开化民族“是分散的小民族，由于某种特殊原因而不能联合起来。”“未开化人一般是猎人。”“这种情况在亚洲的北部会看得很清楚。西伯利亚的民族不懂得过群体生活，因为如果过群体生活就无法维持生计。”[1]327

以上两例显示，“未开化”应该是指 18 世纪的一些未开化的民族或者部落。尽管这是孟德斯鸠生活的年代，但从人类进化发展的进程看，它相当于一般民族的远古时期，而不是 18 世纪的法国、中国，更不能以当代中国的情况来反证孟德斯鸠的观点之谬。所以，孟德斯鸠正是在说明，大自然和气候对于人类的影响，主要是指从蒙昧走向文明这样一个发展阶段。

2. 孟德斯鸠对远古历史的讨论

孟德斯鸠在论述大自然和气候对人类的影响时，所举的很多例证，都是历史久远的年代的事情，乃至远古时期的例证。以下略举几例：

（1）第十四章第四节“东方国家的宗教、风俗、习惯和法律永久不变的原因”：“由于器官的纤弱使东方人能从外界接受最强烈的印象。身体的懒惰自然与思想上的懒惰联系在一起。身体的懒惰使思想上不能有任何动作、任何努力、任何争论。因此，你就会从中懂得，思想上一旦接受了某种印象，就不能再改变了。所以东方今天的法律、风俗、习惯，甚至那些无关紧要的习惯，如衣服的样式和一千年前没有什么两样。”[1]270

这是讨论一千年前的东方法律和习俗。

（2）第十七章第七节“非洲与美洲”：“美洲遭到破坏，欧洲和非洲民族往那里派遣移民，增加了那里的人口。所以今天的美洲几乎表现不出它自己的特性。但是，据我们所了解到的它的古代历史，与我们的主张是非常一致的。”[1]320

这是讨论美洲的古代情况。

(3) 第十八章第三节“最适合于耕种的地方”：“这些气候宜人的地方，曾由于其他民族的移居而变得人烟稀少，而对所发生的悲剧我们并不了解。亚里士多德说：‘从一些古迹来看，萨地尼亚好像是希腊的殖民地，从前这里很富裕。……因为迦太基人统治了这里，把一切适合于养育人类的东西都破坏了……’萨地尼亚在亚里士多德时代未能复兴，直到今天亦然如故。”[1]322-323

这是讨论古希腊时期的历史。

(4) 第十八章第六节“人类用智慧建起家园”，提到了中国古代治理洪水及相关事情。

(5) 第十八章第七节“人类的劳动成果”，提到波斯人的历史：“波斯人统治亚洲的时候规定，凡是把泉水引导不曾有水灌溉过的地方的人，可以五代享受这种利益。当时有许多溪涧从托吕斯山流下来，波斯人不惜任何代价把水引来。今天这些河水灌溉着农田与花园，人们却不知道它们的发源地。”[1]325 这是讨论古代波斯的历史。

(6) 第十八章第二十四节“法兰克国王的婚姻”：“不会耕种土地的民族的婚姻很不稳定。他们通常有好几个妻子。塔西佗说：‘在所有的蛮族中，几乎只有日耳曼人以一妻为满足。不过也有例外，也有人有几个老婆，那并不是因为他们放荡，而是因为他们身份的高贵。’这就说明黎明时代的国王妻室众多的原因。”[1]339 黎明时代是与人类蒙昧时期相对的发展阶段。第十八章第三十一节“黎明时代神职人员的权利”，也是讨论这个阶段的历史。

由此可见，孟德斯鸠在讨论自然环境对人类的影响时，多立足于年代久远的历史乃至远古的史实。“思想上一旦接受了某种印象，就不能再改变了。所以东方今天的法律、风俗、习惯，甚至那些无关紧要的习惯，如衣服的样式和一千年前没有什么两样。”这一表述尤其值得我们注意。这表明，孟德斯鸠事实上是认为，自然环境对人类的影响，往往是发生在人类社会的最初发展阶段，但是这种影响是深刻的，往往延续上千年。这应该是他的地理学说的立论基础之一。

3. 人类正在逐步把大自然的影响减少到最低的程度

如上文所引述的，马克思主义理论是承认地理环境对人类社会生存和发展的客观作用的，只是强调不能片面夸大这种作用。[4]257 中国在大跃进时期的一些违反客观发展规律、破坏自然生态环境的做法，比如围湖造田、毁林造田等行为，显然属于观念的错误。但从另一方面说，随着人类科学技术的进步、文明程度的提高，大自然对人类的影响程度确实在逐步降低。

唐诗人王勃的著名诗句“海内存知己，天涯若比邻”，在交通落后的古代，显然是充满想象力和乐观向上精神的名句。但在高铁技术迅猛发展的当代中国，“天涯若比邻”几乎成了客观现实。对于21世纪出生的中国人来说，“朝辞白帝彩云间，千里江陵一日还”所体现的迅疾和欢愉，“挥手自兹去，萧萧班马鸣”所体现的离别惆怅，都很难再深切体会到。2016年2月11日《齐鲁网》报道了《4年没回家过年，淄博男子火车站长跪不起，磕头泪别父母！》的新闻：一位在北京打工、妻儿都在北京生活的中年男子，曾经有4年没有陪远在山东淄博的父母过年。他在今年春节后返京时，在火车站面对前来送行的父母“长跪不起，磕头泪别”。尽管有许多人被感动，但更多的人则提出这种质疑：“感动但不点赞，淄博—北京高铁三小时车程，四年有多少个三小时?”这则新闻如果放在20世纪70年代，估计不会有人对中年男子的孝心提出质疑。同理，如果把《论法的精神》谈到的气候、土壤对人类的影响等描述，用现代的情况作反证，显然也不妥当。

（四）孟德斯鸠地理学说的积极意义

1. 政治意义

侯鸿勋先生指出：孟德斯鸠地理学说的提出，原因之一是“基于反封建专制主义的需要，孟德斯鸠才到自然界中去寻找那些对立法者（君王）的思想行动和整个社会生活进程起决定性影响的客观原因”[9]102。这一观点是公允的。

2. 学术价值

孟德斯鸠的地理学说涉及多种学科，本文拟讨论以下两个方面：

（1）气候对人的生理以及心理的影响

对这个问题，可以从以下两方面讨论：

第一，在第十四章第二节，孟德斯鸠探讨了气候对人的生理的影响；在第十四章第三节，又探讨了对人的心理的影响。事实上，他的结论与人类代代相传沿袭下来的、南北方民族在性格、体质乃至心理上的差异的观点是大体相同的。气候对人的心理、生理的影响本来就不易确论，有些还是难以琢磨的，但却有必要研究。他力图做出说明、勇于探索的精神值得肯定。但生命科学是一门实验科学，他的规律总结需要立足于现代科技手段，立足于现代心理学、医学实验等。可是18世纪中叶的任何一个国家，显然都不具备这样的条件和能力。孟德斯鸠虽然是博学的学者，但是他更侧重于法学、哲学、历史学的研究。他以有限的医学、生理学、心理学知识，更由于处在18世纪这样的研究水平上，在很少借助于实验仪器、没有实验数据的条件下，试图研究气候对人的生理、心理的影响，所以一些论述显然不够准确，有时不免牵强附会，甚至有唯心主义色彩。

第二，孟德斯鸠地理学说的很多论述，是有道理的。就中国的情况来说，他的很多论述在中国历史上均可找到实例。以下先略举数例：

A. 黄河中下游地区成为中华文明的发源地之一，与其地理、气候等条件显然是分不开的。

B. 大禹治水的传说，反映了华夏民族的先民们与洪水等恶劣的自然灾害抗争，改造自然、适应自然、与大自然和谐相处的历史进程。

C. 从中国最早的文献之一《诗经》所反映的与北方民族猃狁的战争，到六国长城、秦代长城的修建，汉代抗击匈奴，南北朝时期北朝政权的建立，唐代反击突厥战争，宋代与北方少数民族战争，明代修建万里长城等等，都说明了来自北方民族的威胁和战争。

D. 第十八章第三节："任何民族总想离开坏的地方去寻找好的地方，而不是离开好的地方去寻找坏的地方。这是很自然的。因此，受侵略的地方大多数是自然条件好的地方。而且这里由于接踵而来的侵略和蹂躏，使最美好的地方变得人烟稀少，而北方那些可怕的地方却有人居住，原因就在于那里几乎不能居住。"[1]322-323公元前2世纪以前原本在河西走廊一带游牧的月氏人，由于受匈奴的侵扰，远迁至伊犁河流域等地（尽管那里的自然环境不是恶劣的）；北魏时期见于史籍的中国古代东北民族室韦族，有一种观点认为，其族源是春秋时期以前原本居住在中原地区的"豕韦"的北迁居民。

E. 西域楼兰国曾经兴盛一时，但是后来城址却被废弃。尽管被废弃的原因有很多，但是缺水却是最根本的原因。北魏郦道元《水经注》就有这一记载，兹不引述。

F. 第十七章第八节："对于一个大国的君主来说，为他的帝国选好首都是很重要的。如果他把首都设在南方，那么就有失去北方的危险。如果他定都北方，就很容易保住南方。我说的并不是特殊情况。"[1]320

明成祖为加强北部边防力量迁都北京，正与以上论述相符合。

G. 第十八章第十一节：未开化民族"是分散的小民族，由于某种特殊原因而不能联合起来"。"未开化人一般是猎人。""这种情况在亚洲的北部会看得很清楚。西伯利亚的民族不懂得过群体生活，因为如果过群体生活就无法维持生计。"[1]327

《新唐书·北狄传》对室韦做了这样的描述："小或千户，大数千户，滨散川谷，逐水草而处，不税敛。每弋猎即相啸聚，事毕去，不相臣制，故虽猛悍喜战，而卒不能为强国。”这与孟德斯鸠的上述观点也是符合的。

总之，从宏观角度上说，包括气候、土壤等在内的自然环境对人的生理、心理的影响，对民族的兴旺和强盛与否的影响，甚至对于某些法律内容的有与无、政体的形式等，都有深刻、悠远却又无形的影响。对此，《论法的精神》都做了近似于普遍规律的描述。这些描述不是专门针对中国的，但却与中国的不少历史相符，这不能不说是孟德斯鸠地理学说的可取之处。事实上，对于这类“此中有真意，欲辨已忘言”式的大自然对人和人类社会的影响与规律，即使是在现在，有些也很有“只可意会，不可言传”的意味，是很难做出准确描述的。这显然也是孟德斯鸠地理学说的积极意义和科学价值的一个体现。

（五）孟德斯鸠的地理学说是如何成为地理环境决定论的代表性学说的

宋正海先生对地理环境决定论的发展脉络做了研究，上文曾引述了大致线索。在古希腊时代，亚里士多德是这一学说的总结者。他指出：“居住在寒冷地带和欧洲的民族虽然具有大无畏的精神，但是缺乏智慧和技术，因此他们虽然保持着相对的独立，但没有政治组织能为，不能统治其他民族。亚洲民族虽然十分聪明，但缺乏勇敢的精神，因此他们永远处于从属和被奴役的地位。但是居住在他们之间的希腊民族，性格具有两者的共同优点，具有勇敢的精神，也有智慧。至今它是独立的，并且最能够统治其他民族。如果它能够形成一个国家，就能够统治世界。”[10]2

16 世纪以来，欧洲较早研究这一理论的学者博丹，相信地理环境对民族差异有决定性影响。他认为，“人们由于居住的自然环境不同，性格和心态也发生很大差异，并以贫瘠山区与富裕峡谷为例，认为艰苦地区更能使人变得勤劳，而安逸地区则使人变得懒惰”[11]16。

从地理环境决定论的发展脉络来看，孟德斯鸠的观点与亚里士多德等人一脉相承，如果用孟德斯鸠的地理学说与亚里士多德和博丹的理论相比，他的论述显然更为系统、独到与深刻。同时，他又开启了后代学者对这一问题的研究，有承上启下的作用。所以，尽管孟德斯鸠的地理学说与后来的地理环境决定论观点有很大不同，詹姆斯的《地理学思想史》认为孟德斯鸠“是一个或然论者，而不是一个环境决定论者”[12]128，但由于孟德斯鸠的地理学说是欧洲 16 世纪以来最早系统研究这一理论的学者，后世的地理环境决定论思想也是由孟德斯鸠的理论生发出来的，所以人们仍然把他视作地理环境决定论的代表人物。

四、结束语

以上从文本角度，对孟德斯鸠在《论法的精神》中关于地理学说的相关论述做了归纳和评论，同时在前人研究的基础上做了一些探讨。笔者认为，地理环境决定论作为一门学说，其观点是不正确的，正如马克思主义理论所批评的那样。但是从西方地理环境决定论的来龙去脉看，具体到孟德斯鸠的观点，其地理学说只是地理环境决定论发展过程中的一个重要环节，孟德斯鸠虽然不算是现代意义上的地理环境决定论者。但他的一些观点，即使在现在看来也是有积极意义的。至于他论述的一些现在看来言之成理、但是学术界还没有给出科学证明的问题，比如气候是如何对人的生理、心理产生影响的，等等问题，这些也是值得进一步探讨的。

参考文献：

[1] 孟德斯鸠．论法的精神［M］．孙立坚，等译．西安：陕西人民出版社，2001.

[2] 冯契，主编．外国哲学大辞典［Z］．上海：上海辞书出版社，2008.

[3] 宋正海．地理环境决定论的发生发展及其在近现代引起的误解［J］．自然辩证法研究，1991（9）．

[4] 吴倬．马克思主义哲学导论［M］．北京：当代中国出版社，2005.

[5] 高尚．孟德斯鸠与《论法的精神》［M］．北京：人民出版社，2010.

[6] 曹诗图．孟德斯鸠并非地理环境决定论者［J］．武汉水利电力大学学报，2000（2）．

[7] 李学智．“地理环境决定论”：唯心主义还是唯物主义？［J］．历史教学，2010（21）．

[8] 中国社会科学院语言研究所词典编辑室．现代汉语词典（第 6 版）［Z］．北京：商务印书馆，2012.

[9] 侯鸿勋．《论法的精神》导读［M］．成都：四川教育出版社，2002.

[10] 陈捷，包庆德．关于地理环境决定论及其反思［J］．南京林业大学学报，2014（2）．

[11] 詹姆斯．地理学思想史［M］．李旭旦，译．北京：商务印书馆，1982.

（该文发表于《中州大学学报》2016 年第 2 期）

钧瓷的窑变与审美品格

张　月*

摘　要： 钧瓷是中国五大名瓷之一，与汝瓷、官瓷、哥瓷一样属青瓷系列，烧制过程中发生的窑变使之成为一种非同寻常的彩瓷，窑变造成钧瓷釉面上的图案、色彩与纹理呈现出独一的风貌。窑变现象及窑变效果具有自然天成性、独一无二性、不可控制性与不可预测性，形成钧瓷独具一格的艺术美质与审美品格。

关键词： 钧瓷　窑变　自然天成　意向性　审美

钧瓷，与汝瓷、官瓷、哥瓷、定瓷一起，并称为中国五大名瓷，该说是否北宋时期皇家钦定的评语，不得而知。据考证，五大名瓷的说法，始见于明代皇室收藏目录《宣德鼎彝谱》，称"内库所藏柴、汝、官、哥、钧、定名窑器皿，款式典雅者，写图进呈"①。不过文中提到的名瓷却是六种，且柴瓷排序第一，钧瓷排序倒数第二。清代许之衡的说法与之相似，其著述《饮流斋说瓷》中提及了宋代五大名瓷，同时说到钧瓷，专门提到了钧瓷的可贵，只是钧瓷不在他所言的五大名瓷之列："吾华制瓷可分三大时期：曰宋，曰明、曰清。宋最有名之有五，所谓柴、汝、官、哥、定是也。更有钧窑，亦甚可贵。"② 有趣的是，随着时间的推移，柴瓷不知何故逐渐淡出人们的视野，仿佛柴瓷并不存在

---

* 作者简介：张月，郑州大学文学院教授，硕士生导师，美国波特兰州立大学社会学系访问学者，长期从事教学和文艺学、人类精神及生活质量方面的研究工作。译著、著述有：《西方人文史》《后现代与后工业》《海特性学报告》《荣格心理学纲要》《村子》《恶之花》等。

① ［明］吕震等奉敕撰：《影印文渊阁四库全书》，子部，谱录类，第 845 页，宣德鼎彝谱八卷，卷一，上海古籍出版社，1987 年。

② 许之衡：《饮流斋说瓷》概说第一，第 2 页，见《生活与博物丛书·器物珍玩编》，上海古籍出版社，1993 年。

一样，而钧瓷的地位日益提升，排序越来越前。或出于对钧瓷独特魅力的认知，或出于偏爱，有人在其著述、文章或撰写的词条中，将钧瓷排在五大名瓷的第一位。清朝末年已有人在这样做，陈浏（寂园叟）在其《陶雅》中即做过如此排序："古窑之存于今世者，在宋曰均（钧），曰汝，曰定，曰官，曰哥，曰龙泉，曰建。"① 从百度百科的关于钧瓷的词条里，也可看到这样的排序，在"中国五大名窑"等词条中，即有钧瓷"被誉为中国五大名瓷之首"的表述。

五大名瓷作为自北宋以降的名贵瓷，既有其类同的一面，亦各具特色。与汝瓷、官瓷、哥瓷、定瓷相比，钧瓷的特色显然更为突出，其在烧制过程之中发生的神奇无比的窑变现象，令其区别于所有其他的瓷器，让这一隶属于青瓷系列的瓷器，嬗变为名副其实的彩瓷。窑变导致的千变万化而又出人意料的釉面色彩、纹理、图案，成就了钧瓷堪称举世无双的美质。

窑变的神奇之处在于"入窑一色，出窑万彩"，窑变，这种在烧制过程中瓷器釉面上显现的氧化还原反应，即钧瓷瓷坯表面的单色釉料转化成色的物理化学反应现象本身，无论是从过程还是从结果上看，皆具有不可控制、不可预测、不可限定的特征，一旦瓷器入窑，人们便只能听天由命，静候烧成结果。换言之，钧瓷的艺术，从结果上看，并非尽人力所为，实乃自然天成。而这一自然天成、经由窑变的不可见力量造就的钧瓷艺术形态，着意彰显了造化之功，其中钧瓷釉面上现身的变化多端的色彩、令人着迷的纹理、奇妙无比的景观与意象，令人叹为观止。窑变造就的别具一格的钧瓷艺术作品，为人们的审美活动提供了极具特色的、全然不同于其他瓷器美质的审美对象，其极具写意性的艺术形态，不时激活人们的想象力，唤起人们生动丰富的联想，吸引人们自觉介入审美实践活动，为人们的审美活动打开广阔的、自由的思想空间。

二

钧瓷的创烧源于何时，国内外学术界所持观点不一。国外学者，尤其是欧美与日本的学者多持"宋无钧瓷说"，他们认为钧瓷始于元朝，其依据是钧瓷多出土于元代墓葬和遗址，而于宋代墓葬、遗址未见出土。也有人持钧瓷"金代创烧说"，日本学者大谷光瑞即持这种主张，其证据是钧窑所在地金代后才由阳翟改称"钧州"，国内附和这一主张的人有关松房先生，其证据与大谷光瑞的相

① 寂园叟：《陶雅》，卷上匋雅二十六，金城出版社，2011 年。

类似，即“窑以地名”“金大定二十四年始称钧州”，学者陈万里则认定钧瓷始于金元之间。与此相异，国内大多数学者认可钧瓷“唐代创烧说”及“宋代创烧说”，且提供了支持自己主张的缘由。

持“唐代创烧说”的学者认为，在河南鲁山段店窑、禹州下白峪的赵家门窑、郏县黄道窑、内乡邓家窑等地发现的唐代花釉瓷，即是所谓的“唐钧”。中国科学院铬酸盐研究所对其结构进行化验分析，认定“瓷胎的化学组成与（宋）钧瓷胎接近”[1]5，瓷器上面的彩斑复色釉与宋钧色釉颇有近似之处，而且上面的用釉和宋钧用釉一样，皆属两液分相釉，因此应将其视为“宋钧”的前身与源头。“唐代的花釉瓷器产于禹州神垕附近，其装饰工艺必然会对北宋时期神垕钧瓷的烧制产生深刻的影响。”[1]5根据考古发现的实证与科学分析，“我们认为将它们称为‘唐钧’是不无道理的，而且可以从中得出这样的结论：钧瓷起源于唐代。”[1]5这派学者认为，唐代的花釉瓷器应视为钧窑的前期产品，因此将唐至五代划为钧瓷的“创烧时期”顺理成章。

与之相比，持“宋代创烧说”的学者在国内占绝大多数，他们既以历史文献为据，也以考古发掘的成果为据。明代皇室的收藏目录《宣德鼎彝谱》、清代陈浏的《陶雅》、许之衡的《饮流斋说瓷》，皆确切无疑地言说，宋代钧瓷已是一大名瓷。清朝中叶的蓝浦在《景德镇陶录》卷六《镇仿古窑考》中直言：“均窑，亦宋初所烧，出钧台。”[4]79张九钺在其《南窑笔记》中的表述如出一辙：“均窑，北宋均州造。”[2]历史文献仅为其主张的一种支撑，考古发现作为另一种支撑分量更足。1974—1975 年，考古学者对禹州古钧台窑址进行了大规模钻探与开掘，其“结果表明，钧台窑窑址的面积达 90 万平方米以上，堆积层厚度一般是 1 米左右，最后处达 2 米以上。极为重要的是在窑址中发现了一个用钧瓷泥制作成的‘宣和年宝’钱模。‘宣和’是北宋徽宗时的年号”[3]22。这钱模上有着钧瓷的滴釉，“钱模的出土为帮助我们解决传世钧瓷的断代提供了最有说服力的依据。从钧台窑出土的钧瓷标本看，与北京和台北的故宫博物院所珍藏的传世钧瓷贡瓷毫无两样”[3]22。对此，也曾有人提出质疑，但大多数人认可这一证据，从而认定钧瓷创烧始于宋代。

词典有关钧瓷的条目撰写也采用钧瓷宋代创烧说。《简明不列颠百科全书》关于钧窑的表述是：“中国宋代（960—1279）著名瓷窑。窑址在河南禹县（古称‘钧州’），钧窑坯体厚重，胎质细，呈灰白色。釉厚而润，有细平与橘皮釉之分。”[4]488《中国大百科全书》的表述与之相似：“中国宋元时期北方瓷窑。位于今河南禹州。因其地古属钧州。瓷器为青瓷，因釉料中掺有含铜量极为丰富的孔雀石，用还原焰烧后，产生绚丽多彩的窑变釉。”[5]2112

今天，关于钧瓷的起源，最为流行的说法是：钧瓷始于唐，兴于宋，于北宋徽宗在位时达到顶峰。在各种各样的有关钧瓷的介绍材料中，在关于钧瓷的网站里，在申报世界非物质文化遗产的文献中，人们都能见到这样的表述。虽然仍有学者不认可这种说法，但对钧瓷的独特的美质、钧瓷的重要价值与名贵瓷地位却并无异议。

二

钧瓷是技术与艺术完美结合的产物，美妙的钧艺构想需通过完备的技术实践实现，唯有通过一整套制作程序，合理地运用制作技艺，才能制造出精美的钧瓷作品。钧瓷的制作工艺极为复杂，精细划分即有自古以来所称的“七十二道工序”之多，粗略划分也有九道工序：即制料、造型、制模、制坯、素烧、施釉、烧制、出窑、检选九大工序。

制料

制料包括4个流程，首先是选料。制瓷使用的瓷土原是矿石，适于制作瓷坯的石头应是含有便于氧化还原的金属元素的材料，所以制瓷人在矿区选料时要精心选取性能、质量皆稳定可靠的矿石材料作为生产钧瓷的原料。选好石料后，制瓷人即开始做初级加工，这一流程需要较长的时间。为了使原料的性能得以改善，变得酥润，需将原料置于露天场所，让其在风吹、雨淋、暴晒、冰冻过程中彻底风化，以便于进一步的加工。待矿石风化毕，制瓷人将原料放入轮碾中进行粉碎，使之成沙粒状或粉末状，为最终制成坯料和釉料做准备。接着制瓷人即开始配料，将各种原材料按照适于制坯与冶釉的配方进行配比。最后将配制好的原料放入球磨机里进行细磨，制成用来烧制钧瓷的精细坯料和釉料。

造型

在钧瓷的制作中，造型的地位极其重要。钧瓷的造型加入现代审美元素后迄今虽有上百个系列，上千个品种，但真正能体现钧瓷品格的，依然是传统的造型。传统的钧瓷造型相对较为保守，主要有盆、瓶、炉、洗、盘、碗、钵、罐、盒、门碟、盆托、尊、壶、枕等器型，具体来说，每一种器型又可分为多种样式，不仅如此，传统造型对每一器型的关键部位全都有尺寸的具体规定。无论是制瓷人还是鉴赏者，始终都认为传统钧瓷才是真实意义上的钧瓷，且多有偏爱，因而制瓷人多遵循传统的规则，来模仿制作旧时的钧瓷器型。随着时代的进步，钧瓷艺术的鉴赏观念开始发生变化，对钧瓷新的造型的要求应运而生，为适应现代的审美需要，他们亦进行创新，设计新的造型，开发新的系列，以适应当代多元化的需要。

制模

以设计好的造型为本，通过翻制的方式将其做成模型。旧时传统制瓷人以泥做模型材料，模型初成后经由素烧成为制坯的一种模具，其用途是脱坯成形。随着材料的更新，石膏模具比素烧泥模有着显著的优越性。它不仅制作便利，而且用途更广。制模时用水把石膏粉调制成浆，待其凝固之后即成模型。石膏模型既可用于脱坯成形，亦可用于注浆成形，制瓷人遂用前者取代了后者。无论是素烧模型还是石膏模型，皆可多次反复使用，两者之间的共同之处在于皆有一定的强度，皆有一定的吸水性。一般而言，模型应是内空型的，模型的内壁形态即是瓷坯的外在形态。

制坯

钧瓷的制坯有多种形式，主要有手拉制坯、徒手制坯、注浆制坯与脱坯抑或印坯成型。手拉制坯是一种传统的制坯方法，以此方法制坯需要较高的技能，制坯者将一团泥置于转动的轮盘上，在轮盘转动过程中用手将泥拉制成瓷坯。徒手制坯通常是作为辅助性的制坯方法来使用，此方法主要用于异型瓷器抑或小件瓷器的制作，制瓷人用手工捏制、雕刻等手法制作瓷坯。注浆制坯系将适量的瓷土泥浆注入石膏模型，待其在一定程度上固化之后，启开模型，取出成形的瓷坯。脱坯这一制坯方法要求将瓷泥料做成泥片，在模型内壁紧贴压实，经对接制成瓷坯。前两种制坯方法适于个性化的制坯，后两者适用于瓷坯的批量制作。

素烧

素烧是施釉前的一道工序。为了施釉的便利，瓷坯在晾干后要上窑素烧，素烧的主要功能是使瓷坯的强度增加，增加瓷坯吸水性，瓷坯素烧的温度通常控制在900℃～950℃，如此烧出的素胎为施釉打下了良好的基础。

施釉

用配制好的瓷釉对素烧过的瓷坯或曰素胎进行上釉，通过一种或多种方式使素胎表面附着一层厚度适宜的釉浆。施釉的方法多种多样，从方法上分，有涮釉法、浸釉法、涂釉法、喷釉法、浇釉法、点釉法、多层施釉法，还有近年来发明的筛釉法、黏贴法、渗透法、熏釉法、填釉法、覆盖法等。从次数上分，有一次施釉法和多次施釉法等。

烧制

瓷坯施釉晾干后，入窑炉进行烧成，亦称之为釉烧。钧瓷釉烧使用的窑炉不同，烧制的时间与方式彼此存在差别，但烧制温度多控制在1280℃～1300℃之间，亦有“钧窑的烧成温度介于1250℃～1270℃之间”[6]262的说法，在烧制过程中，钧瓷瓷釉皆会发生窑变现象。钧瓷烧制的方式有柴烧、煤烧、气烧等。其中柴烧的成本最高，出品质量最高，也最为名贵。

出窑

相比以上工序，这一工序最为简单，技术含量最低。待烧成的钧瓷在窑炉中冷却后，打开窑炉，将烧成的制品取出。取出时须小心谨慎，不要让制品与窑炉、匣钵等碰撞，不要将钧瓷制品斜放或倒置，不要让制品之间相互刮擦，应将烧成制品完整无损地出窑。

检选

这一程序并不复杂，但对检选者的判断力有着较高的要求。检选者首先要检选出成品，将有落渣的、有沙眼气泡的、失釉的、流釉的等各种次品挑出来。随后检选者要从成品中检出精品、珍品乃至神品，他需要有判断品级的意识和能力及审美眼光。精品的判断标准是无缺陷，有一定窑变效果的成品；珍品的标准是窑变效果独特，釉面色彩、斑点、纹理、开片令人心仪；神品则是令人惊叹的作品，其意象奇绝，意境深远，出神入化，是可遇而不可求之物，任兴航的《凤凰涅槃》堪称此类神品。

三

钧瓷的制作离不开烧成技艺及制作工序，不过，其工序与其他瓷类的制作工序大同小异，真正让钧瓷成为一种绝世之瓷的，还是烧制过程中的窑变。窑变的最不可思议之处在于，它把一个青瓷系列的瓷种变成了出人意料的彩瓷，把单色釉变成了变化无穷的彩色釉，而且这种彩色釉既不是釉下彩，也不是釉下粉彩，亦不是釉上彩，是由窑变而天成的彩釉瓷。钧瓷窑变在瓷器艺术上造就了一种全新的艺术样式，一种崭新的艺术风格，它给人带来了一种非同寻常的审美知觉与艺术趣味。

窑变，大体上可确定为，在瓷器的烧制过程中，由于温度的作用，瓷器表层的单色釉料转化呈色的物理化学现象。事实上，这是一种瓷器烧制过程中的氧化还原的化学反应，这种反应直接导致钧瓷釉面产生出瑰丽斑斓的色彩、变化无穷的图案与奇妙的纹路，使之具有别具一格的神韵及动人的魅力。

关于窑变，明清时人们也有其定义与主张，不过其定义与主张在意义上相对更为宽泛。明人王圻在《稗史汇编》中写道："瓷有同是一质，遂成异质，同是一色，遂成异色者。水土所合，非人力之巧所能加，是之谓窑变。"① 有意思的是，他们业已发现在窑变过程中，人的可为之处，并将其称之为"人巧"。清人蓝浦所著的《景德镇陶录》曰："窑变之器有三：二为天工，一为人巧。其由天工者，火性幻化，天然而成"[④153]，且进一步锁定窑变与施釉相关，"其由人巧者，则工故以釉作幻色物态，直名之曰窑变，殊数见不鲜耳。"[④154]

至于具体作法，张九钺的《南窑笔记》也给出了具体生动的描述："法用白釉为底，外加釉里红元子少许，罩以玻璃红宝石晶料为釉，涂于胎外，入火藉其流淌，颜色变幻，听其自然，而非有意预定为某色也。其复火数次成者，其色愈佳。"[2] 当然作者也明确说明，窑变的色彩并非人之作为所能控制，仍只能听命于窑变过程的自然天成。针对人在窑变中的作为，《古物指南》和唐英撰写的《陶成记事碑记》中皆有相应的言说。

窑变的结果出人意料，所造就之物并非皆为珍品。《南窑笔记》曾做过具体的表述，并强调了火候的重要性："釉水色泽，全资窑火，或风雨阴霾，地气蒸湿，则釉色黯黄惊裂，种种诸疵，皆窑病也。必使火候釉水恰好，则完美之器十有七八矣。又有窑变一种，盖因窑火精华凝结，偶然独钟，天然奇色，光怪可爱，是为窑宝，邈不可得。"[2] 其实窑变是一种极为复杂的现象，它不仅与钧窑温度的变化、窑炉内的气氛、瓷器摆放的位置有关，而且与钧瓷制作的原材料及加工方式也有关——与胎质及造型相关，与釉料的化学构成、釉料的加工、施釉工艺相关，更与烧成工艺相关。

制作钧瓷的原材料是矿物原料，成分复杂，其中有母岩、游离石英、长石、铁和钛氧化物及化合物等，内含多种微量元素，原本就带有着色属性，作为原材料的矿物质因所处矿床的位置存在差异，其性能即各不一样，加工方式与工艺的差别同样也会造成其物理化学性能的变化。钧瓷的制作以此类产自禹州本地的原材料为基础，这种有着复杂构成的原料以及不同的处理方式，对钧瓷成品的外观及颜色产生着一定的影响，这无疑是与充满变数的钧瓷窑变高度关联的要素之一。

由于原材料的化学成分存在差异，用此原材料制成的泥胎在性质上也各不一样。胎质能够从数个方面对钧瓷窑变发生作用，其影响主要表现在釉的流动

---

① 见王圻《稗史汇编》，浙江吴玉墀家藏本影印本。

性、开片的状态与釉的颜色。据分析研究的结果看，泥胎中的碱性成分的多少，直接影响着釉的流动性，硅、铝含量的多少直接对瓷表开片的状态发生作用，而最重要的是，泥胎中铁、钛含量的多少直接影响着钧瓷釉面的色调的深浅及色彩的鲜艳程度。

器型对窑变的影响虽较为间接，但其影响的确存在。总体而言，钧瓷的器型较为保守，尚简洁、凝练与厚重，厌繁复、冗多与纤巧，通常以大的块面作为器型的主要构成要素。钧瓷的器皿类的器型多由流畅平滑的曲线形体、直线形体构成，钧瓷中也有一些略为复杂的器型，这些器型多在局部点缀耳饰、雕刻抑或堆雕等，如此的器型风格专为显现钧釉的表现力设计而成，钧瓷如此造型能够使钧釉通过烧制过程充分展现窑变的奇异效果。

钧瓷釉料是导致窑变的最为关键的要素之一。奇妙的窑变效果与钧釉不可分割。合理配比的钧釉组合，为人意想之中的好的窑变奠定了不可或缺的基础。钧釉的化学构成成分极其错综复杂，经分析证明，钧釉的基本构成成分有十几种，如石英类原料、长石类原料、钙镁磷质原料、助熔原料、辅助原料、粘土原料、着色原料、红斑花、黄斑花、孔雀石、铜矿石、铜花、铜锈等，釉料本身含有几十种微量元素，如多种铁元素、铜元素、钴元素、铬元素、锰元素、钛等，还有金、镍、钒、铀、钼、钸、镨等元素化合物，不同配比的钧釉料为千变万化的窑变提供了初始条件。

钧釉原料的重要性不言而喻，但釉料的加工的作用亦不可小觑。钧瓷釉料加工工艺有粗细之分，加工粗细程度不同，釉料的质地感就各不一样。钧釉原料的加工方式对其后钧釉的制作及施釉直接产生作用，用粗细不同的加工方式加工出的原料，适于调制不同类型的钧釉，进而影响到施釉的方式，最终影响钧瓷烧成后的窑变效果。

施釉工艺是一道较为复杂的工艺。如前所述，钧瓷的施釉方法多种多样，不同的施釉方法会导致殊异的窑变效果。施釉的厚度对窑变的效果也产生着重要的作用，钧瓷施釉的厚度不一，烧成之后釉面纹理、色彩、图案的窑变效果也各不相同。就一般情况而言，钧瓷施釉的釉面厚度适中为好，相比之下，釉面厚比釉面薄好，这是因为釉面厚，在烧成过程中釉的色彩变化丰富，乳浊度高，釉面纹路比较容易形成。相反，釉面薄时，在烧制过程中，色彩变化少，乳浊度低，纹理不易形成。因此，施釉对窑变效果的影响十分显著。

在钧瓷的制作过程中，烧成是所有工序之中最为重要的一道工序，这一工序完成得好坏直接决定着作品的质量。烧成工艺的工序复杂，有着很多环节，任何一个环节的变化，哪怕是微小的变化，都会对钧瓷的窑变产生重要影响。

装窑时瓷胎各自放置的不同位置，瓷胎数量的多少与分布的密度，使用烧制钧瓷的窑炉类型，烧窑时使用燃料的种类，燃料质量的优劣，窑炉内还原气氛的状况，烧制温度的高低，烧制过程中温度曲线控制的好坏，烧制时间的长短，烧制完成熄火后冷却速度的快慢，制瓷人烧窑技术水平的高低，天气的变化，等等，都直接对钧瓷的窑变产生着各种不同的影响。笔者曾经在禹州目睹过工艺美术大师任兴航的柴窑的开窑检选与现场授课。烧成的钧瓷从窑炉中取出后，经检选有一批不合格的制品，有落渣造成的，有沙眼气泡造成的，有装窑时不慎造成的，有失釉和流釉造成的。针对后一种次品，他总结说，主要是烧成过程中温度曲线没有控制好，为此他批评了烧窑的徒弟，指出他们在烧窑时的某个时刻用得温度过高，超出了最高温度上线的限定，导致流釉与失釉。此外，几个失釉流釉的瓷器，因摆放在窑内的位置离高温最近，造成其流釉失釉。

四

钧瓷的窑变尽管可以用此方式加以分析读解，但窑变的秘密并非可以由此完全揭开，它似乎总是有着秘而不宣的神奇之处。国外研究者曾动用一切可以动用的手段和技术，想要彻底掌控窑变，其结果只是枉然；国内的技术派效法国外研究者的做法，他们最多也只是能够从理论上对窑变现象作出分析性的解释，他们发明的新烧制方式，在一定程度上能够做到对窑变进行控制，而他们对采用传统的窑炉、传统的烧制方式，尤其是柴烧方式烧制钧瓷的窑变却无法控制。迄今为止，控制窑变仍然只是一种梦想，所有的努力都未能让窑变这位变幻大师就范，令其俯首称臣，而窑变的魔力总是出人意料，不时地造就出令人惊叹不已的艺术杰作。

窑变始终在成就钧瓷的绝世之作，这取决于它所拥有的神奇力量，这种力量显示出数个彼此相关的显著特征：即不可控制性、不可预测性、自然天成性与独一无二性。

数百年来，人们研究钧瓷的窑变，尝试揭开其神秘的面纱，不懈的努力终于带来了累累硕果，人们已通过科学手段将影响窑变的所有因素进行了全面的分析。从理论上讲，窑变的控制是完全可能的，但在实际操作中却无法真正得以实现。究其原因，即可发现窑变涉及的因素部分是物的因素，部分是人的因素，而窑变的过程是人参与其间的过程，是人与物互渗的过程。在这一过程中，始终存在着人的灵动性、变化性，而人对于物的渗透，使物因之也被赋予了灵动性与变化性，最终窑变过程就变成了灵动的、变化着的过程，成为具有不确定性的过程。这一过程同时还是整体的、系统的、有机的过程，改变其中任何一种构成成分，就会引发整个过程的变动。物的因素是容易控制的，人的因素则难以控制。人是具有个性的、自由的和灵动的存在，无法像对标准件那样加以控制，而窑变过程原本就是人与物互渗的、具有灵动性、变化性、极为复杂的物理化学反应过程。时至今日，渴望控制窑变的人们只是在物性的控制上取得了一定程度的成功，而对人包括对人渗透较深的物的控制所取得的进展依然有限。尽管利用现代的烧制方式，他们对窑变的控制力已较过去大大增强，但他们所宣称的控制仍然是取向上的控制，而非具体细节的控制，即对窑变造就的每一色彩、每一纹理、每一画面的控制。其中细节决定一切，对细节的无法控制从根本上颠覆了他们所谓的控制，最终打碎了他们企图再造神品的梦想。对此即使是传统钧瓷制瓷工艺水平最高的任兴航大师，也无法复制他曾经在窑变神助之下制作出的珍品，如《凤凰涅槃》《取经路上》《飞龙在天》《一苇渡江》等。

窑变的终极控制成为徒劳之事，对渴望控制者来说是可悲的，但对钧瓷艺术来说则是幸事。若有一天窑变真的能够完全控制，钧瓷制作变成了纯技术事件，钧瓷艺术将会死去，钧瓷的魅力也将终结。但这一天永远不会到来。钧瓷艺术也将永生。

按照原样复制已有的钧瓷珍品，一直是不少痴迷钧瓷艺术与迷恋钧瓷市场价值的人们按捺不住的冲动，而想要复制成功，就需要对复制的每一步都能准确地预测。预测建立在确定性的基础之上，没有确定性，就无法做出精准的预测，而且即使存在确定性，也不一定能够做出准确的预测，未来学家托夫勒和奈斯比特的预测经常出错即是最好的例证。有关钧瓷制作的材料的分析、制作工序及过程的分析，为想要对钧瓷窑变做出预测的人们提供了初级意义上的确定性，这使他们感到欣喜。他们坚信通过努力，一定能对钧瓷窑变的每一步做出准确预测，但最终发现，与那些渴望控制窑变过程的人们一样，他们难获对钧瓷窑变进行精准预测的成功。终极意义上的预测性与控制性，皆需终极意义上的确定性作为基本参照，在这一方面，两者有着共同之处。由于没有此种确定性作为依据，关于窑变的最终意义上的预测性也就不存在，正如不可控制性是窑变的力量显现的特征一样，不可预测性是其力量展现的第二个特征。这种不可预测性令想要对钧瓷精品进行精准复制的人们的希望化为泡影。代之而来的，是它向人们展现的意外之喜，复制的钧瓷作品并不是原作的孪生，但却是另一个个性独具的作品，如《罗汉钵·山涛》《梅瓶·紫海藏珠》《荷口盘·霜菊》等绝非预测之作。

自然天成，是钧瓷窑变力量展现的另一个重要的特征。对于这一特征，不少人持有异议，其缘由是：人在钧瓷的窑变过程中，可以大有作为。清朝的人们就看到了这一点，蓝浦、张九钺、唐英对此皆有论述，并谓之“人巧”。今人所能做到的更多，即使不能说钧瓷制作全在人力所为，也应该说是人工与天工的合力之功。直观上看，这种主张不无道理，但冷静地加以分析，即可看到这一说法把人工与天工置于并列的地位，而事实上，两者的作用并不在一个层面上，其重要性更是不可相提并论。“谋事在人，成事在天。”此为世人皆知的俗语，何为谋？何为成？其重要性一目了然。人所做的，是谋，是为成事创造条件，为成事提供基础，处于辅助地位，而天的作用则是成，起决定性的作用。尽管制瓷者为做出好瓷付出了所有的努力，可装窑之后，他们所能做到的除了正常的烧制外，就是等待。为何要等待？因为只能等待。这不仅仅是时间意义上的等待，更是对命定而成的等待。无论做出多么完美的努力，要成就完美的结果，靠的并非别的，惟是造化之功。造化之功并不听命于人。这就是为何珍品难出，神品更难觅见踪迹。天工未到，无有珍品。此天工即是窑变之功，由此可见窑变的神奇伟力。自然天成这一特征，作为窑变力量的展现，其重要性不言自明。无论是北宋的《玫瑰红碗》《金钧窑天青釉花口钵》，还是当今任兴航的《荷口盘·飘香》、孔相卿的《玉净瓶》皆为天造之功的明证。

独一无二性，是钧瓷窑变力量展现的又一突出特征。窑变的不可控制性、不可预测性及自然天成性，使钧瓷艺人制作的每件作品只能以其自身的面貌面世，凡经过自然窑变的过程，此一时刻的钧瓷制品与下一时刻的钧瓷作品绝无可能完全重复，抑或彼此雷同，它从根本上免除了瓷器复制、相互雷同的烦恼。它让钧瓷的每一件作品天然成具有其命定的独有性，举世独一。当然，若从器型上看，钧瓷制品仿佛是在不断地重复自己。北宋以降，同样的器型的钧瓷制品一直在不断地重复制作。如前所述，钧瓷器型主要有盆、瓶、炉、洗、盘、碗、钵、罐、盒、门碟、盆托、尊、壶等，碗钵的器型分为八种样式，钧窑天青大碗、月白釉紫斑花口瓶、北宋玫瑰红碗、宋玫瑰紫碗、月白釉碗、靛青釉钵、宋紫斑碗、粉青釉花口腕、天青釉花口钵等为其代表作，其他各种器型也分多种样式，这些作品一直是后世效法的范本。然而，此仿制非彼仿制。即使是人们极力模仿前人的作品，他们也只能是从器型上模仿，在窑变上绝无可能进行复制。无论制瓷人仿制出彼此之间多么类似的作品，只要从釉面上进行比较，立刻即可见出相互间的个性化差异，即可发现每一件作品都只能是其本身，只能是独一无二的。即使是仿品，从窑变的角度上讲，也必然是具有个性的、窑变效果独异的钧瓷作品。无论如何人们也做不出与北宋钧窑《粉青釉花口瓶》一模一样的作品。窑变造就的作品永远充满着独一的神奇魅力。

五

窑变的最大魔力在于，它为瓷器世界创造了奇迹。一种单色釉火后变幻成彩色釉，它宛若用火制成的画笔，在钧瓷的釉面上点出万千色彩，绘出无尽的纹路，描画出变化多端的图案，勾勒出幻影般的朦胧意象，营构出高绝悠远的意境。

从微观的视角来看，窑变造就的色彩千变万化，彼此之间绝无相同之处；但从宏观视角来看，则可将其归并为数种主调色彩，如天青色、天蓝色、月白色、葱绿色、米黄色、红釉色、紫釉色等；若从中观的视角看，即可看到，每一种颜色可因色阶、色度不同而呈现出差异明显、彼此相近却又不同的色彩，如同为红釉色，就有海棠红、胭脂红、鸡血红、火焰红之分，同为紫釉色，亦有葡萄紫、丁香紫、茄色紫等之别，此外各主色之间又可相互结合，变幻出多种奇妙无比的斑斓色彩，如天青色中略带海棠红，月白中含丁香紫等。

窑变幻化出来的纹路纵横交织，无始无尽，形态多种多样，归结起来主要有：蚯蚓走泥纹、冰片纹、菟丝纹、冰裂纹、百极纹、鱼子纹、蜘蛛网纹、牛毛纹、蟹爪纹、叶脉纹等。这些花纹大小不一，长短各异，粗细相间，曲直兼备，深浅有致，疏密排列有序，极富质感，令人感到韵味无穷。

窑变的另一惊人之处是其造就出瓷器艺术的全新样式，为人们提供了一种终极意向性的审美对象。瓷器艺术作为审美客体，通常主要通过其器型、色彩、画面来向人展示美。由于中国文化的内涵相对具有同一性，无论是何地、何种瓷器种类，其器型基本上大同小异。从色彩来看，绝大多数无图案的瓷器釉面为单色，而钧瓷的釉色却是多种色彩相间，几乎所有其他瓷器上的画面都由人手绘制，画面皆为具象形式，纹饰与图案循规则排列，纯系人工所为，然唯独钧瓷的画面是窑变而来，画面为意向性的形态，纹饰与图案是无规则的、任意的，自然天成。

与具象的画面相比，意向性的画面风格独具。具象画面的内涵是单义的，而意向性画面的内涵则是多义的，意蕴丰厚而多样。人对具象画面的鉴赏通过面对面识别与观看完成，而对意向性画面的鉴赏则需鉴赏者内心介入其间、精神参与其中来实现。具象画面的审美仅需识辨形式美的眼睛，意向性画面的审美则需审美者调动想象力、联想能力和相应的心灵感受能力方能完成。

由窑变而自然天成的钧瓷画面是意向性的，其形式是非具象的、朦胧模糊的，写意性极强，其鉴赏者需展开想象的翅膀，最大限度地运用联想的能力，来完成对这种艺术样式的审美。以任兴航的得意之作《平盘·凤凰涅槃》为例。乍眼望去，人们看到的是上面有着多种颜色与纹路的盘子，盘中央有一形状不规则的深色斑块；在想象力的佑助下仔细观看，那斑块竟变为凤凰的头与身体，周围的纹路顿时化为凤凰舒展的羽毛，而斑块周围的紫色与上方的红色变成了熊熊火焰，凤凰在烈火中再生的画面瞬间映现在人们面前。另一件任兴航的作品《回归瓶·取经路上》给人带来的审美感受与之相似。初眼望去，瓶子的上半部有一大片仿佛是不经意刷上的暗红色，下面有乳色、牙色及几种间色的开片；第二眼看去，那片红色像是变成了一座云雾缭绕的山，调动想象力定睛细看，从那片红色的上方唐僧师徒西天取经的模样霎时映现出来，意境随之油然而生。

就主观感受而言，钧瓷的意向性审美仿佛是审美者与窑变的一种暗合，窑变用那只看不见的手在烈火烧制的钧瓷釉面上自由挥洒、点染、勾勒、着色，幻化出韵味无穷的图景、朦胧多义的形象、立意深远的境界。它在冥冥之中引导着人去见证其艺术功绩，它唤醒人的审美意愿，点燃人的激情，激活人的想象力，开启人的心智去凝神观照造化之大美。它邀人进入其任意绘就的美景，透过人心智、激情与想象力，向世界呈现钧瓷艺术的精妙绝伦。

从认知的角度来分析，我们可以看出，窑变意义上的钧瓷艺术的审美，全然不同于其他瓷艺的具象审美，它那朦胧的、韵味十足却需运用想象力赋予形象的颜色、团块与纹路，那写意性的意象化的釉面图案，为人提供的是一种全然不同的审美知觉与审美经验。这种类型的艺术的审美，要求人们进入审美对象的世界，凝神观照，用想象力将朦胧两可的样态定格为清晰的形式，将模糊的团块、纹路与色彩组成的模样，转化为意味深长的形象，调动联想力，将所有釉面上用于审美的视觉材料进行完型的建构，赋予其形式意义，营构其有待言说的意境。

由窑变引发的钧瓷艺术意向性审美活动的最为显著的特征是：为人提供开放性的审美空间，让审美者始终处于主导地位，最大限度地参与审美的创造活动。它不为审美主体设限，不对审美者进行任何形式的约束，审美主体在其活动之中享有最为充分的自由。在此审美活动中，审美者不仅是观赏者，更是创造者，他需最大限度地运用自己的联想能力，以釉面提供的审美材料为基础，发挥想象力，为审美对象赋予形式与意趣，为其赋予诗情与画意，为其营造美妙的意境，在此基础上，建造意义丰满、意味深长的美的世界。在此活动中，人不仅像在其他艺术形式的审美活动中一样进行审美判断，他同时也拥有创造者的地位。

参考文献：

[1] 赵青云，赵文斌．钧窑瓷鉴定与鉴赏［M］．南昌：江西美术出版社，2000.

[2] 张九钺．南窑笔记［M］．桂林：广西师范大学出版社，2012.

[3] 阎立夫，阎飞，王双华．中国钧瓷［M］．郑州：河南科学技术出版社，2005.

[4] 中美联合编审委员会．简明不列颠百科全书（第4卷）［Z］．北京：中国大百科全书出版社，1986.

[5] 中国大百科全书总编委会．中国大百科全书（精华本·第3卷）［Z］．北京，上海：中国大百科全书出版社，2002.

[6] 中国硅酸盐学会．中国陶瓷史［M］．北京：文物出版社，1982.

（该文发表于《中州大学学报》2012年第3期）

《长物志》：晚明士人清居美学思想研究

魏朝金*

摘　要：尚“清”是中国特有的文化现象。在巫术风水文化、农耕文化和道儒禅的尚清哲学影响下，中国传统士人具有浓厚的尚清意识，并把尚清意识融入生活，逐渐衍生出清居的文化现象。《长物志》是明清之际清居思想的完善和总结，渗透着中国传统士人尚清的理想境界，把中国的尚清审美趣味推向高潮。书中“随方制象，各有所宜，宁古无时，宁朴无巧，宁俭无俗”的审美原则对当代园林设计和室内设计都具有重要的指导意义。

关键词：《长物志》　晚明　士人　清居

一、《长物志》：晚明士人清居思想的哲学基础

“清”是中国古代审美体系中的一个重要范畴，也是中国古代士人居住文化遵循的一个基本审美原则。一般说来，对清居思想的研究可以从巫术风水文化、农耕文化、道、儒、禅五个方面对其进行认识。

（一）巫术风水文化与清居

中国早期的巫术思想与鬼神信仰和图腾崇拜有关，在《日书》《淮南万毕术》《白泽图》《本草拾遗》等书中均有反映，表现出对超自然力的信仰和对神秘现象的畏惧。《礼记·月令》详细记载古代政府的祭祀礼仪、职务、法令和禁令等，并融入五行相生的系统中，表现出尊重自然规律的科学特征，具有规范性和指导意义。《长物志·书画》有关于悬画月令的详细记录，如“八月宜古桂、天香、书屋等图”，表明其受到古代日忌迷信和《礼记·月令》的深刻影

* 作者简介：魏朝金，现供职于新疆喀什市经信委，曾就读于郑州大学文艺美学专业，该文为其硕士研究生毕业论文的选萃，在《中州大学学报》发表后，被中国人民大学书报资料中心《美学》全文转载。

响，但《长物志》中的悬画月令已具有民俗性质，除了考虑到时日禁忌、驱鬼迎福、祈求平安之外，还考虑到悬画的审美效果和雅俗，反映了士人清居对高雅生活情趣的追求。

中国古代的风水思想在《葬经》《宅经》《鲁班经》等书中均有反映。《宅经》反映了择居中对清洁的重视，如“故福德之方，勤依天道、天德、月德、生气到其位，即修令清洁阔厚，即一家获安，荣华富贵”[1]149，又如“外青龙，不厌清洁，焚香设座，延迓宾朋，高道奇人，自然而至，安井及水读，甚吉”[1]162。“不厌清洁”体现了早期相宅中的尚清意识，对中国士人清居文化的影响不可低估。《宅经》也反映了人与住宅的一体性，如“《子夏》云：人因宅而立，宅因人得存，人宅相扶，感通天地，故不可独信命也”[1]151。

总之，强调阴阳的对立和互变，注重居住环境的整体协调性和清洁，人与住宅的一体性，兼及方位的吉凶，并且利于养生，是巫术风水的主要内容。这对后来历代的居住观产生了重要影响，如李渔认为房舍要适合于人，虚实适度。

（二）农耕文化与清居

中国古代的清居文化植根于农耕文明，北方以黄河为母亲河，发展出裴李岗文化、仰韶文化等；南方则以长江和众多的湖泊为屏障，发展出河姆渡文化、良渚文化等。这种环境衍生出“天清”的宇宙观，也衍生出天地人三者的有机统一，反映在建筑上，就是人字架的三角形建筑和榫卯技术的运用，以木结构为主，如殷商宫殿遗址和纳西族井干式的木楞房，就是典型的例子。其重心向地，体现出对大地的依赖。王振复曾说：“长期重视农耕，必然会以农业文明的文化视角去选择、决定建筑材料，培养关于土地与植物（木）的文化情结。”[2]270由此可见，中国的清居美学是由原始采集、原始种植发展而来，是“恋地情结”和“恋木情结”支配下的一种文化样式，特点是重视关于大地和植物的生命意识。

《仪礼·乡饮酒礼》中详细记载了古人饮酒时不厌其烦地清洗的过程，如降洗、拜洗、辞洗等，这反映了古人尚清洁的观念。古时由于生产力水平的低下，人们席地而坐，这也客观上要求人们讲究卫生。即使在家具发达的明代，人们依然保持着清洁的习惯，《长物志·器具》在介绍墨时说，“墨之妙用，质取其‘轻’，烟取其‘清’”[3]305，还介绍了各种材质的笔洗，表面看是反映其清洁思想的，实则反映出士人注重器物的造型、文饰、肌理等，以能否在清玩中带有趣味作为其评判标准。

（三）道家思想与清居

道家的尚清思想立足于“水之本原”的思想。管子也认为水是万物之本，水质性清净明朗，水静则清。道家对清居的影响是非常明显的，总体而言，道家的尚清意识和自然联系紧密，道家的“贵无”思想（有无相生，无为而无不为）、尚玄思想（玄而又玄）、重虚静思想（“致虚极，守静笃”“心斋”“坐忘”）对后世文人的清居思想产生了重要影响。其表现就是讲居宅与自然融为一体，催生出超然尘世、睥睨万物、乘桴浮海、隐逸逍遥的道家自然人格，对世外桃源生活的向往，注重精神上的安慰和解脱，尤其对居室中山水的运用影响深远。

（四）儒家思想与清居

儒家的“清”与礼教相关，具有较多的伦理色彩，因而儒家的尚清思想与人的道德品行紧密联系在一起。首先，指人格的清正、清直。如《论语·微子》“虞仲、夷逸，隐居放言，身中清，废中权”[4]18。强调人格的清正，指君子刚正不阿的品格、不为世俗蒙蔽的气节。又如《孟子·万章下》“伯夷，圣之清者也”[5]233，意即把清正的君子作为典型加以效仿，进而净化整个社会的风气，汉末的清士即受到这种尚清文化的影响。其次指清和，用来维护礼乐传统的秩序，如《论语·述而》“子之燕居，申申如也，夭夭如也”[4]66。强调居室的整洁与和乐。《论语·颜渊》“在邦无怨，在家无怨”[4]121。“无怨”是中和思想的体现。再次，指豁达的心胸，如《孟子·离娄》“沧浪之水清兮，可以濯我缨”[5]170，指人格的高品位，不仅要积极进取，而且要有豁达的心胸。

（五）禅宗思想与清居

禅宗思想自唐代产生以来，对士人的思想和生活产生了重大影响。首先是超越性的思维方式，禅宗主张以性为本，梵我合一，通过直觉体悟达到对佛境的体悟。禅宗讲“平常心是道”，认为“担水劈柴，无非妙道”，意味着要在日常生活和普通事物中体悟妙道。禅宗强调自我精神的解脱，追求适意的人生哲学和自然淡泊、清静高雅的生活情趣。其次是注重营造清幽的环境。禅宗是佛教的一种，寺庙园林具有物质和精神的双重审美功能，通过种植花木，饮茶、读经等活动营造清幽的环境，这种生活方式和士人在精神的归属上具有某种契合，因而受到士人的青睐。再次是幽深、空寂和空灵的审美境界，禅宗认为现实的世界是虚幻的，其相为假，假相也是相，静心与无边的虚空相应，由静入空，方可回归自然本性。这种静态的空观对中唐以后的士人多有影响。

明中叶禅悦之风兴盛起来，士人把对现实的观照转向内心，追求内心的宁静和恬淡，追求自我精神的解脱。这一时期的禅宗思想有两个特征，其一是大胆怀疑和叛逆的精神，其二是由“我心即佛”导致对个性解放的要求。文震亨作为江南文氏家族的士人，自然也受到禅宗思想的影响，在《长物志》中有清晰的反映，如“幽人花伴……神骨俱清”，居室的环境整体上要求门庭雅洁，室庐清靓。白色粉墙是洁白、纯净的象征，反映出作者追求内心的清静与清幽，崇尚恬淡的色彩。

二、《长物志》：士人清居美学思想的内涵

《长物志》的清居思想极为丰富和完善，有自己的理论体系，达到了前人所未有的高度，有的学者认为它是一部“晚明文人清居生活的百科全书”[6]254。然而，它又不是纯粹的理论推演，而是理论与品物相结合，增添了无限趣味。作者的清居思想渗透在每个章节中，贯穿于品物与造园的始终，从这一点来说，清居思想是一个动中有静，静中有动的状态。

（一）《长物志》：士人清居思想的审美类型

《长物志》一书清居思想的审美类型可以从神、态、味、色、声、谈等方面来把握。

1. 神之清

《长物志》在涉及清居问题上，亦非常注重神清问题，“神”在这里指神韵之清，也就是精神上感到清新、清醒，思绪不模糊。如《室庐志》“蕴降则飒然而寒”[3]18，是就如何布置室庐周围的环境而言。通过种植佳树奇竹，陈设金石书画等措施，使人在炎热难耐的酷暑也能够感到丝丝凉意，感到神清气爽，这就是通过对环境的营造达到“心静自然凉”的效果。作者说山斋（指燕居之室）“宜明净，不可太敞。明净可爽心神，太敞则费目力。”[3]28这里不是要室内空间过大，过大容易费眼力。强调光线的明亮，地面和环境的洁净，这样可以使心神爽快。可见，作者就是要在小中见大，洁中见清。

《花木志》在介绍梅时说“另种数亩，花时坐卧其中，令人神骨俱清”[3]50。在儒家“比德说”的影响下，士人多以名花奇树喻自身的品德，并时常种植奇花异草，与自己的嗜好相匹配，使自己幽雅起来。梅花是岁寒三友之一，也是花之四君子之一，梅花的香味最令人心旷神怡，花开时坐卧其间，令人身心清爽。

2. 态之清

这里的“态”指姿态，既指各种事物姿态之清，也指士人姿态之清。《室庐志》“混迹廛市，要须门庭雅洁，室庐清靓。亭台具旷士之怀，斋阁有幽人之致。”[3]18意谓士人通过使门庭雅洁，室庐清靓，使亭台具有文人的情怀，楼阁具有隐士的风度。营造清幽的氛围，从而凸显士人清逸的人格。在描写琴室时说“地清境绝，更为雅称耳”，意思是指把铜钟放在大树、修竹、岩洞或石屋之下，

让铜钟声和琴声共鸣，使室内没有尘俗气。

《位置志》说敞室里要摆放“奇峰古树，清泉白石，不妨多列；湘帘四垂，望之如入清凉界中”[3]356。夏天敞开屋子，使室内外空气流通，书案上摆放大砚台、青绿水盆、尊彝之类，然后摆放奇峰古树、清泉白石等盆景，屋子四周垂挂竹帘，主要还是为了营造清凉的氛围，让人烦躁的情绪在清幽的氛围中得到恬静和安适。

3. 味之清

这里主要指花木、食物和泉水的味道是清香的，其香味弥漫居室内外，给人清新之感。“味”是中国古代美学的一个重要审美范畴，它与中国的饮食文化不无关系，中国古典美学将味的清淡之美作为最高标准。在《长物志》中，文震亨侧重于论述味之清香，以花木和香之味来营造居室环境，从而影响到人们的精神之清。凿井“石栏古号‘银床’……遇岁时奠以清泉一杯，亦自有致”[3]106。意谓在什么地方挖井，并充分利用井水，在井台旁放置神龛，用清泉祭祀，也是很有情调的。地泉“次取清寒者。泉不准于清，而难于寒，土多沙腻泥凝者，必不清寒”[3]107。这里的清寒是清凉的意思，清香、清凉的泉水不易寻找，从健康的角度考虑，不宜饮用喷涌湍急的瀑布和富含硫磺的温泉水，这些可以用来观赏。

《蔬果志》说花红“生者较胜，不特味美，亦有清香”[3]380。五加皮“清香特甚，味亦绝美，亦可作酒，服之延年”[3]383。花红和五加皮都是气味清香的蔬果，具有补脑、安眠养神、恢复疲劳的作用，这里，作者从养生学的角度介绍其功效。

4. 色之清

这里指材质的颜色之清。老子崇尚素淡之美，认为“五色令人目盲”，对绚丽的色彩予以否定和排斥。阴阳五行说认为东方属木，木属青色，象征着无限的生机和生气。而北方属水，水属玄（黑）色，中国士人在色彩上受道家及阴阳五行思想影响颇深，更崇尚玄色。古人善书画、重收藏，名贵的书画不易保护，所以装潢成了一门必备的技艺。文氏说装潢“古画有积年尘埃，用皂荚清水数宿，托于太平案扦去，画复鲜明，色亦不落”[3]175。这是讲装裱的方法，避开人物画的面部和画纸的接头，画与衬接缝错开，用力要匀，对于积有尘埃的古画，要用皂角水洗涤，用清水浸泡，然后摊在裱台上剔除积垢，画幅就会恢复原貌。刻书以宋代为上乘，“藏书贵宋刻……纸质匀洁，墨色清润。”[3]219好的刻本如欧阳询、柳公权的笔法，纸质匀净，墨色润泽。墨色清润成为书画艺术、刻书艺术等色彩评判中的上等色。笔墨纸砚是文房四宝，墨“质取其‘轻’，烟取其‘清’，嗅之‘无香’，磨之‘无声’”[3]305。文氏认为墨的质地要“轻”，墨色要清，闻着“无香”，研磨“无声”。其次墨的外形要雅致，给人赏玩的趣味。墨色之清正是士人尚青绿之色的体现，可以看出，士人在尚清与尚玄之间出现了调和，也就是青与黑的折中色。

5. 声之清

清居生活不是寂寞无为的清静状态，是要调动居室周围的所有事物，美化周围的环境，营造一个处处充满生机的清幽境界，即“叩寂寞而求音”。所以，也需要一些清脆悦耳的声音来丰富室内外的环境。文氏也最看重水石、禽鱼、钟磬等的清亮的声音。如太湖石“岁久为波涛冲击，皆成空石，面面玲珑……第声不清脆”[3]112。水中的太湖石由于波涛常年冲刷而形成许多孔洞，太湖石本身含金属，敲击时能发出清脆的声响。所以古人多收藏太湖石，有的还用太湖石堆叠假山。

6. 谈之清

魏晋时期的清谈之风对后世文人产生了重大影响，各个时代均有所继承和延续，明代也不例外。不同的是魏晋士人的清谈地点是在竹林下和野外，讨论的内容以“三玄”为主，倾向于哲学本体论的探讨，理论主题表现为有无之辩（存在与本体）、情理之辩（自然与名教）、群己之辩（个体与社会），清谈的人物为竹林七贤等当时的名士，清谈以吟诗作曲、饮酒为主要形式，隐逸色彩较浓，竹林七贤的群集之地流行于北方（焦作一带）。晚明士人的清谈流行于南方（江浙一带），清谈地点以室内为主，兼及野外，内容涉及道儒释和社会生活的方方面面，辩题不集中，参与者为社会中的各类士人及隐士，并有书童参与，辨论色彩不激烈，清谈时置备茶具、蔬果、几案等，以市隐为主，充满享乐人生的意味。

（二）《长物志》士人清居思想的审美趣味

1. 清古

“古”是《长物志》中的核心范畴，也是文震亨清居思想的最高审美标准，文震亨的“古”侧重于居室器物的古朴和历史价值。书中“古”字随处可见，多数情况下以“古”字出现，有时以“古雅”出现，记有 201 次。“古”有三个意思，一是古时，二是古朴，三是有历史价值。前人多把文氏的崇古心理解释为“恋旧”情结。这里，我们应把“古”的以上三个意思结合起来理解，文氏确实对古代的风物歆慕，这是由家庭环境、绘画思想以及他的秉性等多方面原因决定的。但是，我们还应理解为文氏是要在慕古中追求永恒之思和超越之想，他所历数的风物一定是要有历史价值的，而这些风物又不局限于某个时代和地域，而是具有永恒的价值和意义。这里，我们万不可作复古主义和形式主义的理解。全书的总思想就是“随方制象，各有所宜，宁古无时，宁朴无巧，宁俭无俗”[3]37。即根据物品类别，采用相应的形式，使其各自相宜，宁可古旧不可时髦，宁可朴拙不可工巧，宁可简朴不可媚俗。

2. 清雅

除了“古”之外，“雅”是《长物志》出现频率较高的又一个核心范畴。“雅”的本意指犬齿，引申为基准，标准。儒家崇尚儒士之雅，其特点是“正”。如《毛诗序》解释说：“雅者，正也，言王政之所由废兴也。”[7]30道家崇尚名士之雅，其特点是“奇”，如庄子对藐姑射山之神人的描写，旨在张扬个性。对魏晋名士之“越名教而任自然”有重要影响。魏晋名士以率意自然，卓尔不群的行为彰显了清举绝俗的风貌，具有清、奇、高、逸的特点，丰富了道家关于“雅”的内涵。

文氏对于清雅的环境极为重视，如英石“小寨之前，叠一小山，最为清贵，然道远不宜致”[3]112。清贵是清雅的意思，就是通过堆叠假山，营造清雅的氛围。灯“以四方如屏，中穿花鸟，清雅如画者为佳”[3]272。这是把灯的装饰功能看得比较重要。古代的灯都是带灯罩的，如明式宫灯、清式宫灯，灯罩画屏图案内容多为龙凤呈祥、福寿延年、吉祥如意等，在灯光的照射下，可以造成清雅的意境，同时增添灯的装饰功能。苏州园林里的宫灯多保留了明清之际宫灯的特征和表意功能。

3. 清韵

“韵”指韵味，含蓄蕴藉之余味。《世说新语》有“风韵”“风气韵度”等评语。南齐谢赫在《古画品录》中最早提出“气韵生动”“神韵”的概念，意在强调艺术作品的风神气韵。清韵在《长物志》中则指营造清居的物态环境具有的味外之韵味和天然之风味。文氏将风雅之士称为韵士，可见，他对士人的气质和修养尤为重视。

对于舟车，就儒士文人而言，文氏认为只要船舱敞亮如精舍，室内陈设适宜，舱外能摆酒设宴，迎送客人即可，“用之登山临水，以宣幽思；用之访雪戴月，以写高韵”[3]339。“高韵”即高远的韵致，文氏将舟车的使用功能和士人的内心情感紧密联系起来，追求一种高雅的情致，这种情致具有含蓄蕴藉的意味。总之，舟车是士人用来游赏玩乐、抒发高远情致的。

三、《长物志》与《闲情偶寄》士人清居思想之比较

（一）造物理念的不同

关于造物理念，李渔和文震亨有着本质的不同，文震亨着重于物的雅，着力营造有古雅、韵致氛围的物，有浓厚的正统意识。《长物志》一书透露的萧寂之气是文震亨晚年心境的鲜明写照，他所言之物力求具有古人神韵，不与俗人为伍，涵养颇高，其文风平淡，感情平稳，是把身外之物看淡之后的肺腑之言，稍显守旧色彩；而李渔继承了汤显祖的浪漫美学和公安派的创造精神，事事求新，不落窠臼。与文氏的静寂相比，李渔稍显活跃，满纸轻狂，天真烂漫之情跃然纸上，兼顾造物中的雅与俗，而以俗为主，以雅为辅，如他说："造物鬼神之技，亦有工拙雅俗之分"[8]105，"盖居室之制，贵精不贵丽，贵新奇大雅，不贵纤巧烂熳。"[8]83（《居室部》）

（二）养生思想的不同

《长物志》与《闲情偶寄》的不同还体现在其养生学思想的差异上。前者的《室庐》《花木》两志与后者的《居室部》《种植部》论述内容极为相似，通过比较，其思想之差异可见一斑。文震亨侧重身养，多讲花木和几榻的保健功能。李渔侧重心养，以行乐之法获得内心之娱，即"以心为乐"，对不同身份的人的行乐之法进行了详细的区分。

李渔专列《颐养部》来讨论养生，他说："养生之法，以行乐先之。"可见他性情豁达，以使人心情愉快作为养生的法宝之一。在这个基础上，他根据人的身份地位、所处地点、四季等介绍了各种行乐之法。

（三）师古与创新的不同

与文震亨浓烈的崇古色彩相比，李渔呈现出强烈的创新意识。文震亨由于受家庭环境的影响，对古代的器具、服饰、书画、几榻等极为熟悉，他要努力追寻古代士人的文房清居生活方式。可以说，文氏注重清赏，意在体现士人的高古情怀和丰瞻意蕴。对彼岸世界关注更多，在精神方面是高雅的，在态度上是严肃的。李渔注重清玩，意在接近生活，侧重享乐，对此岸世界关注更多，在精神方面是雅俗共赏，在态度上则诙谐幽默。李渔的创新意识表现在他的反传统色彩，他对剽窃深恶痛绝，认为"以他人之功冒为己有，食其利而抹煞其名者"是"中山狼之流亚也"。他反对假人济私的贪婪行为，他认为"天地生人，各赋以心，即宜各生其智……彼焉能夺吾生计，使不得自食其力哉！"[8]122应该通过自己的才智谋取生存之计。

然而，文震亨和李渔作为士人，在造物的出发点上还有其相似之处，那就

是都遵从内心的选择。文氏要使物物“皆著我之色彩”，清新雅致的情趣因人而异，每个人都有自己的审美标准。李渔也认为造物应从自己的内心出发，“造物生人，不枉付心胸一片”，“以治墙壁之一念治其身心”，可以说，两者是心物统一论的践行者，正是在这一点上，两人的思想有某种相同之处。

四、《长物志》：士人清居思想的启示意义和缺陷

作为中国传统文化的重要组成部分，《长物志》所反映的士人清居美学思想在当代仍然有一定的启示意义。

（一）《长物志》：士人清居思想的启示意义

《长物志》的启示意义主要表现在清雅的居住观、清闲的生存观和清淡的养生观三个方面。

1. 清雅的居住观

由于家庭环境、个人禀赋等原因，文震亨崇雅抑俗，既有道家率真任性、自然天成的风格，又不失儒家以“正”为范，重视后天习得的风格。文震亨有尚古情结，他集诗文、书画于一身，对历代的诗学风格、文化特征熟稔于心，他一生遍游各地，履历丰瞻，对各地的物产和材质特别熟悉。因此，他在介绍花木、水石、书画、器具等“长物”时，一方面具有历史意识，另一方面又兼顾同一时代各地物产的特点，在比较的意义上选出与居住息息相关的“最古”“最雅”之物。他实际上为人们装饰所居住的物态环境立下一个衡量的准则，即自然古雅，无脂粉气。文震亨所阐明的居住方式，实际上是一种“清雅幽居”。德国哲学家海德格尔提出“诗意栖居”，这两者还是有很大区别的，“清雅幽居”是突出居住中对雅的追求与营造，并有寻幽访古的意味，是一种通过言行对身份的体认，比较具体，立足于居住方式进行论述。并且，就《长物志》来说，文震亨更侧重从营造清雅居所的物态环境方面进行叙述，包括材质的优劣、不同种类的区别、产地的不同等。在海德格尔看来，“诗意的栖居”与“技术的栖居”相对，诗意的栖居意味着与神共在，接近万物的本质，也就是在诗中有一种全然不同于技术的眼光与态度。它不是浪漫诗化栖居，而是与技术性栖居艰难抗争。诗作为一种本真存在获得了它应有的地位。

2. 清闲的生存观

张法认为休闲有两种，一种是朝向自由（又叫超脱），另一种是朝向束缚（又叫沉溺），这是由休闲的起源和历史所决定的。美学只有一维，其旨归是朝向自由。“强调休闲的审美境界，正是为了保持休闲的正面朝向而对抗休闲的负面朝向。”[9]从这个意义上说，文震亨清闲的生存观有其积极的意义，其积极意

义在于通过审美的诗情画意，获得一种超越的心灵境界，从而与达官贵族骄奢淫逸的游手好闲有根本的不同。

《长物志》一书传递的生活节奏是缓慢的，士人的生活姿态是清闲的，现世中外界的纷争与己无关，对尘世的琐事不过多参与。文震亨清闲的生存观对于我们的启示是：以心灵之闲追求精神境界之闲，突出生活的节奏性，按照时间和四季节令从事相应的活动，不随便调整生物钟，以高雅的活动（如吟诗作画、饮茶品茗等）实现人生精神境界的超越。

3. 清淡的养生观

文震亨在《长物志》中也阐明了自己的一些养生学主张。他以“真韵”“真才”之士自居，特别注重自己的人格修养，通过修身养性来实现自己的文化认知，寻求一种完美的人格。文震亨清淡的养生观的启示意义在于从身与心两个层面把握。就身来说，崇尚素食，不贪口欲，少吃荤食，根据时间和节令安排相应的活动，几榻、舟车等设计也尽量从有利于身体保健的角度进行设计；就心来说，注重心性的修养，重视养气，不忘心斋坐忘之法，以一种士人主体意识要求自己不落俗气，以高雅的情怀和清静的修养获得人生内在精神境界的超越。文氏养生观中的超越意义值得引起重视。

（二）《长物志》：士人清居美学思想的缺陷

《长物志》清居思想的缺陷也应引起我们的注意。首先，书中流露的静穆之气显得沉闷和呆板，因而含消极姿态，有颓废色彩，与中国古典美学的重生哲学有一定距离。中国美学的尚清意识歆慕生机勃勃的昂扬姿态，文震亨则故作清雅，对当时社会中底层民众的审美趣味关注较少，而从自我出发较多，因而其清居思想不具有广泛的“大众基础”，这在与李渔的比较中尤为明显。其次，文震亨崇雅鄙俗，厚古薄今，在建立永恒的审美标准之时，保守意识过浓，忽略了当时的新因素，不具有与时俱进的意义。这在与公安派、性灵派文艺家的思想比较中可见一斑。再次，就概念而言，其审美标准过于含糊，在给具体的物品划分时带来困难；其“古”“雅”“韵”在文中的含义常具有多变性，不易于读者把握。

结语

文震亨《长物志》中的士人清居美学思想是晚明物质文化发展到一定阶段的产物，具有鲜明的时代特点。书中所列的各种器具以及材质既是明代市民经济发展的结果，也是在明代士人居住文化影响下的结果。纵观全书可以看出，文震亨对历代的居宅风物了如指掌。他以古、雅、韵为审美评判标准，对每一材质、器具、花木和蔬果的种类和特性、水石的产地等都如数家珍，罗列得非常清楚，具有百科全书的特点。弥漫在全书字里行间的是他的高古情怀和高雅才情。

在市场经济高速发展的当代，人们的居住文化受西方大众文化的影响，具有多元性、多变性等特点，同时也存在各种各样的矛盾和冲突。在中国传统文化环境中孕育的士人清居思想，融纳了中国早期的巫术风水文化中阴阳互变、趋吉避凶的思想和农耕文化中的恋地情结和恋木情结，吸收了道家人与自然合一的思想和儒家建构清刚、清峻人格的思想，同时借鉴禅宗超越性的思维方式，注重清静氛围的营造，主张身心合一，在家具、文房清玩、花鸟虫鱼等事物上寻找精神的寄托，从而达到内心的平衡与和谐，这在当代具有重要的传承意义。

参考文献：

[1] 王玉德，王锐．宅经［M］．北京：中华书局，2011.

[2] 王振复．建筑美学笔记［M］．天津：百花文艺出版社，2005.

[3] 陈植．长物志校注［M］．南京：江苏科学技术出版社，1984.

[4] 杨伯峻．论语译注［M］．北京：中华书局，2009.

[5] 杨伯峻．孟子译注［M］．北京：中华书局，1960.

[6] 张燕．中国古代艺术论著研究［M］．天津：天津人民出版社，2003.

[7] 郭绍虞，主编中国历代文论选（一卷本）［M］．上海：上海古籍出版社，2001.

[8] 李渔．闲情偶寄著［M］．杭州：浙江古籍出版社，2011.

[9] 张法．休闲与美学三题议［J］．甘肃社会科学，2011（4）．

（该文发表于《中州大学学报》2013 年第 4 期）

苦难的反思：阎连科小说阅读笔记

艾　云*

摘　要：阎连科用冷静的笔调叙述着人的极端性命运，既不激动渲染，也不痛楚难耐；他使用的既不是拉美的魔幻现实主义，也不是现代派的荒诞手法，他只是忠实于真实的原则，集中书写中原乡村的苦难与深广无边的民族苦难史。这苦难，渊源于典型的历史与地理、官性与民性之中。

关键词：阎连科　《日光流年》　《丁庄梦》　苦难

时隔十几年，我开始整理自己关于阎连科小说的阅读笔记。我发现问题并没有失效，正如同苦难尚未灭绝一样。感觉阎连科这个人，携带着太多悲怆，唯有写作，才可以稀释那沉得化不开的辛酸如焚的黑色情绪。他如果不写作，就毁了，因为他多敏易感，因为他对乡村、农人那深渊般生活的疼痛。

一、《日光流年》：午夜生育之歌

翻开当时我所写的笔记，落款日期是1999年1月4日到19日。我记得阅读阎连科《日光流年》这部长篇小说时，岭南广州刚刚入冬，天气不很冷，窗外的紫荆花还依旧开得灿烂；惬意的风，吹拂着葱绿的树叶。元旦刚刚过去，满街的人们，正在为即将到来的春节忙碌着、兴奋着。这个眼下的世界，与我刚刚经历过的世界，仿佛不在同一个星球上，我完全无法调整阅读与现实的强烈对比与反差。

---

* 作者简介：艾云，一级作家，供职于广东省作家协会，广东省散文创作委员会副主任，多年来从事思想随笔、文学评论及散文创作，曾连续在《花城》《钟山》开设专栏，获“在场主义散文新锐奖”等。著述有：《此岸到彼岸的泅渡》《细节的四季》《南方与北方》《理智之年》《欲望之年》《退出历史》《用身体思想》《玫瑰与石头》《寻找失踪者》《我的痛苦配不上我》等。

阎连科的小说中，遥远的土色晕黄的北方中原耙耧山的丘陵沟壑里，苦难就像巨大的黑色石块，裸露出它丑陋狰狞的面目，正吞噬着在悲愁惨烈中苦熬的农人，那是三姓村善良而不幸的人。

苦难就是苦难，不值得为它吟诵任何抒情诗和赞辞。苦难在空气中散发的是腐烂血腥的气息。

任何人，任何族群的苦难都有了断、终结的时日，唯独三姓村人的苦难无边无涯，代代传袭。这苦难还不是活得好与不好的问题，而是将你怎么都活不过40岁的大限提前告知。这块赖以生存的土地，如果仅仅是贫瘠倒不可怕，勤劳无比的三姓村人，可以通过自己的双手创造出新生活。可要命的是这土里埋着致人于死命的东西。人吃了这土里长出的粮食，会得堵喉病。一旦到了喉咙肿胀干裂的时候，人就死了。一切不再是人祸，而是天灾。天要灭人，人岂能不灭？世代土里刨食的勤劳农人，再也无法逃脱死亡的追逐。

阎连科所写的得堵喉症的这个地方，不是出于小说家的杜撰和想象。据我所知，在河南豫西北一带，也就是那个闻名世界的修红旗渠的地方，有的村落正是学名食管癌的高发区。很早以来，中国医学界就有对这一病理研究和试验的科研基地设在那里。据说这种病和土壤里多了一种元素有关。方圆百里，谁能猜到那养育自己的土壤，长出的是根根毒刺，竟扎戮在淳朴乡人的心脏和喉管。

人就摊上了这样的命。

正如同上帝在掷骰子时，把一些人撒到了山坡的阳面，那里阳光充沛，植被葱茏，连缝隙里的小草，也都长得支支楞楞，一派滋润；它同时又把另外一些人撒到了山坡的阴面，那里阴湿寒冷，贫弱荒凉，即使有幸长在坡面儿的花草，也难耐凄苦，早早枯萎。

三姓村的人，摊上了被抛在山的阴坡的宿命。冥冥中，谁安排你生活在了这样的地方而不是别的地方？

阎连科扎笔就将人的命运往极端处上写。这不是臆测。围绕着人类普通分子的苦难多得是，丝毫不会比这更轻、更离奇。这时，文明社会的所有形态，如尊严、梦想、意义、希望等等全部作废。苦难就是苦难本身。要命的还不仅仅是苦难，更有死亡。三姓村的人都活不过40岁，一代代都是如此。大限如达摩克利斯之剑悬在头顶，随时会掉下来，死期历历可数。时间，咬着恶毒的牙根，卷着凶狠的舌头，诅咒着活在这里的人们。

从常识上说，人知道从出生即刻起会朝向死亡。但没有谁被提前告知自己从摇篮到坟墓的具体时间，和自己在阳世的具体寿数。三姓村人则是早早就知道了。他们眼睁睁看着死神踩踏着欢乐而准时的鼓点，分期分批地前来光临这里的每一个人。死亡对任何人来讲，从来都是最公平之事；只是三姓村的人们接受这种公平的待遇显得过早了些。他们是多么地不甘，这么早就离开这个哪怕是很少欢乐幸福只是让人心酸流泪的世界。

村庄躺在静谧若梦、紫烟岚霭的平畴上。高高的树梢勾住了空悠悠的缕缕白云。鸟儿有活力地划动着翅膀，掠过天空时，带着灶头上浓浓的柴雾。如果年景不是太差，红红的火舌舔着黑色的锅底，玉粟饼的香气也伴着炊烟弥漫开来。低矮的农户，用土坯垛了不高的院墙。不是用来防贼，仅仅是为了证明对活下去仍然还有的信心。站在屋檐下向外望去，不远处，有自己亲手栽种的垂柳、榆树和洋槐。夏天里，它冠盖如蓬，绿叶婆娑。院墙、树木甚至是路面都活着，可是人却必须得死。乡下人没有手表和座钟，他们只能从太阳一点点西斜，然后落下，万物归于黑暗的昼与夜的交替中，计算着每一天。每过一天，距离收走自己的坟墓又靠近一步。

就这么死了，不甘。

三姓村不乏能人，不乏挑头抗争的人。几任村长，从司马笑笑，到蓝百岁又到司马蓝，辈辈都想领着村人跨过这命运的门槛。

先前的拐子村长杜桑要人们多生娃。让生出的数目多过死去的数目，让生与死赛跑，让生赢过死，或许村人还有希望。于是，那个云雨交媾的孕育之夜，趁着女人们还没有干腰，男人们忙活着，仿佛怀抱神圣的使命。不仅仅是为了传宗接代，还要与邪恶猖獗的死神做顽强较量。男人和女人都不是在嘤嘤呻吟中欢悦，而是在庄严的绝望中频频动作。不说话，沉默着，只有动作。乡村的夜色，像阴森的染缸，上空飘浮着瘖症低抑的黑色生育之歌。男人播完种就完事了。次日，在湛蓝的天空下，他们依旧抽旱烟、聊天，或者等死。遭罪的受孕的女人，她们在身体极度疲惫中要怀胎十月，要操持家里家外，并且眼看着自己的孩子降生，然后再走向早死的必然命定。

司马笑笑村长要人们多种油菜。他有朴素的道理，认为人们吃油菜籽榨出的油，就可以不得堵喉症了。蓝百岁村长则是要人们深翻土地，他认为把地下深处的好土掘上来，置换掉上边的坏土，人们就可以不得堵喉症了。可是吃了新土种出来的粮食，病症仍然没有减轻。

最年轻的村长司马蓝，最有魄力和干劲，他雄心勃勃地要带领全村人把山那边灵隐寺旁的清流引进村子。他相信把灵隐渠修成，清水涓涓，村人可以喝到甘冽的好水，人们就得救了，就可以活过五十、六十、七老八十了。司马蓝是个浑身上下散发着奇异特质的人物。他有着坚硬如石的意志力、顽强活下去的生命信念。他在悲剧的绝对性面前从不肯屈服。要修渠，就要买工具，买架子车、麻绳、钢纤等物。他要男人们到教火院卖皮，要女人们到九都卖肉。这卖皮，是为前线下来的伤员植皮的需要，男人割皮去卖。这卖肉，指的是干出卖肉体换取钱物的营生。这是三姓村人唯一可以获得钱财的办法了。他们只有自己的肉身作为自然资源，他们再也不可能有别的什么了。司马蓝动员男人们卖皮时是这样说的：不想活过40岁吗？如果人死了，要身上的皮又有什么用？

司马蓝最心爱的女人是蓝四十，为这事他的妻子竹翠恨死了蓝四十。他让蓝四十去九都卖淫，让自己的闺女拜跪在地求她答应。她挣下的这钱，可以拿去治他的堵喉症。他的话说得很明白，他求生不是怕死，而是因为在一件大的使命未完成之前，上苍不允许他去死。他这样去死，是自己的解脱，就和偷生是一个性质。在这个悖论里，所有的价值和道德都得做出新的解释。司马蓝让蓝四十卖淫治好他的病，他认为蓝四十一定能答应，这是他对她的爱情考验，而这考验恰恰是要牺牲爱情中最至关紧重的东西，那就是贞操。这不是伦理学层面的讨论，也不是司马蓝自私自利。他认为这是出于谁也违逆不得的旨意，甚至是出于公心。村里人要活下去，只有司马蓝能引人开渠，让村里人活下去；在此之前，就一定得保证他活着；否则，后来的事情就不能落实。蓝四十的卖淫于是带着悲壮的殉道意味，她在为一桩伟大的事业而献祭，如羔羊般躺在了祭坛上。

写到这里，我已经写不下去了。时值南方夏季6月，外边烈日炎炎，酷热难耐，可我却觉得脊骨有一股股的凉气窜上来。我整个的人被攫住，接下来找不到任何的理论去解说上述的一切，我也全然无法想清楚在极端生存情境之下，那些人的思考与行为方式是对还是错？我得承认我的浅薄，我无法理解那些要干大事的人，为什么要让自己最亲近的人去死？

恍惚中，那来自地狱的黑色报告，正一页页飘散开来，罡风莫名地穿堂而过。我赶紧起身，走到大院外，楚楚的阳光晒得人热汗直冒，这灿烂的光线强烈照射着，好像才可以驱赶走那些不吉祥的影子。我晒在阳光下，满脑子却仍然是挥之不去的疑惑。阅读中的三姓村人承受着无休无止的绝望，这是大悲剧呢？应该说不是。悲剧的定义是将有价值的东西毁灭给人看，如碧玉般美好，如金子般珍贵之人之物，被毁焚了，格外令人伤绝，这就是悲剧。三姓村人、三姓村村长司马蓝依凭的有何价值说项？我找不出什么大道理去反驳他，只是本能中觉得别扭和荒谬。

首先说干大事这个问题。

司马蓝让蓝四十到九都卖淫筹钱为他治病；他治好病是为了领村人挖渠引

水干大事，让村人更好地活下去。一个杰出的人，你可以有远见，有意志力，有解救更多人的善心，但你在做大事之前，得盘算自己生命的有效期，自己究竟能够完成什么。你的事业在你有生之年能否成功，那得看你自己的身体条件和能耐。司马蓝在盘算自己的库存时，一并考虑了蓝四十。他理直气壮地认为，她应该为他干的大事承受一切的屈辱以及早死。他的道理是，我不是偷生，我并不惧死。言外之意则是，我都这样了，你也该这个样。在司马蓝的逻辑里，有两个方面应注意。首先是：干大事的人有权力要求不干大事的人为自己牺牲，因为干大事的人重要过不干大事的人。再则：如果你爱这个人，这个人又干大事，你就得为他去死，否则会考验出你爱的不纯粹。这一般指的是女人为男人去死，因为男人在干大事。

司马蓝正是利用了蓝四十对他的爱。他为什么不让他的妻子竹翠这么做呢？因为他说不通竹翠，他也知道竹翠对他没有蓝四十对他的那种迷恋和热爱。蓝四十爱他，他让她做什么，她都可能去做。她如果不听他的话，她会怀疑自己的忠诚坚贞。她只能这样做，她被一个男人的爱推上了耻辱之途。

司马蓝不知道替蓝四十想过没有，当她开始自己的皮肉生涯，她强作欢颜接客时，她心里有什么想法？她接客越多，为他筹措的钱款越多，离他治病的时间就会越短。他想过她的疼痛屈辱吗？他利用了她对他的爱，把她当成了自己需要的私有部分，完全忽略她这个人。他们之间原来存在的爱，那实在是一种信仰，类似于上帝拯救的信仰。他曲解了生命与信仰，认为自己的生命拯救可以派上更大的用场，别人的生命拯救可有可无。如果谁信仰对他的爱，谁就理所当然地应该为他早死。

必死性当然存在于蓝四十的命运中。她即使逃不过40岁，她也可以不去九都，可以体有完肤地在那个生命终结的夜晚，宁静安祥地等死。她在要死的前一天，可以把自己的周身上下清洗得干干净净，然后穿上大红棉袄，葱绿色裤子，绣花布鞋。如果还有力气，或许会在鬓前别上一朵白色的茉莉花。她躺在自己打扫得清清爽爽的炕上，听着窗外的鸟叫，静静等待唤她离世的时辰到来。她实在犯不着为一个男人，让自己一身腥浊、腐臭地躺在血泊中。果然，从九都回来她一身重病，连收拾一下自己的能力都没有了。她带着全部的绝望，丧失掉全部的人的尊严绝世。

我陷在巨大的悲哀之中。

但愿这一切只是虚拟，只是具有文学想象力的个案，并不具有普遍性和真实性，否则，人为什么出生，就成了问题。

当然，司马蓝最后是兑现了他讲给蓝四十的诺言。在灵隐寺的渠水就要引水入村的这一天，他离开了竹翠，要名正言顺地与蓝四十合铺。他找到她时，她已经死了，死于卖淫时落下性病后她的自残。死况惨不忍睹。司马蓝和血污不堪的蓝四十躺在了一起，最后真真叫“生不同床死同穴”。他至死都怀着希望，浑然不知道引水入村的悲剧正在上演。

人们为什么不由分说地会对一个舍身取义的人，施以感动、敬重以及无条件的认可首肯？

我用手想要拨开司马蓝迷雾。

某个人，无论你以怎样的壮烈方式完成自己，但你绝不能要求别人也同样这样做，尤其不能要求别人去死，并且用坦然赴死去考验那个人的德性。如果你讲仁义、讲道德，你唯有坦然献祭；否则，你就被垢病、被批判。正是这充满阴暗、邪恶与罪责的逻辑，在一步步推演中完成。

漫长的中国历史，这种逻辑成立并且被贯彻。献祭的民众被认为命贱，命不值钱，反正要死，这不值钱的生命你拿来尊重它做什么？当不尊重个人，不尊重生命成为共识，当死本能扼住一切时，时间无须讨论。时间的讨论只对有用的生命，对有尊严的个人才有意义。那群蠕动的微不足道的物种，只是普通的生物，如蝼蚁，如飞蝉，如蜉蝣。他哪里知道还有人的骄傲与光荣，还有人伦的底线操守？于是，偶然中被抛到三姓村的这个被贬的族类，再一次听到西山沟乌鸦呱呱的叫声。

二、《日光流年》：西山沟乌鸦的尖叫

乌鸦在西山沟连明彻夜地叫。三姓村人拖儿带女陆陆续续赶往那里。

三姓村发生了大灾荒。蝗虫成片飞过之后，地里的庄稼颗粒无收。村里家家户户都断了粮。

村长司马笑笑再一次站出来讲话，他动员村民把自己家里的畸型病儿病女引到西山沟去。干什么？喂乌鸦。他是这样说的：你宁愿让你的好娃子死掉，让这个村子灭掉？他自己做着表率，把自己的三个儿子木、林、森扛到了那里。他对儿子们说：爹是让你们享福去了，不想再让你们留在世上遭罪。司马笑笑道出的人生真谛是死比活好。活着有什么意义呢？如果来世上走一遭只是来活活受罪，死才是一切苦难与不幸命运的终极解脱。这些被选择首先去死的人，是村子里的佝偻、瘸子、长着赘痈的人，还有脑筋不全的。这些人死了，就不再和健全的人争一份口粮，那些健全的人才能活下去。这些畸型儿不是白白去送死。他们被浅浅地埋在西山沟，等待飞来的乌鸦啄食，他们成为饥饿乌鸦的口粮。这里的乌鸦饱餐了一顿之后，又被司马蓝以及陆续到来的村人发现，乌

鸦又成了人的口粮。人肉成为喂养乌鸦的诱饵，乌鸦又因为贪吃，俯冲下来觅食时被人们打下。人吃了乌鸦肉可以继续活下去。

再接下来，三姓村的人不仅把畸型儿拿出去喂食乌鸦，饿死了的正常人也被送去再喂乌鸦……直到最后几天，在差几天才能麦熟的时间差里，村长司马笑笑把自己也喂食了乌鸦。人们又可以吃到乌鸦肉，然后就可以熬过这几天了。

我继续整理着自己当时记下的札记。这时，我必须用触目惊心、用令人颤栗、呕吐、窒息来形容自己的心情与感受。三姓村人仿佛生生不息，可这绝不是生命力的延续，而是死本能地露着狰狞的笑，在嘲弄、戏谑着人，带着满脸的不屑和睥睨。

天灾连着天灾，长期地堆放在三姓村人的头上。阎连科用冷静的笔调叙述着，既不激动渲染，也不痛楚难耐；他使用的既不是拉美的魔幻现实主义，也不是现代派的荒诞手法。他只是以忠实真实的原则，写深广无边的民族苦难史。缩小范围的话，那就是集中地写中原河南。

这时，我想到了另一个河南籍的作家刘震云，想到他多年前的一部长篇小说《温故 1942》，写的是在 1942 年到 1943 年的那场遍及河南全省境内的大饥荒。

当年大旱，接着爆发蝗灾，中国国民党军队与日本侵略者又处在对峙的拉锯战中，国民政府无法顾及河南境内灾情与百姓安危。仅 1943 年，就有 300 万人死于这场大饥荒。关于这场大饥荒，除了刘震云这部以文学的形式反映的当年惨景，另外还有一本宋致新的《1942：河南大饥荒》，他搜集整理了当年发表在报纸上的关于这场饥荒的报道，新闻记者对饥民的采访以及亲历者的回忆。当年的民营报纸《大公报》对这一灾情的报道，影响力最大。

我摘录一些片段，哪怕它累赘、重复，只要使苦难的记忆不那么轻易就随尘土掩埋。这些片段，将比任何文学作品更惨不忍睹、催人泪下：

> 说吧，记忆。
>
> 当年的战地记者张高峰，从洛阳出发，经密县、登封、临汝等县，沿途他见到的到处是逃荒的人，这都是些骨瘦如柴的乞丐，灾民们扶老携幼。张记者在一篇文章中写道：他们伸出的手，尽是一根根的血管。你再看他们的全身，会误认为是一张生理骨干挂图。他们一个个迈着踉跄的步子，叫天不应，欲哭无泪，无声无响地饿毙街头。叶县一带，灾民们正在吃一种干柴，一种无法用杵臼捣碎的干柴。一位老农说："我做梦，也没想到吃柴火，真不如早死。"

> 一个老头把家里的二亩地卖了，钱吃了一大半，还剩下六十元。他怕这余剩的六十元用尽以后也难逃一死，死后连人掩埋也没有。与其死后被狗狼嚼吃，尸无完体，反不如央人把自己活埋。谁帮忙，这六十元就给谁。竟有人答应了此桩交易，当真把这老头活埋了。记者写："这事如果不是说得有名有姓，我真不相信人间会有这么的惨剧发生。"

饥饿面前，人不仅是保持不住人伦底线，甚至连禽兽不如。尤其在中国这个缺乏宗教维度、天灾人祸又频频发生的国度，在前现代化国家体制下，在无比残酷的生存法则下，人做出任何灭绝人性、令人感到发抖窒息的惨忍之事，似乎都不足为奇。也就是说，当人沦为了纯生物的东西，当人被抛在死亡的边缘时，从来无法谈论对生命的尊重和敬畏。

仍然拿1942年的大饥荒来说。当时已有四大灾难，即"水旱蝗汤"，像四条粗重的绳索，深深勒住每一个河南人细瘦的脖颈。单说水灾，1938年蒋介石下令扒开了郑州以北的花园口；嗣后6年，日本人的确未能登得对岸，但是黄泛区中的民众，水中毙命，或为鱼鳖。"汤灾"指汤恩伯，敌战区司令部设在洛阳，卫立煌为司令长官，实则军权在其副职汤恩伯手中。汤的队伍军纪太差，民怨日沸，民恨极大，恨之入骨。外加河南作为对日作战的重要战场，无论国军的军力补充，军饷的筹集，都给河南民众带来沉重负担。不仅是此时的连年战乱，百姓流离失所，土地化为焦土；历朝历代的政权更替嬗变，河南都是古战场。逐鹿中原不是一句成语，它意味着铁骑狂扫，杀声阵阵，冷兵器中，寒光闪过，尸横遍野，血流成河。所有民族的惨重牺牲，都由河南人承担了。他们太苦了，我为我的河南泣哭。

写到这里，我发现，人在超出极限的疼痛过后，接下来的会是承受力断裂后的麻木；而当年，那些饿疯了的人做出的极其残忍的事，日后当他在正常情形下开始记忆那一幕，他还能心安理得地活下去吗？还有比这些罪恶更大的罪恶吗？

回到阎连科在《日光流年》中写的三姓村人捕杀西山沟乌鸦的场景，似乎没有那么直接恐怖了，在简单的食物链循环中，人恶心地苟活。吃过乌鸦肉的嘴里，带着浓腥的腐肉味。这个人只有唯一一个念头：活下去。在绝对的苦难中渴望活下去的念头，卑鄙而顽强，带着人全部的屈辱与残忍，无以复加。

按照法国思想家福科的说法，自然对人若施以惩罚，并不会使人变得更好一些。残酷以及暴力，作为最古老、最基本的文化特质，将对身体、灵魂以及社会组织诸方面产生奇怪的副作用。人吃人，或变相的吃人，都是绝对的人性扭曲与变态，是文明的倒退和反人类罪。在这样的事态面前，当苦难还原成非常态，露出绝对的狰狞和丑陋，张开血盆大口欲以吞噬人的筋骨、血肉、良知和感觉时，宗教的原罪和法律的定罪都失去了最终的意义。

有着深厚的乡土经验，从河南走出的作家阎连科和刘震云，熟悉中原农民的命运。多少年来，他们在一团团黑色情绪的纠缠中，想要刻意遗忘留给中原农民的惨痛记忆都不可能。必然的，他们羞于写莲芷满湖、牧笛唱晚、袅袅炊烟、稻花飘香的乡村理想风俗画和农事诗，也将拒绝美学意义上的乡土文学礼赞，他们下笔峻冷。常识和经验早已告诉他们，穷就是穷，苦就是苦，苦难至深，深至骨髓，像尖利的刺一样深嵌，无以自拔。空洞的抒情从来是文人墨客的事，与大地上的农民无涉。乡土中原的农民，如果睁着无神的双眼，伸开骷髅般的身体呼喊着活下去，这绝不是在表达人类的神圣情感，而只是在本能中渴望苍天慈悲，给他们一点儿可怜的活下去的希望，但结果却只能是徒劳。这些无辜的人，不知触犯了哪类天条，天灾放不过他们；接下来人祸也将要生生扼住他们的喉管。

苦难如影形随于这些苦命人。

三、《丁庄梦》：古河道的活泉

阎连科《丁庄梦》一书描写的古道河滩一片旷野荒凉。县教育局局长领着两个县干部，拿着上级的发展血浆经济、脱贫致富文件来到丁庄。他在这个古河道先挖一个水坑，掏了喝水；再挖，又有水，泉水咕嘟嘟往上冒，水从坑沿漫出来，朝着干涸的沙地流过去。动员丁庄人卖血的县教育局局长指着这水坑说，人的血抽不干，如同这活泉，抽走了又来了。领导又领着不愿卖血的丁庄人参观三百里外的蔡县上杨庄。那里到处是红砖红瓦的二层楼房，一排排齐整漂亮，各家门口栽着冬青和鲜花，屋子里放着电视机、洗衣机、各式立柜、组合柜，床上是绸缎被、羊绒毯。村里的男男女女伸开胳膊，露出芝麻似的针眼儿说，抽血怕什么，只是有些痒痒，像被蚂蚁夹了一下。可就这么夹了一下，幸福生活就到来了。丁庄人不服气了，说人家是人我们就不是人了？就你的血金贵人家的血就不金贵了？于是，家家户户都扎上了密麻麻的针眼儿。十年后，人们开始得热病，死人像死条狗，死只蚂蚁。这是阎连科在小说《丁庄梦》中叙写的故事。这不是虚构的故事，是发生在河南农村的真实事件。

我已经不知道该怎么表达我的难过和痛心了。人怎么这样憨傻呀！穷极了的人，在《日光流年》里，男人卖皮，女人卖肉；到《丁庄梦》里，男人女人都去卖血。人在极度匮乏的物质生存条件下，选择去活的方式仍然是出卖唯一的自身资源。这一次，他不仅想活，还想活得好，活得富裕、体面，可最后他仍然得死；这一次是县教育局局长领着县干部到农民那里宣传动员去的，不是农民自己要去的。我现在想问的是：干部们为什么会用活泉这么形象的比喻去动员农民？而农民又为什么终于相信了活泉的比喻个个踊跃参与？这迫使我去思考某种权力与责任的问题。

来动员农民卖血的县教育局局长和另外两个县干部，他们拿的是上头的文件。全县各局、各委都到下边农村动员卖血。县教育局分到五十个血源村。可以想像，县里面的其他局其他委也一定分有动员指标，下边的各村各户，基本上是一网打尽了。他们拿着上头的文件，这文件肯定是县级领导还有管县领导的更上一级领导的指示、决策。为什么会下派这样一个“发展经济”的文件？因为发展经济，对于一个地域的百姓的物质生活条件改善是当务之急。可是稍有常识的人都知道，经济的发展依赖于商品、贸易、市场，依赖于建立起新型的生产力和生产关系。而血液，秉天地造化，发肤于父母，是自身的生命之源，它不是商品。当然，如果这一段真是熬不过去了，人在穷急的时候，偶然伸出胳膊去卖一两次血，还问题不是很大。可这也要看个人的身体条件允许不允许。如果身体不是很好，抽血过后，这个人会更加虚弱衰败。日后用于自身治疗的花费，要多过许多倍卖血挣得的钱。人之精血，一旦流失，会损坏心、肝、脾、肺、肾以及心脑血管的许多功能。人之精血，一旦溃散，这人基本上就没什么免疫功能，任何一点的小小感染，包括风寒感冒，都会酿成重疾，要了这个人的命。县教育局局长做动员时，故意给几个识文断字的人戴高帽，说：“丁老师，你是读书人，咋连人身上的血和泉一样越卖越旺的道理都不懂。”他真是会用词啊。

血和泉不一样，没了就没了，长出来很难很难。说到这里，不免想到现在，社会真的是更文明更进步了，过去人们卖血的经济行为，现在转换成献血的道德热情。这的确是人的自我选择。但是对这事的宣传舆论，切不可利用了人的利他主义的崇高感，而诱导人去做日后损伤自己的事。宣传导向说，人献血可以促进血液吐故纳新，对身体有好处。有些人觉得自己胖，会去献血，并且多次。其实，胖是水肿，是身上肾气不足，浊气难以排掉。献血光荣，但这人失血后的造血能力却不敢恭维，今后将麻烦更多。

有人可能会诘问：如果血库空了怎么办？这该是另外的课题，与献血者必须做的个人承担能力不必搅在一起。医院救治病人固然是人道主义的天职，而医院对未病者的身体关心也同样应该考虑。这些自愿的献血者，在尽一个公民的责任，这没错。但是相关部门，则不能误导他们。宣传舆论部门掌握的是导向的话语权力，医院等用血单位掌握的是常识的解释权力。他们应该告知于人的是理性的意见，而不是别的。而自愿献血者，他根据自己的身体条件，可以选择利他主义去救治别人；也可以选择自我呵护先保存自己。这都是他个人的选择意见，后者也并不表明他的行为有什么不道德。尊重人生命的权力，从任何细节开始，这是他者的角度；从实际情况出发对自我呵护，这是个人的角度，如果这些成为社会常识，许多问题就不会那么拧了。

相对于极度贫困中的农民，上边权力部门的任何决策，对于丁庄人来说，这种理性的认知他们还远远达不到。他们唯有听从，哪里能够想到将有置人于死地的必然恶果呢?

丁庄的农民，一开始并不相信血像活泉一样的宣传，他们沉默着。最后经不住轰炸般的宣传。县教育局局长对看学校大门的敲钟老丁说：丁老师，本不该批你模范老师，可每次报上来我二话没说就批准了，你又得奖状又发钱。现在我这教育局局长给你这一点任务你都不完成，你是瞧不起我这局长吧。这么着，一环环的恐吓加苦肉计，最后参观示范村。这一下，事情全解决了。要知道，农民不是高人，他们无法透过现象看本质。无法理解血干了就长不出来，各种杂病通过小小的针头会致他们于死命。他们随众，只看眼前，不虑长远，不知道真相那只恶兽，正蹲伏在前方，某年某月，会张开血盆大口，吞噬掉他们。最精壮的男人和女人，血最旺，卖血次数也最多。半月二十天的，抽上400毫升、500毫升，乃至更多，虚飘飘，有些眩晕，云里雾里的，密密针眼成了大瓦房、电视机，竟生出了些无比的快意。

写到这里，我的心口像堵了块大石头。憨人，你傻不傻！骗你你就信？你们连基本的常识和判断力都丧失了？你们命该遭受一次次大罪吗？想想便觉哀莫大哉!

他们当初如果不被动员卖血，即便日子过得极其艰窘，即使吃食没营养、很差，但他们活到七老八十不成问题。村子里，目前健康的，反倒是60岁以上的老人，因为当初他们年纪大了没有去卖血。现在，没有染病的他们，老头儿在忙着料理地里的庄稼，老太太在照顾着家里染病的儿女，操持着里里外外的家务。

有一次我问一个东北籍的朋友，如果有上头的干部动员你们那儿的农民去卖血，许诺说这是发家致富的捷径，他们会干吗？他说不会。东北有的是土地，农民不缺地。挖一锄头下去，土地黑油油的，甚是肥沃。早年间来闯关东的人，惊讶地见到大片大片的荒地，他们知道只要自己肯下力气，在这里虽不富庶，却不会饿死。东北人谁会傻到去卖自己的血挣钱呢！阎连科的《丁庄梦》所描述的现实，让人无法解释，无法解释这发生在20世纪下半叶的河南农民的又一次惨剧。这一次不是天灾，而是人祸。双向夹逼，无辜的农人怎能逃脱万劫不复的深渊?

河南发生的这些人祸，已经不是第一次了。以20世纪五六十年代的那一次来说，那是河南历史上发生的让人永远也遗忘不了的血泪交织的民殇。

四、苦难的反思 I：黄河之滨的秋天

1960年10月，秋阳高照的中原乡村；树上无叶，它不是随秋风秋雨而凋落，而是被饥饿的人们捋光、吃净了；有的树皮也被剥了磨碎吃，地里的观音土也被饿疯了的人挖了吃。之后，人们开始浮肿，肚大如鼓地死去。愈演愈烈的浮夸风和接下来的高征购，让产粮大省、河南的农民再一次陷入饥饿带来的死亡中。

时任国务院副总理的陈云来河南做一个短期调查，他对前来高调汇报成绩的河南省委书记吴芝圃说，你算过一本账吗？河南有多少耕地？有多少农村人口？按最低限度农村人口要吃多少粮食？种子需要多少？饲料需要多少？全省吃商品粮的人口有多少?

几笔账算下来，吴芝圃仍想辩解，陈云则缄默无语。过了很长时间，陈云对吴芝圃说，我不希望河南往外调粮食，搞高征购。吴芝圃急了，站起来说：河南的粮食产量比去年翻了一番，不但不需要国家调入粮食，还可以调出粮食。

吴芝圃此时有理由对陈云的所有意见置之不理。陈云在1958年大跃进问题上，与中央意见相左；在中国最高层的领导人中，陈云是对中国农业问题了解较深，比较尊重客观事实，不说大话假话的一个。他早在1955年、1956年的农业集体化运动中就看到不少教训，认为大生产单位对生产劳动不仅不能起促进作用，而且起阻碍作用。大家都在分散劳动中，很难对个体劳动进行监督。况且，为大生产单位劳动，个人的积极性肯定没那么高。实际上，1959年7月庐山会议之前相当长一段时间，陈云未见露面。

吴芝圃这一次还是不想落于人后。他曾经在兴修水利和人民公社方面拔过头彩。放卫星、报高产量，然后高征购他又走在全国前边。他已成功地挤掉了河南省原省委书记潘复生，给他扣了一顶“右倾”帽子，让潘在政治上灰溜溜的。

早在1958年，河南的粮食产量只有281亿斤时，吴芝圃就咬定说有702亿斤。你既然收成了那么多粮食，按比例上缴国家征购粮，自然是责无旁贷。可以想象，谎报那么多的粮食，挖空粮仓，也凑不到征购数额，农民怎能有活路。1958年11月与1959年2月，中央的第一、二次郑州会议召开，吴芝圃出尽了

风头。他觉得自己是太被伟大领袖信任了，他眼含泪花、信誓旦旦地要把郑州变成伟大领袖可以常来常住的地方。正是在这几年，吴芝圃在郑州以北的方向，距黄河花园口不远处，开辟出一大片地，要建一个豪华的园林式别墅群，并在最短时间内以最优异的质量建造成功。这就是日后的河南省委第三招待所，现已更名为“黄河迎宾馆”的地方。

“黄河迎宾馆”的建筑，是俄式风格。外观看似朴质枯素，内里却高阔轩敞。吴芝圃先按当时的中央委员和中央候补委员人数，每人一个大套间地盖起一幢大楼。党中央当时的七位领袖，每人一幢别墅。毛泽东的别墅最大最考究。

吴芝圃一边建着别墅，一边催促基层干部尽快完成征购任务。借着庐山会议的东风更来神了。如果哪个干部完不成任务，他会把他们打成“小彭德怀”，像在土改时斗地主那样斗争他们。如果农民有敢不交足粮食的，关押吊打，是家常便饭。在这样的强行征购下，农民完全没吃的了。我们现在的人全然无法想象当年人们挨饿的滋味。

农民家里，席礤编圈的粮囤里，一粒粮食也没有。地里，连梗着的麦茬，秫秸也见不到一根，坡上地洼的野草全部挖净，树叶捋得光秃秃的，连土也不放过。饿呀！先是胃痉挛，火烧火燎地疼，然后是虚脱，慢慢死去。刚开始饿死的还有人埋，到后来，活人和死人都动不了了。

我查阅了一下资料，1959 年全国非正常死亡率飚升时，中国的谷物出口量达到历史最高水平，是第一个五年计划平均水平的两倍，进口则是降到六年中的最低水平。这其中的原因有外交事务方面我们与苏联交恶，最主要的是政治策略失误造成。

再说吴芝圃，他已经陷在这几年获得的巨大荣耀里无以自拔。因此当 1960 年陈云来河南为他算着一笔笔账时，他完全听不进去，实际上这时陈云已经脱离失意冷藏状态。周恩来组织中央财经小组，领导制订经济恢复策略时，他将陈云请了回来。吴芝圃不买陈云的账。河南的饥荒仍然大面积蔓延着。直到 1961 年，才算慢慢缓解下来。

乡土中国，黄河边的中国，朴素的农人，面朝黄土背朝天的辛勤耕耘者，只是想活着，可活下去却为什么如此艰难?

我为什么又写到了吴芝圃？我曾经在《晏阳初在定县》这篇文章里写到过他？虽然他早已作古，虽然距离他亲手制造的那场苦难与悲剧也已过去 50 多年。却是在幽幽风中，白色的灵幡飘飘荡荡，那一个个饿死的魂魄，伸出一双双瘦骨伶仃的手却在呼喊：忘记过去，就意味着背叛。而发生在 20 世纪 90 年代的河南农村境内的卖血狂潮，和嗣后的大批人员感染艾滋病的残酷现象，这也就是作家阎连科《丁庄梦》里写下的那个真实故事，正是忘记的例子，是人们遗忘了瞒与骗带来致命的杀戮以后，再一次将自已陷进沉疴膏肓。

我作为一个河南人，作为一个能掂动笔杆从事写作的河南人，不能让自己轻飘飘地飞起来。我非常佩服阎连科，当然也包括写《温故1942》的刘震云，在众人都要将河南一次次的苦难给予遗忘时，他们一次次执拗地叙说。

我再次写到吴芝圃，不是想把那场灾难的原因都归咎于他一个人头上。我更想通过这个十分典型化的人，追问一下，国家政治伦理几乎占据人们全部生活的河南，有着怎样的官性和民性？吴芝圃为河南土著，来自豫东杞县。作家张一弓在长篇小说《远去的驿站》中写过一个叫杞国的人，原型就是吴芝圃。他曾经是张一弓外公的学生。张一弓最早反思浮夸风带给民众巨大创伤的小说《犯人李铜钟的故事》，写的就是吴芝圃治下的河南农民受难与殉道的形象。这场惨剧，从此让河南大伤，透达骨髓。也从此对河南民众的社会情绪、心理认知都产生难以估量的影响。它远远甚于以往的任何灾荒。

五、苦难的反思Ⅱ：官性与民性

河南为什么总是多灾多难？我一直在寻找这方面的原因，这大概可集中归结为：浸润于国家政治伦理的普遍化与持久性。

河南，原本有着中华民族灿烂的文化与辉煌的令人骄傲的历史。它地处国中之国，阡陌交通，土地平畴，四通八达，是农耕文化中的富庶之地，引无数英雄豪杰为之逐鹿问鼎中原。陆游诗曰：“王师北定中原日，家祭勿忘告乃翁”。在河南建都的朝廷极多，不说殷墟、周代，仅洛阳就有九都建此；东京汴梁，则七朝古都。金銮殿建在哪里，哪里的百姓除了增加些不切实际的盲目自大和炫耀心理，他们并不能得到什么实际好处。朝廷阴谋，皇族倾轧，奸臣盘剥，以及所有大大小小的摊丁派亩，都会首先落在这里的黎民百姓身上。尤其在改朝换代的时期，莫不成烧杀过后的废墟。洛阳晋时修下雕栏画栋美不胜收的金谷园，富豪石崇与歌妓绿姝，在此演绎一段感天动地的情话。可是几番战乱几场战争后，皆焚玉毁珠，成为萧索。

中原土地，虽然平畴远阔，但是几千年的农耕文明养育太多的人，早已使其竭尽地力，土贫壤瘦。在麦苗返青期，如果连续多天不下雨，烈日炎炎下，一阵干风，干涸的黄白色浮土中隐约露出细茎的麦拢，吹倒了正靠天吃饭的伶仃如柴的农人。河南人生长于斯，顶着头上辉煌的历史，却受制于有限的贫瘠的自然资源。在自然灾害面前，他唯有逃荒或等死。因此它最灿烂又是最黯淡，最辉煌又是最苦难。历来的国恨家仇，内忧外患都血淋淋压在她的头上。

河南从来都是一个极其政治化的地区。地上画栋宫帏的遗址、地下珠镶宝嵌的皇陵，显现昔日皇廷之荣耀。国家政治伦理如同滔滔的黄河之水，早已流淌在河南人潜在的血脉中。相对于文明之城的众多人口，兵燹战乱的焦土一片、农耕文化中已竭尽的地力，则河南的自然资源仍是匮乏。这使得参与利益分配的政治权力，更吸引人全部的注意力。匮乏中的人，本能中希望得到国家政治统治机构的保护。他们目睹执掌权柄者，对他人可以施予生杀给予大权；同时权力又可以给人带来一切的利益，不仅是光宗耀祖的精神财富，还有封妻荫子等一系列物质的。眼见利益和权力相关，匮乏中官与民，对权力自然怀着种种暧昧、复杂的心理。除了高官，各个下级官员，无不清楚争取政治权力是自已的唯一出路。在权力的羊肠小道上，挤满了想要权力的人。有数的名额，自然是争得头破血流，你死我活。人为争取既得利益，只能是愈发的铁石心肠，毫无怜悯恻隐之心。为官者，知道上头得罪不起，只有牺牲百姓的利益，这样做到头来也并没有更坏的结局，反而可以得到升迁。

阎连科《丁庄梦》里那个动员农民卖血的县教育局局长，后来又成了管理领导艾滋病工作的新任领导。他当初能那么积极地完成上边派下来的指标，自然是可以让人信赖，他当然可以继续得以重用了。只要唯上，把底层人的生命搭进去，你照样可以官升三级。

大部分百姓当然是处在无权状态。他原本也不信为官者的宣传造势，知道那里边没几句是实话，多是瞒与骗设的局。可最后，他们却为什么又总是轻信呢？比如说让你卖血，说你身上的血是活泉，你就相信了？你一伸胳膊，财富就源源而来呀？你就那么憨，那么傻！甚至，当血站搭起绿色的帐篷，抽血的人和卖血的人都在血色辉映中忙碌时，河南农民被新奇的景象吸引住，多数人就在那里蹦跳着、亢奋着。他们并不相信什么，却又为什么轻信？

我一直在思考里边的原因。虽然不信，但是瞒与骗，已经像黑暗的底色笼罩了人心。理性之光，无法照亮普通百姓的集体无意识幽蔽。他逢到一些事情轰隆隆到来时，不会冷静地自己去分析，去做判断。他对天花乱坠的宣传仍然相信，他随众。他过于憨厚，见识短浅，被人利用。而利用他的，是那些想要创造政绩的官员。官员为官位负责，百姓却为轻信付出惨痛的代价。中国社会，早些年间，国家与政府，对民主政治很是隔膜。而河南，表现得尤其突出。河南官性之凛冽、民性之轻信，已引起不少人思索。

写到这里，我努力想从历史上寻出些线索。汉代大儒董仲舒说过“罢黜百家、独尊儒术”；宋明理学家二程父子说过“灭人欲、求天理”，以及“饿死事小、失节事大”的话。考察三个人竟然都是河南人氏。春秋时期山东曲阜孔子，是怀抱入世热情、治国理想而周游列国。他所创立的儒学，的确是为统治者的管理策略而定。但他不是刻板的说教，也不是诡异的魅众，而是写下自己变通、灵活、机智的道理。他写下为君之道的智慧，为臣之道的练达，为父之道的慈厚，为子之道的孝悌。孔子教给人们的是圆融、适度的遵守，但他从来没想到日后有董仲舒，为了他的儒学，开始血淋淋的战伐。黏腻沉闷的董仲舒，平时不多言语，可只要开口，却是杀无赦。他要掐死齐放的百花，灭掉争鸣的百家。二程为什么要置人性的七情六欲于不顾？自己是不是冷血、性无能的病态和畸型？否则，为什么对恣意盛放的人性之美那样仇恨且全然不顾人性真实的学说。

写到这里，我只能无言。历史上的这些冷血动物，能够名垂千古，真是怪事。他们施以语言暴力，无形中戕害了许许多多的人。他们在极端性中，在不极端不足以引起天下人注意的心理驱使下，让其本土民众，承受更多悲情。河南的史页上，折叠的是血渍斑斑的页码。无怪后世的河南，凡事都做得过头，血本无归且无所不用其极。这里原来隐伏着如此漫长而玄奥的历史端倪。

横向比较中，河南与别的省份有差别。首先是广东。因为我已迁徙这里 20 多年，未写这篇文章之前，我常将岭南广东与中原河南做着比较。我发现广东的官性没那么凛冽，而是有着相当的灵活温和；而民性也没有那么轻信，而有着经验常识做底衬。岭南广东，过去是瘴疠濡热之地，到处荒草湖坡，蚊豸蔓野。这里气候不顺调，路途不平坦，被称为化外之地。中国的古代文明之风，似乎吹不进去。如此不被上苍眷顾的地方，自然成了被贬谪的北方官员和失意者的流放地。这里的人知道自己的生活环境不好，反倒学会了自我保护和不折腾。广东人向来对政治不做慷慨陈辞的热衷状，因此广东的整体氛围，官性与民性也就显得不那么极端和惨烈。广东的干部，自上而下，朴直厚道者居多。他不会在做报告时慷慨激昂地讲大话虚话，他的道理比较实在；也尽量少干些搜刮欺压百姓的事情，即使上边来了精神，官员也会温煦行事，尽量不让上级觉察自己的工作不彻底，悄悄让百姓讨条活命。

广东与河南比较，不是说广东人的思维方式天生有多么明达，应和其海洋文化的开放性有关。广东毕竟毗邻大海，人在极端情境中，偷渡也要出洋谋生，不会让自己困在一隅等死。海洋文明给了他灵活性，这里当然也就不会发展到人吃人的恐怖与变态。饿极了，再不济，到海里江里捞些鱼虾也能养命。广东虽说离河南远了些，但它与河南却是有着太深的渊源关系。历史上中原变局，河南有许多人向岭南迁徙，这就是广东的客家人，他们至今还保留着许多中原的风土民情。

除了广东，我们看一下与河南接壤的周边省份。与河南邻毗的省很多：河北、山东、山西、安徽、湖北都与它紧挨着。过去的河南，代表着中国，周朝天子曾经让人测量国之中心，今洛阳一带便是。历朝历代，边地有造反者，比如北魏的拓跋鲜卑，他们北望中原，因为不到中原，便算不上征服中国。可是河南与这些周边省区又有大的不同。

若说河北，它与河南地理位置与气候比较接近，可北有渤海湾，是中国较早的通商口岸，河北人在蔚蓝色海洋文明祥光笼罩下，有着一种开放博大的视野。况且，它靠近天津，人多走几步路，就与繁荣的天津有了互动。

若说山东，与河南交界，而山东却属于胶东半岛。全省，半是田地半是海，每到关键时刻，总能进退自如。其中青岛有西化遗存，山东除儒家学说，还有异质的文化存在。

若说陕西，地理环境比河南要差。纵然有八百里秦川，却是干燥的风，吹来迷眼；水源奇缺，历史上它也大闹饥荒。但正是它并不便利的地理，陕北的一岭又一岭与褶皱山坳的窑洞，使1935年的中央工农红军在这里建立了红色政权。这里能囤得住人，河南却是被人盯着的良好战场。每每战争过后，一片焦土。陕西少战事，人就少了致命的愁苦。山峁上头扎白羊肚头巾的汉子，仍有闲情逸致扯开嗓子唱起让人感动得泪眼婆娑的信天游。

再说安徽，它靠着江浙、上海一带的鱼米之乡。人有富亲戚，就多条活路。安徽历史上，多有劳动力到江浙、上海一带讨活路，只要肯干，也能生存。

最后说山西。处在水不丰田不肥的山旮旯里的山西人，不再靠田吃饭，他们在被逼绝境中，开始发展起贸易，偏乡僻壤，形成了票号、商行、镖局等现代金融、交换与物流形式，并以诚信闻名天下。当地百姓，也因此就近获得谋生的活路。

山西在石砾飞沙中，走来敢闯敢干的前辈。正是难以糊口谋生的困境，让他们向西北，走西口，入内蒙。牵驼载物，跋涉于沙漠等不毛之地；在黄土地上建起一个个家族式的票号、钱庄，产生了对中国政治经济领域都产生重要影响的晋商。晋商传统中有着以义制利的经商理念，几乎成为不衰的美谈。

目前有许多义愤填膺的知识分子，他们把搅乱我们日常生活的食品安全的隐患、不法之事的频现，统统归结为只知谋利的万恶的商人。的确，经商者的道德水准不会让人信服，晋商时代的商业理念更让人觉得匪夷所思。但在寻找人之原罪的原因时，善良的人应该学会透过现象看本质。以目前充斥在市场中的权力因素为例，背景雄厚的政治集团的操盘，正在妨害纯正的商业行为，如果是无权无势的经商者，倘被发现其有不轨行为，治以重罪是易如反掌。什么是经商之人？那些卖服装的合法经营者，一件衣服挣不到几个毛利，还要承受这样那样的税收；如果讲求理性原则，法律应首先制裁不法经商者，保护合法经商者。只有不明就里的人才会一味反市场，反市场的结果只能强化政治集权。可喜的是，目前的中国，正朝向法制与文明理性的社会发展。

不论怎样，山西人经过商业精神的洗礼，而河南人则未经这种学习和训练。河南地多人更多，不胜负荷的土地已养育了无数的子孙。生活在这里的人们似乎习惯了在这里死磕，很少有人跳出去。当然，1949 年以后，户籍制已经严格限制了人口的流动。但这之前，即使饥荒年景外出逃荒要饭，躲过春荒，等麦子有收成时，他们还会回转家乡。这种重土轻迁的思想早已固化在土地情结上，不相信除了耕种土地以外，人还能做些什么。

我总在想，为什么河南人不能像别的省区的百姓那样，或迁徙移民，或弃农经商？是什么原因使他们一直被禁锢在苦井里，一次次承受灭顶之灾。

河南的百姓，被看管得太紧，他们生生拘在这里，脸上从来没有周边兄弟省份的那份洒脱。那外省的兄弟心里多少揣了些自由狂想，脸上还有着调皮浪荡的笑容，然后走西口，闯关东，下南洋。河南人动不得，一动就落罪。封闭与强制，造成河南的整体氛围。

大家就只能蹲在这里了，直盯盯瞅着那些有限的资源。这时，就看谁的本事大了。本事大的，参与了资源分配，于是他就有了一种能量延伸。他太看重这权力，会想方设法保着它。要知道，以分配为政治权力的机构，其权力集中是必然；否则，就乱了套。分配权力集中于权力者手中，他的脾性日益怪戾，面目日益狰狞。那些没本事的普通人，地位越低身份越贱。他们不仅处在等待分配的无望中，而且他们手中仅有的收获，也有可能被强行拿走。那些农民，看着粮仓里最后一粒粮食被搜走，在接下来的日子，他们何以裹腹？唯有饿死。人之将死，将无仁义、敦厚、诚信、良善可言。

千万不要把苦难浪漫化以后再加以抒情歌颂，不要把肮脏黑暗的苦难镀上金箔。苦难就是苦难，它生不出好东西，生不出廉耻敦厚，更生不出仁慈博爱。

极度的匮乏与贫困，人心会变形，变得冷和硬，当然也会有处变不惊的非常大度的自我解脱能力。在许多事情上，河南人大部分都能想得开。

极度匮乏与贫困中，参与分配的官，与等待分配的民总在暗中对峙。可民对官的恨与惧，最终选择的是惧与忍。河南民众即使在极度冤屈中，也都是些极有忍耐度的人，他们选择不发作。隐忍之中，河南人对权力的畏惧，将转化成对权力的崇拜。

河南人际关系的微妙、复杂、难缠，其隐幽曲折，为作家们提供了丰富生动的写作素材，这包括阎连科，也包括其他的河南作家。

六、文学保留真实的记忆

阎连科的身后，是苍凉贫瘠的乡村。无论平畴还是山坳，都在飘散一缕缕苦情的浓雾，浓得让满树的绿色、满天的月华都凋零殆尽，剩下的只有农人悲哀的喘息。他对苦难从不发出廉价道德化凭吊，他用末日论的情绪，讨论命运的绝对性。

阎边科《丁庄梦》后记的题目叫“写作的崩溃”。他写道：“日光从窗外一如既往地透落进来，客厅的半空里尘埃飞动的声影清晰可见，宛若小说中无数的亡灵在四周耳语。”他说他就那么木呆呆地坐在那里，一任泪水横七竖八地流淌，脑子里一片空白，又一片摊着堆着的无序麻乱。他问自己为谁而流泪，为何感到绝望而无奈，那只能是为家乡，为河南那多灾多难的土地。

我欣赏阎连科。虽然我与他生活的背景不同，但我却在对他文字的阅读中，一次次被底层民众承受天灾人祸的劫数而袭击，我的灵魂在震颤。

当一个人哪怕只是经历着苦难史料与文字的洗礼，之后再看别的什么，都开始觉得浅薄了。苦难让人眉峰紧蹙，眼神忧伤，面孔不再有廉价而空洞的痴笑；讨嫌那为利益的纠缠所行使的奸佞、圈套、阴谋等手段，如果这手段还在文字中被得意渲染，更觉无聊。

我仍然想说的是，中国文化与政治的本质在河南比在其他任何地方都得到淋漓尽致的表现和发挥：它强调共有而不是私有，承纳同化而少异数，看重天下而非个人。这从内到外的漫长浸润，人哪还能身心舒展，哪敢有率意而为之举？河南人的表情，多见憋闷和乏趣。他比不得湖北人的火力蛮辣，比不得山西人的机敏灵算，比不得四川人的洒脱活泛，比不得山东人的鲁直敦厚，比不得湖南人的硬扛坚毅，也比不得广东人敢为天下先的率性大胆。

河南比任何省份的人，都处在完整的国家主义和集权的政治结构中，这里出不了逍遥江湖的刀客，出不了富甲天下的商贾，其实也难以产生卓越不凡的政治家。河南人无论在高地或是低地，都常存恐惧。他显得胆怯，明哲保身。一个长年处在惊怵之中的人，很难语言幽默、笑声朗朗。如果周围的人跟着这样的人毫不开心，只觉憋闷难熬时，人们会离他很远。于是，河南人在大的权力博弈时，很难找到有政治魅力、领袖气质的人。他们很怕领头去干，害怕承担责任与风险。他们希望作为中间力量，去忠实执行上边的任何指令。

河南人从来就像在巉岩石缝中的野草，只要有一些缝隙，他都要发展壮大自己；哪怕是只给他一线的雨露阳光，他也能顽强柔韧地蔓延成满坡盎然的生机。他又像立在大地之上峥嵘的树，无论怎样的雨摧雷打，斧砍刀劈，都奈之不得。他们就那样定定地挺拔着站立，从来都对生命的不公很少牢骚抱怨。他们迎着满天光华，直到历史的永恒。

这就是本质上刚毅不折的河南人。他们信奉：活着，是最高的哲学。

可活着总是那样不易！阎连科在《日光流年》的结局中写道：三姓村的人谁都不再怀疑引来的灵泉水，从此可以让人过上无灾无病的长寿日月了。他们甚至在思忖：以后活那么长久的寿数，儿孙们不孝怎么办？想着想着，他们自己就笑了。可是渠水引来了，却是腐臭冲天，水面上漂浮着油渍和破烂。上游的水源已经被污染。三姓村的人生在绝对的命运惩罚中了。我宁愿相信阎连科是在用末日论，用黑色寓言的方式，在对人类未来的整体处境发出警世之言，而不是三姓村的真正状况；我宁愿相信是阎连科作为一个真正成熟的作家，除了悲天悯人，除了人道主义关怀与立场，他只是用隐喻象征的笔法，哀吼出他对人类深重的忧虑：人类真的可以变得聪明一些，以自我救赎的方式，走出那万劫不复的悲剧命定吗？

《丁庄梦》虽然写了满目的血，村里的树都被砍光做埋人的棺材了，但最后，他仍然写了清冽的荆芥花开在窗台，那香气飘散在村子里的每一个角落。下雨了，一场雨，但见女人们用柳枝儿蘸着雨水在甩泥人。一个，又一个，人类又一次开始创世纪了。如果死意味着悲剧的终结，那么人们不必过于哀伤；如果生意味着正剧的开始，那么人们，将再一次进入残缺与健康、孤独与团聚、逼仄与辽阔、光明与黑暗的交替循环中。这是人类欢乐与苦难的内核。这内核是直指人类的心脏，而不仅仅属于河南。

与复杂的生存真相比较，文学怎样都是空洞苍白。而文学的意义，则在于保留记忆，哪怕它是痛不欲生的悲情与苦难记忆，而不是遗忘。

参考文献：

[1] 阎连科. 日光流年 [M]. 沈阳：春风文艺出版社，2004.

[2] 阎连科. 丁庄梦 [M]. 上海：上海文艺出版社，2006.

[3] R. 麦克法夸尔，费正清. 剑桥中华人民共和国史 [M]. 北京：中国社会科学出版社，1990.

[4] 宋致新. 1942：河南大饥荒 [M]. 武汉：湖北人民出版社，2005.

[5] 张一弓. 远去的驿站 [M]. 武汉：长江文艺出版社，2002.

[6] 刘震云. 温故1942 [M]. 武汉：长江文艺出版社，2012.

（该文发表于《中州大学学报》2016年第3期）

一种民间写作的立场

刘　恪*

摘　要：民间写作是指对象、方法、视角均是向下的，指向最底层社会的平民大众，同时指这种民间大众没有媒介信息能力、没有话语传播能力的非发声的民间自治的声音。这和主流话语表述的民间话语不一样。民间写作尤其重视民间的发生学，那些受到主流、正统化压制的语言、行为、事件，甚至包括地方性知识。这需要大量的田野调查，发现一切民间元素相互发生作用的关系史。

关键词：民间写作　民间文化　乡土精神　发生学

一、民间写作的可能性

我们的乡村！我们的田园牧歌！我们的往事！在今天的都市人那儿已经是一去不复返了。留下的只是追忆。

“乡村社会的消逝”，不仅是一种感叹，在许多都市化城镇那里已成为一种现实。这样正好滋生一种城市进步主义的观念，因而城市与乡村便天然地成了一种二元对立的关系。作为一种社会现象，最早在欧洲出现，19 世纪的英国便清晰地展示了这种矛盾，甚至可以追溯到 18 世纪的英国社会现实，其标志性特征是农业资本主义社会关系已经建立。在中国也许更早指汉唐时封建帝国建立的一套重农抑商的政策，在这种背景下，民以食为天的政治口号演变为新的道德和普遍价值观，测试一个男人的能力就看他是否能养家糊口。新的世界体系

* 作者简介：刘恪，河南大学文学院教授，中国矿业作家协会副主席，一级作家，著有长篇小说《梦与市》《蓝色雨季》《梦与诗》《寡妇船》等，小说集《墙上鱼耳朵》《红帆船》《梦中情人》等，理论专著《欲望玫瑰》《词语诗学·空声》《词语诗学·复眼》《耳镜》《现代小说技巧讲堂》《先锋小说技巧讲堂》等。

使人们开始思考新的社会制度及其阶级关系，同时也产生新的农业社会业果，即文学的道德变化。根据雷蒙·威廉斯的意见：英国乡村社会史非常关键，它导致了一种新的乡村写作的出现，科贝特就是这样写作的先驱者……新的典型行为，就是虚构文学向一种新的小说形式转变所具有的关键意义……[1]158

这方面真正的代表则是简·奥斯汀与吉尔伯特·怀特。这个观点极为重要，它表明小说的这种文体样式是乡村社会的结果。这种意见在别的国家是不同的，例如法国现代小说的代表法朗士，他写的是历史，而表达的则是对现实社会的憎恶与讽刺，并不区分城市与乡村概念；中国古代的白话小说的产生反而是市民阶层的推动，才使明代社会出现了《三言两拍》《水浒传》《三国演义》真正的现代小说又似乎是以鲁迅为代表的乡村小说。因此小说文体的起源复杂，但有一点就是它离不开民间，这里所谓的民间一是指乡村，二是指城市的街巷里弄。总之，民间指向社会最底层，其中，重点仍旧指向广大的乡村社会。我们一般所言的民间通常都是以广大的乡村社会为基点，如今社会城市化了，还有没有我们指认的民间呢？或者说，这里提出的民间写作仅仅只是一个虚拟呢？这真是人类生活的一个大问题。

乡村是否消失？我们现在来讨论一种立论。

英国一种观点认为：经历了城市化和工业化的变革之后，英国传统的农村社会已经消失，农业经济已经边缘化了重要性在不断降低，而且这种现象在全世界所有地方都会如此。其实，中国当代多数人也秉承了这种看法。

威廉斯首先批评：这是一种怀旧的田园主义传统。这种观点认为乡村是一种自然经济和一种道德的生活方式，仅因为现代工业化和城市化的进程破坏了它，所以乡村一去不复返。威廉斯认为并不存在这样一种没有剥削、没有苦难的田园风光。而这种田园牧歌的风光只不过是按一定意识形态神话编造出来的。陶渊明的《桃花源记》，废名笔下的陶家村、史家庄，沈从文的《边城》，都是文人对宗法制度下的秩序所实行的一种选择性的美化。这种田园牧歌在欧洲可追溯到古希腊罗马时代，并分为两个时期：一是古典时代描写田园生活采取了一种理想化的语气与意象，有的歌颂田园乐趣，也反映了劳动的艰辛；有的反映乡村的善良淳朴及战乱和社会腐败。二是文艺复兴之后的新田园，文人不面对农村的艰辛与社会的黑暗现实，而是精心挑选意象，构成一个釉彩丰富的虚幻世界。到新古典作家那儿，田园牧歌完全没有现实的土壤，成了一个矫揉造作的乌托邦符号。同时在城市与乡村的二元对立之中，宁静富足的乡村变成了历史的避难所，他们歌颂的是农业文明秩序中的人道主义精神。

在威廉斯看来，这种文人情怀的虚构是不存在的。这是一个不真实的历史，是对宗法制度伦理秩序的一种美化，是对自然经济的一种神秘化、理想化。威廉斯的主要论点：

1. 不存在自然的、道德的经济，这是由资本主义社会市场经济的本性决定的。我们有可能建立自然和谐的秩序，但它实际掩盖了乡村劳作后那种组织化了的财产关系，内在矛盾并没有消失。同时新田园牧歌彰显了一种消费慈善，即乡村普遍的人情亲情消费关系是一种亲爱关系，它掩盖了劳动上艰辛的不慈善，人际关系中的剥削被隐蔽化了。他更深刻的看法是：这种农业的宗法制度并不比资本主义制度仁慈。

2. 乡村自然经济和资本主义经济之间存在着非常暧昧的承继关系，并非人们想象的截然不同。地主阶级也产生新的经济形式：圈地、出租、投资等方式，加大力度的经济剥削使农业人口涌入城市，形成新的复杂的社会关系。这表明地主阶级的继续发展，一种形式的统治（资产阶级）代替另一种形式的统治。神秘化的封建秩序让位另一种神秘化的农业资本主义秩序。这仅仅是那种自然秩序连续不断、继续控制人民。这表明剥削的形式变化，而剥削的对象内容、性质依旧没变。

3. 乡村和城市的真正对立是值得怀疑的。中国乡镇一直都是以农业经济秩序发展起来的，重点是加工农产品。而现代城市作为管理、金融、信息、加工技术施行的功能是第二次利润分配与剥削，这样农村成为城市的基础，城镇便是乡村的映象，又是乡村的代理者。说白了，是城市加强了对农村剥削的力度，例如农副产品价格低廉。这是一张看不见的网，这种对农民的经济剥削折算到城市里的利润，往往是工业产品贵而农业产品贱。这种依附关系表明了没有广大的乡村就很难有城市剥削。另一方面，城市又部分地实现了乡村的价值化需要。所以，作为城市与乡村两个相对应的核心概念，永远也不会消失，这是由他们的依附关系所决定的。

4. 城市进步观怀有两方面的强烈思想。一方面对资本主义的高生产效率的崇拜，城市工业生产带来物质超级的富裕，包括对技术的迷恋与现代性的乌托邦幻想。但另一方面，城市极度发展所带来的罪恶，资本主义的高效管理以及资源的耗尽，极度膨胀的物质使人们异化、疏离、自我丧失。资本主义无法有效地解决这些矛盾。拥有最先进惊人的技术，却无法解决人际关系中的和谐相处；社会物质财富极大饱和，却无法解决在有效人口内的财富平均分配。如何解决社会悖论，至今没有人拿出一个行之有效的方案。重要的是国家资本主义在管理规划经济体系时，保持了国家资产许多项目的优先权，由少数人控制着多数人的资本命运。

5. 农业的边缘化是资本最大效益的利润剥削的后果，这不仅仅使社会畸变，也造成人的精神畸变。从文化人类学来说，人类社会的生产发展天然地与农业劳动生产节奏相适应，由此的工作节奏进入人类心理节奏。农业劳动一直是人类社会的中心活动，而且它必要地迫切地维护了人类生活的发展。这种以农业为主体的生活方式本身可以改造人类自然的和谐秩序，消除极端贫富和人口危机。表面上短期的城市物质给予极端丰富的享受，可人类都承受着自我异化的精神裂变。城市与乡村如一枚硬币的两面：城市无法拯救乡村，乡村也无法拯救城市。二者是矛盾的，也是互补的，不可能仅保留世界几个大城市而消灭全球无限广阔的乡村。同时，我们也不可能让大城市像蛛网一样遍布整个乡野，这种地理空间的功能区分绝对存在，表明了我们的乡村永远也不可能消失。这也就保证了民间概念永远存在于乡村。

二、民间写作的性质

什么是民间？没有一个准确的专业定义，大家都只以口头上的约定俗成来指称民间。最大的概念，大约要属民间文化（kultur des volkes），这是赫尔德于18世纪的命名。英语叫：flok culture。世界各民族主体均有自己的底层社会，这个底层相对于少数专制管理制度的上层社会，因此底层社会是大众的平民的人群。该群体大体拥有共同的宗教信仰、图腾、神话传说的源头，有大致相似的民间风俗习惯和语言，拥有共同的节庆歌谣，包括婚丧嫁娶等。还拥有共同的天文地理及精神气脉，并产生一套与生活相关的地方性知识，简洁地说，这些平民大众生活在民间有一套共同遵守的生活方式。

这里所说的民间一定是相对区域内的大多数人群，他们遵守一种共同的生活方式，因而可统称为民间文化。我这里提出的民间写作是与这种大民间文化含义相关的一种写作对象及立场。因此有几点可以做更进一步的辨析。

1. 民间写作是指对象、方法、视角均是向下的，指向最底层社会的平民大众，同时指这种民间大众没有媒介信息能力，没有话语传播能力，属于非发声的民间自治的声音。力图揭示他们生活方式的底层性，展示他们自身的喜怒哀乐，这就与政治历史中主流制度表述的民间话语不同。简单地说，真正的民间是被遮蔽的，我们的目的是呈现民间生活的原貌，还原民间的历史真实。

2. 民间写作尤其重视民间的发生学，那些受到主流、正统文化压制的语言、行为、事件，甚至包括地方性知识，都在关注的范围内。民间的过往已经成为历史的魅影，它消失了秘密与真相，这就需要大量的田野调查，这种调查不仅是时间历史、制度历史中的人物与事件，更重要的是找到那些细节的真实性。

生活不容想象，因为真实生活的细节比想象更精彩。这种发生学不能仅仅是人物与事件的，而应该是民间人群的心理痕迹。我们知道的不仅是民间生活现象，而是我们以往及现实的民间为什么会这样。民间提供的反思不应该仅停留在物质层面，而应思考其民间精神的特质。

3. 民间写作不是单纯地搜录过去民间发生的人物、事件、器物、风俗、信仰的形式，而是一切民间元素相互发生作用的关系史。据阿尔伯特·贝茨·洛德称：我们“继承了19世纪民间创作的概念”“但是民间创作这一概念都是不准确的”[2]7。这里表明民间写作不是我们发明的东西，而是自古有之，在中国，最典型的也许就算《水浒传》了。这部书从写作对象、内容及方法都提供了民间写作的精彩范例。我们不能把民间写作视为一个单独的局部，或某种形式：如民间文学、歌谣、神话、宗教、民俗、小戏、节庆与婚姻的形式，在中国还有二人转、大鼓、快板书、渔鼓词、皮影戏等等，而是把这一切通俗的、大众的、口传的以及民族的、民间的、原始的看成一个立体的整体，民间所有的形式都是相互关联影响的。如果更深层次地讨论民间写作，我们甚至都不主张单独地使用某个民间形式。针对小说与诗歌而言，我们要求形式上有所独创，这个独创是整合了所有的民间文化资源而产生的。

4. 民间写作弘扬的是一种人道主义，一种平民精神。进而我们还可以说，弘扬的是一种乡土精神，这种乡土精神和民族精神是连贯的、统一的。“每一大洲都有它自己伟大的乡土精神。每个民族都被凝聚在叫作故乡、故土的某个特定地区。地球上不同的地方都洋溢着不同的生气，有着不同的震波、不同的化合蒸发、不同星辰的不同吸引力——随你怎么叫它都行。然而乡土精神是个伟大的现实。”[3]230

这个乡土里面包括由城镇组成的民间，街巷里弄里也有由平民组成的民间。他们有日常现实生活，也有自由精神，因此我们不能狭隘地理解乡土精神和民间性。这可以统称为一种民间精神，在这种民间精神里，特别不能忽略家族的力量。家族在全世界所有民族中都存在，因而我们要特别注意家族伦理的民间生存，他们可能是世代形成的一种宗法力量与习惯性生存，是社会基础结构中的一种重要力量，起着稳定社会结构的作用。可见民间也不是一个人的局部，它是家族、民族、国家融合成的整体，所以民间的一点一滴也牵动着国家利益，这更可以看出民间的一切元素都是相互关联地发生作用。从这个意义上讲，民间也是国家，民间精神也是国家精神的一个部分。

通过上述辨析，我们明白了民间指什么。民间的对象、性质、精神、形式都有具体准确的内涵。我们接下来讨论民间写作的具体元素就不会发生偏差，民间写作是一个常识，古往今来应该是不会产生误解的，可是国外自20世纪初，中国自20世纪末开始出现了极大的偏差，几乎可以视为一种反民间写作的倾向，甚至被一种大众文化所覆盖继而取代。传统中民间文化可以上升、融入主流文化，今天的主流文化却要灭绝民间文化。例如，现在谁还看乡土小说；我们推行普通话，谁还使用那些土得掉渣的乡土语言。我们要反映当下城市生活的变化，我们要展示大众生活的状态。总之，我们今天的主流文化所津津乐道的，我们的新论调，几乎都是被西方历史进程所证明了的错误的东西，甚至我们的许多重大国策也在清除民间文化。

我们有必要来谈一谈批判的大众文化。

三、民间文化与大众文化

我们有一个习惯是借用大众名义，殊不知大众是一个不稳定的概念。民间也有大众，资本主义工业化以后有大众，城镇化改造以后有大众，新的打工族形成以后有大众，因而大众一定是某个语境中相对的指向。我们这里先谈大众文化中的大众是什么意思？是如何形成的？有什么样的特征？我们先确定什么是大众文化。

1957年英国理查德·汉密尔顿有一个定义性的说法：流行（为大量受众而存在）瞬间即逝，唾手可得，成本低廉，大量生产，主要以年轻人为诉求对象，诙谐而带点诘慧，撩拨性欲，玩弄花招而显得俏皮，浮夸，是以带来大笔生意等十一项特质。[4]7

大众文化的特征：标准化，刻板形象，造作不实，玩弄世人。大众文化并且是对立于艺术的“纯粹的经验”，它只提供“虚幻的满足感”[4]134，可见大众文化以其低俗反抗高雅，以其流行对抗经典，以其粗鄙反对精英。这表明大众文化的形成永远是对专制力量的反抗，而且永远不会成为专制力量的一部分，因而我们又可以理解权力集团与大众之间是一个不断斗争的过程，或者是各种力量相互作用的过程。这可以视为大众文化积极主导的一面。

但大众文化还有另一个层面，大众文化是文化工业的后果，这是一种被制造的文化商品，例如电视电影、网络游戏等，它是集团利益按大众的口味设计的文化模型，麻醉大众的一种消费产品。大众并不能制作大众文化产品，例如，打工族无法完成一部长篇电视剧，或者《阿凡达》那样的电影，更别说《指环王》那种奇幻效果的东西。大众文化产品是按模式批量生产制造的，因而我们可以说大众文化不是大众的制造，而是从天而降的文化幻想模型。

大众文化到底是从什么地方来的呢？大众社会。我们可以说一切社会都是大众社会。但特定于大众文化的大众社会有一个源起。斯威伍德分析说，“大众社会的概念起源，必须上溯 19 世纪后半叶，西欧资本主义所引发的快速工业化过程；当时工业化带动了社会、政治与意识形态上的诸般条件，有利于现代阶级社会的形成，其社会基础已经不再是‘人们’（people），而是大众”[4]2。大众社会的特征一是资本主义社会分工带来的后果，例如，大型工厂的组织模式需要吸纳大量工人，商品生产与销售需要人口稠密高度集中的社区，有四通八达的信息网络渠道便于大量的广告营销宣传，由于大量的人工集结，工人阶级有了集中的投票权力，于是产生了大众政治的风起云涌。在中国形成的大众社会显然指城市化改造后大量的城市贫民，再就是大量的打工族从农村涌向城市。二是指网络信息社会所覆盖的社区、商品信息广告与商品的集散地，这一切导致的庞大的消费人群。应该说中国的大众社会理念是不完备的，还处于形成阶段，当然他们已经形成了社会强势，但还不能代替传统社会。可是引起的文化矛盾和西方一样。“一方面，它是工业化的——其商品的生产与销售（网络销售），通过受利润驱动的产业进行，而该产业只遵从自身的经济利益。另一方面，大众文化又为大众所有，而大众的利益并不是产业的利益——正如数量浩繁的电影、唱片，或其他产品（爱泽尔牌汽车）所表明的，大众让这些产品变成昂贵的失败。”[5]28

大众文化有一个非常奇怪的现象，它不是由大众所创造、生产的文化产品，也不给大众带来经济利益，但它供大众消费。它仅剥削大众身上的金钱，所以它是大众最昂贵的失败。大众文化是一种商品，所以它的目的在于使用与消费。这种器具性的东西从根本上是难感动与触动人的，没有人要求大众文化成为经典，所以也就摒弃了经典化写作。如此看来为大众的写作也就成为了问题：一是欧洲社会的大众文化根本上是商业操作，没有人提出为大众写作。二是中国社会现实里，大众社会理念是一个正在形成的概念，为大众写作基本是一个伪概念。三是中国的写作大体可分为意识形态写作与经典写作。整个主流文学史特别是现当代部分基本上属意识形态写作，另一部分为经典写作的含义，基本上是以文学性为标准理念基于人道主义立场的写作。

理解大众文化以后，我们来谈民间文化就方便多了。民间文化是全世界各民族自身存在的文化现象，是自古以来自然而然形成的，可以说每一个国家、民族最早都有这种民间文化，它伴随人类产生的始初，因此民间文化里始终都有文化人类学的东西，例如神话、巫术、宗教、习俗、气候、风土等。我们的文化人格，每个人的语言习惯，甚至包括个人气质都先天地具有其出生地的民间性。也就是说，每一个中国人都摆脱不了他自身的一种民间性。孟德斯鸠在

《论法的精神》里说："人类受多种事物的支配，这就是：气候、宗教、法律、施政的准则，先例、风俗、习惯。结果就这样形成一种一般的精神。""大自然和气候几乎是野蛮人的唯一统治者：中国人受风俗支配，而日本人则受法律的压制；从前，道德是斯巴达人的法则；而施政准则和古代惯例是罗马人的规范。"[6]315孟德斯鸠讨论的是民族精神的形成，其中我们可以看到绝大多数因素均属于民间文化。他特别重要地提出了中国是受风俗支配的，这种风俗的也就是民间的，这种民间的也就是民族的，可见中国精神无论如何都不可缺少民间这一极为重要的元素，以此考察中国历史上的多次农民起义就会发现英雄起于草莽、节庆始于民间。以《诗经》为例，我们又可以确证文学也是始于民间的，因此流传着文学在野不在朝的说法。

在中国，民间应该视为一个生长的概念，是民间孕育了中国的物质和一切精神财富。这里逐渐可以明晰一种观念：民间不是一种客体，民间是一种主体，一种生产主体。由此可见，说我们采用一种民间写作的方法是不对的，是民间内容与方法支配了我们的写作。因此，民间本来是一种创造的场域，我们可以顺理成章地说，大众文化不是大众的创造，而是来自文化工业的模式化生产；民间文化不是统治阶级创造了它，而是民间大众自身创造了文化。从历史的观点看民间大众创造了文化后，并亲自实践了这种文化形态，如民间宗教，中国人的端午节，划龙舟现在已成为一种国际赛事；大量的民间工艺瓷器、绣品、年画、杂技都是民间艺人的创造。

民间写作与我们写民间不同。民间写作，我们首先应该把民间作为一种主体，一种生长的场域，我们的文学是在其间发育生长的。民间是我们的天然宝库。其次，我们写民间是预设了另一种主体，民间成了客观的表现对象，我们成为歌颂民间或反对民间的主人，这个立场是有问题的，它暗含着我们作为主体高高在上的姿态。这时候的我们写民间成为了一种专制的力量，一种权力的他者，代表的其实是另一立场而并非民间立场，所以会有我们为国家民族写作，我们为人民写作，我们为他人写作的一系列口号。实际上，写作仅仅是一种自我行为，每一个人都是为自我写作，仅在于写作时选择一种什么样的立场与视角。

我们基本上可以这样论断：一切活动于体制之外的作家，都是民间写作，道理很简单，他本人便是民间的一个成员，他生活在民间。他的民间写作是从一切民间事物出发，使民间事物成为一个表现的主体，而不是别人强加在民间头上的一种观点立场。民间自身如何运动，它有一个自组织系统，是自洽的，相对于社会上层，相对于权力制度，相对于国家民族的社会历史运动，民间保持了某种独立性。一般说来，民主政府下，民间的独立自由要宽广得多，而专制独裁政府下，民间的自由独立性限制非常严格，这样民间空间的发挥余地就比较小。文学是一个奇怪的东西，它首先必须保持一个自由独立的空间，创造能量才能得到很大的发挥，所以历史上超强的集权统治的社会都不会有文学。中世纪逾千年之久，被政教合一思想牢固地统治，文学也就毁灭了。为什么古往今来一切民间都会有文学，那是因为民间相对于权力统治的上层要自由宽松得多，人们可以自由地创作。

民间大众是一片自由肥沃的土壤，它不仅创造文学，还在于民间大众需要文学，需要一种除民间物质以外的精神产品。当今之时民间的文学确实岌岌可危，因为电视挤进了千家万户，成为最普通的媒介手段。大众文化通过它，抢夺了我们的民间观众，使大众文化成为一种输入意识，那种商品性的广告，那种通俗的娱乐性，那种滑稽搞笑，洪水猛兽式地侵占了我们民间乡村的休闲时间。民间是人性发生的基本场地，是社会结构中的最底层结构，民间是人类生存的活水源头。民间保存人道主义一些最美好的基质，散发着人性最有力量的光辉。他们抵制、防治污染的能力相对薄弱，因此凡属人类有良知的作家都应该坚持一种民间写作的立场，用以反抗这种大众通俗文化的浪潮。

四、民间写作的方法

我们确立一种探寻事物的方法，从根本上来说是危险的。

其一，这种方法是否科学，必须是已被实验证明并且行之有效。我几乎没有这个权力，因为我采用民间立场写作的小说不超过十篇。或者我总结了大量的古今中外的民间写作的文学作品，提炼出了一套方法。我虽一直关注民间写作的世界动向，也写过小说理论的书，但是专题总结没有做过，所以我谈的方法含有某种预设和假定。

其二，这种方法必须具有普遍的有效性，成为一种写作的可能性。同时，这种方法作为个案还能解决问题的特殊性，是一种新方法，我不认为我发明了一种新方法。因为，民间写作始于 18 世纪，但是它一定可以作为一种新方法处理新问题。例如人类学的发明与兴盛是 20 世纪初的事，但是它却解决文化人类学的起源和分期问题。我们在 21 世纪重提民间写作是融合多种新学科的优势来归纳总结出一种方法，这种方法必然是新的多学科的综合。这表明这种新学科必然产生新的形式特征，具体到文学就一定会产生多种新的文学文体。

其三，民间写作的经典方法与文本还没有产生。我们现在仅是倡导坚持民间立场而采用的一种写作方法。民间写作的方法是在我们民间写作的实践过程之中，随着民间写作的经典形式产生，经典方法也就出现了。因而民间写作的方法总结只能是在未来。可是我们不能等待出现了经典方法才写作，方法与形式都是创造的，因此只要我们坚持了民间写作，那么民间写作的方法也就随之而来。

我们有民间文学的宝库，有神话、民间故事、歌谣、史诗、长篇传奇等。这些范例都提供了民间写作的可能性，同时，历史也给我们提供了方法论的东西。我试着对这种新方法提出一些规范性的要求，但不作为戒律，每个人完全可以根据自己的创作提供民间写作的新方法。

其一，民间视角：民间事物自身的主体化。我们常识中的民间视角是“我”作为主体，这样就预设了一个主体意志。民间容易意识形态化，往往我们强加给民间的东西首先便有了一个认识论的错误。例如：民族劣根性、民间粗俗、坊间刁民等等。我这里不是否认民间有落后粗劣的东西，而是认为民间是一种自组织的自洽系统，所有的好与坏都是互为关系的存在，我们往往容易夸大它的一方面而掩盖它的另一方面。所谓民间立场是民间自身的立场，是民间事物与人自身喜怒哀乐的客观呈现，或者说民间也要表现一种自身的愿望。我们应以民间自身的价值标准和道德规范来判断民间事物。例如，站在民间立场来判断某人，他的形象是标新立异、好大喜功地表现自己，大包大揽哄骗乡里，做过一些坏事，南方人称化身子、烂尸儿、抛皮、天皇等。可实际上这类人的社会功能是不可或缺的，往往在乡间能办成大事。仅仅在于他性格上有毛病，民间便有一套宗法伦理来制约他，民间有一些恶俗得以存在，其实根子上就与某种制度性保护有关。民间的层次很多，物质层次、制度层次、风俗习惯层次、思想价值层次，这些层次相互作用而构成民间力量的网络结构。楚地“信巫鬼，重淫祀”，我们只见到迷信和浪费的一面，而没想到这种民间风俗对人的心理的作用。还有信仰不仅仅只是语言的，更多地表现于仪式；仪式不是僵硬的模式，而是一种民间精神的表现。如果我们不从民间立场出发，而是预设一种理念，就会产生错误的判断。我们不可以代表民间；也没有人可以代表民间；民间的人、事、物是一种自我呈现，形式和方法可以灵活多样，但民间的立场不可以变。这里套用一句存在主义的话：存在的便是合理的。民间尤其如此。

民间写作是一种民间为其自身的写作，我们废除代言人的写作方式。但并不等于民间写作中不可以用“我”作为第一人称。我的观察，我的人称仅作为一种表述形式，立场在民间。

其二，民间元素不仅仅指人、事、物、场景等，它包容了民间的一切，同时还特指民间生产的一切产品。民间是一个生产的场域，它不仅生长物质，还生产人、风俗习惯与精神价值。农副产品是民间的，手工作坊和艺术的日用产品也是民间的。我们看到的生存的乡村是民间的，在城市底层的街巷里弄，非社区化的城市游民也是民间的。民间还有一块特殊的领地，在城市与乡村之间的广阔空间会有许多游走不定的人群，他们没有归于制度化的管辖内，我们称之为游民，这也是民间。大量的水域、草地、沙漠、深山、旷野都是民间的自由空间。我们可以把民间元素分为有形与无形两类。

1. 有形类

一是气候地理。地理为山川形胜，分为山居与水居。气候为天象，雨量分布，春夏秋冬的变化，日照变化，从经纬度确立高原、盆地、平原、丘陵、山川、河流来定位的地理气象的变化，对人的生存与居住方式的影响。这包括一个大区域内的生物环境，如飞禽走兽的种类，植物树林的种类，还有农副产品的种类，我们可以称之为民间地理。

二是居室器物。各民间区域内由于气候地理不同，他们最重要的家居建筑不同，建筑上出现的各种形式派别实际上是一种民间风格的区分。不同的居住和饮食构成不同的生活方式，不同的生活方式会产生不同风格的器具生产，这些器具指农业生产器具、日用生活器具、婚丧嫁娶器具、节庆游乐器具、民间艺人器具、宗族风俗器具、交通运输器具、礼仪祭祀器具等。

三是饮食歌舞。饮食是实物性的，根据农牧生产而确定，不过基本生存离不开饮水与食品；食品又分为主食与菜肴这一系列的人类生存的必需品都会有命名但命名与饮食习惯又会根据不同的民间采用不同的方法。饮食不同会导致个人体貌与性格的不同，表明人的饮食是有民间性的，虽然环境的变迁会改变口味，但最基本的喜好还是由民间确立的。

歌舞是伴随人类发展而来的，不同歌舞的内容与特点却是依据民间地方性而产生的。中国古代音乐歌唱分为南音与北音。南音为《候人歌》仅四个字："候人兮猗。"传为涂山女等禹归来，仅是一种情感传呼：等人啊——啊。北音据《吕氏春秋》载为："燕燕往飞。"北音实词，一板一眼，工整划一。季候，象征，动词，一种直接的视觉表达。据法国人葛兰（Marcel Grant）言，《诗经》里的《国风》便是古代的民间歌谣。因此，他专章写了《山川歌谣》分析《桑中》《有狐》《竹竿》《河广》《谷风》等。从《诗经》看节庆与歌谣，《诗经》无疑是最早的民间性写作，而且成为了中国文学的源头。我们看到《诗经》是古代的文学形式，可是你没想到它也是中国最早的宗教形式，宗教是民间最强势的一种信仰形式。葛兰言，如此说"通过它（《诗经》）我们应该能够很容易地对中国宗教的古代形式有一个大概的了解"[7]4。这给我提供了一个民间写作的发生学意义。民间事物A的发生还证明B也产生了，甚至还产生了C等。因而民间元素的发生学往往不是单一的，而是多样的综合的，从民俗学来讲，也特别能说明这一特征。

四是风俗习惯。在民间形式的表现中，最有特点的莫过于各种奇异的风俗，这些风俗会因民间发生地不同而风格特点不同。其中有宗教祭祀、节日庆典、婚姻仪式、丧葬祭祀、宗族议会、亲友互访、季节中的农事、生日寿宴，它们都有浓重的表现形式。形式不同，民间会呈现不同的风格，风俗既是民间事物的发生史，也是民众的生活史，还是民间人群的心理史。孟德斯鸠说中国人的精神是风俗决定的，也是有一定道理的。凡有形的都可归于物质，凡物质的都可以称之为地方性知识，因此民间又可称为一个知识性文库，民间写作也要保持民间地方性知识的优势与独特性。

2. 无形类

一是宗教与思想。这是产生于人们头脑中的东西，是看不见的，我们只能推知。原始宗教与思想只可能产生于民间，中国民间宗教也是宗派众多：据说兴起于汉代，有五斗米教、太平道、弥勒信仰、观世音、摩尼教、净土宗、白莲教、罗教、斋教、黄天教、弘阳教、闻香教、清茶门教、天龙教、西大乘教、三一教、圆顿教、一炷香教、八卦教、一贯道、真空教、收元教、混元教、黄崖教、刘门教等。宗教始于民间，然后发扬光大，便归门派而列于秩序，被制度化以后才有了主流宗教。宗教这一概念最易深入民间，而且民间受众又最易被宗教迷惑。宗教的民间力量不可低估。相反，属于思想的东西民间反而薄弱。中国思想受《易经》影响，所以阴阳概念的思想几乎支配了民间。再例如：天人合一、宿命的思想、人性、仁道的思想、礼仪、孝道、知恩图报、因果报应、转世循环、福祸相依等思想都是民间普遍存在而又支配民间受众的。民间可以产生杰出的思想与文学，但是受时空限制，基本上又淹没于民间。

二是神话与故事。这在民间是最文学的，但基本以口传的方式保存着，在民间广为流传之后，被文人们收集整理。奇怪的是，这些依仗口传的神话和中国的民间故事，反而保存得是最完整的。记录神话的书籍很多，民间故事多为地方收集整理，这已成为小说最重要的母题与模型，重要的有普罗普的《故事形态学》（中华书局），刘守华的《中国民间故事史》（商务印书馆）；神话有克雷默的《世界古代神话》，《古希腊神话与传说》，袁珂的《中国神话史》等。民间写作不是要我们去讲过去已发生的神话和民间故事，而是关注受神话与故事支配的民间事物的神奇性、特异性，吸取神话与故事的表述方式，用民间的态度来对待民间出现的超现实的人物与事件，写的是现实生活中的魔幻性。民间各种事物在讲述着它自身的神话，民间正在编撰各种各样的故事，它不是我们想象的那些（包括性质与形式），它自身神奇的故事性超越了想象。所以从神话与故事的角度看，我们也要坚持民间的主体性，是民间自身在演示神话与故事。

三是情怀与审美。民间的发生史演示着两种东西：一种是欢乐，一种是苦难。故乡情怀一般指苦难使他们离乡，他们心中有了故土概念。因为所有的故乡亲情、家族情感都在那一片民间土地上，所以有了浪漫的乌托邦的乡村田园牧歌，衍生出来的是“怀旧”“乡恋”的情感主题。这里有一个悖论，一方面乡村苦难使部分人离开了乡村，另一方面离开了乡村的人，又被故乡、亲情锁定拉回乡土。

民间写作要表现人们对民间矛盾的情感，特别是情感冲突最为丰富细腻的那一部分。我们把话语分为普通话语和民间话语，要特别发扬民间话语的独特韵味、格调、色彩、节奏、重量、柔软与粗重来表达这种动人的民间情怀，这里还包括气质、血性、氛围、心理特有的地方性语言。用地方语言表达地方情怀应该是最准确的。从民间出发，审美也必须是民间的价值判断与标准，否则会产生不合拍的感觉。在民间喜庆、圆满、福寿安康是最重要的，因而审美也是乐观积极的，是暖色调的、敞亮的、吉利的。由于文明程度的限制，在高雅中偏于追求通俗，在精致中偏向追求朴素，在深奥中偏向追求浅白，有一种民间的朴野与敞亮。这一点可以适应民间艺术的一切形式。

其三，新的民间形式。任何民族都会有一个庞大而旧有的民间形式，而且转换为民间文化成果。我们的民间写作不是去复制那些旧有的民间形式，例如去写一个地方小戏，恢复几种绝世技巧的杂技，唱唱民歌，采集歌谣，或者组织几支民间舞蹈队。这些已经固定了的民间技艺形式有着特定的适用对象。我们要从文学的角度创造新形式，最低要求也是一种民间变体。

另外，我们的民间写作是就文学而言，核心是坚持一种民间立场，一种人文关怀的平民精神，一种人性人道主义观点，所以我们创造的形式应该是过去没有的，是一种文学形式上的新体式，这种新体式是每一个具体的文本，具体的一首诗等。例如，我们可以说神话体、故事体、歌谣体，但说法不准确，因为这都是已成定格的体式。我们要求先破体，打破旧有文体的规范，创造新体式。新体式是什么样子，是每个人新创造出来的文体样式。我这里预设一下：

（1）综合一切民间形式之后的跨文体，或诗文体。

（2）田野调查方法的访谈体，包括自述、对话、评论、报告。

（3）互文体。表层可以假借一民间艺人体，而构架之内是一种新的叙述文体。

（4）镶嵌体。首先用一文体构架，写另外一种内容（变体），而这体式中又用一个新体式，看似像个套娃（盒式故事法）。

（5）后现代之叙述体。一个文本构成对另一个文本的解构。适合于反讽性民间文本。

以上形式是在小说写作范围来预设的，诗歌和散文有什么好的新体式，我仅仅只保留发言的权力而实施静默。在方法论的谈论中，有许多超出方法范畴涉及到对象元素的认知，不过我相信选择一种对象、内容、性质其实也是一种方法，只不过它可能针对形式而更内在地成了一种思维方式，提供的是记忆与想象的启示。

参考文献：

[1] 雷蒙·威廉斯．城市与乡村［M］．韩子满，译．北京：商务印书馆，2013.

[2] 阿尔伯特·贝茨·洛德．故事的歌手［M］．尹虎彬，译．北京：中华书局，2004.

[3] 戴维·洛奇．二十世纪文学评论［C］．葛林，等译．上海：上海译文出版社，1987.

[4] 斯威伍德．大众文化神话［M］．冯建三，译．北京：生活·读书·新知三联书店，2003.

[5] 约翰·费斯克．理解大众文化［M］．王晓珏，译．北京：中央编译出版社，2001.

[6] 孟德斯鸠．论法的精神［M］．北京：商务出版社，1982.

[7] 葛兰言．古代中国的节庆与歌谣［M］．赵丙祥，译．桂林：广西师范大学出版社，2005.

（该文发表于《中州大学学报》2014 年第 4 期）

华文网络文学发展概论

何　弘*

摘　要：网络文学的前期处于自由发展阶段，主要延续了传统文学写作的路子，随后在商业资本的作用下建立起了自己的商业模式，并迅速走向了以类型小说创作为主的发展阶段；然后由于移动阅读的普及，网络文学的写作开始走出类型小说的藩篱，向多样化方向发展。按小说类型的发展顺序对网络文学的走向进行简单梳理，大致可分为：延续传统的言情期，追求创新的幻想期，商业主导的类型期，多元发展的回归期。

关键词：华文　网络文学　类型小说　审美风格

尽管目前网络文学已成为一个使用相当广泛的概念，但对其内涵和外延却没有一个公认的明确定义。我把网络文学理解为依托网络完成从创作、发布到阅读全过程的文学作品。之所以有这样的界定，主要是期望能够给网络文学划出一个边界，因为所有的文学作品都可以在网络上传播，而且事实上现在绝大多数传统文学作品也都有了电子版。如果把网络文学定义为在网络上传播的文学作品，实际上等于把所有文学作品都囊括在内，也就取消了网络文学与传统文学的界限，这样，研究网络文学独特的文本特征、审美特征等也就失去了依据。因此从狭义上讲，网络文学主要指在一定商业模式影响下依托网络产生的文学作品，其中绝大多数是类型小说，目前所谓的网络写手、网络作家基本指的就是这一类作品的创作者；从广义上讲，还应把诸如在博客、微博、微信以及众多在同仁文学网站上写作发表的随笔、散文、诗歌、小说等各种文体包括在内，这样的作品大

---

* 作者简介：何弘，中国作协全国委员会委员，河南省文联副主席，河南省作协副主席，河南省文学院院长、研究员，现为中国作协网络文学中心主任。著述有：评论集《生存的革命》《探险者》《我看》《超越还是重复》等，大型纪实文学《命脉》等。

多是在某一特定圈子内传播，其中一部分会向外流传并进入大众的视野。

网络文学的发展就目前情况看，前期处于自由发展阶段，主要延续了传统文学写作的路子，随后在商业资本的作用下建立起了自己的商业模式，并迅速走向了以类型小说创作为主的发展阶段；然后由于移动阅读的普及，网络文学的写作开始走出类型小说的藩篱，向多样化方向发展。当然，在商业化的网络文学日趋繁荣的同时，其实更有大量的文学爱好者一直在自己的博客、微博、微信中写作，这种写作基本走的是传统写作的路子，只是更加随意，碎片化现象特别突出；还有大量文学爱好者，通过建立网站等方式，发表自己的诗歌、散文等作品，相互交流、欣赏，具有文学沙龙的性质，这种写作除网络交流的特征外，基本保留了传统写作的全部特点，比如众多旧体诗词、诗歌网站等。这种博客和沙龙写作更多地延续着文学传统，但显然有了更充分的交互性，是不可忽视的文学力量和文学现象，只是目前没有得到充分的重视。

下面我们大致按小说类型的发展顺序对网络文学的走向进行简单的梳理。

一、延续传统的言情期

研究任何一种文学样式，大家总是习惯追本溯源。自有电脑以来，就有在电脑上完成的写作；自有网络以来，就有在网络上完成的写作和传播。只是，最初的写作一定是延续传统完成的，并不具有全新的品格。

第一篇中文网络文学作品到底是什么？大家可能会有不同的看法，依黄绍坚的观点，第一篇中文网络文学作品是杂文《不愿做儿皇帝》，作者是美国普林斯顿大学的张郎郎，发表于1991年4月16日出版的《华夏文摘》第三期。

对于目前网络及相关研究者普遍认同的旅美作家少君（钱建军）发表于《华夏文摘》1991年第四期（4月26日出版）的作品《奋斗与平等》是第一篇中文网络小说的说法，黄绍坚并不认同。他认为，《奋斗与平等》一文是少君以“马奇”的笔名，最早发表于1991年4月号的《中国之春》“生存者自述”栏目中，1991年4月26日《华夏文摘》第四期只是进行了转载，文末已注明“《中国之春》供稿”，同样署名“马奇”。因此，《奋斗与平等》不能算原创网络文学作品。并且，《奋斗与平等》是以第三者的口吻讲述的奋斗和“成功”经历，类似于目前流行的“口述实录”，因而，《奋斗与平等》更应该被看作是一篇散文。而少君本人则非常认同《奋斗与平等》是“第一篇网络小说”的说法。1999年4月25日，少君在美国哈佛大学燕京学社所作的题为《网络文学的前景与问题》的演讲中说：“《华夏文摘》，在思国怀乡深情中应运而生……从1991年第四期的第一篇留学生小说《奋斗·与平等》到后来连载14期的《回国求职随笔》，都在留学生和华人社会中引起极大的反响。”这一演讲，后来被少君本人写成文章《〈网络哈佛〉——哈佛大学纪行》。

黄绍坚认为，第一篇中文网络小说应是小小说《鼠类文明》（作者佚名），发表于1991年11月1日出版的《华夏文摘》第31期。但正如我于文初所说，这样的追溯大概只有学术的意义，读者对这样的作品基本不怎么认可。因为这些作品从内容到形式都没有显示出任何网络特色，仅仅是首发在网络上而已。相信这样的作品还有很多，因为既没有文本的意义，又没有争得第一，大家也就失去了关心的兴趣。

目前，中文网络文学界基本把台湾省的痞子蔡于1998年在BBS上发表的《第一次亲密接触》看作第一篇真正的中文网络小说。当然从学术意义上讲，这个说法肯定不够准确，但网络文学进入大众视野并具有了可以指认的网络特征，无疑是从《第一次亲密接触》开始的。实际上在此之前的1997年11月2日凌晨，老榕在四能利方论坛上贴出的《10·31大连金州没有眼泪》已经引起了很多人的关注。只是这篇因中国足球队失利而宣泄情绪的短文并不具有文学上的意义，因而很少被纳入网络文学研究的范畴。仔细阅读《第一次亲密接触》，可以发现，它显然是“御叶流沟”故事的网络翻版，除贡献了一些至今被很多人挂在嘴边的俏皮句式外，它和其他许许多多的浪漫言情小说并没有太大的区别。它的特殊之处在于，它是在BBS上一篇篇贴出来的，描写的是与网络相关的生活。从文学品质上说，仍然是延续传统的。实际上，早期的网络文学作品大多如此。

在痞子蔡的影响下，大陆很多人也纷纷跟风，开始进行网络小说写作，他们大多沿袭着痞子蔡的言情路线写不同形式的言情小说。痞子蔡虽以“痞子”自称，实际上他的写作尽管语言机智俏皮，给人耳目一新之感，但基本上走的是纯情路线。之后的言情小说，则于纯情、唯美、浪漫之外，多了不少渲染痞气、匪气、颓废之气的作品。比如1998年第六期的《天涯》就刊登了一篇网络小说《活得像个人样》。这篇网络小说曾在电子公告栏上多次辗转张贴，而且不见了署名，但原作者应该为邢育森。这部作品显然与痞子蔡的纯情有着很大的区别。

在早期的网络写手中，与邢育森齐名的是宁财神和李寻欢，当时有所谓网络文学“三驾马车”之称。宁财神早期同样写具有浓郁网络风格的言情小说，相对痞子蔡故事的感人、情感的纯真，宁财神能让人记住的是他语言的幽默、刁钻，通俗地说，善耍贫嘴是他最大的特点。多年之后使之进一步走红的电视剧《武林外传》依然延续了这种风格。实际上，当年写网络言情小说的男写手，行文风格与宁财神大都一路。李寻欢早期创作出版有《迷失在网络中的爱情》《边缘游戏》等，到2002年推出《粉墨谢场》，他基本上退出了网络文学写作，放下李寻欢这个借自古龙小说的笔名，以其本名路金波活跃于出版界。

安妮宝贝是以网络写手闻名的一位女作家。她虽然戴着知名网络作家的桂冠，实际上她的写作更近于传统。应该说，安妮宝贝以传统文学典雅、精致的方式表达了她边缘化的生活方式，感觉的敏锐、情感的细腻使其作品具备了传统优秀文学作品的品格。只是作为网络从业者而且原发于网络并由此得以传播的方式，使其被置身网络作家阵营中。安妮宝贝的作品包括长篇小说、短篇小说集、摄影图文集、随笔集等，如《告别薇安》《八月未央》《彼岸花》《蔷薇岛屿》《清醒纪》《莲花》《素年锦时》《眠空》等。她的作品实际上主要是通过实体出版实现赢利的，以目前网络文学点击付费的方式，她成为“大神”的概率不会很高。

三十的《与空姐同居的日子》名字虽艳，实际上走的是纯情的路线。这部作品发表时已经是2005年了。这部小说之所以受到年轻人的热捧，首先在于它很好地描写了年轻人的生活方式、思维方式和情感指归，其实得益于它清新的语言风格，而言情小说最重要的恐怕还是感人的纯情。这部作品同样因实体出版和电视剧改编而最终实现了收益。这一时期，比较有名的网络言情小说还有《成都，今夜请将我遗忘》《此间的少年》《小妖的网》《旧同居时代》等。

总体来说，这个时期的网络文学创作基本处于萌芽期，完全是自由发展的状态。这个时期的网络文学创作基本没有功利目的，所有的写作完全出自表达的需要。从文本形态上说，虽然不少作品的内容与网络有关，从而使其被贴上网络文学的标签，但总体上说与传统文学并没有太大的不同。在传播媒介改变的初期，用新瓶装旧酒是一种非常普遍的现象，网络文学发展的初级阶段也是如此。

二、追求创新的幻想期

实际上，远在网络言情小说兴盛之初，很多网站经营者就做起了通过网络文学发财的美梦。在当时那个缺乏监管的自由发展年代，盗版成为吸引读者的重要手段，《大唐双龙》《星战英雄》等原本在纸媒连载的作品，成为各网站拉拢读者的重要筹码。这些作品虽非原创于网络，但通过网络得到了广泛传播，这也让众多网站经营者看到了网络与文学联姻的美好前景。实际上，网络言情小说已经显露出其巨大的商业潜质，这也坚定了文学网站经营者的信心。

这个时期，网络文学仍然大体在自由发展，基本上延续着民间文学、通俗文学一贯的发展路径。言情之外，志怪传奇是其另一大端，如《山海经》和《聊斋志异》。网络文学在言情小说兴盛之后，通俗文学其他类型的作品也开始纷纷登场。

应该说，网络文学发展到这个阶段，已显示出了它追求新变、想像力飞扬的良好态势，并由此确定了一个时期网络文学的基调。

最先在新浪网金庸客栈上面连载的今何的《悟空传》，是发表较早的具有鲜明网络风格的网络小说，2001 年由光明日报出版社出版，反响强烈。作品借鉴周星驰《大话西游》对经典名著《西游记》的处理手法，重新以现代人的角度来解读或者说解构这部作品，显得另类、奇幻，对网络小说的发展具有开创性意义。

发表于2002 年的林长治的《沙僧日记》大约是受到了《悟空传》的启发，这部借助沙僧的口吻、以日记的形式讲述师徒一行去西天取经路上的各种搞笑片段的作品，显然具有无厘头的风格。

天下霸唱的《鬼吹灯》始自 2006 年，是又一部具有开创性意义的网络文学作品。这部充满悬疑探险色彩的盗墓寻宝小说，前后两部共 8 卷，分别是《精绝古城》《龙岭迷窟》《云南虫谷》《昆仑神宫》《黄皮子坟》《南海归墟》《怒晴湘西》《巫峡棺山》。这部小说既有民间传说、历史掌故做支撑，同时又富有奇幻的想像力，一时受到广泛追捧。它在开启“盗墓小说”这个类型的同时，更是直接促进了玄幻、探险小说的勃兴，对网络小说的发展产生了重大影响。

另一部在网上广受追捧的盗墓小说是南派三叔的《盗墓笔记》。这部作品首发于起点中文网，到 2011 年底才全部完结，共有 8 卷。《盗墓笔记》和《鬼吹灯》都有全本实体书出版，并由此获得了巨大的收益。

盗墓小说虽然一时大热，实际上继《鬼吹灯》和《盗墓笔记》之后，并没有得到广泛认可的作品出现。倒是玄幻小说一直在非常稳定地发展，至今仍是网络文学的一种主要小说类型。中国的玄幻文学基本上是在中国的武侠小说、传统志怪小说、民间传说、神话故事以及西方的科幻小说、魔幻小说的基础上形成的，并长期占据网络小说的主流地位，这从早期重要网络文学网站如幻剑书盟等名称中就可以看出来，目前在网络文学界影响巨大的起点中文网也是在玄幻文学协会的基础上成立的。该类型产生了一大批影响广泛的作品，如《小兵传奇》《诛仙》《星辰变》《盘龙》《飘渺之旅》《魔易乾坤》《歧天路》《白狐天下》《知北游》等等。

应该说，在网络小说写作全面商业化之前，即使是那些玄幻小说的作者，还是非常注重作品的文学性。那多曾以“过千山”的笔名在“龙的天空”网站发表过科幻小说《楼兰》，后以《灵异手记》成为知名的网络悬疑小说作家。对于网络文学今天的状况，那多觉得：网络文学和当年相比已经变了味了。当年网络文学还比较注重文学，和传统文学还没太多区别，但现在大不相同了，最大的问题就是注水太多。可见当时的网络文学创作还是把文学性放在重要的地位。

历史从来都是小说写作的重要资源，中国古典小说如此，如《三国演义》《水浒传》等；中国新文学如此，如《李自成》《张居正》和二月河清帝系列等；网络小说同样如此。多年来，在传统出版领域，历史小说一直是一个广受读者欢迎的品种，这种情况自然在网络小说创作中得到延续。应该说，网络历史小说确实出现了很多优秀的作品，而且其创作势头至今仍在延续。

早期的一些网络历史小说，也许受到了《悟空传》《沙僧日记》的启发，把传统历史小说中的某个人物摘出来重新书写，于是成为别有意味的新作品。如第的《天生郭奉孝》《我是阿斗，我不用人扶》等均是对三国中不起眼人物的重新书写，让人读来耳目一新。实际上，“说三国”在中国历史上本就是一个养活了很多人的行当，《三国演义》本就是说书人的话本，至今评书艺人“说三国”的也不少，易中天也因“说三国”而一时大火，甚至职场等各行当也都有“说三国”的人在。所以，三国类小说在网络文学中不断有新作问世。

明清两代也是历史小说作者钟爱的朝代，客观原因是这两个朝代离我们相对较近，而且因为明代从南美大陆传来的农作物改变了过去中国人的生活方式，饮食等与现在更为接近，同时有大量的史料被保存了下来。在传统文学领域，熊召政靠《张居正》获得茅盾文学奖，二月河靠十三卷清帝系列小说而名声大噪。网络写手当然会由此得到启发，去从事明清历史小说的创作。而网络写手的写作，也许还有一点，大约直接或间接受到了黄仁宇《万历十五年》书写方式的影响。

写明代的网络历史小说，最有名的当然是当年明月的《明朝那些事》。这部作品2006年3月在天涯社区首次发表，2009年3月21日连载完毕，边写作边结集成书出版发行，一共7本。作品描写了从朱元璋出生到崇祯帝自缢明朝三百年间的一些历史故事，把具体人物作为主线，以小说笔法写历史事实的方式，全面展示了明朝十七帝和其他王公权贵以至小人物的命运。《明朝那些事》是迄今为止最成功的网络历史小说，由此开启的明朝热至今不绝，如《官居一品》就明显受到该作的影响。

截至目前，中国各个朝代都有网络小说描写过，甚至外国的历史也有作品描写，如冬天里的熊的《战国福星大事记》描写的就是战国时期的日本。如果说大量网络历史小说都是在以幽默的语言讲述种种好玩的故事的话，天使奥斯卡的《1911 新中华》则显示了“我生国亡，我死国存”的铁血豪情。

网络历史小说的进一步发展，或者说与其他类型小说的混血，使之出现了一个广受欢迎的新类型——穿越小说。穿越小说的主要特征就是主人公由于某种原因从其原本生活的年代离开、穿越时空，到了另一个时代，在这个时空展开了一系列的活动。穿越小说借鉴了玄幻、科幻小说的幻想性，以武侠、历史、言情为架构，专注于叙述主人公在两种时空下的生活状态和冲突、双重生活经历的交叉体验等。穿越小说使写作者放开了历史规定性等各种束缚，给作者打开了无限的想像空间，从而能更好地满足读者的好奇心理和内在欲望。穿越小说使作品获得了一种新的假定性，可以随意推演现代人面对古代生存环境和生活经验的处理方式，或古代人处理现代环境与经验的方式，这使作品的表现空间得到极大的拓展。当然这是就好的方面而言；从负面来说，穿越小说大大降低了历史小说的写作门槛，使众多不具备足够历史知识的作者纷纷写作此类小说，导致大量作品经不起推敲，成为“一群网络文学爱好者的集体意淫”。

实际上，穿越并非网络小说的原创，古往今来有许许多多穿越作品，中西方小说有，电影也有，特别是美国科幻电影有大量穿越时空的内容。只是在网络化背景下，这个类型得到了空前的繁荣。

在网络上较早被热捧的穿越小说应该是《寻秦记》。所以穿越小说早期走的主要是男主人公和武侠的路子。而男主角穿越小说后来基本发展为架空历史这么一种类型，如《新宋》《官居一品》等。架空小说的一个类型是异界小说，如《浮生萦云蛊圣兽血沸腾》《恶魔法则》《天骄无双》《紫川》《斗罗大陆》《绝世唐门》《秒杀》等。之后，穿越的主角变成女性，现在网络上流行的穿越小说主角大都是女性，极端浪漫的情爱成为小说的主要内容，以至女主角穿越小说成为女性言情小说的一个重要分支。2007 年是网络小说的“穿越年”。在网络上风靡之后，各出版社纷纷跟风，出版了大量穿越小说实体书。如作家出版社 2007 年签下了《木槿花西月锦绣》《鸾》《迷途》《末世朱颜》“四大穿越奇书”等。

穿越小说涵盖了中国历史上的各个朝代，如夏代的《巫颂》，商代的《极品医仙》《穿越殷商朝》，周代的《大周王族》《双阙》，春秋的《大争之世》《楚氏春秋》，战国的《大赵风云录》《至尊圣人》，秦代的《寻秦记》《刑徒》，汉代的《大汉帝国风云录》《大汉龙腾》，三国的《恶汉》《曹贼》，晋代的《上品寒士》《晋血》，南北朝的《斗铠》，隋代的《家园》《江山美人志》，唐代的《唐砖》《大唐酒徒》，五代十国的《天下节度》《五代窃国》，宋代的《边戎》

《宋时归》，元代的《蚁贼》《普天之下》，明代的《窃明》《回到明朝当王爷》《锦衣夜行》等。而穿越小说描写最多的则是清朝，它以2006年金子的《梦回大清》为标志，成为穿越小说的一大热点，以致有了一个专属名词："清穿"。"清穿"小说已经出了近50种，如《谋嫡诱色》《迷失在康熙末年》《篡清》《乱清》《中华异史》《祸害大清》《重生于康熙末年》《伐清》《独步天下》等。当然其中最有名的是流潋紫的《后宫甄嬛传》和桐华的《步步惊心》。

穿越小说保持着旺盛的势头，其作者也以群体的方式引起关注，如藤萍、桐华、匪我思存、寐语者被称为"四小天后"，辛夷坞、顾漫、缪娟、金子、李歆、姒姜被称为"六小公主"，沧月、木然千山、明晓溪、米兰 lady、妖舟、唐七公子、媚媚猫、爱爬树的鱼被称为"八小玲珑"等。

总体来说，在写实的功力和表达的技巧上，网络作家与传统作家还存在着较大的差距。网络文学追求创新，相较传统作家，优势在于其想像力的飞扬。网络文学的创新追求，使幻想成为网络文学获得自身类型认同的一个重要标志，也是目前网络小说的一个重要特征。

三、商业主导的类型期

网络文学在发展的过程中，从早期的延续传统向求新求变转化，并逐渐形成了以"幻想"为标志的特征。网络文学基本没有进入的门槛，这使很多刚刚进入的写作者往往选择以模仿跟风的方式进行写作，于是一些文学类型被不断强化，最终形成若干类型。实际上，通俗文学、流行文学基本都是类型化的。特别是当它与商业结合的时候，走类型化的道路几乎是一个必然的选择。比如报纸刚刚兴起时张恨水等人的"鸳鸯蝴蝶派"言情小说，再比如中国香港金庸等人的武侠小说等。网络文学在其发展过程中，逐步显示出商业价值，并寻找到了一定的商业模式。于是资本开始介入，特别是盛大中文网对一系列网站的收购，使网络文学真正迈向商业化的道路，并确立起商业模式，促使了网络类型小说的空前繁荣。通常，我们把在题材选择、结构方式、人物造型、审美风格等方面具有相对固定模式、读者对其有固定阅读期待的小说样式称为类型小说。类型小说可分为几个不同的大类，各个类型中又可细分为若干个子类型。目前网络类型小说大致包括以下类型：

玄幻，包括东方玄幻、远古神话、异术超能、变身情缘、王朝争霸、转世重生、异世大陆等子类型；

奇幻，包括西方奇幻、吸血家族、魔法校园、异类兽族、领主贵族等子类型；

武侠，包括传统武侠、历史武侠、浪子异侠、谐趣武侠、快意江湖等子类型；

仙侠，包括现代修真、洪荒小说、古典仙侠、奇幻修真、远古神话等子类型；

都市，包括都市生活、恩怨情仇、青春校园、都市异能、都市重生、耽美小说、同人小说、BL 小说、合租情缘、娱乐明星、谍战特工、爱情婚姻、乡土小说、国术技击等子类型；

言情，包括纯爱唯美、品味人生、爱在职场、菁菁校园、浪漫言情、千千心结、冒险推理等子类型；

历史，包括架空历史、历史传记、穿越古代、外国历史等子类型；

军事，包括战争幻想、特种军旅、现代战争、穿越战争等子类型；

游戏，包括虚拟网游、游戏生涯、电子竞技、游戏异界等子类型；

体育，包括弈林生涯、篮球运动、足球运动、网球运动等子类型；

科幻，包括机器时代、科幻世界、黑客时空、数字生命、星际战争、古武机甲、时空穿梭等子类型；灵异，包括推理侦探、恐怖惊悚、灵异神怪、悬疑探险等子类型；盗墓、寻宝、官场、职场等也是几种常见的类型。

类型小说的充分发育，培育了相对稳定的读者群，进而影响了网络文学的发展形态。这种类型化的写作，作者更多在意的是语言的机辨锋利、情节的生动曲折、细节的夸张离奇、想像的奇妙诡异，而作者对作品的价值和意义相对缺乏明确的追求，除部分类型外的作品内容也大多与个人的生存经验无关。

网络文学在资本的引导下形成相对固定的商业模式之后，对网络文学的写作方式以至读者的阅读习惯都产生了巨大影响。目前的网络小说主要采用按点击付费的方式获得收入，网络写手要想获得更多的收入，必须发表更大量的文字并拥有更多的读者。为保证文字量并避免读者流失，网络写手通常会努力做到每天都不“断更”，一般情况下，一个写手每天至少更新六七千字，为拉“月票”有时甚至会更新上万字到数万字。对很多签约写手来说，每天写一万字，多的时候到两万字以上，都是很正常的。唐家三少在创作高峰的时候，一年写了 400 万字以上。这种商业模式催生的另一文学现象是，网络小说的篇幅不断加长，像《凡人修仙传》达 700 万字以上，而《官仙》更是达到一千多万字。

在网络文学的创新幻想期，网络小说已经开始走上了类型化的道路。网络小说前期的一些类型如盗墓小说，在《鬼吹灯》《盗墓笔记》之后，虽有不少跟风之作，但已基本没有产生较大影响的作品；写实的历史作品在《隋唐三部曲》《明朝那些事儿》之后，后续之作也大都乏善可陈。

目前的网络文学作品中，玄幻、仙侠、都市、言情、穿越类小说仍是主流，各网站的“大神”仍在驾轻就熟地继续他们的作品，如唐家三少的《斗罗大陆Ⅱ绝世唐门》，天蚕土豆的《斗破苍穹》《大主宰》，酒徒的《烽烟尽处》，梦入神机的《星河大帝》等。辰东继《不死不灭》《神墓》《长生界》《遮天》后推出了《完美世界》；骷髅精灵在2004年创作了网游小说《猛龙过江》，后来又推出了结合科幻和玄幻特点的《机动风暴》《武装风暴》《星战风暴》等作品；烽火戏诸侯继《极品公子》《陈二狗的妖孽人生》《宗教裁判所》之后推出了《雪中悍刀行》；我本纯洁的《神控天下》以奇异瑰丽的想像而大受欢迎。塔读文学推出的妖夜的《妖者为王》，一变传统以反智反神的笔法展开故事，不是进行人的神化，而是将神人化，颇有新意；多酷文学推出的九龙逐日的《九天武帝》，则更多使用了底层和励志的元素；若雪三千的《天才召唤师》是广受关注的魔法异能类新作。这些都是玄幻类较有影响的作品。

科幻小说在中国的发展一直不令人满意，刘慈欣的《三体》作为典型的硬科幻作品，一举改变了这种状况，受到读者的广泛欢迎。

仙侠类小说以我吃西红柿的《莽荒纪》最为有名，其他如《星辰变》《凡人修仙传》《修仙狂徒》等也很有影响。

穿越小说因《后宫甄嬛传》《步步惊心》等被改编为电视剧而风靡一时。其实这类小说创作者甚众，举不胜举。

网络言情小说除穿越一路流行外，描写现实的作品原本自网络小说发端起即是大端，这类作品数量也很巨大，如《最美的时光》《我的美女老总》等。

此外如职场小说《杜拉拉升职记》，官场小说《宦海沉浮》等也都人气极旺。

网络文学的过分商业化，带来的是畸形繁荣的局面。同质化、低俗化的倾向愈发明显，对娱乐化的片面追求严重制约了它的健康发展，题材更新乏力、内容因循套路，已成为网络文学发展中存在的重要问题。美国埃默里大学马克·鲍尔莱教授在《最愚蠢的一代》中说：“人类的延续了数千年的知识、理性的传统，也许就这样结束了，剩下的只有娱乐和成功……他们需要老人们的声音，告诉他们，这个世界上还有更重要的人、更重要的事。否则，他们永远是孩子，永远长不大。”网络文学应该长大，网络文学的读者也不应该永远是孩子。

四、多元发展的回归期

近年来，移动互联网的发展，改变了网络文学单纯依靠网络点击付费的VIP

模式，使网络文学在接续传统的基础上向多元化发展有了可能。同时，网络文学相关衍生产品的开发使其获得了更多的载体途径，比如作为上游产品，为下游的影视、出版和游戏提供文本等。随着无线渠道分销、授权纸质出版、影视改编以及网游研发等渠道的开发，网络文学必将适应新的需要而出现多元发展的局面。就目前情况看，市场格局的变动、读者的分众化趋势，再加上有关方面的扶植引导，网络文学创作已逐步向传统文学对意义和价值追求的方向回归，同时又具有适应传播方式的新特点，走上多元化发展的正确道路。

网络文学自由发展的初期是承继传统、关注现实的。此后，网络文学高举幻想的大旗获得了自己的身份认同。但对幻想的过分强调，使之走上了玄魔化的道路，越来越与现实无关，与人的生存经验无关，越来越追求娱乐性而忽视对价值和意义的追求。目前随着网络文学赢利模式的改变，网络文学在走向多元的同时，也进一步向传统文学回归，出现了不少关注现实的优秀作品。如《宦海沉浮》虽是一部官场小说，但其在具有网络文学特点的同时，在表达上同样具备传统文学的特点，因而显得更加厚重耐看。而《大江东去》则以个人视角回顾1978年后的历史，同样具有传统文学的品格，因而获得了中宣部“五个一工程”奖。应该说，对现实的关注是网络文学向主流化、经典化方向迈出的重要一步。

在网络文学自由发展的初期，网络小说大多都是中短篇。随着资本的介入，网络文学走上了商业化发展的道路，而且商业模式相对单一，中短篇小说难以在这样的商业模式下获得收益，因而被边缘化，而卷帙浩繁的长篇大作盛极一时。随着商业模式的改变，以及有关方面的大力引导，网络中短篇小说重新显示出活力。现在，豆瓣开始发力“中短篇小说”，塔读、起点也以“单行本”的名义推出中短篇小说，并进行了网络文学中短篇年度作品的评选与评奖。张佳嘉《从你的全世界走过》的畅销，以及四篇小故事被卖出影视版权，对那些单纯拼体力拼更新的写手如醍醐灌顶，发现挣钱的手段不只是靠文字的量，优质的精短文字依靠巨大的发行量和衍生产品一样可以获得巨大收益。网络文学中短篇的复兴，表明网络文学将继承并无缝接续起文学传统。

其实，我们在讨论网络文学的时候，往往忽视在博客、微客、微信以及同仁文学网站上写作的芸芸大众。从数量上讲，这个群体更为庞大，这种写作差不多近于全民写作；就文学自身说，这个群体的写作既保留了文学传统，又带有网络的新特点，也应引起足够的重视。现在，微博、微信继博客之后，已成为散文写作的新载体，甚至有了“微散文”的概念。《光明日报》曾两次以专版刊登选自微信的“微散文”，《一个北京导游眼中的藏族人》《太空授课还带来了什么》《老板，您能请我父亲吃饭吗》等，都是这种写作方式下的新作品。

因此，网络文学的发展从根本上说，一定会继承绵延千百年的文学传统，在保持其原有精髓的同时，利用新媒体的特点，创造出属于自己的新辉煌。

参考文献：

[1] 黄绍坚. 第一份中文网络杂志：《华夏文摘》研究（11）[EB/OL]. http：//blog. sina. cn/s/blog. html.

[2] 朱子峡. 网络文学：15 岁的青春 [EB/OL]. 中国作家网 http：//www. china writer. com. cn/2013 – 11 – 15/681579. html.

（该文发表于《中州大学学报》2014 年第 5 期）

铭刻在大地与碑石上的心灵散文

——王剑冰散文论

樊洛平*

摘　要：在文学失去了共振效应愈发边缘化的时代，在文学样式走向多样化却也难以经典化的时代，散文家王剑冰以他的创作，启示了小散文可以拥有的大世界，山水景致浸润中的大文化。其散文创作，一是在读山读水的行走中，展示大自然之子的情怀；二是通过人间万象的书写，发掘历史人文精神与平凡生活中的文化底蕴；三是以诗为文，寻求一种诗性表达和美文书写。由此所见证的，是那种呼唤了真善美的经典散文魅力，同样能够穿越历史，发出时代新声和个性化生命感悟，拥有铭刻于大地和碑石的持久生命力。

关键词：王剑冰散文　大自然情怀　人间关爱　文化底蕴　以诗为文

王剑冰的散文，最好是读在清晨时分的静谧中。徜徉在作者笔下美妙的山水天地之间，会心于大千世界的睿智感悟，伴随着窗外的晨光拂照和鸟儿鸣啾，你的心田如同花瓣一样层层舒展；那些行色匆匆的时代久违了的心绪、情怀、遥想还有鲜见的感动，都一一复活起来，它以一种情感的溪流和美的魅力，深深地融进你的灵魂，如同缕缕霞光穿越大地、树林和山川。

一、读山读水：大自然之子的情怀

读万卷书，行万里路，应该是剑冰期盼的一种生命方式，能够在散文的创作、研究、编辑领域担当多栖角色，是为见证。但就作家本色而言，剑冰更像

* 作者简介：樊洛平，郑州大学文学院教授，中原文化资源与发展研究中心研究员，主要从事中国当代文学、女性文学研究。著述有《当代台湾女性小说史论》《台湾女作家的大陆冲击波》《冰山底下绽放的玫瑰：杨逵和他的文学世界》等。

是一个走世界的行吟诗人，一个在蓝天绿海、在山川草原流连忘返的大自然之子。

从中原腹地的嵩山、黄河一路出发，美丽的江南水乡，神奇的郧西天河，红色的井冈山，书香的白鹭洲，依水而居的吉安，还有那古老的乾陵，神奇的三星堆文化遗址，浩渺的黑龙江，遥远的青藏高原，荒凉的戈壁沙漠……无数的风景从眼前一一闪过。每到一个陌生的地方，剑冰都会迫不及待地扑向大自然的怀抱，登山临海，远眺近走；东来西去，南向北往，将美不胜收的风景尽收心底。行走的人生遂构成他阅读世界的另一种方式。

行走的人生中，剑冰与大自然结下了不解之缘。仿佛是一种与生俱来的亲和力，他对大自然的感知有着自己特殊的方式。在剑冰眼里，大自然是一本百读不厌的大书，内容丰富，历史悠久，风格神奇美妙，意境无穷。剑冰以文人的诗心慧眼阅读大自然，透过古迹、近影、高天、远地、群山、河海、草原、大漠、乡野、废墟……他人尚无笔耕之处，读出自己独特的发现与欣喜。在剑冰心中，大自然又是一个与你促膝对话的老者，一个可以倾诉的朋友，甚至是一个情意绵绵的恋人。晨曦、月夜、山间、林中、花草藤蔓、岩石溪流、风雪飘飘、细雨霏霏，你和它都有说不完的话，扯不断的情；就像你在心底、笔下、镜头中将美妙的山水风景定格，你自己也成了这山水自然中的风景。深受中国文学传统浸润的剑冰，就是以这样的方式倾听大自然的心声，沉浸在一种天人合一的境界。于是，剑冰的散文世界里，读山读水的杰作纷至沓来。有直接以阅读山水为题的，如《吉安读水》《井冈读山》《长岛读海》等作品；有从大自然中读出了美妙景致的，如伴随《斜雨过大理》沐春雨，深入《云梦草原》望碧草；从阳澄湖上观晚霞（《晚霞映在阳澄湖上》），到澄江快阁赏明月（《澄江一道月分明》）；从春天里听“鸟”（《翩然与古诗的鸟儿》），到香格里拉寻“梦”（《香格里拉》）……一路阅读，一路歌唱，锦绣河山尽展容颜。读山读水的旅途中，常有一些关键词在引领，好似诗眼，不由得你眼前一亮，大有“众里寻他千百度，蓦然回首，那人却在灯火阑珊处”的惊喜。

如同沿着井冈蜿蜒的山脉读山，围绕吉安美丽的水系读水，在海浪滔天的《长岛读海》，自然是剑冰心向往之的选择。凌晨微明去读海，夜幕降临还在读海，大海有着永远读不完的内容。因海的浩瀚，读出个人的渺小；透过海的晨曦变幻，读出红日、帆影和渔歌；由海的深厚与宽广，读出天的尽头、海外的世界；在不同的时间段，作者还读出了浪花的有颜色。蓝色、白色与灰色的海浪翻涌着，而日出大海的那一刻，满眼都是艳红的海浪，仿佛张生煮海的神话幻境；那层层海浪呼啸汹涌的浪尖，竟是群群鸥鸟翻飞的翅膀！作者在这里读出的是自己心中五彩缤纷的大海，抒发的是个性飞扬的审美经验。而同样是读海，《洞头望海楼》读出的则是夕阳与明月相交会的神奇画面：

风推着时间远去，海迎来又一次日落。落日浑圆，似在释放着一种能量，将波浪一层层镀成殷红。另一边，一轮圆月正在上升，圆月周围，云团如淡蓝的缎带，一直接到海上。海的澎湃，让太阳与月亮的交接热烈隆重。我在望海楼远眺这种壮观。[1]

剑冰在阅读崇尚雄伟的高山峻岭、奔腾的大江大海的同时，也常被那些看似平凡、微小的自然界物象吸引，从一草一木、一沙一石中感悟人生的真谛。对于遍地生长的野草，剑冰可谓情有独钟，沙漠中顽强生长的绿草、石头下面努力伸展的小草、云梦山上随风曼舞的草原、蜿蜒在金龙谷崖壁上的蔓草、充满献身精神的肥田草与生长于高寒山岩的九死草，都成为他讴歌的对象。在《春来草自青》为代表的这类散文中，作者集中抒发了有关“草”的感悟：伟大出自平凡，弱小彰显坚韧，小草不为人关注的默默生存，启示了一种不屈服的人格意志，一种“野火烧不尽，春风吹又生”的生命力量。

透过《荒漠中的苇》《荒原中的葵》《大漠胡杨》《西部的树》这些篇什，你感受到的是在严酷环境中的坚守和抗争，孤独境遇中的生长和绽放。正是因为原本属于弱者的苇，竟然不可思议地生长在茫茫戈壁的一汪水中，才串联出西部、戈壁、荒漠、苇这种美妙的景象来。而荒原中的葵，带给人们的则是一种震撼：“一粒一粒的种子，长成树的林、花的海，长成一片光合地带。花中只有葵，能将艳丽擎得这般高。”[2]32葵的灿烂与壮观、在特定时代背景下曾经被人利用的误解与在任何世风下都率性开放的性格，又如何不是人间世相的一种写照？作者在短短的文字中，借葵之形象融入了历史的反思意识。

《藤》是一篇笔力千钧、直击灵魂的散文。尽管有着“白花鱼藤”这样诗意的名字，并且引发何仙姑绿丝带的美妙传说，但这棵经历了 1300 年风霜雨雪、没有了大树依仗的古藤，“就像失去娘的孩子，自己为自己做桩，自己为自己相绕”，留下坚毅、痛苦、挣扎的过程，赢得满眼绿色的生存。带着生命的痛感来为古藤写真，一反过去那种“偶依一株树，遂抽百枝条”的依附性形象描写，作者紧紧抓住“腾”“疼”两个字做文章，写古藤那种独立自主、拼搏挣扎的底层老农，孕育生命的驼背女子，从而悟出“人其实和藤一样，从一点点爬起，活得不知有多艰难”[1]。而生命的价值，正在于艰难困苦中的拼搏和坚持，在于这云开雾散后的阳光灿烂。在这里，古藤的生命被赋予了丰富的元素，无疑成为一种人格精神的象征。

由此看来，作者以托物言志的方式，在花草植物的描写中体现的正是自己的人格理想、情思志趣；在山水自然的阅读中读出作者心中的山水。“观山则情满于山，临水则情溢于水”，强烈的主观情感的投射，美妙的自然山水的映照，让剑冰读山读水的大自然美文，无论是激越的浪花翻滚，还是淙淙的溪水流淌，都具有了草木生情、高山致意、流水发声的鲜活生动。这一切，皆出自心底的真情歌唱。

二、人间万象：散文书写者的大爱

散文作为抒发自我对大千世界认知感悟的一种文体，如何因小见大，在看似边缘、松散的文学地带跃出，成就小散文中的大气象，写出文人笔下的大境界的问题，还需要在人性、社会性与大自然的感悟结合起来探讨，“一粒沙里见世界，半瓣花上说人情”，传达出丰富的人文情怀，是剑冰散文的可贵之处，它诗意地穿行于历史人文和自然山水之中，以自己的文学理想、悲悯精神、历史意识和文化底蕴，熔铸成知识分子的人文情怀。

对真善美的孜孜以求，是引导剑冰文学世界的一面旗帜，也是贯穿其散文创作始终的一条红线，他让利剑与冰雪相结合的侠骨柔情，真情与善良相融汇的人间关爱，在美的境界追求中有了丰富的表达。

在剑冰笔下，每每写到故土、亲人、乡民、百姓，他内心那片柔软不可触摸的地方，就引发出真挚、素朴的感情溪流，令你情有所感，心随情动。剑冰的人生阅历中，远离父母做返乡知青、唐山地震与死神擦肩而过、工作跋涉途中与重病母亲阴阳两隔，恐怕是他最深刻的人生记忆和生命伤痛。他从中感悟成长岁月、命运骤变和亲情分离，从而将世事艰辛、生命易逝的另一面严峻地展示出来。所以他看生活、看人生、对普通人的生命多怀有真情的关爱，处处彰显良善之心。

在故乡的土地上，有太多的人和事触痛剑冰年轻的心。那个因为家庭政治背景牵连而备受冷遇的美儿姑娘，留在黄昏中的身影和没有说出口的爱情是那样的孤独无奈（《黄昏中的美儿》）；那个在唐山地震中为救外孙女而丧命的二姨，含辛茹苦养大八个孩子，吃了一辈子的苦，唯把甘甜和念想留给后人（《地震纪念日想起你》）；那个在敌人酷刑面前死于17岁的女英雄王翠兰（《永远的少女》）。每每写到这些故乡人物，作者心中真情涌动，不能自已。

在生活的角落里，有许多意想不到的人和事让你感慨并感动。那个在周庄独坐桥头、意欲自杀的女子，虽然素不相识，却因同在周庄的剑冰每天早起摄影、写作的激情感染，终于拯救了自己（《独坐桥头的影子》）；还有那个爱诗、爱美、爱唱歌却不幸生命早逝的文学女孩（《对面的窗户》）；那个在生命最后时刻，要把自身化作一捧骨灰伴着花瓣撒入麦田、树林与河水的生态文学作家苇岸（《远方》）；那个每天哼着快乐小调、用竹竿探路的盲老汉（《盲老汉》）；在工地黄昏中此起彼伏打鼾的农民工（《路边的鼾声》）；这一切都会让作者有感而发，引起对普通人的生命感动和肃穆敬意。上述描写，或情绪感奋，或情意绵长，或内在感伤，或心绪快乐，作者在审美的氛围、意境、情绪中来表现，以文学创造的美感，将生活中的美好留在了字里行间。

丰富的历史人文情怀构成剑冰创作的底蕴，也拓展了他散文世界的高远意境。从红色文化源流的探寻，到山水文化、瓦文化、茶文化、生态文化的多角度发掘，作者在“小散文”的格局里，融入了“大文化”的气象。

红色文化的探寻，在剑冰散文创作中别具一格。与那种走马观花的应景式写作不同，剑冰的这类散文有着深厚的生活积累和感情触发。2008—2009 年，剑冰曾两次踏访井冈山的红绿资源，参观革命博物馆，倾听红军时代的民歌，遥想黄洋界上的炮声，观赏《井冈山》实景演出，也沉浸在有关井冈山的一堆堆资料中。虽然有三个月的情感沉淀，他还是没敢轻易动笔。作者说，后来“让我的思绪沿着井冈山的那些山脉蜿蜒而去，我才慢慢地感觉到了我应该写些什么。于是，有了《井冈读山》”[3]218。井冈的山之神奇，井冈的山之热烈，孕育出中国的第一个红色根据地，也点燃了革命的星星之火。

围绕着蜿蜒的山脉，作者找到了解读井冈的途径。登上十里杜鹃花开的笔架山，五角星花朵的杜鹃花映红了五百里井冈；在高高的黄洋界，流动的白云飞落五大哨口；在大井，有毛主席当年住过的房子，开过的菜园；有贺子珍、伍若兰、曾志这些革命时代的奇女子，还有唱着“十送红军”支持革命的井冈山女子；走在拿山河边，处处感受井冈山的深情厚谊。读着这样的红色山岗，作者不由得激情澎湃：“井冈山的山，是神奇的山。在这里久了，会感到那不是一座山，是群山，连绵不断的群山。那山不仅是具象的，也是精神的。是千千万万的山石，千千万万的植物，千千万万的水滴构成了井冈山，是千千万万的生命，千千万万的呼唤，千千万万的信念构成了井冈山。”[4]180

正是源于这样一种感人至深的红色老区情感，剑冰后来一气呵成地写出了《一生不渝的爱》《艰难岁月两封书》《春天的歌谣》《井冈情歌》《井冈山抒怀》《遇井冈》《永新女子好颜色》《井冈女儿曾志》《〈井冈山〉实景演出观感》《不能遗忘的东井冈》《八月桂花》等系列散文，深度解读了红色资源的底蕴。

事实上，不仅是开创了革命根据地的领袖、先烈、井冈人，以及五百里井冈群山、无数次炮火硝烟；还有井冈山的歌谣、爱情、书信、方竹、杜鹃花、细雨、山茶、红米饭……它们血肉丰满、情致豪迈地构成井冈山的红色元素，共同见证了那个“星星之火、可以燎原”的革命时代。

对于山水文化的情有独钟，贯穿在剑冰的旅程与写作中。登山临海感受山水文化，游走大地探寻水脉路向，让作者文思泉涌，一篇篇美文如水行板，潺潺而出。井冈山、云梦山、中岳嵩山、龙门山、峨眉山、哀牢山、甘山、三清山、神农山、龙爪山、千佛山、青原山、武功山、玉笥山……一座座大山拥抱入怀；水墨周庄、水乡同里；嘉陵江、丽江、清江、澄江、赣江；呼兰河、黄河、天河、溱洧河、大河壶口；阳澄湖、仙女湖、明湖、西湖；德天瀑布、沙屯叠瀑、白水仙瀑，还有济水……千姿百态的流水浸润心田。在剑冰看来，“石生山，山生石，代表着巍峨、峥嵘、挺拔，代表着坚实、气概、沉厚。”“水从山间来，柔软与坚硬构成了一种和谐。石可以改变流水的方向，水可滴而穿石，万事万物相携而生。”[5]49 在水的面前，你“会感到生命的延续……会感到无声的给予与交流。单纯、优雅、洁净、活泼、奔放、自由、坦荡等等字眼会逐浪而出。水是精神的体现，是经典的组合，是胸怀的畅想。”[6]222-223 从古典的山水文章书画欣赏，到现实的山水地貌观景；从心灵的山水形象认知，再到山水文化的哲理感悟，作者寄情思于山水，借山水状写人生，寻求他心目中的山水文化建构。

在周庄的日子里，剑冰怀着一份寻找心仪女子的情愫，痴迷地出入于周庄的水上桥头、小巷茶楼、农家小屋、油菜花田；看霞光拂照，伴明月清辉，以《绝版的周庄》《水墨周庄》《周庄的月》《周庄的蓝》《周庄的雪》《周庄的香》《周庄的柳》《从天上看周庄》《白色的飘飞的鸟》等系列散文，将美丽的周庄侧影渲染得鲜活灵动，顾盼生姿。而贯穿周庄的灵魂，便是那潺潺流淌的水。四面环水的周庄，声音跌落在桥下水中的周庄，有水守卫着的周庄，夜晚睡在水上的周庄，在水中亦梦亦幻的周庄，因为水，一个普通的庄子变得神采飞扬。作者把生态文化意识融入写作，淋漓尽致地表现出周庄的水生态；而“周庄是以苏州的毁灭为代价的”警言，又为城市现代化进程中遭遇的乡村失落与生态问题而纠结，一个有着原生态、古典秀、女性美、浪漫梦的周庄，能否继续保持自己的生存形态和所依赖的传统文化背景，即在此意义上成为令人忧心的“绝版”。

如果说周庄的水属于女性的柔美，吉安的水则张扬了男性的阳刚，“生长的是旺盛的精神，人的骨气，生长的是一种很深的文化”[7]215。走进吉安，被人口耳相传、铭刻碑石的《吉安读水》记载了一座城市历史的光荣，更写活了这座依水而居的城市的特质与灵魂。当初踏访革命年代“十万工农下吉安”的这片土地，作者走了吉安的13个县，纷繁的思绪瞬间被“水”照亮，悟出“是那个‘水’浸染了这块土地，浸染了这块土地上的文化与历史、人格与精神”[7]218。章水、贡水、赣江、富水、恩江、沙溪、吉水，条条水脉维系的红线，穿越岁月风尘，连缀起历史、文化、名人的串串明珠，尽展吉安风采。

从民族英雄文天祥、唐宋文学大家欧阳修、古代诗人杨万里、《永乐大典》主修解缙，到唐宋吉安“三千科举进士”的历史人文盛况；从书声朗朗的白鹭洲书院，到名扬天下的宋代瓷城吉州窑；从革命摇篮井冈山，到红色吉安走出的众多革命领袖、几百位共和国将军和五大元帅；从历史人物事件风云际会的北去赣江，到工业园、旅游区遍地丛生的现代吉安，《吉安读水》引领我们读出的是深远厚重的庐陵文化底蕴，是坚韧挺拔的红色文化精神，是以忠为本、诚实信用的吉安文化胸怀，是绿水长天、榕柳相映的生态文明家园。而俯视吉安地形图的惊喜发现，竟是赣江与富水勾勒出的飞翔白鹭形象！古往今来，描写吉安风光的名篇佳作不在少数，但真正从“水”的角度、“水”的意象来写吉安，发掘出如此丰厚的历史文化底蕴和红绿资源的，剑冰当属第一人。那铭刻于白鹭洲的《吉安读水》碑石，是为明证。

我们还看到，剑冰在日常生活中的文化发现，让一杯茗茶、一片屋瓦这些普通平凡的生活物像，每每有了令人耳目一新的文化美感。

从汉字的特点，看人和草和树在一起的“茶”字构造，看仿佛衣裙飘飘的古代“茶”字书法……你还没有喝茶，就被作者的茶文化想像“美”醉了。由周庄的阿婆茶，西湖的龙井茶，哀牢山的古茶，庐山的云雾茶，到蝉翼、雀舌、月团、芳蕊、碧绿、玉露、春芽、奇兰、叶青、茱萸、菊花、茉莉这妙不可言的茶名，那些来自泥土的、与水相伴的、有着茶马古道历史的众多名茶，就这样款款走进我们的生活。人在休闲、聊天、论世、读书、静思、悟道中品茶，茶也在旧友新知、养性修身中品人，由此形成了一种茶人相依、共赏互品的和谐关系。透过《茶》《一品瓦，二品茶》等篇什，茶文化散发的芳香弥漫在剑冰散文的字里行间。

剑冰对瓦的关注，缘于喜欢这种带有生命属性的事物，或者说有一种温暖的恋旧情怀。久思房顶上的灰瓦，细察作坊的制瓦与瓦库设计师的品瓦，特别是以瓦为题的《岁月中飞翔的瓦》《瓦》《一品瓦，二品茶》等作品，都以诸多奇妙的“瓦语”，记载了作者研究“瓦文化”的足迹。“瓦是屋子上面的田地，一垄一垄，长满了我的怀想，离开好久了，怀想还在上面蓬勃着”；“瓦本就是代表了平民性，它不是用来装饰的，而是直接进入了生活”；“是那些瓦片撑住了人们的日常生活，一天天一年年”；“在人们走入钢筋水泥的生活前，瓦坚持了很久，瓦最终受到了史无前例的伤害……”[1]

透过奇特的想象力和思想感悟，作者多方面诠释了“瓦”的生活记忆与文化符号。由此，秦砖汉瓦的遥远历史，灰瓦、青瓦、红瓦的古色调，瓦当设计的纹饰美，民间瓦房的和谐感，还有瓦在流逝岁月中的抗争力量，就这样把我们带入一个韵味深长的“瓦文化”的天地。

三、以诗为文：哲思美文家的追寻

当今文坛的散文创作为数众多，追求多种艺术手法的作家也大有人在，但能以散文经典走入大地碑刻的作家，剑冰无愧于此项殊荣。当《绝版的周庄》全文以刻石，以一堵老墙的形象成为水乡周庄的文化名片；《吉安读水》的碑石屹立在吉安白鹭洲，伴随着学子们读书也读水；落成于湖北郧西天河文化广场的《天河》碑刻，连同爱情一起永恒；《洞头望海楼》的碑文，在温州洞头风景区舒卷海浪；当《瓦》《藤》《岁月中飞翔的瓦》《春来草自青》《绝版的周庄》《水墨周庄》《荒漠中的苇》等作品或选入高考语文试卷，或走进语文课本，散文的魅力由此可见一斑。

以诗为文，寻求一种诗性表达和美文书写，是剑冰散文明确的审美追求。

作者本是诗人，早年出版诗集《日月贝》《欢乐在孤独的那边》《八月敲门声》，更多的文集出版和创作成就是在散文领域。他喜欢书法、摄影、音乐，作词谱曲，拉小提琴和二胡，19 岁那年就是带一把小提琴返乡当知青的。丰富的文学艺术背景滋养了他的散文，每每创作之时，他是把散文当诗一样来写，用诗心感受生活、追求生活中诗的内涵，发掘平凡人生中的诗意，强调诗性内在的表达，而非一味追求形式的诗的外露。

诗的意境表达，往往经由比喻、拟人、象征等多种艺术手法，通过情景交融的画面和美的语言氛围来创造。《斜雨过大理》写洱海雨的绝妙景致，情与景、人与物高度融合。表现雨中插秧的白族姑娘身姿，先以地毯厂飞针走线的女工比喻，状写她们将葱绿绣进田野；再以抖着翅膀的鸽子拟人，渲染白族姑娘的劳动歌声；后以大理的山茶花，来象征那些打着花伞走向灰墙白瓦村庄的女孩子。充满音乐感和立体美的画面，浸润在霏霏春雨中的大理，将苍山洱海的丹青水墨画诗意地勾勒出来，而那些勤劳的白族姑娘，则成为这画面上最亮丽的风景。诗中有画、画中有诗的意境，就这样栩栩如生地呈现出来。

诗眼的发现，往往有力地提升了散文的思想意境。诗眼，作为艺术意境的焦点和脉络，是显示散文神采的灵魂，开启散文内涵的钥匙。《甘山之甘》的诗眼，可谓“甘山是让人心甘的”，漫山遍野的红叶，灯笼一般高挂的红柿子，爱情浪漫的青年伴侣，都成了心甘情愿的甘山坚守者。《长岛情》的关键词在于“长岛，真是情人岛，有情人的岛”，大陆版图在渤海湾构成的“心”形，自然成为这爱的源泉。写《荒漠中的苇》，作者寻找到这样的诗眼：“苇便是一种群像的结合体，荡漾是她的形容词。”[8]5身为植物中的弱女子，苇的结伴成长创造了荒漠戈壁上最美妙的景象。《阆中》由当地的街巷、饮食、灰瓦、桑林、女子、小舟写起，近观嘉陵江风光，遥想古代文人过往，洋洋洒洒，仿佛信手拈来；但抓住“阆”字做文章，其诗眼就在于“阆”那个门里的“良”。“那自然的生活，那清阔的江水，那千古遗留的民风，还有‘庭院深深深几许’中走出的女子，如此多的‘良’，当然是该叫‘阆中’了。”[9]27-28一个奇妙的诗眼，霎那间点亮了散文的意境，红线般串起作者遍地抛洒的珍珠。

生活哲思的感悟，带来散文的思想穿透力，给人以睿智的启迪。哲理的发现，是生活中的盐，生命中的钙，漫漫长途的思想烛照，体现着美文的风骨与诗意。在《神迷的青藏高原》跳锅庄舞，作者透过草原风俗发现了“牵手”的爱情奥秘：“手，是人们用以交流的最好的伙伴。手的知性很好，它能传导很多的信息，包括爱的信息。所以有的手就再也不分开，不管什么人加入。最后两只手会带着两个人欢快地走或跑地离开舞群，无边的旷野海一样等待着他们。”[10]264人活世上，千难万折，每天总有祈盼。“孩童盼望长大成熟，女人盼望青春常驻，男人盼望事业有成，男人女人和孩童都盼望得到尊重……”“如果有一天再无任何盼望，你的生命就到了尽头”[11]302。在《生活随感》中，关于“爱与恨”“知足”“母亲”“男性与女性”“幽默感”“冷漠与热情”“老路与新路”等诸多话题，都能引发我们的沉思。“最能够容忍你的那个人，是你的母亲。她能够包容你的一切，她最知道你的优点和缺点，即使你做了对母亲伤害极大的事情，她仍然会带着对你的全部的爱走进坟墓。”[12]311-312

心灵为镜，以个性风格表现诗意美文，彰显了剑冰自己的创作路子。

在作者看来，越朴素、自然、纯真的东西，就越有生命力。他的散文诗是心底流淌出来的美文，偏重于纯美、温润、灵动、凝炼的风格，但也不失坚韧与挺拔；走世界的鲜活生活质感，与丰富的文化底蕴结合起来，形成观山临海、解读人生的独特方式。

林非先生在为剑冰散文集《苍茫》作序时谈到，最理想的散文应该是“最能够触发读者长久地感动的；最能够唤醒读者回忆起或向往着种种人生境遇和自然风光的；最能够引起读者深深地思索的；最能够在艺术技巧和语言的文采方面满足读者审美需求的，这样就能够使得自己撰写的散文作品，达到最为理想的境界”[13]1。这是林非先生对理想散文的期待，也是剑冰散文写作的努力方向。

在社会变革与经济发展为主导的时代，在文学失去了共振效应愈发边缘化的时代，在文学样式走向多样化却也难以经典化的时代，散文这样一种仿佛信手拈来却极尽艺术苦心的创作，其生命力究竟何在？王剑冰以他的作品，启示了小散文可以拥有的大世界，山水景致浸润中的大文化；他证明了经典散文的艺术魅力，同样能够穿越历史，发出时代新声和个性化生命感悟；而那种呼唤了真善美的心灵美文，其创作口碑也一定会在生活的土壤中，在读者的喜爱和怀想中，在历史的沉淀和记忆中。一如那些铭刻于碑石的剑冰散文，它会与蓝天大地同在。

参考文献：

[1] 王剑冰．藤 [EB/OL]. http://blog. sina. com. cn/zhengzhou-wangjian-bing.

[2] 王剑冰．西部回响：荒原中的葵 [M] //王剑冰精短散文．郑州：大象出版社，2011.

[3] 王剑冰．吉安读水：后记 [M]. 南昌：百花洲文艺出版社，2014.

[4] 王剑冰．井冈读山 [M] //王剑冰精短散文．郑州：大象出版社，2011.

[5] 王剑冰．嵩岳绝响 [M] //王剑冰精短散文．郑州：大象出版社. 2011.

[6] 王剑冰．我心如风·沙屯叠瀑 [M] //王剑冰精短散文．郑州：大象出版社，2011.

[7] 王剑冰接受《今晚八点》栏目专访 [M] //吉安读水．南昌：百花洲文艺出版社，2014.

[8] 王剑冰．荒漠中的苇 [M] //王剑冰精短散文．郑州：大象出版社，2011.

[9] 王剑冰．阆中 [M] //王剑冰精短散文．郑州：大象出版社，2011.

[10] 王剑冰．神迷的青藏高原 [M] //王剑冰精短散文．郑州：大象出版社，2011.

[11] 王剑冰．释放·盼望 [M] //王剑冰精短散文．郑州：大象出版

社, 2011.

[12] 王剑冰. 生活随感 [M] //王剑冰精短散文. 郑州: 大象出版社, 2011.

[13] 林非. 苍茫: 序言 [M]. 北京: 人民日报出版社, 2000.

（该文发表于《中州大学学报》2016 年第 1 期）

《沱河记忆》中的农事记忆情结

李 欣*

摘 要：《沱河记忆》是一部知青题材小说。曾经是知青的作者董克林用独特的视角，用平实朴素的带有豫东特色的语言回忆了农村插队知青的美好往事，记录了知青和农民的深厚感情，描绘了那一代青年人的热血青春和理想追求。《沱河记忆》中的农事记忆是文学描述，更是具有社会性、历史性的有价值的文献。它不仅是知青题材的小说，更是中国农村发展和变迁的历史缩影；它不仅是作者的个人记忆，更是能激发群体认同感的社会记忆。小说具有一定审美境界和历史文化价值。

关键词：《沱河记忆》 农事记忆 情结 审美境界 文化价值

描写20世纪六七十年代"上山下乡"知青题材的小说众多。80年代前后有描写知青苦难历程的"伤痕文学"，如叶辛的《蹉跎岁月》，竹林的《生活的路》，礼平的《晚霞消失的时候》；80年代前期有讴歌青春和理想的，如史铁生的《我的遥远的清平湾》，梁晓声的《这是一片神奇的土地》《今夜有暴风雪》，张曼菱的《有一个美丽的地方》，张承志的《黑骏马》，王安忆的《本次列车终点》；80年代中期以后有"反思文学"，如朱晓平的《桑树坪纪事》，张抗抗的《隐形伴侣》，陆天明的《桑那高地的太阳》，老鬼的《血色黄昏》，李锐的《合坟》；之后，有更多沉思和温暖成分的知青小说出现，如刘海的《青春无主》，梁晓声的《知青》。董克林先生的长篇小说《沱河记忆》属于最后一类。

《沱河记忆》这部小说没有史诗般的宏大叙事，没有跌宕起伏的故事情节，

---

* 作者简介：李欣，郑州工程技术学院教授，河南省民间文艺家协会理事，主要从事中国传统文化研究，相关著述有《汉民族传统节日的文化建设》《中国传统节日传承和建设中的政府作用》《试论祭祀和传统节日的关系》《中国古诗中的春节习俗文化研究》等。

更没有华丽的词句。它用平实朴素的带有豫东特色的语言回忆了农村插队知青的美好往事，记录了知青和农民的深厚感情，描绘了那一代青年人的热血青春和理想追求。读来让人温暖感动。“如果说语言是思想的工具和材料，记忆则是思想的源流。”[1]

知青生活是那一代人刻骨铭心的记忆，是他们人生故事里重要的情节。正像作者本人所说：“返城三十多年来，在沱河岸边庄稼地里摸爬滚打的场景慢慢变成了发黄的老照片。但是，这种镜头一直使人魂牵梦绕，心中总有一股力量在冲动，时时激励着我提笔书写那段流逝着、沉淀着铁质的岁月。”[2]321 小说描写的是20世纪70年代“知识青年上山下山”时期，京港市18位知青（小说中的18位罗汉）到沱河县沱河岸边的李楼大队劳动四年多时间里发生的故事。小说开头，讲18位知青（9男9女）乘坐大客车到李楼大队，大队书记和大队长已为他们准备了丰盛的午饭，而且提前为他们新盖了三间草房。看到草房、树木、果实和田野，他们充满新鲜和好奇，“九枝花”开心地把他们的草房称为“千金店”，九弟兄晚饭后迫不及待地跳入沱河，在河里嬉戏打闹游成了欢乐的“浪里白条”。他们的青春活力、阳光开朗也给偏僻的乡村带来了清新和生机。“石榴树枝头挂满了带有红脸蛋儿的果实，高高的柿子树上结满了嫩绿的青果儿。累累果实在风中摇曳，在太阳下微笑，好像在说：欢迎！欢迎！热烈欢迎！”[2]4 小说开头引子里的描述，为本书奠定了清新、明亮而又温暖、向上的橙色和绿色交织的色彩基调。

《沱河记忆》是一部长篇纪实散文体小说。小说除了引子，有21章：十个“和尚”和“一小撮”、地锅馍和“独腿烧鸡”、制止敌台、种麦、房东、雪中的大白鹅、大队书记的酒坛、章来打架、参加整党工作队、捉老鼠、九公里事件、盖新房、收麦打场、木雨伞、棋“生”棋子、闹鬼、车祸、吃大鱼、王引河会战、红芋活、知青调研。21章故事各自相对独立，前后既没有时间上的承前启后，又没有故事情节的逻辑关联，每一章都是人物情节相对完整的短篇小说，在栩栩如生的描述中昂扬着积极向上的力量。内容有劳动和生活中的逸闻趣事，也有矛盾冲突和意外事件，其中关于农村农事、农活儿的描写占了大量篇幅。例如第四章种麦、第十二章盖新房、第十三章收麦打场、第二十章红芋活，其他章节里也不乏农事、农活儿的片段描写。这些农村农事的描写既表达了曾是知青的作者对农民、农村深深的热爱情结，又表现了作者作为社会科学研究者和教育家对农事的文化思考。

一、《沱河记忆》的农事记忆具有景真情切的审美境界

王国维在《人间词话》中说："境非独谓景物也，喜怒哀乐亦人心中之一境界。故能写真景物真感情者谓之有境界；否则谓之无境界。"[3]5 意即作家写作要写真景物、表达真感情，要真切地写真，才叫有境界，否则就是无境界。董克林是有境界的作家，他眼中的农事真实自然，他面对农活不是被动抱怨而是主动学习掌握，他笔下的农事、农活儿不仅有意义而且有情趣。第四章"种麦"中详细描写了多种农事、农活儿：沤粪、上粪、打坷垃、耙地、打畦田、耩麦等等。作者通过生动的人物对话和细致入微的描述把所用农具及使用方法、技巧、使用效果、出现的问题全部记录下来，可以说是"种麦的农具农活大全和教科书"。比如作者对耩麦的耧的介绍，如果不是亲眼见过、亲自用过，就不会把它的结构描写得如此细致和具体，因为如今这些农具已鲜为少见。在第十二章"盖新房"中，作者用12000字，描绘了从钉木线橛子、挖地基、打夯、和泥、砌砖、垒墙、上梁、铺房顶等环节到新房盖成的全过程，讴歌了村民们代代相传的聪明才智、盖房工艺和友爱协作的精神，表达了村民们对知青的关爱和盖新房的喜悦之情。其中有这样一段描述："不一会儿，村里的建房高手、青壮劳力'云集'工地，参加建房'会战'。高金顶是全大队手艺最好、最权威的'把式'，小学生似的站在徐队长身旁，'老队长，只等您发话了，恁说干，俺就下手。'"[2]151 "干活的社员个个都是艺术家，他们光着膀子，要着家伙，胶泥在他们手里好像有了生命，特听使唤。……泥里露出的麦秸茬都齐刷刷地头朝外，泥墙成了艺术品。"[2]161 作者描写的劳动，从字里行间传递出的不是苦而是快乐，这既表现了当时的劳动场景的确是欢乐的，同时也表达了作为知青的作者对劳动的认知和体验也是快乐的。这源于作者对劳动和村民们的深情和热爱，也源于作者对劳动的审美态度，给读者带来了审美上的愉悦感受。

《沱河记忆》通篇充满真善美和人性的光辉，其中关于农事劳动的描写也充满了真善美。王泽龙教授为《沱河记忆》所作序文中说："真、善、美——就学理而言，分属哲学、伦理学和美学中最基本的范畴，也都属于美学研究中的基本课题。所谓真，就是客观事物的存在及规律性，人们只有尊重客观事物存在及其规律（真），才能自由地进行造福人类的活动（善），从而显示出人的本质力量（美）来。"[2]1 农事劳动是本真，在劳动中体现善和美，这是作者具有高度的审美境界和自觉所致。在第十三章"收麦打场"和第二十章"红芋活"中，作者同样如教材般详尽描写了这两种农活的程序，但效果又比教材生动和灵活。作者巧妙地以徐队长及村民和知青们一问一答对话的方式，把收麦打场及翻红芋秧

的原因、细节、技巧展现出来了。作者对农事劳动的描写也颇有意境，颇具美感。“庞大爷接过扫帚，左脚在前，右脚在后，身体像个中心轴，随着上半身扭转，手中的扫帚不紧不慢地围绕着庞大爷的身体画着弧。一扫把、两扫把、三扫把……扫过之后，麦秸在上，麦粒都乖乖地留在地面上。”[2]177 “这个麦季，正像安国夸庞大爷菩萨心肠那样，一周艳阳眷顾了诚实劳作的社员，直到麦子装袋入仓。”[2]179在作者眼中，农活儿是美的，干农活儿是快乐的。在第十九章“王引河会战”中，作者用轻松幽默的文字生动描述了劳动后的快乐心境。“太阳落山，工地放工，吃饭算是摸黑‘晚宴’。社员头顶挂着星星的碧空，用欢声笑语把饭场搅和得五味俱全，用诙谐幽默的智慧装点出一个偌大的晶莹透亮的天然宴会厅。老少爷们尽情地说啊、笑啊、闹啊，享受着释放疲惫之快乐。”[2]269

读者从书里描写的农事劳动中不仅感受到了真善美，也感受到了快乐。除了中国农村农事本身传递的美学意象之外，作者的文学功底和审美境界也令人叹服。

二、《沱河记忆》的农事记忆具有一定的历史文化价值

以苦难知青生活和蹉跎青春岁月为题材的知青小说很多，它们浓墨重彩讲述的多是知青们的生活和情感经历。而像《沱河记忆》这样能欢快表现丰富的知青生活、温情讲述知青和社员和谐美好感情、详实记录农村农事活动的比较少。董克林先生撰写的《沱河记忆》为人们认识和了解上山下乡运动和知青生活多了一个角度和窗口，为社会记忆提供了独特的资料，也在当代文学史上留下了一定印记。很赞同清华大学郭于华教授在《社会记忆与人的历史》一文中的观点：“就中国社会而言，贯通个体记忆与社会记忆并由此重建社会记忆是社会科学研究的任务之一……每个人的经历都是历史！每个人的苦难都有历史的重量！每个人的记忆都弥足珍贵！每个人的历史都不应遗忘！”[1]作为社会科学研究者和教育家，董克林深知自己肩负的责任和使命，他想把个人历史、个人记忆融入社会记忆，想让具有青春纪念碑意义的“知青”生活不仅成为自己的人生财富，而且把那一代人甚至中国某一阶段的历史记忆变成可以翻看和咀嚼的文字，同时也为当代青年提供活生生的、可以借鉴的社会实践素材，倡导向社会学习、向实践学习、向劳动人民学习的良好风尚。

不仅如此，《沱河记忆》还是一部生动的农事教材。作者描写农活儿、农具的农事记忆，不仅是作者个体的、更是社会的记忆，其历史文化价值值得重视。社会发展与乡村变迁使农村的生活方式和农耕方式发生了巨大的变化，一些传统的农具、农活儿正逐渐消失成为历史和文化记忆。在这种时间节点上，《沱河

记忆》的农事记录无疑具有文献记载的历史价值。如耧是一种播种的农具，现在已被播种机取代很少见到了。书中这样描述：“它有3个上下高度约1米的圆木棍，上端有一根横杠，是扶把；耧扶手即两根木料，长1米多，一端向人力车扶手，把手下面与3个圆木棍呈110度衔接，三跟圆木棍下面部分俗称黄瓜筒，黄瓜筒是空心，麦种从漏斗进入筒里经过下面的耧铧脚落到土层里。与3根圆木棍衔接的两根木料有一个口大底小的漏斗，斗底有一个踏门，踏门引出3个空心筒与黄瓜筒连接。耧铧脚是铁质的，前尖后宽，扎在蓬松的土壤里，前行的同时播下种子。”[2]55 这一段文字是用过或见过耧的农民和知青能读懂的，其他人读后一定不知其为何物。现在耧和织布机一样已被抛弃或作为农耕文化的象征成了历史陈列品，以后也许只能在博物馆和陈列室才能见到。第二十章“红芋活”就是一堂红芋的科普文化课。小说先叙述红芋的重要作用：对于20世纪70年代中原农村的农民来说，“一年红芋就是半年粮”，“红芋汤、红芋馍、离了红芋不能活”。之后详细描写了知青学翻红芋秧、学做红芋粉条、晾晒红芋片的全过程。最后还进行了概括总结：“红芋的食用方法还有很多。红芋片可做白酒……可制作淀粉；淀粉能制成粉条、粉皮；红芋渣是喂猪的好饲料。经过霜打的红芋秧变成黑色，把它和豆腐、红芋煮在一起，便成为一种叫作‘懒豆腐’的主食。”[2]300

这种浓郁的农事记忆和乡村情结是知青们的乡愁，也是中国农民的乡愁。农事成了乡愁的载体，而当生活中农事发生变迁或消失的时候，这些关于农事的文字也成了乡愁的载体和传世的史料，其意义已远不是个人记忆和个人情结了，它是一种社会记忆和历史的文学再现。美国史学家爱德华·希尔斯指出：“物质器物、宗教知识、科学著作、文学作品等都渗透着传统社会记忆的踪迹。”[4] 所以，《沱河记忆》中的农事记忆是文学描述，更是具有社会性、历史性的有价值的文献；它不仅是知青题材的小说，更是中国农村发展和变迁的历史缩影；它不仅是作者的个人记忆，更是能激发群体认同感的社会记忆。

参考文献：

[1] 郭于华. 社会记忆与人的历史［N］. 中国社会科学报，2009－08－20.

[2] 董克林沱河记忆［M］. 北京：中国文联出版社，2015.

[3] 王国维. 人间词话［M］. 北京：中华书局，2016（11）.

[4] 郑杭生，张亚鹏. 社会记忆与乡村的再发现［J］. 社会学评论，2015（1）.

（该文发表于《中州大学学报》2017年第5期）

诗坛陡起旋风

——现代史诗《幻河》与马新朝

邓万鹏[*]

摘　要：《幻河》是一部足以与伟大的黄河相匹配的现代大诗作，从发源地、黄土高原、中下游直至入海的整个线路为暗线，一路翻转写来，气势恢弘，容民族性与人类性、自然性与文化性、原始性与当下性于一体；《幻河》结构独特，不同于一般意义上的叙事诗，它依赖一种高度抽象之后又非常具象化的大气魄、大激情来支撑全诗，其主要特点在于气脉的流动变化，为中国现代诗如何在传统基础上合理地吸收并运用西方现代表现手法，提供了成功的典范。《幻河》不仅是马新朝创作的高峰，也是新世纪中国新诗难得的一部杰作。

关键词：《幻河》　黄河　叙事诗

一

1999年11月12日，这是一个注定被诗坛记住的日子。当一部以黄河为题材的1800行（64节）的现代史诗最后一行被敲定，诗人马新朝如释重负，终于从创作的亢奋和疲惫中站了起来。这部长诗的完稿，无疑是诗坛一个意义非凡的事件，因为她所涵盖的坚实博大的思想和成色十足的艺术质地已远远超出了我们所能预料的极限。

《幻河》问世便如旋风陡起，好评的浪潮横扫诗坛的沉寂。2001年3月31

* 作者简介：邓万鹏，诗人，诗评家，河南省诗歌学会副会长，郑州日报社高级编辑。著有诗集《走向黄河》《火与流水》《邓万鹏的诗》《时光插图》《嵩山黄河》等，散文集《不敢说谎》等。

日，河南省作家协会、河南省文学院、河南省青年诗歌学会立即联合召开《幻河》研讨会，著名作家、学者、评论家、诗人齐聚一堂，为这部长诗叫好。我国著名诗人、诗评家徐敬亚因病住院期间，病床上还在请他的诗人妻子王小妮为他读《幻河》，并专门托人到会代表他发言。作家何南丁认为：《幻河》具有惠特曼《草叶集》和涅克拉索夫的味道。诗人王怀让说，《幻河》把历史的河、现实的河、幻想的河有机地结合起来，具有华丽多彩的盛唐气象，或可说是华丽多彩的“盛唐诗”。评论家何向阳认为：《幻河》已接近了诗歌的本质状态，是中国诗坛一部非常杰出的作品。作家张宇说：我看到修改过的《幻河》很感动，已经无话可说。评论家耿占春则认为：《幻河》为20世纪末的中原诗歌写作赢得了尊严……大家一致认为，《幻河》这部现代史诗气势恢弘，容民族性与人类性、自然性与文化性、原始性与当下性、喜剧性与悲剧性于一体，不仅是马新朝创作的高峰，也是新世纪中国新诗难得的一部杰作……

《幻河》所给我们带来的阅读快感和震惊是难以表达的，你已浑然不觉地随着作品的情绪、情节起伏，并卷入一个个旋涡，乃至成为幻河的一部分。一口气读完这部巨作，闭上眼睛：眼前立刻出现了这样的幻觉——我是在仰视一座金碧辉煌、造型别致宏大、耸入云端的摩天艺术宫殿；看不见顶端，顶端埋在云里；数不清它有多少扇窗子，每扇窗玻璃正连成大面积反射的令人眩迷的太阳的强光！众多的门、众多的房间统统隐在高大的墙里，令人头晕目眩！这时读诗的人早已被作品所放射出的艺术魔力所攫住，便不由自主鬼使神差地急着去读第二遍、第三遍乃至更多遍。深刻自然，浑然天成的饱满感，不易分割，也不易分析，博大的思想内涵潜藏在节节行行，强大的艺术张力饱含于全诗的角角落落。它经得起反复阅读，它对于历史、政治、哲学、宗教、爱情等方面的触及，对整个五千年东方文明的反思，对时代精神深刻准确的把握，诗人以多声部的和声对同一主题从容不迫的节奏驾驭，以及冗长有序，横向点式、纵向链式的庞大结构能力的展示，使我们感到了这部巨作对我们的诗歌写作所产生巨大影响的可能性。

二

黄河是一条充满神性的大河，她以自己丰沛的永不枯竭的乳汁哺育了东方文明，黄河被公认为中华民族的象征和图腾。古往今来，多少代诗人努力着，试图以自己的诗笔来表现这条伟大而神圣的河。一个古老而伟大的题材，一直在呼唤大手笔的出现。然而如何以现代的手法，赋予黄河这一古老题材以全新的思想内涵，如何以黄河般的伟大气魄，来驾驭这一题材，自然是摆在新时代诗人，特别是中原诗人面前的一道千古难题。一般的诗人，不敢去碰，敢于碰的往往又力不从心。然而，就是这样一个古老而庞大的难题，被诗人马新朝驾驭得浑然天成、魅力四射！诗人在《幻河》的大建构中，完全从诗的整体形象出发，以发源地、黄土高原、中下游直至入海的整个线路为暗线，一路翻转写来。令人值得注意的是，诗的内部节奏的缓急，何时肆意汪洋，何时狂狷暴烈，何时深沉平稳，何时枯竭断流，完全随诗人的主体情绪和主题需要而变化。

请看诗人这样表现黄河的发源："十二座雪峰冰清玉洁/十二座雪峰上没有一个人影/十二座雪峰守护着/黄金的圣殿……地平线退到/时间与意识之外"（见第一节），"黄金的圣殿/高不可攀/它高过皇帝的龙袍/高出遍地灯火/飞马而至的诏书也难以抵达"（见第二节），"手执星宿的天使来来往往/天堂的门洞开/这是泪水与血的源头/这是所有的马匹出发的地方/万物的初始/所有梦幻开始的地方/一滴水就能溅出生命的回响"（见第三节）。这种真正称得上高屋见瓴的起笔一开始就营造了一个庄严肃穆至高无上的所在，暗示了生命之始，文明之初的纯洁和神圣，因为这是"圣灵"存放火焰和香草之处，是高不可攀之处，只有这样的圣境，才配成为整个东方文明的发端和生命的初始之处。这样的圣境充满了神秘和神圣的气氛。于是，一条文明的大河，现实的大河，一条超然万物之上的大河便从"天上"自西向东渐渐开始流动了。

第四节在全诗结构中是起承转合的关键一节，客观上起到了衔接"天堂"到"人间"的巨大时空转换的作用，为全诗的发展做好最初的蓄势。同时，诗人也在这一节中反复调试自己的笔力，像一部大型交响乐中的琴师在调试琴弦儿，并且交代出了要歌颂这样一条伟大的河流的重要原因之所在。第五节在结构上出色地完成了从"天堂"到"人间"的过渡，气势夺人地进一步为以下情节发展奠定了气吞万里、超然万物的席卷式基调。六、七、八三节在内容上伴随着流水继续由高而低、由西而东地向"世俗"接近，充分地拓展出了东方文化历史的萌芽，中国式的农业文明古老的光芒。直到第九节，黄河似乎才真正流到了世俗的民间。国家、领导人、人民中各色人等相继出现。抒情主人公在第十节的第二次出现暗含了非常的意义：在浩茫的时间和历史长河面前，任何个人的命运，个体的生命，都注定属于这条大河；这是别无选择的宿命，表现出了诗人对历史和个体生命意义的拷问。

第十一至二十六节，写大河不但孕育了历史也浇灌了劳动和爱情的欢乐，以及生活重压下躁动和深广的苦难。这时诗人已抑制不住自己悲愤的激情，以惊人的想象、君临万物的姿态呼风唤雨，让古老深厚的大地开合，让千百代死去的幽灵说话：漫漫无际的岁月，生生不息的民族，明明灭灭的希望啊！诗中陌生人的出现以及传统阴影笼罩下的遭遇、沉重的劳作、全部的希望和努力在时间和传统的河流里又是显得多么渺小无助，然而又是如此地坚定执拗。在“通往青草的路被青草收走”之后，“身披黑大氅的牧羊人”（见33—37节）终于为了生存，“毅然出走”，彻底的反叛！无悔的追求！诗人反反复复地咏叹“身披黑大氅的牧羊人远走他乡”，这是何等的无可奈何的咏叹啊；诗人让我们看到巨大危机的同时，也看到了历史发展趋势的不可逆转。然而，更多的人手中仍然做着“握在黄金手中”的长梦，在梦中挣扎着，黄土的荒凉和愤怒已转化成动人心魄的琴声和鼓声。通过“圣主”和“父亲”这两个别具意义的形象，诗人让我们看到了一个老态龙钟的民族的某些部位的一触即溃（见38—40节）！闪烁出诗人对历史的深刻反思和批判意识的锋芒，为第四十一、四十二两节作为全诗第一个高潮的出现做以必要的铺垫和准备。

诗人写洪水到来之前的景象，在深化整部作品的主题上，具有举足轻重的意义。巨大的忧患意识已经破笔而出，对旧有的伦理道德几近控诉和鞭笞，预示出一场惊心动魄的历史大变革势在难免且又迫在眉睫，暗示出一个民族在抛弃沉重的历史包袱之前的阵痛和恐惧。然而，洪水的到来是不可逆转的（见43节）；随之，洪水过后奇特的景象出现了：旧有的秩序完全被打乱，而新的秩序尚未建立，恐慌、茫然、惊喜、失落……一种前所未有的场景和氛围四处布满和弥漫。历史上的任何大变革都意味着裂变后利益的再调整再分配，再辉煌的权威也注定只能成为一个时代的记忆。一切的一切在历史发展的洪流面前，在伟大的东方神河面前，都势必变得渺小和不可逆转。而新时代的诞生，总是以旧时代的消亡为前提，就像大河必然东流去注定要入海一样。然而，变革是严肃的、残酷的、意味着死亡和新生。诗人领我们一起听到了“人人体内枪声大作/像子弹一样醒着……”废墟满眼，像一场浩大的战争刚刚走过，不流血的流血，不死亡的死亡，我们看到：“新时代的婴儿满脸疑惑/在父亲的尸首旁哭诉前生！女儿洪水般的枕畔/漂满了死者的墓碑”（见47节）。变革的先驱历来是要付出代价的，因为他是时代的先知先觉，他是超常敏感的时代之神经，不可避免地遭到大挫折甚至噩运。“他因为倾听/被洪水砍去了听觉/因为寻找/被黄沙掩埋了路径……”（见48节）

一切都在等待重新确认和命名，一切都是如此让人充满希望却又带着几许迷茫，第四十九节又是一个短暂的过度，随之诗人领我们走进诗的核心。第五十三至五十六节中，更加令人震惊的情节终于出现了：“怀抱我生命的父亲/山冈般庄严的父亲/怀抱着火焰和钢铁的父亲/不再回来……而沿路乞讨的母亲/她云鬓上的光环消失/她的泪水与诅咒/朽亡的身躯散落一地……”我们在这里看到了那养育了我们身躯和灵魂的父母，我们的生命赖以成长壮大的父母，我们的生命无法失去的支柱也失去了，这是何等地令我们和这个时代痛不可支啊！别无选择，我们看到抒情主人公这时在广远的大地上，在悲痛欲绝中，“独自收拾着/落英、鸟羽、紫萧、文书/收拾着祭器与血迹”。大河断流。草木凋零。蚊虫横飞。小麦不再灌浆。慌乱的人群南下。人们开始了新的寻找，这是希望的开始，这是失去传统后真正独立的开始！这种巨大的痛苦在51节中得到了充分深刻的体现，这痛苦正是与旧有一切告别的痛苦，这意味着人的意识的觉醒，以及人性的觉醒，这是整个东方意识的大觉醒！深刻的错乱，整体的失衡，我们甚至看到了“牛羊座上了厅堂/鱼虾在屋顶上吹奏”（第五十六节）等滑稽可笑的场面；而我们一向作为民族象征的大河一时也居然成了堆满物品和各种道具的旧仓库——因为一条曾经是十分神圣的河流此时已经死去在人们内心。

寻找新的出路，依托于新观念的确立，思想道德体系的新秩序以及意识形态的整体调整，调整的过程也就是寻找的过程；表现在诗中，也正是诗人反复强调的：“寻找水源的人们被水源流放”，“我一生/追随你/寻找你”，虽然依然没有你的回声，但我们仍然要“身背迁徙的道路”继续寻找。在第六十、六十一、六十二这三节诗中，诗人把寻找的艰难、迷惘中透出的坚定表现得既惊心动魄又刻骨铭心。在大断流、大错位、大纷乱、大阵痛中，诗人终于让我们看到了“在明净而响亮的城市讲台上/在三角犁耧摇响的清脆的铃声里/在秦皇堤最高一层的台阶上/渤海湾的风吹来”。“它带着银鱼背上的闪光/带着无边的蔚蓝/带着最陌生的词语和呼吸/正向我们吹来”。这是诗人一再在全诗即将结束时传递出来的最强劲的信息，告知一条大河历史性的结局，囊括了一个古老民族希望的全部。在款款吹来的蓝色的海风里，无边无际的水上正隐隐传来螺号的声音，而此刻，旧有的一切，“正与家谱和生殖落在泥沙之上/岩石的囚徒/幽深岁月的囚徒/被自我囚禁的囚徒”，统统都“松开了绑绳”……“大地上的箴言/王权虎符道器随流而下……僧众民生、达官显贵、商贩、精英、败类随流而下/在海藻和巨头鲸之上/是无限的蔚蓝……”一条“幻河”终于，至此入海完成了漫长、曲折、难以言说、又不能不说的不堪回首的艰难行程，完成了自己从始至终的独特轨迹。

三

《幻河》的结构是独特的，1800行由64个小单元组成；在64这个数字上，诗人也不失自己的考虑：64卦，其神秘性在于不停地运转变化，诗人也希望这64节诗能像一个不断变化充满玄机的艺术迷宫一样，给人带来神秘和新鲜的刺激；不论这种想法在诗中最终以多大的程度得到体现，仅仅这个动机和创意就非同凡响，何况《幻河》不同于一般意义上的叙事诗，它不是靠故事情节来支撑全诗，而是依赖一种高度抽象之后又非常具象化的大气魄、大激情来撑起全篇。其主要特点在于气脉的流动变化，虽然也叙事，但那是一种完全抒情方式的叙事；可以说全篇找不到一般意义上的情节，但它众多的情节却需要在与读者互动的作用之下，繁衍出无数相关的情节。64节看似各自独立却又密不可分，64节是64个精美的房间！64个精美的房间是一座摩天的艺术大厦！每一个房间里又由数10行不等的诗句组成，而每一行诗又可幻化出无数的小意象……环环相扣，节节相连，行行相激，句句相生，真是令人感到变化莫测，眼花缭乱。所以，整体上说《幻河》是一座不停地变幻着的摩天艺术迷宫是不过分的。

《幻河》的结构是奇妙的，64节是一个不可分割的整体，一脉贯通，气血相连；奇特的是每一节又可以拆卸下来单独把玩，其独立性又十分鲜明。可以单独作为抒情短章欣赏的节段随处可见：如第二十节，第二十七节分别冠以《舞龙人》《黄土》小标题便是出色绝妙的现代抒情短章。但只有把64节按诗人排就的顺序连起来读，才能感受到整体的博大和一气贯通、一脉相承的不可分割性。巨大的流动感，强大的冲击力，伴随着阅读的推进由始至终呈加速度态势进行。

可以说《幻河》是长诗结构史上的一大奇观，整体的大，大得惊人，大得有特点有魅力，它不因自身的庞大而显出些许笨重和呆滞；具体的小，小得巧妙精致而灵光十足，再小到每个句子，每个词，皆如此。《幻河》中极富创造性的神来之笔和才气毕现的神灵诗句也几乎随处可见。

四

《幻河》的出现，首先给河南诗坛乃至当代中国诗坛带来一种精神和心理上的满足，它使我们终于看到了一部足以与伟大的黄河相匹配的现代大诗作的出现。数千年来，包容了东方全部苦难全部希望的这条大河，从来就没有停止过呼唤和期待以自己全部的血液全部的泪水哺育出的大诗作和大诗人的出现；千载百代，由于时代的局限和各种历史上数不清的原因，此前确难找到称得上能够与黄河的伟大相称的诗作，特别是现代诗作。也只有到了20世纪末，随着中国的政治、经济、文化观念的进一步开放所带来的经济文化繁荣，才能使诗人冲破各种思想桎梏充分展开艺术的翅膀，使诗人准确地把握并表现出黄河的精神本质；时代为真正大作品的出现提供了根本的依据和保证。因此，我们才看到了一位具有大气象的歌者正向我们走来。

《幻河》这部东方现代史诗似的作品的诞生，以触天接地的思想和艺术光柱照彻了现代后现代烟尘滚滚的诗坛；它强烈的光芒为当今的诗坛拓展出了一个澄澈全新的艺术空间。《幻河》为中国现代诗如何在传统基础上有机合理地吸收并运用西方现代表现手法，提供了成功的范例。

《幻河》是诗人几十年创作生涯中准备时间最长、规模最大、付出最多的一次最为壮观的火山喷发，是诗人的艺术才华最有代表性的一次展示。这次大喷发所造成的蔚为壮观的景象必将是世纪初中国诗坛上一道最亮丽最引人注目的风景。而喷发之后所留下的种种印迹，自然有待评论家们的深入研究，对《幻河》的思想和艺术价值的估量自然有待时间和读者去完成，但我们可以断定，《幻河》必将是一部传世之作！

而对于诗人本人来说，《幻河》的诞生，该是一次何等巨大的生命和艺术付出！诗人为完成，动用了前半生的思想艺术和生活积蓄，当诗人向读者和未来交付这首大诗之后，便一头倒进一场不大不小的疾病，诗人被掏空了。有人说诗人是十年磨一剑，其实诗人对黄河这条神秘大河的钟情神迷起码可以追溯到1987年春天。诗人作为举世瞩目的黄河漂流队的随队记者，与探险队员们一起到了黄河源头，沿黄河的流向，生生死死，历时半年，完成了对黄河的几乎全程的考察。黄河伟大神秘的震撼力慑服了诗人的心灵，从那时起，《幻河》的种子悄然落地。此后，他以黄河为题材的组诗陆续刊登于大江南北刊物。20世纪90年代中后期，几乎形成席卷之势。《人民文学》《十月》《中国作家》《上海文学》《诗刊》《绿风》《莽原》等大刊多以头题刊发他的组诗。但是，如果你以为这就是诗人马新潮的全部，那就错了。

胸有大志的诗人马新朝，把这些仅仅看成小制作。他从1995年开始动笔的黄河，直到1999年底从来没有停止过修改，从构思到结构，从句子到语言；无数次推倒重来，无数次自我否定，历时五个四季轮回，1800多个晨昏。容半生艺术积累，集全部智慧才华于一部1800行的现代长诗，终于摆在读者面前。10年之间，马新朝一跃进入全国优秀诗人行列。在他的书架上，所有现代后现代重要诗人都有位置。说起世界一流大诗人的作品，马新朝如数家珍，滔滔不绝，了然于心。他从大师的作品中吸取营养，化为自己的血肉，逐步具备了写大诗的实力。中国台湾诗人余光中曾说过大意如下的话：中国写水的诗人有两个，一个苏轼，一个李白；如果把苏轼称为“江神”，李白则可叫“河伯”，只是显得有些不公平的是，二人均为南方人；也许有一天，北方会出现一位诗人，重新把黄河收回去。现在，我们似乎可以告慰余诗人了，他预言的那位北方诗人的身影已经渐渐清晰……

注释：

①第三届鲁迅文学奖评委会对马新朝《幻河》的评语：马新朝的长篇抒情诗《幻河》，以黄河为依托，含容着中华民族丰厚的历史文化，它以神祇般的光辉照彻古老的东方大地，又以圣灵般的宏奥和深邃萦绕着人的灵魂，于是便与时间相伴，在广阔的时空里流淌，经历滞缓和奔腾、幽怨和愤怒、深思和反抗、涅磐和新生，从荒漠走向繁华，从狭窄走向开阔，以深层的象征意味，抒写了中华民族的文明史。诗人以个性独特的感觉方式和语言，触及政治和文化、哲学和宗教、民俗和爱情，以对文化特征和时代精神的准确把握，谛听历史渊薮的回声，探究人类发展的奥秘。浩渺的空间和跳跃的时间，恢宏的框架和细腻的描绘、深情的叙述方式和汪洋恣肆的笔墨铺陈，让具体与抽象相融汇、古典与现代相统一、继承与借鉴相和谐，比较新美地完成了一种艺术传承，也比较成功地尝试了一种艺术拓展。

（该文发表于《中州大学学报》2014年第2期）

个人经验介入文学评论的难度及方式

刘海燕*

摘　要：20世纪80年代以来，西方的各种现代文艺思潮、方法被译介过来，在我们接受不同文化营养的同时，也接受了影响的焦虑。与创作界相比，多年来，文学评论界经历着更大的影响的焦虑。中国的文艺理论、文学评论，怎样才能有效应对中国当代文学创作中所出现的种种现象与问题？方法论是必要的，但比方法论更难于表述、难以界定的，也是常常被我们忽略的，是评论家的精神世界。在制度尚未完善之前，我们也应清理一下个人的责任。

关键词：文学评论　个人经验　真实处境　影响的焦虑

一、在影响的焦虑下，我们忽略了什么

在十几年的文学评论写作之后，近两年我对自己写出的每行字总是心有疑虑，真实吗？准确吗？意义何在？如果它不提供新的意义，于自己是徒劳，于这个文字泛滥的时代是多余，那么还写它做什么？这虽然是一次次的自我否定，但不是虚无。这是一个被公共语境渗透而又渴望表达自身处境的评论者，一个把评论写作作为精神事件而非目的和手段的评论者，必然面临的困境。

与创作界相比，文学评论界经历着更大的影响的焦虑。20世纪80年代以来，西方的各种现代文艺思潮、方法被译介过来，在我们接受不同文化营养的同时，也接受了影响的焦虑。多年来，文艺评论界——从文艺美学、古代文学到现当代文学评论界，都在不断呼吁建立自己的理论范式，也做了很多建设性的工作。2008年10月由《文学评论》编辑部和浙江省几所高校共同主办的

---

* 作者简介：刘海燕，鲁迅文学院首届青年评论家班学员，中国作协会员，《中州大学学报》编审，著述有文学评论集《理智之年的叙事》（入选中国作协“21世纪文学之星丛书”），思想随笔集《如果爱，如果艺术》等。

“文学创作问题与文艺学中国式创新”高层论坛，宗旨就是以对“中国现实”和“中国问题”的共同关切，打通当代中国文学的理论研究与创作实践，以便为基本文学观念的“中国式创新”开辟道路。[1]专家们关注的焦点基本是方法论问题，即中国的文艺理论，怎样才能有效应对中国当代文学创作中所出现的种种新的理论难题？

方法论是必要的，也是可以讨论、达成共识的。但比方法论更难于表述、难以界定的，也是常常被我们所忽略的，是评论家的精神世界。一个卓尔不群的评论家，他表达的是未曾表达的经验，是人类精神生活的渊或缘，而不是遵循已有的规则。方法论和技术分析是必要的，但永远是次要的。在20世纪杰出的思想家、批评家本雅明的笔下，我看到被人评价了千万次的卡夫卡，却像是第一次见到——“理解卡夫卡的作品，除了别的诸多条件外，必须直接地认识到他是一个失败者”，他心里想的是他自己著作的“废墟和劫难场”。“再没有什么事情比卡夫卡强调自己失败时的狂热更令人难忘。”[2]

本雅明对卡夫卡如此精当的评价也适用于他自己。这个在臣服于权威和意识形态的团体中，从不会回旋应酬的笨拙之人，一生倒运，处在一个以笔为生的自由作家的位置，还知道自己无法以写作谋生。因为，他发表的东西一点也不多，他不是著述等身的文学史家或学者，而是批评家和散文家，拒绝庸俗和冗长，宁愿用格言隽语写作。这个受其时代影响最小的人，言谈风格显得不合时宜，像是从19世纪漂游至20世纪的，他致力的是在当时的德国根本就不存在的东西，或者说是不被欣赏的东西。他在《书信集》中写道：“我给自己设立的目标……是被视为德国文学的首席批评家。困难是五十年来文学批评在德国已不再视为是严肃的文体。要为自己在文学批评上造就一个位置，意味着将批评作为一种文体重新创造。”他希望在“智慧的史诗性方面已经死灭”的时代找到“艺术”和“理性”的最富成果的存在方式。他曾用十年之功研究波德莱尔，其生命和写作不幸地终止于法西斯肆虐欧洲的日子。在他活着的时候，怎能想到自己死后会在世界范围内声名鹊起！他的一生很像他的一本被搁浅的书的名字——《论无名的荣誉，论无辉煌的伟大，论无薪俸的尊严》。

他和卡夫卡一样都是在背运中不妥协，不被时代改造的人，并对时代生活中的重大问题做出了直接或间接的回应。

> 凡是活着的时候不能对付生活的人，都需要有一只手挡开笼罩在他命运之上的绝望，用另一只手记录下他在废墟中的见闻，因为他所见所闻比别人更多，且不尽相同。

——卡夫卡：1921 年 10 月 19 日日记

像一个遭船难的人想浮在水面而爬上已经在倾摧的桅杆的顶端。但从那上面他有机会发出信号，唤来搭救。

——本雅明：1931 年 4 月 17 日致舒勒姆的信[2]

他们的命运和精神气质里有那么多相似的东西，因此，阿伦特说，本雅明无须读卡夫卡的作品就能像卡夫卡那样思考。他们是精神深处的同行者，不同于我们所说的同行。因此，本雅明写出了唯一的卡夫卡，阿伦特写出了独一无二的本雅明。他们的评论文字，是绝伦独创的心智互动性的理解和阐释。

他们孤独地靠个人的思想魅力，撑起一个叙事的小宇宙，开辟出信念能够自足生长的高地。他们所生活的时代绝不是为理想主义者准备的，但是他们让后来的人们看到了一个理想主义者应该写作和生活的方法。

这些太超拔的人物，对于今天的我们，只存在于我们的文字与言说中，而不会在日常行动中被仿效。他们这样一次次被提起时，甚至有些类似我所在的城市开展的学习焦裕禄的活动，耗了不少资源、资金，焦裕禄精神却并没有在人的心中扎根，在日常中被仿效的可能性微乎其微。这是两个时空里的事情，其间有太多的差异和现实的不可能。

天才思想家、艺术家都是把性命搭进去的人，都是灵魂的漫游者，他们不分享一个时代共同的喜悦和好处。如只活了 39 岁的思想家帕斯卡尔，另一位思想家舍斯托夫在《约伯的天平上》一书里这样描述他：“他那忧虑、不安同时又是如此深刻的思想所做的全部努力，目的就在于不让他自己卷进历史的洪流中去。”[3]

今天我们都不愿意这样，我们首先选择的是健康、富裕、妥协地活着，从这个时代得到好处；其次，才是写作和思想。谁会为此而羞愧？当然，也有万一的例外，如逝者、萌萌思想者。

生活和精神气质的差异带来写作的差异。记得多年前我熟悉的一位专业作家就感叹，我们过着和别人一样的生活，所不同的是别人去上班，我们坐在家里写作，怎能写出大作品！恐怕不仅是外在生活的相似，还有内心的相似吧？各种诱惑和时潮，改变着文人的内心，在一些文学现场，个性、立场、自由气质，这些文人的标志已经非常模糊，代之而来的是权益化规则、等级化秩序与戏谑性说道。

二、在真实处境中言说

回溯 20 世纪 90 年代中后期以来，文化语境、文学格局、学术评价体制及利益分配的方式对人文学者的生存状态、精神状态和话语方式产生重要的影响。

20世纪90年代中后期以来，高等院校的相当一部分教师出于科研项目、学科建设、职称评定等的需要，纷纷撰写论文、论著。这些著述戴着正统的学术面具，命名属于宏大主题，实则貌似神离，基本是知识演绎和学术词语的堆砌。这种学术体制诱导下的功利性写作，为快速获得各种管理和评价机构的通行证，懈怠于思想，忽略个体的经验，谨守学科的分类规范，而进行着知识的批量生产。这些论文、论著以铺天盖地之势，充斥于学术刊物、报纸媒体及文学刊物，败坏着学术及批评的品格。老一代学院派知识分子的人格魅力和治学风范，在知识成果批量生产的时代，迅速地被遮蔽。作为一个高校学报的编辑，我听到过很多作者委屈地抱怨：体制如此，时潮如此，我能奈何？一旦把罪责归咎于体制，个人就轻松地获得了伦理宽恕，理直气壮地成为技术复制时代的加盟者。一边分享着体制的利禄，一边责难着是体制让我这样做的。实际上，体制并没有强迫你这样做，是你自己的选择，甚至是不择手段的获取。

随着高校在社会生活、学术格局中的优势日益显著，作协系统的很多评论家渐次调入高校，成为特聘教授。主要诱惑是：收入的丰厚，生活的保障，这是物质上的；还有心理需求方面的，在学术资源重新配置的过程中，以学科为基础的知识生产与传播成为主渠道，不在学科体制之内，知识生产的权威性和影响力就会削弱。如果一个人的创造力不再足以支撑他作为一个孤独的个体发出声音，那么，介入团体、找一些文化标签来支撑自己可谓权宜之举。

本来，作为生活中的个人，身份的转变无可厚非，在消费时代，评论家也要生活得更优裕，更主动。问题在于一些很有锐气的评论家也在渐渐地迎合潜规则，被体制内的暗流裹挟着向前走，这裹挟本身也是诱惑，因为它意味着一个身在其中的人，可以分享利益与成功。《南方都市报》记者与2008年度“华语文学传媒大奖”评论奖得主耿占春的对话，曾谈到这个问题。

记者：作为一个学院内的批评家，学院化的学术体制对你有束缚吗？

耿：对个人的写作来说，学术体制表现为一种过于功利主义的诱导，不论是学科建设的需要，还是你个人在学科内地位的考虑，都会诱导人去考虑更功利的目的。我自己也不能全然免于这种诱惑，比如你会写一些在学科内说得过去的书和文章，其实这本书也必须为自己发明一个学术研究的面具，必须发明很多新的概念、新的研究方式把自己的感受变成一个理论问题。

我觉得学术领域最大的问题是，我们还没有知识发明权，我们还是跟在西方的后面，别人命名这个知识领域了、这些范畴了，我们才会觉得可以谈，可以做。他们后现代，我们后现代；他们后殖民，我们后殖民，其实知识发明权还是在别人那里，我们还是跟在别人后面。也就是说西方学者的感受与经验可以变成知识，萨义德可以把自己在美国的感受变成东方学或后殖民理论，而我们则好像还不能给自己的经验感受一个命名，给它一个理论化的形态，使它知识化。[4]

其实，这最大的问题某种程度上也是前面问题的延伸，或者说两个问题是相互寄生的。全球性的文化语境，公共思潮、术语，知识的规整和权威化形式，更容易获得学术评价体系颁发的通行证；对于看重现世得失的学人，理论的移植与复制自然是更快捷的成功方式。“被学院‘招安’的批评家，或者以学者、教授身份兼任的批评家，都不能不带着这个学术体制的特色。”[5]

在全球性的文化趋同化和学术评价体系的合力下，文学评论的独立价值何在？我想首要的是应该说出我们真实的处境，作家木心说：“艺术到底是什么呢，艺术是光明磊落的隐私。”如果你在那合力之中又挣扎着超越其上，内心就总处在撕扯、撕裂与疼痛中，你批评的那种东西更深地伤害着你自己，你分享着潜规则下的利益，但并没有心安理得的欢娱，却有无名的羞辱和不安。你对自身充满怀疑——我的言说，我的生活，真实性何在？很多评论者不愿承受这种隐秘的撕扯，而让自己成为一个顺畅的不省视之人，成为游戏于潜规则中如鱼得水的成功者。但是，任何时候任何场景下都会有例外，譬如《南方都市报》所提名的那些批评家。2008 年度“华语文学传媒大奖”的评委们写给耿占春的授奖辞，也可以看作是对于评论界的寄语：“在知识的面具下，珍惜个体的直觉；在材料的背后，重视思想的呼吸；在谨严的学术语言面前，从不蔑视那些无法归类的困惑和痛苦。”

耿占春先生也讲道写作的动机是为了处理负面经验，处理自己的焦虑、疑惑，甚至受折磨的感受。事实上，通过这种写作，写作者自身不仅能获得某种意义的健康，而且也有助于公共语境中信任感的建立。经验的简化，大而无当的概念化说教只能让读者调转头去。思想的可能，应该从个人最真实的感受性说起，从个人斑驳陆离的经验说起，个体的心理状况也是一个时代知识分子的精神状况，也可以说是“光明磊落的隐私”。但是我们习惯于高蹈的语式，习惯于说出不含混的响亮的声音，现在要低声迂回地独语，并不是件易事。波德莱尔曾叹道：“与那些大声疾呼的相反的理由相比，存在的理由是多么虚弱。”巴赫金说陀思妥耶夫斯基的伟大，在于“他不只是聆听时代主导的、公认的、响亮的声音（不论是官方的还是非官方的），而且也聆听那微弱的声音和观念”。

用文化批评、文学批评的方式表达出我们存在的处境，这要一个写作者多年的修炼和心智的明澈、沉潜，方可实现。这里要谈一下评论家艾云。艾云是一个几乎不受时潮影响的思想者，也没有得过任何大的文学奖项。多年来，艾云一直坚持这么做着——在制度设计的缺欠尚未得到纠正之时，把公共领域中的生活事件引入批评描述和美学分析。2006 年，《花城》杂志推出“艾云专栏”，那些篇目《自我呵护：福柯及其个人自由伦理实践》《带着不安与歉疚上路：现代性语境中的性态分析》《谁能以穷人的名义》《谁能住进最后的宫殿》《缓慢迈向公民之路》《寻找失踪者》，明显是艾云式的表述，或者说是艾云式的文体。这些文字和作者本人一样，具有通彻、明媚和上升的气质。艾云能够给那些含混的边界模糊的经验，输入一种持久不断的沉思和俯瞰的气息。因为经验的基质，艾云的写作带有难得的直接性和生动性，她从万般头绪中扯出的那些问题，都连着我们极敏感的那根神经，无论是个人生活的，还是国家政治伦理的。事实上，经验的整合分序，不是凭善良的愿望便可去做，它要求有整体生活高度、有综合美感者，艾云多年来向着美好聚神的生活为这写作做好了准备，还有就是智性的力量。[6]

我们这个时代的思想者，得面对生存这一事实，他的可能思想，就在于对自身不断的反省、拷问以及负责，对自己作为一个从此岸到彼岸的泅渡者的复杂人性的清醒认识。如艾云，她的语言因此充满了拷问与挣扎的痕迹，她的思想回到了普通人的生存情状中来，有着斑驳陆离的阴影与光亮。艾云一再强调：不管是感性还是理性的文字，都应该建立在个人经验的基础之上。她在《理智之年》自序里写道：“没有我们对内与外感知的素朴真实，我们的所讲都会空洞。”艾云的写作始于对个体有限性的追问，沿着个人生存的真实情状而展开，这使艾云的声音一开始就有了可信、可感之处。艾云曾说，如果你是一粒尘土，那么也要成为一粒高贵的尘土。权威或学科代言人的位置与她无关，她只是一个思想着的个人，在普通中高贵，在沉沦中拔擢。艾云的文字以其可信性、心智的贯穿、飞升的力量，既适于学院也适于民间去阅读。

还是有一些这样的思想者、评论家，为写作为文学赢得了感动、声誉和尊严。

三、个人的责任，日常承担

目前，在全球文化趋同化的过程中，西方强势文化带给我们的焦虑性影响一时也消解不了；我们的学术评价体制的完善也需要一个过程；还有这个时代的消费语境、网络化生活，把文学评论这种需要专业、智慧、耐心和感受力的行当推到了被遗忘的边缘。这几乎就是文学评论的现实状况：在学界，被功利化地利用；在日常生活世界，基本被遗忘。

如果我们一再强调自己被动的处境，强调公共化的潮流对个人经验、个体生活的吞噬，那么，只能增加我们的焦虑感，同时庇护自己对于责任的推卸。这肯定不是有效拯救和承担的方式。

现在我们应该清理一下个人的责任。

2008 年冬天，我和朋友一起在书店，翻开《雪莱散文》，为里面的一句话感慨不已："每个人不仅有权表明他的思想，而且这么做，正是他的义务。"以前只知道雪莱是个诗人，没想到这个 19 世纪的浪漫主义诗人这么看重"思想"，把"思想"当成一个人的义务。也就是说，"思想"不是职业，不是哪个单位团体赋予你的任务，是你作为一个人的义务。我们很少有人会这么想，更很少有人会这么做。这和对精神生活的信念有关，像上文所提到的批评家本雅明，就是在绝望之中用思想的光照亮时代暗夜的人。我们知道，任何一个时代都不是为理想主义者准备的。今天这个时代，我们的物质生活已经相对富裕，表达的自由度也相对大多了，但是，为什么精神的力量比较孱弱？最主要的内因恐怕是我们的心智已散乱。青年评论家中富于才情的代表性人物谢有顺，在与《南方人物周刊》记者的对话里，也讲到这一困扰，"在这样纷扰的时代，让自己的心清静下来、坚守信念很难。真正的困扰来自如何把握自己的内心和持守自己的信念"[7]。当大多数人都在实现种种世俗成功的时候，谁甘愿在世界的边缘孤独地耐心地思想，承受自己的荒凉和"失败"？这是每一天每个人可能要碰到的铁链一般坚硬的逻辑。这纷扰的现状，散乱的内心，使我们面对文学时很懈怠，缺乏耐心、郑重之情和长期自我训练的专业能力，去发现并说出真正的问题和意义。我们说出的似是而非的话，即便是以个人经验的名义，那个人经验也已是被公共价值标准同化后的个人经验。

我们在评论文学作品之前，也许该审视一下自己作为评论者的内心。在对他人、对大千世界的评论中，也要有自我审视的诚恳在里面。这是建立评论可信度的起点。不是概念化的论文写作，也不是道德优越者的高蹈评判，而是从自我的精神史和时代的隐秘秩序处，开始描述。是耐心地、以更多元的方式描述复杂性和真相，而不是急于评判，如上文所谈到的评论家所致力的方式。一个评论者如果不想让自己的内心太撕扯、太分裂，有效的方法也许是在内心建立起自己的评价尺度，不把写作当成世俗人生的工具和目的，而是当成过程中的事物，当成有限性人生的一个无限之源。此外还要靠有品质的阅读，养育这孤独的心，让它更稳定，更开阔。当然，事实远没有这么清晰和简单。我们在不断抵抗诱惑和干扰的过程中思想，如果改写一下卡夫卡的话，描述今天比较优秀的写作者、思想者，大约是这样的：用一只手挡开笼罩在他世俗途中的诱惑，用另一只手记录下他面对纷繁世界时犹豫的所思。

我们也有为数极少的更优秀的思想者，他们一开始就不在诱惑之地，也不在影响的焦虑之中。这类思想者、评论家，在接受西方文化时，他不是技术上的学习和效仿，不是术语和概念的习得，他翻开书页，是想看到精神史上伟大的人物对于世间万物的理解，他获得的是类似空气一样的精神营养。这一切都会成为他思想的资源，而不是遮蔽和阻碍。他在对自身经验、历史、东西方文化和生活现场的打量中，企图找到可以依靠的有普世价值的精神秩序。但是今天已经很难找到背靠的青山，而多是流水和沙砾。思到深处，仿佛在迷雾中，一个真正的思想者很可能就是那个在迷雾中不放弃的人。还有，就是这类思想者、评论家，他们很重视文体的创造。思想的活力与富于个性、生机的文体本就是一体的，这也是评论的独立价值的一种体现。它不再是附属与寄生的二流文体，而是具有原创性的文体。

提及个人责任，并非忽略外部体制的问题。我只是感到，个人的日常承担同样也是必要的。那么，看一下外部需尽的努力，譬如作协系统，应保持和建立更有活力的评价体系，形成与学院相弥补的多元评价机制，让刻板的技术管理和等级化权威化的秩序让位于文学性，无论是文学评论作品还是文学评论现场，都应弘扬真实、自由和思想性的表达；让写作者分享文学的公共价值空间。作协系统也有这种优势，它组织、掌控着文学现场，便于关注文学的当下性；技术时代的量化管理模式还不像束缚学院那样束缚它，这里还有从容做事的空间，有建立丰富性尺度的可能。其实，这些年，作协做了很多令文学青年感动的工作，如中国作协主办的鲁迅文学院，对于一代代写作者的培养，其个性、多元、高品质的授课方式和非常人文的管理模式，不同于国内的任何一所大学。从那里走出来的学员，总会感慨地说出“终生受益”“终生难忘”这样的词语。在世俗年代，鲁院给写作者提供了一个共享文学盛典的天堂。

外部良好的精神空间，会激励写作者的深度表达。一个心存感激胸怀广阔的写作者，会诚恳地面对每一行字，“起源即目标”（卡尔·克劳斯），对眼前之物锱铢必较的人们，已经败坏不了他的情绪，因为他面对这一行文字时已经面对着未来。

沿着“学院”“作协”系统来描述，就像其他的分类法一样，难免会对现象本身有所简化。在说任何一种类型时，总会想起不在类型中的这一个、那一个，即使他也具有种种文化符码，但他却是一个自然的个人。如从郑州迁徙至广东外语外贸大学的文学教授、文化学者张宁，他有著述，但并不等身，他视为首要的是把人文理念传播给学生，他从大学新生带起，定期给他们做专题讲座及讨论，譬如，什么是历史？什么是人文？什么是比较文学？……不是以学术腔讲大道理，而是以具体可感的例证，深入细读作品的方式进入分析，让学生领会人文与社会生活的融会无间。虽然能听进去的学生并非多数，但一个教授、学者尽了自己该尽的努力，这比做了什么“宏大的”人文课题，出了一本又一本大而无当的著作更有意义。事实上，我们今天的问题很可能是把最基本的东西忽略了，尽管一些高校把教授上课等列入教学管理制度，但人文素质的培养与学术成果的复制比起来更需要一个漫长的过程，技术时代的学术评价体系很难对此作出估量，也就是说，这些最基本的东西与时代风尘中的各种利益关系不直接，它更是人文知识分子个人的义务。于是，我们就看到了这种现象：有职业耐心和职业理想的教授并不多，急于成功急于富有成效地进入学术评价体系的人却很多。

假如我们能够把人生的节奏、成功的节奏放得缓慢一些，能够回到事物本身，有一些能够扎根的原创性的生活，那么，就会有一些内力抵抗或消解来自各种影响的焦虑。文学教授回到文学教授的位置上，其日常承担首先是把人文理想传播给学生，如果还能创造而不是复制出作品来，那他就不仅是有职业理想而且还是有职业才情的教授了；评论家回到评论家的位置上，诚恳地面对每一行字，如果他还是一个真正懂得悲哀和幻想的人，那他就不仅是有品格的而且还是有品质的评论家了。

参考文献：

[1] 汤拥华，王晓华．“文学创作问题与文艺学中国式创新”高层论坛综述［J］．文学评论，2009（1）．

[2] 汉娜·阿伦特，编．启迪：本雅明文选［M］．张旭东，王斑，译．北京：生活·读书·新知三联书店，2008.

[3] 舍斯托夫．在约伯的天平上［M］．董友，等译．北京：生活·读书·新知三联书店，1992.

[4] 耿占春，师彦．我一直生活在沮丧和热情的交替中：耿占春访谈［N］．南方都市报，2009－04－12.

[5] 王尧. 文学批评：在媒体与学院之间 [N]. 人民日报，2008-01-31.

[6] 艾云，刘海燕. 我为何这样思考：艾云访谈 [J]. 作家，2008 (2).

[7] 郑廷鑫，谢有顺一边批评，一边褒奖 [J]. 南方人物周刊，2009 (21).

（该文发表于《中州大学学报》2013 年第 1 期）

后记

《中州大学学报》创刊于1984年，为国内外公开发行的学术期刊（双月刊），由河南省教育厅主管，中州大学（现更名为郑州工程技术学院）主办。

《中州大学学报》立足于本校科研及中原特色文化，竭诚扶植中青年作者；同时吸纳国内各方学术精英，引领学术品质。多年来，我刊不仅是本校科研和中原文化向外传播的窗口，也为中国学术的发展和探索做出了可贵的努力。尤其是我刊的特色栏目“文艺学与文学评论”，长期致力于厚重的河南文学及造型艺术等的追踪研究，致力于中国古代、现当代文学、文艺美学的深度发掘和重新解读，致力于外国文学尤其是俄罗斯文学艺术、杂志界、思想界的新发现与传播等，其学术品质赢得了学界的广泛认可。

适逢光明日报出版社策划推出“高校学报精品文库”丛书，我刊得以入选“名栏文集”，借此良机，我们严谨筛选了近6年来该栏目中的文章，鉴于字数限制，可谓忍痛割爱，优中选优，这里编选的文章，大多被中国人民大学书报资料中心、《中国社会科学文摘》等国内权威学术机构全文转载过，或荣获“鲁迅文学奖”等高品位的奖励。现在能够把它们汇集成书，是我们的荣幸，也是我们的责任与义务，因为我们深知作者为文所付出的经年努力，其文中所呈现的前沿性新见与价值，蕴涵的卓异特立的学术精神。能够把真正的学术思想呈现给读者，是编辑的尊严和幸福。

三十余载岁月悠悠，特别感谢我们的学校——原中州大学、现郑州工程技术学院的历届领导，自始以来给予我们的全方位支持；感谢多年来支持我们的作者朋友；感谢社会各界和广大读者对我们的关注；最后尤其感谢光明日报出版社，使我们这本书得以与读者见面。

编者

2019年3月